HAZEL GAYNOR

Noch bevor das Jahr zu Ende ist

Buch

August 1914. England befindet sich im Krieg. Als Evie Elliott sich von ihrem Bruder Will und dessen bestem Freund Thomas Harding verabschiedet, die mit anderen jungen Männern von London aus zur Front aufbrechen, glaubt sie – wie die gesamte englische Bevölkerung –, dass alles noch vor Ende des Jahres vorüber sein wird. Das Trio plant, Weihnachten im romantischen Paris zu feiern. Doch natürlich kommt es anders.
Während Evie zunehmend frustriert ist von ihrem Leben als privilegierte junge Dame und sich danach sehnt, etwas beitragen zu können, wird Thomas mit der unvorstellbaren Realität der Schützengräben konfrontiert. Über Briefe teilen Evie und Thomas ihre größten Ängste und Hoffnungen, und ihre Zuneigung füreinander wächst immer mehr. Kann inmitten der Schrecken des Ersten Weltkriegs eine Liebe erblühen, oder hat das Schicksal andere Pläne?

Autorinnen

Hazel Gaynor stammt aus Yorkshire, England, und lebt heute mit ihrem Mann, ihren zwei Kindern und einer Katze in Irland. 2015 wurde sie vom *Library Journal* als eine der zehn besten neuen Autorinnen ausgewählt. Zuletzt erschien von ihr »Das Mädchen aus dem Savoy« bei Blanvalet.
Heather Webb ist erfolgreiche Autorin mehrerer historischer Romane und arbeitet außerdem freiberuflich als Lektorin. Sie lebt mit ihrer Familie und einem temperamentvollen Kaninchen in Neuengland, USA.

Hazel Gaynor
und
Heather Webb

NOCH BEVOR DAS JAHR ZU ENDE IST

Roman

Deutsch von Claudia Geng

blanvalet

Die Originalausgabe erschien 2017 unter dem Titel
»Last Christmas in Paris« bei William Morrow, New York.

FSC www.fsc.org MIX Papier aus verantwortungsvollen Quellen FSC® C014496

Verlagsgruppe Random House FSC® N001967

1. Auflage

Redaktion: Ulrike Nikel
Umschlaggestaltung: © Johannes Wiebel | punchdesign,
unter Verwendung von Motiven von Shutterstock.com
(Baloncici; Robert Przybysz; Zastolskiy Victor; Epifantsev;
Africa Studio) und Richard Jenkins Photography
AF · Herstellung: sam
Satz: GGP Media GmbH, Pößneck
Druck und Bindung: GGP Media GmbH, Pößneck
Printed in Germany
ISBN 978-3-7341-0667-5

www.blanvalet.de

Für unsere Agentin Michelle Brower
in Dankbarkeit, Ehrfurcht und Liebe

Vielleicht drückt einst keine Pein mich nieder
Zerfällt das ausklingende Jahr zu Staub,
Könnt hören wieder Weihnachtslieder
Obwohl Dein Ohr für immer taub.

VERA BRITTAIN, *PERHAPS*

Prolog

Richmond, London
15. Dezember 1968

Ohne sie hat das Leben sich für immer verändert, ohne das Gefühl, dass sie irgendwo in der Nähe ist. Leere Stunden verrinnen, während ich nach ihren leisen Schritten auf der Treppe horche und darauf warte, dass ihr Lachen diese leblosen Räume erfüllt. Wenn ich meine Augen schließe, kann ich sie heraufbeschwören, den Duft ihres Parfüms, die federzarte Berührung ihrer Fingerspitzen auf meiner Wange, diese eindringlichen blauen Augen, die meinen Blick erwidern. Aber es ist alles Illusion. Schall und Rauch, die die bittere Tatsache verbergen, dass sie nicht mehr da ist.

Schwerfällig und matt stemme ich mich von meinem Stuhl hoch und stütze mich auf meinen Stock wie auf ein drittes Bein, bevor ich zum Fenster humpele. Schnee rieselt von einem blassgrauen Himmel, sammelt sich in kleinen Inseln entlang des Flusses, sucht Schutz vor dem hungrigen Wasser der Themse, das den Nebenarm hinter dem Haus überschwemmt. Ein Ruderboot schaukelt im sanften Rhythmus der Flut auf den Wellen.

Es erinnert mich an früher, an die Kraft, mit der ich als junger Mann ruderte, an meinen Wunsch, auf diese Weise Eindruck zu machen. Ich sehe sie immer noch dort am Ufer sitzen, den Rock um die angezogenen Knie gerafft, während sie lachend einen Stein wirft und beobachtet, wie er höher und weiter als die anderen fliegt, wie er einen großen Bogen in der Luft beschreibt und mich schließlich mit seinem perfekt gezielten Aufprall auf dem Wasser nass spritzt.

Ich sehe sie überall. In allem. Wie kann es sein, dass sie nicht hier ist?

Zitternd taste ich nach der Halskette in meiner Hosentasche und muss daran denken, wie gerne sie Charlotte Brontë zitierte. *Ich bin kein Vogel, und kein Netz und kein Vogelsteller vermag mich zu fangen. Ich bin ein freies, menschliches Wesen mit einem unabhängigen Willen.*

Was für ein Narr ich war.

»Mr. Harding?« Margaret steht im Türrahmen. Ihre tadellose Schwesterntracht führt mich viele Jahre zurück zum Lärm und Geruch in den Feldlazaretten und Sanitätsstationen und zu allem, was einmal war. »Es ist Zeit, Mr. Harding. Der Wagen ist da.«

Mühsam hole ich Luft und lehne meine Stirn an die Fensterscheibe, genieße die frostige Kälte des Glases auf meiner Haut. Mein Blick wandert über die angrenzenden Häuser, über die launische alte Themse und die Silhouette Londons, die sich jenseits des Hügels erhebt. Ich allein weiß, dass es das letzte Mal ist, dass ich diese Orte betrachte, die mir am meisten bedeuten. Die Ärzte sagen, mir bleibe nicht mehr lange. Es ist eine Realität, mit der ich meinen Frieden geschlossen habe, eine Realität, die ich vor jenen geheim halte, die bloß einen Riesenwirbel veranstalten würden, wenn sie das ganze Ausmaß meiner Krankheit erführen. Meine Pflegerin inbegriffen.

»Haben Sie meine Briefe eingepackt, Margaret?«, frage ich.

»Sie sind in Ihrem Koffer, wie Sie es gewünscht haben.«

»Alle? Auch der versiegelte Brief?« Ich kann mich nicht überwinden, *der letzte Brief* zu sagen.

»Ja, Mr. Harding. Alle.«

Ich nicke. Wie viele waren es am Ende? Viele Dutzende. So viel Furcht und Hoffnung, eingefangen in unseren Worten, so viel Sehnsucht und Verlust und zugleich so viel Liebe. Sie sagte immer, sie führe den Krieg mit Worten, diese seien zusammen mit ihrer Feder die einzigen Waffen, die sie als Frau nutzen könne. Und sie fand es wichtig, die gesamte Korrespondenz aufzubewahren, die Erinnerungen an jene Jahre mit ebenso viel Entschlossenheit und Sorgfalt zu pflegen wie ein Kurator seine Ausstellungen im British Museum. Dass ein brüchiges Papierbündel den Krieg überlebt hat, während so viele Menschen den Tod fanden, war mir immer ein Dorn im Auge, doch nun bin ich froh über die Briefe. Bin bereit, jene Tage wieder aufleben zu lassen, unsere Zeilen ein letztes Mal zu lesen. In Paris, wie es ihr Wunsch gewesen ist. Ich muss an den versiegelten Brief denken: *Zu öffnen in Paris an Heiligabend*, und frage mich, was sie mir noch zu sagen hat.

Margaret wartet geduldig an der Tür, als ich zu ihr hinüberhumpele. Sie weiß, dass ich ein dummer alter Sturkopf bin und nur ungehalten grummeln würde, wenn sie mir ihre Hilfe anböte. Dennoch schaut sie mich nachdenklich an und runzelt die Stirn.

»Sind Sie sicher, dass Paris eine gute Idee ist, Mr. Harding? Es schneit ziemlich heftig.«

Ich wische ihre Bedenken mit einem Wedeln meiner freien Hand beiseite.

»Paris ist immer eine gute Idee«, erwidere ich und bleibe schwer atmend vor ihr stehen. »Besonders an Weihnachten.« Ich gerate ins Stocken bei meinen Worten, die einmal ihre waren. »Und weil ich es versprochen habe.«

Margaret schenkt mir ein strahlendes Lächeln. »Ich war

noch nie in Paris und hoffe, wir werden den Eiffelturm sehen.«

Ich murmele leise vor mich hin, dass es ziemlich schwer sein dürfte, ihn zu übersehen, und werfe einen letzten Blick zurück auf den Raum, auf die Erinnerungen, die unser Londoner Zuhause gerade in der dunklen, kalten Jahreszeit in eine Art temporäres Mausoleum verwandeln.

»Wenn eine Stadt jemals für Schnee gemacht war, dann ist es Paris.«

Meine Pflegerin nickt und hält mir zögernd ihren Arm hin. »Also dann auf nach Paris, Mr. Harding. Und nicht trödeln!«

Ihr jugendlicher Enthusiasmus erinnert mich an meinen geliebten und längst verstorbenen Jugendfreund, und ich muss unwillkürlich lächeln, während ich mich bei ihr einhake.

»Auf nach Paris«, bekräftige ich. »Hoffen wir mal, die Stadt ist nach wie vor so schön, wie ich sie in Erinnerung habe.«

Margaret schließt die Tür hinter uns, und ich nehme stumm Abschied von all jenen, die ich geliebt und verloren habe, und von all den kostbaren Gaben, die das Leben mir beschert hat. Wenn ich es richtig verstanden habe, erwartet mich in Paris noch ein letztes Geschenk.

Zuerst allerdings muss ich an den Anfang unserer Geschichte zurückgehen, zurück zum Beginn eines Krieges, den keiner von uns wollte – einen Krieg, von dem es zu Beginn hieß, dass er innerhalb weniger Monate, bis Weihnachten, vorbei sein werde.

Das erste Bündel Briefe trage ich bei mir, gut verwahrt in der Tasche meines Sakkos, und als das Flugzeug über die Startbahn rollt, löse ich das rote Band und fange an zu lesen …

TEIL EINS

1914

Man rief sie von den Hügeln
Man rief sie aus dem Tal
Und sie folgten dem hehren Ruf
In imposanter Zahl.

AUS DEM KRIEGSLIED *KEEP THE HOME FIRES BURNING*
(IVOR NOVELLO/LENA GUILBERT FORD)

Von Thomas Harding an seinen Vater

Oxford, England
10. September 1914

Lieber Vater,

ich schreibe dir aus dem Offiziersausbildungskorps in Oxford. Ich habe es getan – ich bin in die Armee eingetreten, um unserem Land in diesen großen Zeiten zu dienen und mich als ebenso ehrenhafter Bürger zu erweisen wie du im zweiten Burenkrieg. Du kehrtest damals als Held zurück, und ich möchte deinem Vorbild gerecht werden, wenigstens auf diese Art.

Unter uns Freiwilligen hier herrscht eine echte Abenteuer- und Aufbruchsstimmung, das Gefühl, das Richtige zu tun. Es haben sich so viele junge Männer als Offiziersanwärter beworben, dass das Auswahlverfahren gestrafft werden musste. Von nun an zielen wir nicht mehr auf Käfer in Christ Church Meadow, aus dem Spiel wird jetzt Ernst.

Es tut mir weh, wie wir bei unserer letzten Begegnung auseinandergegangen sind. Zwei erwachsene Männer, enge Verwandte, sollten sich nicht gegenseitig anschreien, um Dinge zu klären. Ich weiß, es ist dein Wunsch, dass ich bei der Zeitung eines Tages das Ruder übernehme, doch ich bin anders gestrickt als du, Vater. Ich hoffe, du wirst irgendwann meine Leidenschaft für die Wissenschaft verstehen. Das Streben nach einer Professur an einer der renommiertesten Universitäten weltweit ist nichts, worüber man spotten sollte, wenngleich ich weiß, dass du das anders siehst. Zumindest wirst du nicht enttäuscht sein, dass ich eine aktive Rolle bei der Verteidigung unseres Landes übernehme. Der Krieg macht uns alle gleich, hast du das nicht selbst einmal gesagt?

Will Elliott hat sich ebenfalls verpflichtet, und wir wurden sogar demselben Regiment zugeteilt. Sicherlich ist es für dich eine gewisse Beruhigung, dass ich zusammen mit meinem besten Freund in den Kampf ziehe. Alle sind überzeugt, dass dieser Konflikt ein schnelles Ende finden wird und die Jungs bald wieder zu Hause sind. Vermutlich kannst du davon ausgehen, mich an Weihnachten wiederzusehen. Ich jedenfalls erwarte einen raschen Sieg und freue mich auf ein stimmungsvolles Weihnachtsfest im Kreis meiner Familie.

Ich sende dir die besten Wünsche und werde im Feld an dich denken.

Dein Sohn Thomas

Von Evelyn Elliott an Will Elliott

Richmond, England
12. September 1914

Lieber Will,

Mama hat mir von deinem Eintritt in die Armee erzählt. Ich habe nichts anderes von dir erwartet und schicke dir ein paar Zeilen, um dir zu sagen, dass wir alle unglaublich stolz auf dich sind. Die Armee Seiner Majestät kann sich glücklich schätzen, dich in ihren Reihen zu haben. Endlich hast du die Chance, selbst ein paar Medaillen für die Familiensammlung nach Hause zu bringen. Papa wandert mit stolzgeschwellter Brust umher, wie du dir sicher vorstellen kannst, obwohl er davon ausgeht, dass du nicht groß zum Kämpfen kommen wirst. Er ist der Meinung, dass der Krieg vorbei sein wird, noch bevor du überhaupt dein Ausbildungslager erreicht hast. Ich weiß, du brennst darauf, deinen Beitrag zu leisten – trotzdem hoffe ich, dass Papa recht behält.

Soweit ich gehört habe, hat Tom Harding sich ebenfalls verpflichtet. Wie schön für dich. Ihr beide wart immer unzertrennlich, und wenn du schon in den Krieg ziehen musst, bin ich wenigstens froh zu wissen, dass dein bester Freund an deiner Seite sein wird. Wäre dies eine Schlacht des Verstandes und des Intellekts, könnte sich die British Army keine besseren Rekruten wünschen als euch beide. Wobei ich mir allerdings schwer vorstellen kann, wie Tom sich mit einem Gewehr samt Bajonett in den Kampf stürzt. Vermutlich würde er viel lieber einen Essay über den Krieg schreiben, statt daran teilzunehmen. Gib auf ihn acht. Du weißt, wie stur er manchmal sein kann.

Papa ärgert sich immer noch maßlos über die Absage der letzten zwei Spiele in der Cricketmeisterschaft, vor allem weil Surrey gerade auf Erfolgskurs ist. Er sagt, ein September ohne Cricket sei wie ein Dezember ohne Schnee, es fühle sich einfach nicht richtig an. Armer Papa. Ich glaube, er kommt sich ziemlich alleingelassen vor, seit die jüngeren Männer alle in den Krieg ziehen.

Schreib mir hin und wieder ein paar Zeilen, ja? Du weißt, dass Mama sonst keine Ruhe gibt.

Liebe Grüße

Deine Schwester Evie

Von Will an Evelyn

Oxford, England
15. September 1914

Liebe Evie,

vielen Dank für deinen Vertrauensbeweis – Tom und ich platzen förmlich vor Begeisterung, wobei das fast noch untertrieben ist. Josh und Dean sind ebenfalls hier, desgleichen Bill Spry, fast das gesamte College zieht los, um den Feind zu besiegen. Die verdammten Krauts werden ihr blaues Wunder erleben und nicht wissen, wie ihnen geschieht.

Sei nett zu Mama und Papa, während ich fort bin. Mach keinen Unfug, hörst du? Ich werde nämlich nicht da sein, um dir aus der Patsche zu helfen.

Viele Grüße an alle
Will

Von Evelyn an Thomas

Richmond, England
1. Oktober 1914

Lieber Thomas Archibald Harding,

verzeih mir, ich konnte der Gelegenheit, mich noch ein bisschen länger über deinen kürzlich entdeckten zweiten Vornamen lustig zu machen, nicht widerstehen. Wie um alles in der Welt ist es dir bloß gelungen, ihn all die Jahre geheim zu halten?

Ich bin wirklich ein ziemlich hoffnungsloser Fall. Du, Will

und die anderen Jungs seid noch keine Stunde fort, und schon ertappe ich mich dabei, dass ich Langeweile habe und eine innere Unruhe verspüre. Und zwar so stark, dass ich mich gleich an Wills Sekretär gesetzt habe, um dir einen ersten Brief zu schreiben. Schließlich habe ich dir versprochen, mich bald zu melden, und ich halte meine Versprechen. Wer weiß, vielleicht wirst du es noch bereuen, dass du mich darum gebeten hast, dir zu schreiben, weil du selbst keine weiblichen Verwandten hast.

Außerdem habe ich, wie dir nicht verborgen geblieben sein dürfte, eine fatale Neigung zu übertriebener Begeisterung, und ich fürchte, dieser Krieg verleitet mich dazu, zu übertreiben und meine besten Absichten ins Gegenteil zu verkehren. Falls ich die Post heute Nachmittag noch erwische, ist es gut möglich, dass mein Brief vor dir im Ausbildungslager ankommen wird. Du hast übrigens meine volle Erlaubnis zu behaupten, dass er von deiner Liebsten sei, um die anderen neidisch zu machen.

Es wird dich nicht überraschen, dass ich dich und Will um euer großes Abenteuer beneide, so wie ich euch beneidet habe, als ihr nach den Sommerferien wieder nach Oxford abgereist seid. Scheinbar muss immer ich diejenige sein, die euch hinterherwinkt und zurückbleibt, aber ich lebe in der Hoffnung, dass sich das eines Tages ändert und ich diejenige sein werde, die zu irgendeinem aufregenden Ziel aufbricht. Eine Frau darf wohl zumindest träumen!

War eure offizielle Verabschiedung nicht bewegend? Einige Damen waren untröstlich, doch ich habe die Fassung bewahrt, genau wie Mama. Wir sind furchtbar stolz auf euch alle und können es kaum erwarten, dass ihr als Helden zurückkehrt – wiewohl ihr, um ganz ehrlich zu sein, eher wie ein Haufen nervöser Jungs auf dem Weg zu eurem ersten Tanztee angemutet habt als wie eine Truppe unerschrockener Soldaten auf dem Weg in den Krieg. Ihr werdet ohne jeden Zweifel überzeugender wirken, sobald ihr ein Gewehr in den Händen haltet. Schick mir eine Fotografie davon, wenn du kannst. Ich würde zu gerne wissen, wie Thomas *Archibald* Harding als richtiger Soldat aussieht.

Alice sagt, ich soll mir eine Beschäftigung suchen, die mich ablenkt, solange ihr fort seid. Ich hätte Lust, mir ein neues Hobby zuzulegen. Golf vielleicht. Oder ich befreie Wills Drahtesel von Staub und Spinnweben und schließe mich dem Club der Radlerinnen an. Zum Glück glauben alle felsenfest daran, dass der Krieg bis Weihnachten beendet sein wird – und dann muss ich mir lediglich noch Sorgen machen, wie ich einen weiteren langweiligen Cribbagenachmittag mit Mama und ihren Freundinnen überstehe.

Falls du zwischen dem Exerzieren und dem Stiefelpolieren Zeit findest, wäre es schön zu erfahren, wo ihr gelandet seid und was ihr gerade so treibt. Wenn ich euch schon nicht nach Frankreich begleiten kann, wirst du mich mit deinen Worten hinbringen müssen.

Deine Freundin
Evelyn Maria Constance Elliott

Von Evelyn an Will

Richmond, England
1. Oktober 1914

Lieber Will,

soeben habe ich fünf Seiten an Tom Harding geschrieben – vier mehr als beabsichtigt –, und nun gehen mir die

Tinte und die Worte aus, darum verzeih bitte, wenn dieser Brief eher kurz ausfällt.

Ich sitze an deinem Schreibpult und soll dir von ihm ausrichten, dass es mit seiner neuen Benutzerin viel glücklicher ist – deutlich weniger Schläge mit der Faust, deutlich weniger Zähneknirschen und Tintenkleckse. Du bist seit gerade mal zwei Stunden fort, und ich muss sagen, dass ich mich hier in deinem Zimmer bereits sehr heimisch fühle. Der Ausblick in den Garten ist zauberhaft. Seltsam, dass ich ihn vorher nie richtig wahrgenommen habe. Künftig kann ich hier müßig nach Belieben die Aussicht genießen, ohne dass mich ein gemeiner großer Bruder hinausjagt. Womöglich werde ich sogar in deinem Bett schlafen, Will. Und deine Schubladen durchwühlen. Wer weiß, welch schlimme Geheimnisse dabei ans Tageslicht befördert werden!

Wenngleich es sicher nicht mit deinen Londoner Clubs zu vergleichen ist, hoffe ich, dass du dich in deinem Ausbildungslager einigermaßen wohlfühlen wirst. Sei unbesorgt, noch bevor das Jahr um ist, gehst du wieder ins Savoy, dinierst und tanzt. Mach keine Dummheiten, mein Lieber, ich weiß ja, wie impulsiv du sein kannst, und bitte melde dich, sobald du kannst – wenn nicht bei mir, dann wenigstens bei Mama. Erspar mir das Elend, mir unablässig ihre Sorgen anhören zu müssen. Bitte. Ich werde dir deine schlimmsten Geheimnisse verzeihen, wenn du zumindest hin und wieder einen kurzen Brief nach Hause schickst.

Erfüll deine Pflicht und kehr rasch wieder zurück.

Ich wünsche dir alles Gute und eine sichere Überfahrt.

Evie

Von Thomas an Evelyn

Surrey, England
5. Oktober 1914

Liebe Evie,

ich musste lachen, als ich deinen Brief gleich bei unserer Ankunft erhielt. Offenbar ist die Post schneller, als wir dachten. Und zu deiner Information: Ja, ich bin ein Archibald, und wärst du hier, würde ich ohne Zögern eine Waffel Eis nach dir werfen. Spotte ruhig, Evelyn Maria Constance Elliott, aber vergiss nicht das Baumhaus oder den Pferdemist oder deine kleine Flickenpuppe. Ich mag jetzt ein richtiger Soldat sein, doch über Streiche und Vergeltung bin ich keinesfalls erhaben!

Dem Vernehmen nach werden wir hier in Mytchett vier Wochen lang ausgebildet und dann an die Front geschickt. Das ganze Regiment sprüht nur so vor Enthusiasmus und Energie, und wir alle brennen darauf, endlich in ein richtiges Gefecht einzugreifen. Die Marschbefehle mussten wir uns bereits einprägen und bekamen erste Unterweisungen im Nahkampf und in medizinischer Erstversorgung. Dein Bruder und ich sind der Ansicht, dass das Training bislang nicht viel anders ist, als mit diesem Dickschädel Robbie Banks zu ringen, der im Pub immer auf eine Prügelei aus war. Ich jedenfalls kann es kaum erwarten, dass der interessantere Teil der Ausbildung beginnt. Und auch Will platzt geradezu vor Eifer. Du weißt ja, wie er sein kann.

Wie es im Camp ist, möchtest du wissen. Also pass auf, ich werde es dir beschreiben. Bei Tagesanbruch werden wir vom Weckruf des Trompeters aus dem Bett gescheucht, wobei Tagesanbruch hier lange vor Sonnenaufgang bedeutet. Wir sind schon auf den Beinen, wenn es draußen noch stockdunkel ist. Trotzdem beklagt sich niemand über ein oder zwei verlorene Stunden Schlaf, schließlich ziehen wir bald in den Krieg. Nach dem Frühstücken beginnt unser Training, das wir mittags für eine kurze Pause unterbrechen, um anschließend bis vier oder fünf Uhr nachmittags weiter zu exerzieren.

Abends steht es uns frei, in die Stadt zu gehen, allerdings nicht täglich. Meistens hängen wir im Billardraum herum oder spielen Karten, rauchen und so weiter. Als Offiziersmitglied versuche ich, mich nicht auf irgendeinen Unfug der Soldaten einzulassen. Na ja, jedenfalls nicht allzu oft. Tatsächlich verbringe ich viel Zeit alleine auf der Stube. Wenn ich an Oxford zurückdenke – und es fällt mir schwer, das zuzugeben –, bin ich dankbar für meine Zeit an der Offiziersakademie. Sag Will bitte nichts davon, er würde mir die Hölle heißmachen. Das bisschen Kampftraining, so wenig es gewesen sein mag, war sicher besser als gar keins. Wie dem auch sei, die einfachen Soldaten stehen jedenfalls ganz unten in der Hierarchie, und die armen Teufel werden das meiste von den Angriffen abbekommen. Wäre ich einer von ihnen, würde ich mich wie wild ins Zeug legen, um schnellstmöglich aufzusteigen.

Das war's fürs Erste. Man ruft mich an den Kartentisch.

Liebe Grüße

Thomas Archibald Harding

Von Evelyn an Thomas

Richmond, England
15. Oktober 1914

Lieber Thomas Archibald,

du hast mir geantwortet! Es hat mich unglaublich gefreut, als ich deinen Brief in der Morgenpost entdeckte – eine sehr angenehme Abwechslung zu den höflichen Einladungen zum Tee und der weniger höflichen Absage auf meinen neuesten Versuch, in der *Times* publiziert zu werden. Vielleicht sollte ich für meinen nächsten Text ein männliches Pseudonym verwenden. Wenn das für die Schriftstellerin, die vor fast einem Jahrhundert als George Eliot schrieb, seinen Zweck erfüllte, dann sollte es mir desgleichen zum Durchbruch verhelfen. Evan Elliott klingt doch ganz nett, findest du nicht?

Spaß beiseite, manchmal wünschte ich mir in der Tat, ein Mann zu sein. Allein deshalb, weil ich dann mehr von der Welt sehen könnte. Selbst die Vorstellung, auf das Schlachtfeld zu ziehen, ist im Moment verlockender, als hier zu sitzen und auf einen Heiratsantrag zu warten. *Jungs gehen aufs College und in den Krieg. Mädchen machen eine gute Partie.* So lautete Papas Kommentar, als ich mich vorhin über diese Ungerechtigkeit beschwerte.

Da wir gerade vom Heiraten sprechen: Mama durchforstet täglich die Verlustmeldungen nach Charlie Gilbert. Sie klammert sich verzweifelt an die Hoffnung, dass er um meine Hand anhalten wird, wenn er zurückkehrt, während ich bete, dass er sich in eine hübsche Französin verliebt und seine Schwärmerei für mich – die ich, wie du weißt, immer vehement zurückgewiesen habe – endlich vergisst. Armer, langweiliger Charlie. Er ist keiner von der schlechten Sorte, aber du kennst ihn ja – und du kennst mich. Mit Charlie verheiratet zu sein wäre so, wie mit einer defekten Kaminuhr zusammenzuleben. Die Stunden würden sich unendlich in die Länge ziehen.

Euer Tagesablauf im Ausbildungslager klingt sehr nach dem Leben im Studentenheim. Wurdet ihr dort nicht ebenfalls von einem Trompeter geweckt? Oder war es ein Gong? Ich habe es vergessen. Und dass ihr, du und Will, viel Spaß habt mit euren Kameraden, kann ich mir gut vorstellen. Es klingt auf jeden Fall so, als wärt ihr in bester Stimmung und bereit zum Aufbruch. Ich nehme an, das Warten ist schrecklich frustrierend. So ähnlich wie das Warten auf Weihnachten – all die Vorfreude und immer noch kein Schnee und keine Geschenke unter dem Baum.

Apropos Weihnachten: Findest du es albern, dass ich mir trotz allem unverändert Hoffnungen mache auf unsere Reise nach Paris, für die wir nach zu vielen Gläsern Sherry Feuer und Flamme waren? Papa sagt, die Stadt sei voller Flüchtlinge und trotz des Sieges der Alliierten an der Marne nach wie vor im Visier der deutschen Offensive. Sollte unsere Reise desungeachtet zustandekommen, würde Alice Cuthbert uns begleiten, somit wären wir zu viert. Alice ist wahnsinnig witzig, und du weißt ja, wie gern sie meinen Bruder hat. Erinnere ihn bitte daran. Es würde mich wirklich glücklich machen, wenn die beiden zusammenkämen. Es heißt, Paris sei in der Weihnachtszeit besonders schön, und dieser Urlaub würde uns allen guttun – euch nach monatelangen Kämpfen und Alice und mir nach monatelanger Langeweile. Beschließen wir, dass wir hinfahren, sofern es uns irgendwie möglich ist. *Ça va être merveilleux*! Vielleicht werden sich all die Stunden, die ich über meinen französischen Lehrbüchern verbracht habe, zur Abwechslung mal als nützlich erweisen.

Eine ziemlich aufregende Neuigkeit ist, dass ich inzwischen Mitglied im Richmonder Club der Radlerinnen bin. Bislang falle ich mehr, als dass ich fahre, doch die anderen Damen versichern mir, dass auch sie anfangs alle Mühe hatten, das Gleichgewicht zu halten, und dass ich einfach fleißig üben müsse. Obwohl ich ehrlich gesagt viel lieber ein ungezähmtes Pferd reiten würde, werde ich nicht lockerlassen und es gleich morgen wieder versuchen – du weißt ja, wie hartnäckig ich sein kann. Sollte ich die Kunst des Radfahrens jemals beherrschen, habe ich mir vorgenommen, die ganze Strecke nach Brighton zu radeln und Alice zu besuchen. Nachdem ich neulich in der *Lady* über Tessie Reynolds Bravourleistungen gelesen habe, hat mich eine große Lust gepackt, selber auf zwei Rädern durchs Land zu sausen. Erzähl es Will lieber nicht.

Ich hoffe, dass dieser Brief dich erreicht, bevor ihr den Marschbefehl bekommt. Papa sagt, sobald ihr nach Frankreich ausrückt, werdet ihr euren Standort geheim halten müssen, um zu verhindern, dass wichtige Informationen in feindliche Hände gelangen. Er vermutet außerdem, dass sämtliche Post von der Front die Zensur durchläuft, darum pass auf, dass du keine Geheimnisse ausplauderst, sonst wirst du vor das Militärgericht gestellt, noch bevor du einmal den Abzug deines Gewehrs betätigt hast.

Braucht ihr noch etwas, das ich euch schicken kann, bevor ihr übersetzt? Mama meinte, dass ihr euch bestimmt über anständigen Tabak freuen würdet. Sie ist nämlich davon überzeugt, dass ihr sehr kurz gehalten werdet und es euch an allem fehlt. Zur Sicherheit habe ich dir deshalb den besten Virginiatabak beigefügt, den ich auftreiben konnte.

Liebe Grüße, in Freundschaft

Evie

Von Will an Evelyn

Surrey, England
20. Oktober 1914

Liebes Schreibpult,

lass dich nicht von Evies Charme täuschen. Sie ist unordentlich, drückt ihre Feder zu fest auf und wird dich in wenigen Wochen ruiniert haben. Bitte richte ihr meinen Dank aus für ihren Brief, selbst wenn er bloß halb so lang war wie der, den sie meinem Freund Tom geschrieben hat, und versichere allen zu Hause, dass ich mich bester Gesundheit erfreue.

Es gibt nicht viel zu berichten aus dem Ausbildungslager, außer dass wir alle den Tag herbeisehnen, an dem wir an die Front kommen, um dem Ganzen ein schnelles Ende zu bereiten und den Gegner in die Schranken zu weisen. Und um zu Hause enteignetes Eigentum wie etwa Schreibpulte zurückzufordern.

Benimm dich, Evelyn.

Will

Von Thomas an Evelyn

Surrey, England
25. Oktober 1914

Liebe Evie,

ich kann dir versichern, dass du als Frau viel besser aussiehst denn als Mann. Ich stelle es mir gerade bildlich vor: *Evan Elliott* in Rock und mit hohen Absätzen auf einem Rad dahinfliegend wie eine Todesfee aus der Hölle. Eine überaus komische Vorstellung. Aber mal ganz im Ernst, du solltest weiterhin deine Artikel einreichen, denn du bist ein großes Schreibtalent. Lass dir von anderen nicht das Gegenteil einreden.

Das Leben im Camp verläuft reibungslos. Ich bin nicht nur froh, hier zu sein, sondern zudem sehr stolz, dass ich bald losmarschieren werde. Allerdings bedrückt es mich, meinen Vater mit seiner ums Überleben kämpfenden Zeitung allein zu lassen. Dazu ein anderes Mal mehr.

Deine Briefe lese ich mit großer Freude. Wenngleich ich mir gegenwärtig wie die meisten die Zeit mit Poker vertreibe und von den Ereignissen in England eher abgeschnitten bin, nehme ich an, dass irgendwann der Punkt kommt, an dem ich unheimlich froh sein werde, Neues aus der Heimat zu erfahren. Und du bist genau die Richtige, um mich auf dem Laufenden zu halten, dafür vielen Dank.

Apropos Heimat, sind eure Pferde noch da? Will sorgt sich um Shylock und Hamlet. Wir haben gesehen, wie Pferde verschifft wurden – Hunderte, wenn nicht Tausende. Uns wurde gesagt, dass zurzeit sämtliche Pferde beschlagnahmt und zur Front transportiert werden. Falls es die Vollblüter deines Bruders ebenfalls treffen sollte, wird er Hochverrat begehen. Du weißt ja, wie sehr er an ihnen hängt. Sollten sie im Kriegsgebiet eingesetzt werden … Reden wir besser nicht darüber. Tu bitte, was du kannst.

Du hast sicher gehört, dass die Alliierten die Verteidigungslinie halten und Paris vorerst relativ sicher ist. Trotzdem hat die französische Regierung es vorgezogen, vorsichtshalber in den Süden nach Bordeaux überzusiedeln. Was indes nichts daran ändert, dass Weihnachten in Paris immer noch eine gute Idee und zudem realisierbar zu sein scheint. Und zwar ohne mich mit einer halben Flasche Sherry irgendwelchen Illusionen hinzugeben. Wir haben es anfangs vielleicht nicht ganz ernst gemeint mit diesem Ausflug nach Paris, doch jetzt bin ich der Meinung, wir sollten es tun, sofern es möglich ist. Niemand kann wissen, was später sein wird … Ich persönlich würde eine Ablenkung an Weihnachten überdies sehr begrüßen. Seit dem Tod meiner Mutter ist die angeblich schönste Zeit des Jahres für mich nicht mehr das, was sie vorher war. Ich war zwölf, als sie starb, das letzte Weihnachten haben wir zusammen in Edinburgh verbracht. Es war so, wie man sich weihnachtliche Idylle vorstellt. Draußen schneite es, und drinnen feierten wir ein großes Fest. Danach ließ mein Vater mich nie wieder nach Schottland reisen. Über ihren Tod hinaus war er tief gekränkt und verbittert, dass sie ihn viele Jahre zuvor verlassen hatte, und unterband jetzt die Kontakte mit der mütterlichen Familie. Es war nicht allein das Aus für Weihnachten in Edinburgh, sondern auch für lange Sommerferien in Schottland. Schätzungsweise sollte ich dankbar sein, dass ich diese wundervolle Zeit überhaupt erleben durfte, bevor meine Mutter starb. Wenn das alles hier vorbei ist, plane ich einen Besuch dort oben. Schottland hat sich immer wie meine zweite Heimat angefühlt.

Verdammt, das ist jetzt nicht der richtige Zeitpunkt für solche Gedanken, oder? Ich sollte nichts anderes als meine Pflicht dem Vaterland gegenüber im Sinn haben.

Fürs Erste sende ich dir ein Hoch auf das Königreich (!) und einen freundlichen Salut.

Beste Grüße

Tom

Von Evelyn an Thomas

Richmond, England
31. Oktober 1914

Lieber Leutnant Thomas Archibald Harding,

ich nehme an, das ist nun deine offizielle Anrede, oder? Vielen Dank für deinen Brief. Schon seltsam, wie fröhlich ein paar Zeilen stimmen können, die man bei Tee und Toast liest. Ich hoffe, dass meine Briefe genauso ungeduldig erwartet und freudig empfangen werden. Es ist ein Wunder, dass sie dich unter so vielen Männern im Camp überhaupt erreichen. Außerdem danke ich dir für deine netten Worte über mein Schreibtalent. Du hast recht, ich darf nicht lockerlassen. Schließlich gibt es genügend Themen, über die man schreiben kann, wenn auf der Welt so viel los ist.

Charlie Gilbert hat mir letzte Woche einen Brief geschickt – keine Sorge, ich werde dich nicht mit romantischen Details belästigen. Er ist irgendwo in Frankreich und klingt schrecklich niedergeschlagen. Allerdings neigt Charlie grundsätzlich zur Übertreibung, daher sind seine Worte mit Vorsicht zu genießen, zumal in den Zeitungen ständig vom Sieg geredet wird und unter den Freiwilligen Hochstimmung herrscht. Charlie schreibt, dass die erfolgreichen Rekrutierungskampagnen neuen Mut an der Front verbreiten würden und man dort den Truppennachschub sehnsüchtig erwarte.

Will hat sich ebenfalls bei mir gemeldet. In seinem Brief beklagt er sich über die Typhusimpfung, von der er ein wenig grün um die Nase aussehe. Er hat mir zudem eine Aufnahme von eurem Regiment geschickt. Ich muss sagen, ihr seht beide sehr flott aus in euren Uniformen. Euer Porträt hat einen Ehrenplatz auf dem Kaminsims bekommen. Wir sind unglaublich stolz auf euch.

Du fragst, was es Neues in der Heimat gibt? Ich fürchte, da ist nicht viel zu berichten, außer dass ich auf dem Rad besser geworden bin. Ich verspüre eine wunderbare Freiheit, wenn ich mit dem Wind in meinen Haaren durch die Gassen sause. Ich weiß nicht, warum ich nicht früher daran gedacht habe, welchen Spaß Radfahren macht. In Papas Bibliothek habe ich ein *Handbuch für Radlerinnen* entdeckt. Die Autorin, Lillian Campbell Davidson, gibt radelnden Damen die folgende Kleiderempfehlung: *Verzichten Sie möglichst ganz auf Unterröcke und tragen Sie schlicht geschnittene Kleider aus einfachem Flanell ohne Flattersaum oder ausladende Stofffalten, die sich in den Speichen Ihrer Räder verfangen könnten.* Witzig, oder? Ich würde am liebsten eine Männerhose anziehen, bloß würde Mama dann nie wieder ein Wort mit mir reden.

Abgesehen davon, dass ich fleißig auf dem Rad übe, kann ich dir berichten, dass unter den Debütantinnen für den kommenden Frühjahrsball und ihren Müttern eine schreckliche Unruhe herrscht – sie haben panische Angst, es könnte ein solcher Herrenmangel herrschen, dass ihre Töchter keinen abbekommen. Bitte sorge dafür, dass ein paar anständige Kandidaten nach Hause geschickt werden! Als Leutnant hast du schließlich Befehlsgewalt, oder nicht? Ich werde dich persönlich für die zerschmetterten Hoffnungen einer ganzen Generation junger Frauen und ihrer Schneiderinnen verantwortlich machen, wenn du deiner Pflicht nicht nachkommst!

Nun zu den Pferden. O Tom, es ist ganz furchtbar, die Armee hat in der Tat jedes Tier beschlagnahmt, das nicht gerade lahmt, und bei dieser Aktion wurden auch Shylock und Hamlet für den Kriegsdienst konfisziert. Ich habe mein Bestes getan, um mich für sie einzusetzen, und darauf gepocht, dass beide mit zu viel Zuneigung und Zuckerstücken verwöhnt wurden und daher völlig untauglich für die Schlacht seien, aber meine Proteste stießen auf taube Ohren. Papa sagt, dass wir alle unseren Beitrag leisten müssen, selbst die Tiere.

Ich habe keine Ahnung, wie ich es Will beibringen soll. Es wird ihm das Herz brechen. Vielleicht kannst du es ihm sagen? Sicher wäre es für ihn weitaus angenehmer, diese Hiobsbotschaft aus dem Mund seines besten Freundes zu erfahren statt aus ein paar dürren Briefzeilen. Mama hat im Namen der Royal Society for the Prevention of Cruelty to Animals eine Spendensammlung für die Versorgung von kranken oder verwundeten Pferden an der Front organisiert, und ich unterstütze sie dabei. Zumindest ist es eine kleine Gelegenheit, mich nützlich zu machen.

Werdet ihr bald ausrücken und zu jenen stoßen, die bereits kämpfen? Eine derart massive Verstärkung der vordersten Linien wird dem Ganzen sicher rasch ein Ende bereiten, darauf hoffe ich. Hier stehen Männer und Burschen Schlange vor den Rekrutierungsbüros. Ein stolzer Anblick.

Schreib mir, wann immer du kannst, und gib diese Bitte desgleichen an Will weiter.

Deine Freundin Evie

PS: Dass die Erinnerung an deine Mutter und an Schottland dich so stark beschäftigt, liegt wahrscheinlich daran, dass das Wissen, bald in den Krieg zu ziehen, die Gedanken zurückkehren lässt zu den Dingen, die man geliebt und verloren hat. Ich war übrigens noch nie in Edinburgh. Die Burg soll ziemlich beeindruckend sein, habe ich gehört, dieses seltsame Gericht aus Schafsinnereien, das Haggis genannt wird, dafür umso weniger.

Von Thomas an Evelyn

Surrey, England
1. November 1914

Liebe Evie,

leider habe ich nicht viel Zeit, weil wir morgen bei Tagesanbruch nach Frankreich aufbrechen, und ich weiß außerdem nicht genau, wie lange es dauern wird, bis wir unseren Bestimmungsort auf dem Kontinent erreicht haben. In der Truppe jedenfalls herrscht eine hervorragende Stimmung. Endlich beginnt unser großes Abenteuer!

Will sendet dir ein brüderliches Zwicken und eine Kopfnuss. Ich empfehle dir, beim Radfahren eine Brille zu tragen. Es gibt nämlich nichts Schlimmeres als tote Insekten in den Augen.

Wünsch uns Glück.

Liebe Grüße

Tom

Von Thomas an seinen Vater

Surrey, England
1. November 1914

Lieber Vater,

obwohl deine Antwort noch aussteht, wollte ich dich unterrichten, dass wir morgen nach Frankreich übersetzen. Wir werden in Brest von Bord gehen und in die Eisenbahn umsteigen. Man hat uns gewarnt, Details über unseren Standort weiterzugeben, da der französische Geheimdienst jede Information zensieren wird, die unsere Sicherheit gefährden könnte. Ich melde mich wieder, sobald ich in Frankreich bin, und hoffe, dass du unsere Differenzen hinter dir zu lassen vermagst und ich auf deine moralische Unterstützung zählen kann.

Was das Soldatenleben betrifft, so bemühe ich mich nach Kräften, die Moral der Truppe zu stärken – ich denke, das hast du nicht anders von mir erwartet. Allerdings, und das gebe ich nur vor dir zu, mache ich mir Sorgen, was uns an der Front erwartet. Es ist leicht, sich von der Kameradschaft und den Heldengeschichten mitreißen zu lassen, bevor wir feindlichen Geschützrohren und Gewehrläufen gegenübergestanden haben. Ich nehme an, du kennst das alles allzu gut. Manchmal fühle ich mich wie der kleine Junge auf deinem Knie, der sich wünschte, erwachsen zu sein – vermutlich werde ich bald sehr viel erwachsener sein, als ich mir je vorgestellt habe.

Dein Sohn Thomas

Von Evelyn an Alice Cuthbert

Richmond, England
5. November 1914

Liebe Alice,

ich schreibe dir, liebste Freundin, ein paar Zeilen, um dir Grüße zu senden und dir zu sagen, wie trostlos mir zumute ist.

Verzeih mir bitte meine Niedergeschlagenheit, aber du bist die Einzige, mit der ich darüber reden kann – vor allen anderen gebe ich mich heiter und zuversichtlich. Vor drei Tagen sind die Jungs von ihrem Ausbildungslager in Surrey nach Frankreich aufgebrochen, und ich mache mir schreckliche Sorgen um sie. Ich weiß, das ist dumm von mir angesichts der Tatsache, dass die Zeitungen voll sind mit ermutigenden Berichten über all unsere wundervollen Siege und unsere tapferen Soldaten, doch Charlie Gilbert hat mir neulich von der Front geschrieben, und seine Worte haben mich zutiefst beunruhigt.

Er hat nicht um meine Hand angehalten, falls du das jetzt denkst. Nein, seine Einschätzung der Situation an der Front ist es, die mir zu denken gibt. Der Krieg sei ganz anders, als er ihn sich vorgestellt habe, schreibt er. Nichts von wegen Ehre oder Heldentum, wovon die Zeitungen schwärmen. Seine Männer würden sich völlig überfordert fühlen und für die Einführung der allgemeinen Wehrpflicht beten, die allein die notwendige Entlastung und Verstärkung bringen könne.

Das alles lässt mich sehr daran zweifeln, ob es dort drüben wirklich so gut läuft, wie man uns glauben machen will. Die Listen mit den Verlustmeldungen werden von Tag zu

Tag länger. Ist es da töricht von mir, wenn meine Befürchtungen zunehmen? Bitte sag mir, dass es töricht ist. Ich weiß, wie sehr du darauf hoffst, auf Mamas Weihnachtsball mit Will zu tanzen, also müssen wir fest darauf vertrauen, dass ich töricht bin und du deinen Tanz bekommst.

Mein Problem ist, dass ich zu viel Zeit zum Grübeln habe. Und weil mir jede Vorstellung von der Realität des Krieges fehlt, male ich mir entsetzliche Dinge aus. Allein die Tatsache, nicht zu wissen, wo die Jungs jetzt sind, setzt mir zu. Solange sie in Oxford waren, fühlte ich mich ihnen nah. Ich kannte die *Stadt der träumenden Turmspitzen* aus eigener Anschauung, die Universität, die Bodleian Library. Ich erinnere mich an träge Sommernachmittage mit dem Stechkahn auf dem Cherwell. Nun hingegen kommt es mir vor, als wären sie bis ans Ende der Welt geschickt worden – in irgendein unentdecktes Land, über das ich nichts weiß. Und deshalb verspüre ich intuitiv eine schreckliche Angst.

Ich kann nicht einmal ausreiten, um mich abzulenken, weil sämtliche Pferde requiriert wurden. Was soll man da tun? Eigentlich wollte ich mich für einen Freiwilligendienst melden – ich habe gehört, dass Frauen sich inzwischen auf alle möglichen Arten engagieren, zum Beispiel für die Fahrkartenkontrolle in den Omnibussen, für den Schreibdienst im Kriegsministerium oder für das Austragen der Post –, aber Mama ist strikt dagegen. Das Einzige, was sie mir erlaubt, besteht darin, dass ich mich ihrem Strickkreis anschließe, wo sie massenhaft Socken, Handschuhe und Schals für die Soldaten herstellen. Ich kann mir nichts Schlimmeres vorstellen. Ich und Stricken! Du weißt, wie ungeschickt ich bei derlei Handarbeiten bin. Oder soll ich es tun? Wenn ich jemandem dabei ein Auge aussteche, lässt Mama mich ja vielleicht als Schaffnerin arbeiten.

Wie auch immer, ich bin mir sicher, dass der Krieg bald vorbei sein wird und wir uns wieder erfreulicheren Dingen widmen können.

Weihnachten zum Beispiel. Ich bin mehr denn je begeistert von der Idee mit Paris und hoffe, dass du deine Zusage mitzukommen ernst gemeint hast. Wenn du dabei bist, Alice, macht alles doppelt so viel Spaß.

Bitte antworte mir bald und heitere mich auf. Berichte mir von wunderbaren oder schockierenden Dingen. Erzähl mir von dem letzten Unglücksraben, der sich Hals über Kopf in dich verliebt hat.

Ganz liebe Grüße

Evie

PS: Ich kann mittlerweile auf dem Rad fahren. Ein riesiges Vergnügen. Du solltest es unbedingt ausprobieren.

Von Evelyn an Charlie Gilbert

Richmond, England
10. November 1914

Lieber Charlie,

ich sende dir ein paar Zeilen, um dir für deinen Brief zu danken. Du klingst ein bisschen niedergeschlagen durch deine Fronterlebnisse, hier in der Heimat hingegen sind alle voller Zuversicht, dass der Krieg sehr bald ein Ende nehmen wird.

Mach dir keine Gedanken, falls du nicht gleich antworten kannst. Ich weiß, es ist schwer, Zeit zum Schreiben beziehungsweise die passenden Worte zu finden.

Konzentrier dich darauf, dass du gesund bleibst und deine Männer zum Sieg führst.

Wir sind alle sehr stolz auf euch und wünschen euch viel Mut.

Beste Grüße
Evelyn

Von Thomas an Evelyn

Irgendwo in Frankreich
20. November 1914

Liebe Evie,

wir sind nun in Frankreich stationiert und werden unseren Standort vorerst wohl nicht wechseln, sodass ich dir wieder regelmäßiger schreiben kann. Seit meinem letzten Brief an dich ging es bei uns recht hektisch zu. Unser Regiment erhielt urplötzlich den Marschbefehl, obwohl unsere Kampfausbildung noch nicht abgeschlossen war und hier fortgesetzt werden muss. Ich werde am Maschinengewehr ausgebildet, während Will den Grenadieren zugeteilt wurde. Ehrlich gesagt, fühle ich mich zum ersten Mal wie ein Mann. Vorbei sind die unbeschwerten Oxford-Zeiten. Ich bin für die mir unterstellten Männer verantwortlich, und ich bin es gerne.

Bislang habe ich noch nicht den Mut gefunden, Will von seinen Pferden zu erzählen. Schätzungsweise allerdings ahnt er es bereits tief in seinem Innern. Was Charlie Gilbert betrifft, so nehme ich an, er ist immer noch in dich verliebt. Ich finde, du urteilst ein bisschen streng über ihn. Er ist ein anständiger Bursche, und du könntest es viel schlimmer treffen. Falls dieser Krieg uns allen hier das Licht ausdreht, wirst du ohnehin keine große Wahl mehr haben. Und was die Romantik angeht, erst recht nicht. Ich weiß, deine Mutter hält Charlie für eine erstrebenswerte Partie, aber ich, der sich über sämtliche Wünsche seines Vaters hinweggesetzt hat, bin der Letzte, der dir empfehlen dürfte, dem elterlichen Rat zu folgen.

Hier in [redacted] ist die Lage ziemlich angespannt, was indes nicht anders zu erwarten war. Immerhin spielen wir nicht länger Krieg, sondern machen Ernst. Ich habe ständig nasse und schmerzende Füße, was meiner Stimmung jedoch keinen Abbruch tut. Alles geht momentan recht zügig voran. Es besteht weiterhin Hoffnung, dass der Krieg bis Weihnachten vorbei sein wird, sodass wir wieder Pläne für Paris schmieden und uns in Träumen von Vin chaud und Bœuf bourguignon ergehen können.

Liebe Grüße

Tom

Von Evelyn an Thomas

Richmond, England
25. November 1914

Lieber Tom,

bonjour, mon ami! Was für eine Erleichterung, von dir zu hören – und ebenso von Will, dessen Nachricht am selben Tag eintraf wie deine. Vielleicht solltet ihr in Zukunft einen gemeinsamen Umschlag verwenden. Ich hoffe, die Überfahrt mit dem Schiff war nicht allzu beschwerlich. Will wird bereits auf der Themse seekrank, ganz zu schweigen vom Atlantik.

Bringt die Sache zu Ende und kehrt bitte bald wieder zurück. Die Zeitungen berichten durchgehend Positives und überschlagen sich vor Siegesmeldungen und anderen guten Nachrichten. In deinem letzten Brief wurden ein paar Zeilen von der Zensur geschwärzt, aber ich habe das meiste verstanden und bin froh, dass ihr alle guten Mutes seid.

Anbei ein selbst gestrickter Schal. Es ist mein erster Versuch, darum verzeih bitte die merkwürdige Form und das unordentliche Maschenmuster. Falls er dich nicht warm hält, bringt er dich vielleicht wenigstens zum Lachen. Als Nächstes werde ich mich an Socken wagen, also mach dich auf etwas gefasst!

Gib auf dich acht.

Bonne chance!

Deine Freundin Evie

Von Evelyn an Will

Richmond, England
25. November 1914

Bonjour, lieber Will,

ich möchte dir kurz mitteilen, dass deine Schwester Evelyn sich dauerhaft in deinem Zimmer eingerichtet hat. Sie sitzt stundenlang vor dem Kamin und schreibt Briefe nach hier und dort und überall. Sie sagt, das bewahre sie vor der Langeweile des Pflichtstrickens, und sie ist sich sicher, dass du ihre Briefe weitaus tröstender findest als schlecht gestrickte Socken.

Außerdem verbringt sie viel Zeit damit, aus dem Fenster zu schauen. So hat sie beobachtet, wie die Schwalben an einem ruhigen Oktobernachmittag fortzogen, und freut sich bereits auf ihre Rückkehr. Im Moment sieht sie den Rotkehlchen und Blaumeisen zu. Manchmal zeichnet sie kleine Vogelskizzen auf den Rand ihres Schreibpapiers. Sie hätte beinahe vergessen, wie gerne sie zeichnet, dabei ist sie darin gar nicht so schlecht.

Ich soll dir von ihr ausrichten, dass deine Pferde zum Kriegsdienst eingezogen wurden und dass du es dir bitte nicht zu sehr zu Herzen nehmen sollst. Es sind wundervolle Tiere, die der Kavallerie viel Freude bereiten werden. Wir müssen alle unseren Teil leisten, und deine Schwester weiß, dass du ebenso stolz auf deine Pferde sein wirst, wie sie auf dich stolz ist. Außerdem besteht sie darauf, dass du gut auf dich aufpasst, da sie an ihrem einzigen Bruder schrecklich hängt. Was sie erst richtig gemerkt hat, seit er weit fort ist und seine endlosen Neckereien verstummt sind.

Sie hat ein paar Bogen Schreibpapier beigefügt in der Hoffnung, dass du diese mit frohen Neuigkeiten über Siege und deine baldige Heimkehr füllen wirst.

Mit freundlichen Grüßen

Das Schreibpult

PS: Evelyn hat großen Gefallen an deinem alten Fahrrad gefunden und es Rusty getauft. Du würdest lachen, wenn du sehen könntest, wie sie damit durch die Gegend düst. Hin und wieder bleibt sie in einem Schlagloch hängen und fällt, aber ansonsten ist sie schon recht versiert im Fahren.

Von Alice an Evelyn

Brighton, England
1. Dezember 1914

Liebe Evie,

sei gegrüßt, Darling. Ich komme gerade von der Moorhuhnjagd zurück, die ich ja, wie du weißt, liebe, und sah deinen Brief aus dem Briefkasten herausspähen. Leider war er ziemlich aufgeweicht vom Regen. Meine Mitbewohnerin bringt nie die Post hinein, geschweige denn, dass sie ihre Jacke aufhängt oder ihren nassen Regenschirm ausschüttelt – nein, sie wirft alles einfach auf das Sofa. Ich hätte es besser wissen müssen und nicht ausgerechnet Margie Samson fragen dürfen, ob sie bei mir einziehen möchte. Doch wie du weißt, war ich verzweifelt. Es gibt nicht viele unbescholtene Töchter aus anständigen Familien, denen erlaubt wird, eigenständig zu leben. Nicht dass ich jemals für irgendetwas auf eine Erlaubnis gewartet hätte.

Versuch dir nicht zu viele Sorgen um unsere Jungs zu machen. Sie werden erstklassig ausgebildet, werden ihre Pflicht erfüllen und im Handumdrehen wieder zu Hause sein. Dann können wir ausgelassen ihre Rückkehr feiern. Ich wette, dein Bruder ist schön wie eh und je in seiner Uniform. Mein Herz flattert bei der Vorstellung.

Nächsten Mittwoch werde ich nach Richmond kommen und dir einen Besuch abstatten. Sollen wir uns heimlich davonmachen für einen kleinen Weihnachtsbummel? Ich kann eine Gefährtin gebrauchen. Es ist Zeit, dass wir beide uns ein bisschen Spaß gönnen.

Alles Liebe
Alice

Von Evelyn an Will

Richmond, England
7. Dezember 1914

Lieber Bruder,

wie geht es dir? Bitte melde dich, selbst wenn du bloß eine dieser unpersönlichen Feldpostkarten schickst. Es wäre einfach tröstend zu wissen, dass du gesund bist und guter Dinge. Oder steck ein paar Zeilen zu den Briefen, die Tom mir sendet. Zwischen uns hat sich in den letzten Monaten eine recht intensive Brieffreundschaft entwickelt.

Es kommt oft vor, dass ich in dein Zimmer schlendere und erwarte, dich ausgestreckt auf deinem Bett liegen zu sehen wie eine träge Katze. Ein seltsames Gefühl der Leere schwebt hier im Raum – es ist, als würden die Wände sich nach deiner Rückkehr sehnen. Ich weiß, du legst großen Wert auf deine Privatsphäre und hasst sicher die Vorstellung, dass deine kleine Schwester uneingeschränkten Zugang zu deinem Zimmer hat, aber irgendwie fühlt es sich richtig an, hier zu sein, während ich darüber nachdenke, was ich dir schreiben will. Wie albern, dass ich mir überlegen muss, welche Neuigkeiten ich dir berichten soll. Ich vermisse die alte Spontaneität zwischen uns, ich vermisse es, dich zu sehen, deine Stimme zu hören. Briefe sind nicht so leicht zu schreiben, wenn es so viel zu sagen gäbe, man es indes nicht kann oder darf. Und das Schweigen zwischen den Briefen ist eine Qual.

Mama hält sich erstaunlich tapfer und sammelt unermüdlich Spenden oder findet Aufgaben, wo es keine gibt. *Wir werden nicht untätig sein, während die Männer fort sind,* ist zu ihrem persönlichen Leitsatz geworden, seit wir euch verabschiedet haben. Ich habe das Gefühl, dieser Krieg könnte sich als gefährlicher erweisen für jene, die unter dem Kommando gereizter Mütter zurückgeblieben sind, als für euch Soldaten unter dem Kommando eurer Generäle.

Was mich traurig stimmt: Weihnachten naht, ohne dass es Anzeichen für ein baldiges Ende und für eure baldige Heimkehr gibt, oder? Wir werden dich an unserer Festtafel sehr vermissen, deine schrecklichen Witze allerdings nicht.

So, ich muss nun aufhören, bevor ich anfange, die Seiten mit überschwänglichen Zuneigungsbekundungen zu füllen. Übrigens soll ich dich von Alice Cuthbert grüßen. Sie war letzte Woche in Richmond und hat mich zu einem Einkaufsbummel nach London geschleift. Sie ist ein wahrer Muntermacher. So bestand sie darauf, dass wir den Teesalon im Fortnum & Mason aufsuchten, obwohl keine von uns wirklich Lust darauf hatte. Es schmeckt alles ziemlich fade, wenn man es mit einer Prise Sorge zu sich nimmt. Schreib bitte Alice ein oder zwei Zeilen, sie hofft darauf.

Ich wünsche dir aus der Ferne schon jetzt *joyeux Noël.*

In Liebe

Deine Schwester Evie

PS: Ich habe dir Tabak beigefügt und einen Plumpudding von der Köchin. Sie hat extra für dich einen besonders großen Schuss Brandy hineingegeben. Ich hoffe, die Silbermünze bringt dir alles Glück der Welt. Doch vor allem hoffe ich, dass Glück und Erfolg dich sehr bald nach Hause bringen.

Von Evelyn an Thomas

Richmond, England
8. Dezember 1914

Lieber Tom,

ich grüße dich, wie geht es dir? Die Zeitungen vermelden jede Menge gute Neuigkeiten, was uns froh stimmt, wiewohl es uns weitaus lieber wäre, wir hätten euch bereits alle wieder zu Hause.

Vielleicht amüsiert es dich zu erfahren, dass in unserem Haus keine drei Wochen vor Weihnachten eine Krise ausgebrochen ist. Ein Fuchs ist in den Gänsestall der Allenburys eingedrungen und hat sich unseren Weihnachtsbraten geschnappt. Die arme Mama ist außer sich. Ich glaube ernsthaft, sie ist zwei Zentimeter geschrumpft, seit sie von dem Unglück weiß. Und wir sind nicht der einzige Haushalt, der plötzlich ohne Gans dasteht – praktisch halb Richmond steckt im selben Dilemma.

Ich frage mich, ob ihr Weihnachten überhaupt feiern werdet. Feiern erscheint mir sowieso als das falsche Wort. Ich nehme an, fröhliche Anlässe wie Weihnachten und Geburtstage haben keinen Platz an der Front, wenngleich ein Teil von mir hofft, dass der Befehl für eine Kampfpause seinen Weg über die Zäune finden wird, wenigstens für einen Tag. Unser Plan, Weihnachten in Paris zu verbringen, erscheint derzeit leider wie ein alberner Traum, nicht wahr? Vielleicht im nächsten Jahr.

Wie geht es deinen Füßen? Du hast dich in deinem letzten Brief beklagt, dass sie dir Schwierigkeiten bereiten, wobei ich mir bei dir nie sicher bin, ob du es ernst meinst oder mich lediglich aufziehst. Dass ist die Kehrseite der

Medaille, wenn man einen Bruder hat, um den ein Haufen Freunde herumschwirrt, die alle die kleine Schwester ärgern.

Wie versprochen schicke ich dir selbst gestrickte Socken, denen man leider die unwilligen, widerspenstigen Finger ansieht, die viel lieber zeichnen oder schreiben, statt sich mit Stricknadeln abzumühen. Neuerdings stricken alle für die Front: Socken, Mützen, Handschuhe. Die ganze Nation scheint sich zu dem Klickklack von Stricknadeln zu bewegen. Es ist alles, was wir Frauen tun können, um zu helfen, und das ist ziemlich bedauerlich für jene von uns, die nicht mit geschickten Fingern und einer ruhigen Hand gesegnet sind. Ich hoffe, die beigefügten Brühwürfel und der Tabak entschädigen dich für die hässlichen Socken.

Der Plumpudding ist von unserer Köchin. Zwar weiß sie, dass du den noch nie besonders mochtest, hat jedoch darauf bestanden, ihn dir zu schicken, und das Trockenobst wochenlang in Rum ziehen lassen. Da habe ich es nicht übers Herz gebracht, sie zu desillusionieren. Übrigens habe ich in der Zeitung gelesen, dass Prinzessin Mary Spenden sammelt, um jedem britischen Soldaten ein Weihnachtspaket zu schicken. Du musst mir unbedingt Bescheid geben, wenn du deins erhalten hast. Gibt es sonst etwas, das du brauchst? Ich habe gehört, für Läusepuder bestehe Bedarf, ist das wirklich wahr? Allein bei der Vorstellung graust mir.

Alice Cuthbert hat mich neulich besucht. Das Wiedersehen mit ihr war wunderbar, aber viel zu kurz. Ich wünschte, wir würden nicht so weit auseinander wohnen, denn ich könnte jeden Tag eine Dosis von ihrer guten Laune vertragen. Wirklich ein Jammer, dass unsere Pläne für Paris vorerst auf Eis gelegt werden müssen. Wir haben uns mit einem Bummel über die Regent Street getröstet. Die Schaufenster sind ganz der aktuellen Situation entsprechend gestaltet mit britischen Nationalflaggen, patriotischen Parolen und Weihnachtswünschen an unsere tapferen Soldaten. Der Anblick verursacht einem einen Kloß im Hals.

So, ich komme nun zum Schluss. Wir müssen unbedingt eine Gans auftreiben, oder Weihnachten fällt in diesem Jahr aus. Richte bitte viele Grüße an meinen schrecklichen Bruder aus. Wir haben bisher nicht allzu viele Briefe von ihm erhalten, und die sind überdies alle extrem kurz. Vielleicht kannst du ihm Nachhilfe im Briefeschreiben geben, schließlich besitzt du ein besonderes Talent dafür.

Alles Gute für die Vorweihnachtszeit und vergiss nicht, dass wir unheimlich stolz auf euch sind und oft an euch denken. Öfter, als du ahnst.

Deine Freundin Evie

PS: Die Straßen sind zu vereist, um mit dem Rad zu fahren. Rusty, mein treues Ross, wurde deshalb für den Winter im Stall eingemottet. Meine wilde Spritztour nach Brighton wird bis zum Frühjahr warten müssen.

Von Thomas an Evelyn

Irgendwo in Frankreich
10. Dezember 1914

Liebe Evie,

es tut mir leid, dass mein letzter Brief inzwischen drei Wochen zurückliegt. Hier ist gerade sehr viel los durch die Ankunft neuer Truppen und damit verbundene neue Aufgaben.

Die Socken von dir sind wirklich ein Blickfang! Perfekt in den Oxford-Farben Blau und Weiß, selbst wenn die Streifen ein wenig verwackelt sind. Deine ehemalige Gouvernante Miss Needham hätte dir sicher bei jeder fallen gelassenen Masche auf die Finger geklopft. Diese alte Schreckschraube!

Will und ich haben einmal Sand in ihre Gummistiefel gefüllt, weißt du noch? Nach der frevelhaften Tat flüchteten wir von der Hinterveranda und lachten so laut, dass das ganze Haus uns hören konnte. Miss Needham jagte uns in Höchstgeschwindigkeit mit einem Besen hinterher, während wir in Windeseile zum Fluss hinunterrannten. Sie hat uns nicht erwischt. Vielleicht sogar absichtlich nicht. Sie hatte immer so ein Funkeln in den Augen, wenn sie uns anschrie, als ob es ihr Spaß machte.

Die letzte Woche hier war kräftezehrend. Drei Tage und drei Nächte haben wir ohne Schlaf im Schützengraben zugebracht, nur mit etwas trockenem Brot als Verpflegung. Unsere Glieder waren taub vor Kälte, und ich war kaum in der Lage, mein Gewehr nachzuladen. Außerdem war der Feind so nah, dass man ihn vor Angst keuchen oder mit seiner Munition hantieren hörte. Ein verflucht unangenehmes Gefühl, kann ich dir sagen. Der Krieg entspricht nicht im Geringsten dem, was ich erwartet habe. Gewiss, es ist ein Abenteuer, aber ich hätte nie gedacht, dass er meinen Blick auf die Dinge dermaßen verändern und ich mich so sehr nach meiner Heimat sehnen würde, nach den einfachsten Dingen, die ich als selbstverständlich betrachtet habe wie zum Beispiel die Privatsphäre meines Zimmers oder einen dampfend heißen Tee am Morgen. Ich träume davon, mit meinem Boot den Fluss hinterm Haus hinaufzurudern und zu beobachten, wie die Pusteblumensamen vorbeischweben, heruntersinken und über die Wasseroberfläche gleiten. Das alles scheint eine Ewigkeit her zu sein.

Richte der Köchin aus, ihr Plumpudding war der beste, den ich jemals gegessen habe. Kleine Freuden sind hier dünn gesät, und ich bin dankbar für ihre Fürsorge. Und für den Tabak! Den werde ich mir für den Rest des Jahres einteilen, falls es mir gelingt. Vielen Dank dafür, du bist ein Schatz.

Da wir gerade von Tabak sprechen: Mittlerweile haben wir alle unser Weihnachtsgeschenk von Prinzessin Mary erhalten – einen Beutel Tabak und Schreibutensilien, verpackt in einer Blechdose. Außerdem lag eine signierte Weihnachtskarte bei. Wie edel von der Prinzessin, dass sie sich für die Soldaten so viel Mühe gemacht hat. An der Front wird man sehr dankbar für solch kleine Gesten aus der Heimat.

Dein Bruder stellt den Krankenschwestern in unserem Feldlazarett nach, wobei er es vor allem auf eine junge Französin abgesehen zu haben scheint. Das arme Mädchen wird zweifellos mit einem gebrochenen Herzen ins neue Jahr gehen. Bitte behalte das für dich. Du weißt ja, dass er gern ein großes Geheimnis um seine Liebesgeschichten macht. Vielleicht werde ich demnächst selber mal die Krankenstation aufsuchen und Wills hübscher Mademoiselle meine geschundenen Füße zeigen – denen es übrigens leicht besser geht dank der Socken, die du mir geschickt hast.

Unsere geplante Reise nach Paris will mir einfach nicht aus dem Kopf, und ich versuche mich an dem Gedanken aufzurichten, dass wir sie bestimmt im nächsten Jahr machen können. Außerdem gebe ich die Hoffnung nicht auf, dass der Krieg vielleicht doch noch vor Weihnachten endet und ich die Festtage zu Hause genießen kann. Ich möchte gerne dieses hübsche Lächeln in deinem Gesicht sehen, das mich immer daran erinnert, dass daheim jede Menge Glück auf uns wartet.

Liebe Grüße

Tom

PS: Ich habe eine Nachricht von Will beigefügt. Ich glaube, er hat sich beim Schreiben die Hand verrenkt.

Liebe Evie,

wie du weißt, bin ich kein großer Briefeschreiber, aber ich werde mich trotzdem bemühen, von dem hübschen Briefpapier, das du mir geschickt hast, Gebrauch zu machen. Manchmal verbringen wir lange Stunden mit Nichtstun, darum sind deine Zeilen eine willkommene Abwechslung. Verrate mich nicht an Papa, ich habe mich nämlich an seinen kubanischen Zigarren vergriffen und vor unserem Aufbruch alle eingesteckt, die ich finden konnte. Ich dachte mir, ein Mann im Krieg braucht etwas, auf das er sich freuen kann.

Du solltest nicht so viel Zeit im Haus verbringen und erst recht nicht in *meinem* Zimmer. Das ist nicht gut für dich. Du warst nie eine, die den Müßiggang pflegt. Beschäftige dich weniger mit dem Briefeschreiben und mehr mit dem Radfahren. Ich bestehe darauf.

In Liebe

Dein Bruder Will

PS: Bitte richte Alice meine besten Grüße aus. Sag ihr, dass ich sie zum Tanzen ausführen werde, sobald ich zurückkehre.

Von Evelyn an Alice

Richmond, England
13. Dezember 1914

Liebe Alice,

es gibt schreckliche Neuigkeiten: Charlie Gilbert ist im Kampf gefallen. Papa hat gestern seinen Namen in der Verlustliste entdeckt. Sein Tod nimmt mich ziemlich mit, und Mama ist naturgemäß besonders bestürzt.

Armer Charlie. Mag sein, dass er nicht mein Herz erobert oder mich intellektuell angeregt hat, trotzdem war er ein guter Kerl. Ich hatte nie den Wunsch, ihn zu heiraten, Alice, doch ich habe nie gewünscht, dass er stirbt. Und nun mache ich nachts kein Auge mehr zu aus lauter Sorge um Will und Tom und die anderen Jungs. Jeder Tote mahnt uns, an die Gefahren zu denken, denen unsere Soldaten ausgesetzt sind. Und der Tod eines Mannes, mit dem man womöglich den Bund der Ehe eingegangen wäre … Das alles ist so furchtbar verstörend.

Mein Gott, Alice, wie konnte uns das passieren? Uns? Bitte komme mich bald wieder besuchen, ich brauche ganz dringend deinen grenzenlosen Optimismus.

Alles Liebe
Evie

Von Evelyn an Thomas

Richmond, England
17. Dezember 1914

Lieber Tom,

bitte verzeih, dass meine Antwort etwas länger gedauert hat. Vielleicht hast du von dem armen Charlie Gilbert gehört. Er ist gefallen, wurde angeblich von einer Granate getroffen. Die Nachricht von seinem Tod hat mir sehr zugesetzt.

Seitdem ist für mich der Gedanke, dass du und Will im Schützengraben kauert, während ich sicher und bequem in meinem Bett schlafe, noch schwerer zu ertragen. Du hältst mich bestimmt für albern, aber ich habe die letzte Nacht auf dem Boden verbracht, nur mit einer dünnen Decke gegen die Kälte. Obwohl ein unruhiger Geist und ein kalter, harter Boden nicht gerade die besten Schlafkameraden sind, habe ich vor, es heute Nacht wieder zu tun. Jede Nacht, bis ihr nach Hause kommt, was hoffentlich nicht mehr lange dauern wird, oder?

Ich nehme an, ihr habt von dem Beschuss Scarboroughs durch deutsche Kriegsschiffe gehört, bei dem auch Zivilisten ums Leben kamen, darunter Frauen und Kinder. Die Zeitungen berichten, dass der Angriff neunzig Minuten dauerte. Was für ein unvorstellbarer Horror. Das Kriegsministerium hat zwischenzeitlich Plakate aufhängen lassen mit dem Aufruf: *Denkt an Scarborough und meldet euch noch heute*. Die Leute sind wütend, Tom. Und das zu Recht.

Manchmal, wenn ich morgens aufstehe, tue ich so, als wäre das alles nichts als ein böser Traum und Will würde unten sitzen und frühstücken und du würdest gleich vorbeikommen mit irgendeinem obskuren Plan, willst uns etwa überreden, einen Ausflug nach Somerset zu machen und Scrumpy Cider zu trinken. Ich habe für herben Cider eigentlich nichts übrig, doch jetzt fände ich es göttlich.

Wenigstens habt ihr noch Zeit für Liebe und Romantik, zumindest mein Bruder. Ich freue mich zu hören, dass er die Krankenschwestern umgarnt. Die armen Mädchen werden keine Chance gegen seine amourösen Avancen haben. Ist diese Französin hübsch? Es gibt nichts Interessanteres als einen fremden Akzent, um das Herz eines Mannes zu erobern – bestimmt macht ihrer sie ziemlich unwiderstehlich. Erstaunlich allerdings, wie rasch Will seinen kurzen Flirt mit Alice vergessen hat. Vielleicht solltest du ihn daran erinnern, dass mit der Entfernung die Liebe wächst, wie es im Volksmund heißt. Alice hofft nach wie vor vergeblich auf ein paar Zeilen von ihm. Ich werde ihr gegenüber natürlich mit keinem Sterbenswort diese Krankenschwester erwähnen. Hat sie einen Namen? Und versprich mir, dass du mich über alle romantischen Entwicklungen ausführlich auf dem Laufenden halten wirst.

Eine recht profane Neuigkeit ist, dass wir endlich eine Weihnachtsgans haben. Sie ist nicht so groß, wie Mama sie gerne hätte, aber nichtsdestotrotz eine Gans. Mama vergisst oder will es nicht wahrhaben, dass wir in diesem Jahr einige Münder weniger zu füllen haben. Ich wage es kaum anzusprechen. Schon die kleinste Bemerkung über den Krieg schlägt ihr aufs Gemüt, wobei ehrlich gesagt niemand von uns wirklich glauben kann, dass ihr an Weihnachten nicht da sein werdet, entgegen aller vollmundigen Versprechungen seitens der militärisch und politisch Verantwortlichen.

Tom, bist du bereit, mir auf eine kleine Traumreise zu folgen? Stell dir vor, wir schlendern über die Champs-

Élysées und bewundern den Arc de Triomphe, während dicke Schneeflocken leise aus einem verhangenen Himmel fallen. Später stehen wir auf dem Montmartre und schauen den Künstlern zu, hinter uns ragt die majestätische Pracht von Sacré-Cœur empor. *C'est si beau*. Und dann legen wir unsere Köpfe in den Nacken und starren den schwindelerregend hohen Eiffelturm hinauf. Es sind dreihundert Stufen bis nach oben, weißt du. Ich werde mit dir um die Wette laufen!

Mein törichtes Herz klammert sich an solch heitere Gedanken. Doch es ist nicht allein der Charme seiner Hauptstadt, der mich nach Frankreich zieht. Du wirst mich für dumm halten, wenn ich das sage – ein Teil von mir sehnt sich danach, näher am Krieg zu sein. Ich muss etwas tun, Tom. Irgendetwas, außer hier zu sitzen und mir Gedanken und Sorgen zu machen.

Pass gut auf dich auf, und wenn wir vorher nichts mehr voneinander hören, wünsche ich dir das beste Weihnachten, das man an der Front haben kann. Wir denken ganz fest an euch, in jedem wachen Moment wie in unseren Träumen. *Joyeux Noël*.

Herzlich
Evie

Von Thomas an Evelyn

Irgendwo in Frankreich
20. Dezember 1914

Liebe Evie,

ich sitze hier in meinem Bunker, fülle endlos Papiere für meine Vorgesetzten aus und träume von Austern und Champagner, von gerösteten, mit Zucker bestäubten Maronen und von einem prasselnden Kaminfeuer. Zwar war ich nie ein großer Tänzer, aber im Moment würde ich meine rechte Hand dafür geben, auf dem Weihnachtsball deiner Mutter zu sein. Letztes Jahr habe ich nur zweimal getanzt – einmal mit dir und einmal mit deiner Mutter, falls du dich erinnerst – und mich dann rasch an den Rand verzogen für einen weiteren Scotch. Du trugst ein pfauenblaues Kleid und funkeltest wie das Lametta am Baum. Nach einer Weile floh ich vor der Hitze aus dem Saal in den Garten. Du hast mich draußen gefunden, und wir teilten uns eine Zigarette vor den Rosensträuchern. Erinnerst du dich? Ich gab dir mein Jackett, um dich warmzuhalten. Und dann entdeckten wir deinen Bruder hinter der Stechpalmenhecke in enger Umarmung mit Hattie Greenfield. Will und seine Frauen!

Wills französische Krankenschwester heißt Amandine Morel. Eine schöne junge Frau, benannt nach einer Mandelblüte – eine perfekte Gelegenheit für schlechte Poesie, wie sie im Buche steht. Dennoch muss ich zugeben, dass ich Will um diese Ablenkung beneide. Ich dagegen blase eher Trübsal, denke ständig daran, dass draußen die Kämpfe toben ohne Rücksicht auf die Jahreszeit oder die Verluste.

Mein Vater hat mir endlich geschrieben. Offenbar ist er enttäuscht, dass ich an Weihnachten nicht nach Hause komme, was mich ein wenig mit ihm versöhnt. Als ich ihn das letzte Mal sah, hatten wir einen furchtbaren Streit und haben seither nicht mehr miteinander gesprochen, darum sind ein paar Zeilen von ihm wohl als Fortschritt zu betrachten. Weißt du, Evie, ich habe wenig Interesse daran, die *London Daily Times* zu übernehmen. Das ist nicht der Beruf, in dem ich mich sehe – ich kann mich nicht dafür begeistern, ständig der nächsten Story hinterherzujagen, um Geld zu verdienen, oder mich selbst sogar als Starreporter zu profilieren. Ehrlich gesagt, verstehe ich nicht, warum wir nicht fähige Leute einstellen, die etwas von diesem Metier verstehen. Doch egal, was ich vorschlage, mein Vater will nichts davon hören. Er hat meine Leidenschaft für Literatur nie verstanden, dabei tut er im Grunde dasselbe wie ich, bloß auf einem anderen Niveau und durch ein anderes Medium. Trotzdem erzählt auch er seinen Lesern Geschichten. Also warum dann diese Kluft zwischen uns?

Verzeih mir meine sentimentalen Anwandlungen. Das ist bestimmt nicht das, was du in meinen Briefen lesen möchtest.

Paris wird wohl bis nächstes Jahr warten müssen, falls es dann noch steht. Bis dahin wird alles aus und vorbei sein. Dieser Krieg kann nicht mehr allzu lange dauern.

Denk an mich, wenn du dir eine Scheibe von eurem Gänsebraten abschneidest. Ich werde sie mir bildlich vorstellen mit einer großen Portion Bratensoße.

Frohe Weihnachten wünscht dir und deiner Familie dein treuer Freund Tom

Paris

15. Dezember 1968

Paris begrüßt mich wie ein alter Freund, freudig und mit offenen Armen. Während unser Taxi durch die verwinkelten Straßen fährt, sitze ich still da und beobachte den Schnee, der von einem pastellrosa Himmel rieselt. Die Stadt sah nie schöner aus.

Nach der anstrengenden Reise bin ich erleichtert, als schließlich die vertraute Silhouette des Wohngebäudes auf der Rue Saint-Germaine auftaucht, unserem zweiten Zuhause, unserer eigenen kleinen Ecke von Frankreich, wie sie es nannte.

Nachdem Margaret sich gründlich versichert hat, dass ich es warm und bequem habe und nicht in akuter Gefahr bin, vom Balkon zu stürzen, verlässt sie das Haus, um die Stadt auf eigene Faust zu erkunden. Ich beneide sie um das Vergnügen, alles zum ersten Mal zu erleben – den Bummel über die Place de la Concorde, das Entdecken lokaler Delikatessen, das Aufsaugen von Eindrücken im Überschwang der Jugend –, aber zugleich bin ich froh über die ungestörte Zeit, die mir ihre Abwesenheit verschafft und in der ich allein sein kann mit meinen Erinnerungen, die ungeahnte Reichtümer und nicht gehobene Schätze bergen.

Ich döse eine Weile vor mich hin und träume von Spaziergängen im Regen durch den Jardin du Luxembourg, davon, dass ich lächele, wenn ich sie lachen und ihre nassen Haare schütteln sehe. Es ist ein schöner Traum, in dem ich noch ein kräftiger junger Mann bin und vollkommen in ihrem Bann stehe. Ein Traum, in dem sie noch da ist und mir nicht vor Kurzem genommen wurde.

Das dumpfe Schlagen der schweren Eingangstür reißt mich unerbittlich in die Gegenwart. Margaret kommt früher als erwartet zurück und bringt den scharfen Geruch von Kälte und das Aroma gerösteter Mandeln mit sich herein. Sie schwatzt gleich voller Begeisterung los und erzählt von den Marktständen und Pâtisserien und den Lichtern entlang der Seine.

»Oh, Mr. Harding, es wirkt alles so romantisch«, schwärmt sie, während sie ihr gepunktetes Kopftuch ausschüttelt. »Kein Wunder, dass man von der Stadt der Lichter spricht. *J'adore Paris*!«

Ich ringe mir ein Lächeln ab, denn ich kenne mich aus mit der Romantik dieser Stadt der Lichter, ich weiß, dass sie einem das Herz mühelos zu stehlen vermag.

Schneeflocken sprenkeln Margarets mahagonibraune Ponyfransen und die Schultern ihres Mantels. Ihre Wangen glühen vor jener seltenen Begeisterung, die Paris allein um diese Jahreszeit hervorruft. Ihre Arme sind beladen mit Weihnachtsgeschenken und anderen Einkäufen, die sie wie Trophäen auf dem Küchentisch ausbreitet und mir einzeln zeigt: diverse Käsesorten, gezuckerte Beignets und Mandelkekse, handgemachte Rosenwasserseifen und ein Bund Stechpalmenzweige, umwickelt mit einem Stoffband. Doch es ist das würzige Aroma des Vin chaud, das meine Sinne beflügelt, und in den Flammen des Kaminfeuers sehe ich die Frau, deren Lächeln mir selbst an den schlimmsten Tagen Auftrieb gab. Da ist sie, ein Glas Glühwein in der Hand, ihre Augen auf mich geheftet, die Wangen rosig überhaucht.

Mein Herz macht einen schmerzhaften Satz – es ist der unregelmäßige Rhythmus der Trauer.

»Oh! Das hätte ich fast vergessen.« Margaret nimmt einen Brief aus ihrer Handtasche. »Der hier lag in der Post. Ich nehme an, er ist von Delphine.«

Nickend nehme ich den Brief entgegen, erkenne die vertraute Handschrift auf dem Umschlag. Die liebe Delphine. Ich freue mich so sehr, sie wiederzusehen. Vorsichtig öffne ich den Umschlag und falte das parfürmierte Papier auf.

Lieber Tom,

ich freue mich natürlich sehr, dass du an Weihnachten nach Paris kommst, muss allerdings zugeben, dass ich ein bisschen besorgt war wegen der anstrengenden Reise. Ich hätte dir gerne davon abgeraten, aber ich weiß, du änderst deine Meinung nicht, sobald du einmal einen Entschluss gefasst hast. Darum herzlich willkommen und ich freue mich auf unser Wiedersehen.

Natürlich wird es dieses Jahr schwer für dich sein, doch ohne dich wäre es nicht dasselbe. Wir werden einfach das Beste daraus machen und für ausreichend Vin chaud sorgen, den du in Paris so gerne trinkst.

Ich melde mich in ein paar Tagen telefonisch bei dir, um zu hören, ob du gut angekommen bist.

Herzliche Grüße

Delphine

Meine Hände zittern, als ich das Blatt zusammenfalte und zurück in den Umschlag stecke. So viele ferne Gesichter und Erinnerungen erwachen flackernd zum Leben, hartnäckige Flammen, die nicht erlöschen wollen.

»Ist alles in Ordnung, Mr. Harding?«

Ich nicke und drehe den Kopf zu meiner Pflegerin. »Ja, Margaret. Außer dass mein Glas leer ist. Könnte ich vielleicht noch einen kleinen Schluck bekommen?«

Sie zögert, und ich weiß, was sie gerade denkt: Verträgt sich ein zweiter Glühwein mit seinen Medikamenten? Ist das eine gute Idee?

»Es wäre eine Schande, ihn zu vergeuden«, argumentiere ich.

Sie lächelt und füllt mein Glas, dann ihr eigenes, bevor sie mir zuprostet.

»*Santé*, Monsieur Harding. *Joyeux Noël.*«

»Frohe Weihnachten, Margaret.«

Ich halte das warme Glas in meiner Hand und lasse Margaret ihre Einkäufe bewundern, während ich das nächste Bündel Briefe vom Schreibtisch nehme. 1915. Das nächste Kriegsjahr. Das nächste Jahr unserer Geschichte.

Bevor ich weiterlese, werfe ich einen Blick aus dem Fenster hinauf zu den Schneewolken, die den Himmel bedecken, und wünsche all jenen ein frohes Fest, die mir ganz besonders am Herzen liegen …

TEIL ZWEI

1915

Sollte ich sterben, denkt nur dies von mir:
Dass da ein Winkel ist auf fremdem Feld,
Der England ist für immer.

RUPERT BROOKE, *DER SOLDAT*

Von Evelyn an Thomas

Richmond, England
1. Januar 1915

Lieber Leutnant Harding,

bonne année! Ich kann mich einfach nicht an deinen Titel gewöhnen. Welch krasser Gegensatz zu dem Lausebengel Tom Harding, der früher im Garten auf Spatzen schoss. Ich weiß noch, wie du und Will in kurzen Hosen mit euren Pusterohren zwischen den Blumenbeeten umherlieft. Woher hätten wir ahnen sollen, wie real diese harmlosen Spiele einmal werden sollten?

So, nun haben wir also 1915, aber ich finde nicht viel, was Anlass gibt, aus voller Überzeugung ein frohes neues Jahr zu wünschen. Es klingt einfach falsch. Schließlich zieht sich der Krieg weiter hin und hat sogar unsere Heimat erreicht. Es gab Bombenangriffe selbst an Heiligabend. Nicht zu glauben, wir haben es aus der Zeitung erfahren. Zum Glück waren dieses Mal keine Verletzten oder Toten zu beklagen. Lediglich ein Pfarrgärtner wurde beim Ästestutzen durch die Druckwelle vom Baum geschleudert.

Der Krieg schien anfangs unendlich weit entfernt, jetzt ist er es nicht mehr. Was, wenn sie anfangen, Bomben über der Londoner City abzuwerfen? Beeilt euch bitte und gebt ihnen den Rest, ja?

Alice würde mir sagen, dass ich positiver denken soll – und sie hätte recht. Ich hoffe, dass meine Briefe dich aufmuntern und zum Lächeln bringen und dich an dein Zuhause erinnern. Welch besserer Zeitpunkt böte sich an, hoffnungsvoll nach vorn zu blicken, als der erste Tag im neuen Jahr. Ganze zwölf noch unbelastete Monate liegen vor uns wie ein Stoß leeres Schreibpapier, das darauf wartet, mit Inhalten gefüllt zu werden. Ich ermahne Mama immer wieder, dass sie aufhören soll, auf das, was war oder was hätte sein können, zurückzublicken – sie bricht nach wie vor in Tränen aus, wenn von Charlie Gilbert die Rede ist und von dem Heiratsantrag, den er mit in sein Soldatengrab nahm. Ständig erinnere ich sie daran, dass alles, was wir tun können, was wir tun müssen, darin besteht, unseren Blick nach vorne zu richten auf bessere Zeiten … Und auf Tanzabende im Ritz.

Wie süß von dir, dass du dich noch an das Kleid erinnerst, das ich auf dem letzten Weihnachtsball getragen habe. Ich hatte es ganz vergessen. Zu deinen Ehren habe ich es dieses Jahr erneut angezogen, obwohl niemand mir einen Zug von seiner Zigarette anbot oder sein Jackett und niemand mir versicherte, dass ich im Licht des Wintermonds bezaubernd aussähe. Bringe ich dich zum Erröten, Tom? Hast du vergessen, dass deine Komplimente so leicht flossen wie der Wein?

Vergiss es. Ich scherze, weil man es anders nicht erträgt.

Seit Neuestem haben wir im Haus eine Mäuseplage. Ich höre sie hinter den Fußleisten und dem Kaminvorsprung entlangtrippeln. Das leise Scharren ihrer kleinen Krallen verursacht mir jedes Mal eine Gänsehaut. Mills hat Fallen ausgelegt, und ich kann dir sagen, dass es nichts Unangenehmeres gibt als das Knallen und Knacken, wenn sie zuschnappen. Von dem Geräusch dreht sich mir der Magen um. Ich finde es so unerträglich, dass ich beschlossen habe, mir stattdessen einen guten Mäusefänger zu suchen. Zwar habe ich für Katzen nicht besonders viel übrig, doch alles ist mir lieber als diese furchtbare Ohrenfolter. Ich habe eine Anzeige in das Fenster der Post gehängt und warte gespannt auf Antwort.

Apropos Post, ich hatte eine interessante Unterhaltung mit der Postmeisterin. Sie hat mir erzählt, das Amt suche, da die Männer alle fort sind, weibliche Aushilfskräfte zum Sortieren und Ausliefern der Briefe. Mama will natürlich nichts davon hören, aber ich würde diese Arbeit gern übernehmen, schließlich besitze ich ein Rad. Und was würde ich dafür geben, aus dem Haus zu kommen, weg von Mamas ständiger Beobachtung. Sie mäkelt immerzu herum, dass ich nie einen Ehemann finden werde, wenn ich nicht mehr auf mein Äußeres achte. Seit Charlie gefallen ist, hält sie beharrlich Ausschau nach einem geeigneten Ersatz. Nimm dich in Acht, Thomas. Womöglich greift sie als letzten Ausweg auf dich zurück!

Ich hoffe, euer Weihnachten an der Front war erträglich. Wir haben unser Bestes getan, damit es für alle einigermaßen schön war, doch es wollte keine wirkliche Stimmung aufkommen. Das Fehlen von lieben Freunden und Angehörigen an unserer Tafel wog einfach zu schwer. Es ist seltsam, dass wir trotzdem versuchen, nicht zu oft über den Krieg zu reden. Sogar eine sonderbare Art von Codesprache haben wir entwickelt: *Ich frage mich, wie sie sich machen. Drüben.* Oder: *Gibt es was Neues? Von … du weißt schon.* Wir sagen nicht *Krieg*. Wir sagen nicht *Frankreich* oder *Belgien* oder *die Deutschen.* Unsere Worte versiegen mitten im Satz, sodass ich mir immer ein riesiges Loch im Boden vorstelle, in dem unsere unausgesprochenen Gedanken und Ängste versinken und für immer verloren gehen. Gut, dass wir sie los sind, sage ich, nur stimmt das?

Ehrlich, Tom, ich fühle mich wie ein unbenutztes Kleid, das schlaff im Schrank hängt ohne Zweck oder Kontur oder

Form. Das Einzige, wozu ich zu taugen scheine, ist, mich um die Mäuseplage in unserem Haus zu kümmern. Ziemlich dürftig, finde ich. Vielleicht sollte ich mich in der Pflege und Behandlung von Füßen fortbilden, damit ich mich als Krankenschwester zu dir und Will an die Front melden kann. Alles wäre besser, als ziellos durch ein Haus zu laufen, das wie ausgestorben wirkt. Ehrlich. Es ist unerträglich.

Habe ich erwähnt, dass ich für Will eine großartige Überraschung habe, wenn er heimkommt? Es ist ein Gemälde, das Hamlet und Shylock zeigt. Ich habe es auf der Grundlage von Fotos in Auftrag gegeben, dazu zwei Miniaturbilder, die in Manschettenknöpfe eingelassen werden. Sie sind wunderschön geworden und sollten eigentlich bereits vor Weihnachten fertig sein – im Fall des Falles –, aber der Künstler erkrankte an einem Fieber. Jetzt werde ich sie als Willkommensgeschenk für meinen Bruder aufheben.

Pass gut auf dich auf, Leutnant Harding, und glaube daran: Bevor du zehnmal *It's a long way to Tipperary* singen kannst, wirst du wieder der gute alte Thomas Archibald Harding sein und mit deinem kleinen Boot gemächlich auf der Themse rudern in Richtung Teddington Lock oder Hampton Court. Die Fischreiher werden am Ufer strammstehen und dir die Ehre bezeugen für alles, was du für König und Vaterland getan hast. An solche Träume müssen wir uns mit aller Kraft klammern.

Um es mit William Blake zu sagen: *Weit schöner ist der Träume Land, das in der Sterne Licht ich fand.*

Allerbeste Wünsche

Evie

PS: Es liegen neue Socken bei. Ich glaube, meine Strickkünste werden langsam besser.

Von Charles Abshire an Thomas

London, England
2. Januar 1915

Lieber Thomas,

sei gegrüßt, mein Junge. Ich schreibe dir im Namen deines Vaters. Zwar möchte ich dich nicht beunruhigen, doch es geht ihm seit einiger Zeit ziemlich schlecht, und eine Besserung ist nicht wirklich in Sicht. Auf seinen Wunsch führe ich vorübergehend seine Korrespondenz und vertrete ihn außerdem als Geschäftsführer der *London Daily Times*, soweit es mir möglich ist. Wie du weißt, bin ich mit kaufmännischen Belangen bereits stark ausgelastet, aber fürs Erste geht es nicht anders. Sollte sich der Zustand deines Vaters in den nächsten zwei Wochen nicht bessern, werde ich wohl deinen Cousin John Hopper um Unterstützung bitten müssen. Ich hoffe, das ist für dich akzeptabel?

Bitte gib gut auf dich acht in Frankreich. Wir können es nicht erwarten, dich möglichst bald wieder zu Hause willkommen zu heißen.

Mit den besten Grüßen
Charles Abshire

Von Thomas an Evelyn

Irgendwo in Frankreich
4. Januar 1915

Liebe Evie,

ich wünsche dir ein frohes neues Jahr, obwohl das Neue daran sich offenbar schon abgenutzt hat. Wir haben hier von den Angriffen auf England gehört und waren außer uns, wurden jedoch von einem Franzosen ordentlich zurechtgewiesen.

Ihr rastet aus wegen ein paar Luftangriffen, warf er uns vor, *während wir unsere Häuser und unsere Familien verlieren, die Schönheit unseres Landes, unseren Stolz. Wir verlieren alles! Wenn dieser Krieg zu Ende ist, kehrt ihr zu ein paar beschädigten Häusern zurück und wir in ein verwüstetes Land. Ins Nichts.*

Er hatte recht. Was die Franzosen erlitten haben und noch immer erleiden, sprengt alle Vorstellungen. Der Wiederaufbau ihrer Städte und Dörfer wird vielleicht ihr ganzes Leben dauern, ebenso die Rekultivierung ihrer Äcker und Felder. Der Mann hielt uns seine Standpauke unmittelbar nach der Ankunft deines letzten Päckchens. Ich klopfte dem Kameraden auf die Schulter und gab ihm ein Paar von deinen kostbaren Socken, ich hoffe, du hast nichts dagegen. Er lächelte zerknirscht und nickte zum Dank, verwendete die Socken dann als Handschuhe. Wir sitzen alle im selben Boot, wir sind Leidensgenossen.

Da wir gerade von Socken sprechen, tausend Dank dafür! So viele auf einmal – ich kann dir gar nicht sagen, wie froh ich über ihren Anblick war. Am meisten leide ich hier unter den ewig nassen Füßen. Dabei kann ich mich in meiner Position als Leutnant noch glücklich schätzen, denn ich werde öfter abgelöst als die einfachen Soldaten. Das sind echt arme Schweine. Ich muss zugeben, dass mich jedes Mal, wenn ich einen Mann verliere, Schuldgefühle plagen und tiefe Schwermut mich überkommt. Da ich jeden der rund fünfzig Männer, die unter meinem Kommando stehen, kenne, geht mir jeder Verlust nahe, und ich male mir immer aus, wie es ist, wenn der Brief des Königs bei der Familie des Gefallenen eintrifft. Ein elendes Geschäft.

Die Zuneigung deines Bruders für Amandine flaut nicht ab. Es scheint tatsächlich so, als wäre es ihm ziemlich ernst mit ihr. Ich dachte eigentlich, er würde sich rasch anderweitig orientieren, aber das hat er nicht getan. Du weißt ja selbst, wie er sonst ist. Er braucht lediglich sein Lächeln aufblitzen zu lassen, und prompt gerät jede Frau in einem Umkreis von drei Metern in Verzückung über diese leuchtend blauen Augen. Ich dagegen, ein Hüne mit roten Haaren und breiter Brust, komme bei den Damen nicht so gut an, oder? So ein Pech, dass ich äußerlich nach meinem Onkel schlage – dem am meisten verhassten Mann in der Familie. Allerdings habe ich auch seinen Verstand geerbt, und das ist immerhin etwas, schätze ich.

Du hattest gehofft, dass wir an Weihnachten die Kämpfe unterbrechen durften. Nun, zu unserem großen Erstaunen rief unser Kommandant tatsächlich eine Waffenruhe für den ersten Weihnachtstag aus. Wir krochen aus unseren Löchern, die Deutschen aus ihren und teilten unser Weihnachtsgebäck aus der Heimat oder eine Zigarette. Evie, unsere Waffen niederzulegen und den Deutschen die Hände zu schütteln wie Kameraden – ich kann nicht beschreiben, wie unglaublich sich das anfühlte. Da stand ich dann und verbrachte ein paar Stunden mit genau den Männern, die so viel Unheil angerichtet hatten. Man stelle sich vor, wie viel

Vertrauen wir aufbringen mussten, um unbewaffnet das Niemandsland zu betreten und mit dem Feind freundlich umzugehen, wenngleich bloß für eine kurze Zeit. Wir waren alle seltsam beschwingt, weil wir uns wieder wie Menschen fühlten.

Es war ein schöner Abend, wenn man ein Weihnachtsfest an der Front überhaupt so nennen kann. Ein strenger Frost hatte die Schlammpfützen gefrieren lassen und machte das Herumstehen erträglicher. Als die Nacht hereinbrach, kamen sogar der Mond und die Sterne hervor und vertrieben die dichten Wolken. Und, du wirst es nicht glauben, wir haben wirklich und wahrhaftig gemeinsam mit dem Feind Lieder gesungen. Kannst du das glauben: ein Haufen schmutziger Soldaten, Deutsche und Engländer, die sich gegenseitig ein Weihnachtsständchen bringen. Und das alles trotz General Smith-Dorriens Warnung, uns mit dem Feind nicht zu verbrüdern. Ich frage dich: Wie soll ich einen Mann hassen, wenn ich jeden Morgen riechen kann, was er gerade frühstückt, oder wenn ich ihn nachts wenige Meter von mir entfernt gequält aufschreien höre? Insofern war dieser Abend für uns eine Wohltat und ein dringend benötigtes Innehalten, um zu erkennen, dass wir uns ungeachtet des Grauens ringsum noch verhalten konnten wie zivilisierte Menschen. Wie im richtigen Leben, was immer das bedeutet.

Manchmal frage ich mich, ob das richtige Leben so aussieht wie in London: verstopfte Straßen, Menschen in Eile, Damen, die ihre Gärten pflegen und sich neue Hüte kaufen, Herren, die im Club eine Partie Billard spielen und sich anschließend einen guten Scotch genehmigen. Oder ist unsere Realität das richtige Leben? All die zerfetzten Körper, all das sinnlose Sterben. In [redacted] war es besonders grausam.

Entschuldige, Evie, ich sollte eine Frau nicht mit solchen Gedanken behelligen, doch aus irgendeinem Grund weckst du in mir das Bedürfnis, mir alles von der Seele zu schreiben.

Du sagst, du leidest an innerer Unruhe und dem Drang, deinen Teil zu den Kriegsanstrengungen beizutragen – nun, ich würde es hassen, wenn du an die Front kämst. Es ist gefährlich, es vergiftet die Seele, und jeder sollte davor geschützt werden. Ich möchte die Schwester meines besten Freundes so weit wie möglich davon fernhalten. Warum übst du dich nicht im Schreiben? Ich weiß, wie sehr du für Lyrik schwärmst. Als ich deine heißgeliebte Ausgabe von William Blakes Gedichten das letzte Mal gesehen habe, war sie bereits stark zerfleddert. Niemand hat jemals meine Liebe für die Literatur so gut verstanden wie du, Evie. Ich vermisse meine Bibliothek ganz schrecklich. Liest du wirklich genügend für uns beide? Vielleicht könntest du mir etwas Lesestoff schicken? Es sind lange Stunden, wenn wir nichts zu tun haben und auf Befehle warten.

Man glaubt es kaum, dass ich sogar meinen Vater vermisse. Er ist krank und erholt sich scheinbar nicht so recht. Ich hoffe, es ist nichts Ernstes.

Ich freue mich bereits auf deinen nächsten Brief.

Liebe Grüße

Tom

PS: Will werden die Porträts sehr gefallen. Er spricht dauernd von seinen Pferden, wenn wir ihre Artgenossen in der Schlacht fallen sehen. So herrliche Tiere, für immer verloren. Armer Will.

PPS: Wirf einen Blick auf den Umschlag. Wie du sehen kannst, habe ich die Briefmarke in einem bestimmten Winkel aufgeklebt. Viele Kameraden hier benutzen die Sprache der Briefmarken, wenn sie nach Hause schreiben. Eine nette kleine Extrabotschaft zum Entschlüsseln. Weißt du, wie meine lautet?

Von Thomas an seinen Vater

Irgendwo in Frankreich
16. Januar 1915

Lieber Vater,

mit großem Bedauern habe ich von deiner angegriffenen Gesundheit erfahren, aber da du ein zäher alter Bursche bist, habe ich keinen Zweifel, dass du bald wieder auf die Beine kommen wirst.

Ich bin froh, dass Abshire sich um die Zeitung kümmert, während du außer Gefecht gesetzt bist. Vielleicht sollten wir seinem Vorschlag folgen und Cousin John an Bord holen, falls sich deine Genesung weiterhin verzögert. Ich habe für den Kerl zwar nicht viel übrig, doch er würde uns gute Dienste leisten, zumindest für den Übergang. Nun, da die Welt im Krieg ist, müssen wir rund um die Uhr Seiten liefern. Zu berichten gibt es reichlich, obwohl vieles der Zensur anheimfällt, wie ich gehört habe. Wir haben hier einen Kameraden namens [redacted], der regelmäßig Berichte an die Fleet Street schickt. Er muss sie heimlich aus dem Land schmuggeln, sagt er. Er schreibt aus [redacted]. Ist dir sein Name bekannt?

Schone dich, Vater, und werde bald wieder gesund.

Ich verbleibe mit den besten Wünschen.

Dein Sohn Thomas

Von Evelyn an Thomas

Richmond, England
14. Februar 1915

Lieber Tom,

als Erstes möchte ich mich entschuldigen, weil ich mich so lange nicht gemeldet habe. Ich litt an einer fürchterlichen Grippe und war zu nichts anderem fähig, als im Bett zu liegen und einen dubiosen Stärkungstrank zu mir zu nehmen, mit dem man selbst den Teufel austreiben könnte, wie die Köchin mir versicherte. Wie auch immer: Die Brühe hat geholfen.

Es tut mir sehr leid zu hören, dass es deinem Vater schlecht geht, aber er ist ein starker Mann und wird sicher bald wieder gesund. Darum versuch bitte, dir keine Sorgen zu machen.

Leider muss ich zugeben, dass ich eine schreckliche Patientin war: zappelig und anstrengend, sehnsüchtig darauf wartend, Rusty aus dem Winterschlaf zu holen und loszustrampeln. Mama ist heilfroh, dass ich wieder auf den Beinen bin, weil ich ihr krank genauso viel Ärger bereite wie zu Zeiten, wenn ich gesund und munter bin.

Zur Strafe hat sie deine Tante Josephine für nächste Woche zu uns zum Dinner eingeladen. Josephines ältester Sohn, dein Cousin John Hopper, wird sie begleiten. Ich fürchte, Mama führt etwas im Schilde, und werde mich daher vorsichtshalber von meiner schlechtesten Seite und damit als eine völlig ungeeignete Heiratskandidatin präsentieren. Sofern ich mich recht entsinne, hast du für Hopper nicht besonders viel übrig, während ich ihn ganz annehmbar fand, als ich ihm das erste Mal begegnete.

Es gibt schlimme Berichte über neue Bombenangriffe. Dieses Mal traf es Great Yarmouth und King's Lynn: vier Tote und über ein Dutzend Verletzte durch deutsche Zeppeline. Ich hasse die Vorstellung, dass sie in der Dunkelheit lautlos über uns hinwegschweben wie nächtliche Gespenster. In einer Zeitung wurde spekuliert, dass sie von einer geheimen Basis in England aus starten. Ich schäme mich nicht, dir zu sagen, dass ich mich fürchte – da kann Papa mir tausendmal versichern, dass sie London nicht angreifen werden, sondern lediglich die Küstenstädte. Jedenfalls mache ich nachts kein Auge zu, schrecke beim kleinsten Geräusch hoch und stürze ans Fenster, um den Himmel nach Luftschiffen abzusuchen. Vermutlich war das der Grund, warum ich krank geworden bin. Aus lauter Angst.

Allerdings habe ich meine Zeit im Krankenbett genutzt, mich wieder in den Gedichtband von Blake, den du in deinem Brief erwähnt hast, einzulesen. Wie lustig, dass du dich an das Buch erinnerst. Blake verdanken wir so viele wunderbare Worte:

Tiger! Tiger! Brand, entfacht
In den Wäldern tiefer Nacht,
Welch unsterblich Aug' und Hand
Hat dich in dein Maß gebannt?

Und im *Geheimnis der Liebe* habe ich die folgenden unterstrichenen Zeilen entdeckt:

Deine Lieb' verschwiegen bleibt,
Darfst niemals bieten sie dar;
Denn sanft der Wind vorwärtstreibt,
Heimlich, still und unsichtbar.

Ich frage mich, wessen unerwiderte Liebe ich damals beklagte. Alberne Hirngespinste eines liebeskranken Schulmädchens, und doch gibt mir die Lektüre solch sentimentaler Zeilen Hoffnung, dass Liebe und Güte am Ende siegen werden. Derzeit gibt es so viele hastig geschlossene Ehen, weil die Männer auf diese Weise der Front zu entkommen hoffen, und ich frage mich unwillkürlich, ob wahre, aufrichtige Liebe in Kriegszeiten überhaupt gedeihen kann oder ob wir alle uns allein an den leisesten Hauch davon klammern wie Ertrinkende an ihr Leben. Wie siehst du das, Tom? Stoff zum Nachdenken, wenn du nachts wach liegst und nicht einschlafen kannst.

Ich habe mich sehr über eure eintägige Waffenruhe an Weihnachten gefreut. Kannst du wirklich das Frühstück der Deutschen riechen? Ist der Feind so nah? Ich dachte, ihr seid meilenweit auseinander und nicht praktisch Nachbarn. Wie furchtbar. Niemand vermag sich vorzustellen, in welcher Angst ihr leben müsst, aber ich weiß, dass du sehr tapfer bist und dass jene, die unter deinem Kommando stehen, sich glücklich schätzen können. Bestimmt sorgst du dafür, dass alle sich ordentlich benehmen und ihre Kenntnisse über Tschechow und Schach vertiefen. Scherz beiseite, du wirst sie gut führen, Tom, das weiß ich, selbst mit schlecht gestrickten Socken und kaputten Füßen.

Ist der Rattenbefall in den Schützengräben wirklich so schlimm, wie die Gerüchte wissen wollen, die von einer schrecklichen Plage reden? Erinnerst du dich an die Ratte, die ich einmal in den Sommerferien bei Großmama Kent unter dem Holzstapel entdeckte? Ich kreischte so laut, dass du und Will mit euren Blasrohren angerannt kamt, um mich zu retten. Zwei unerschrockene Helden!

Unser eigenes Nagerproblem ist unter Kontrolle dank

Tennyson, unserem neu erworbenen Kater. Er kam mit den höchsten Vorschusslorbeeren zu uns, und ich muss sagen, er erfüllt sie definitiv. Obwohl er ein bisschen wüst aussieht, weil ihm ein halbes Ohr fehlt, fange ich an, ihn in mein Herz zu schließen. Vielleicht sollten wir uns alle etwas suchen, an das wir uns emotional hängen können in diesen unsicheren Zeiten. Manchmal habe ich das Gefühl, ich könnte wie ein Löwenzahnsamen vom Wind fortgeweht werden, wenn ich mich nicht an etwas festhalte, das solide und beständig und unveränderlich ist. Kein Wunder, dass wir sonntags alle scharenweise in die Kirche strömen. Die jahrhundertealten Mauern führen uns vor Augen, dass es noch Dinge gibt, die Bestand haben und selbst Kriege überdauern. Sogar der alte Pfarrer vermittelt diese tröstliche Gewissheit.

Die Sprache der Briefmarken, du schlauer Fuchs! Natürlich weiß ich davon, hätte indes nicht gedacht, dass du dich mit so etwas abgeben würdest. Deine Botschaft lautete: *Vergiss mich nicht.* Wie könnte ich, Tom. Dafür kennen wir uns viel zu lange. Ich habe dir eine Botschaft zurückgeschickt. Achte auf den Umschlag.

Für heute schließe ich, denn ich habe mittlerweile einen Krampf vom vielen Schreiben. Außerdem muss ich mich für ein Wohltätigkeitsbuffet umziehen, wo ich Spenden einsammeln soll. Anschließend fahre ich nach London zu einem Vortrag von Emmeline Pankhurst. Ihr Name ist dir sicher ein Begriff durch die Suffragettenbewegung, die sie seit vielen Jahren anführt. Sie hat inzwischen ihre militanten Aktionen aufgegeben und konzentriert sich nun darauf, die Frauen in Großbritannien dazu anzuspornen, sich an den Kriegsanstrengungen zu beteiligen. Ich bin gespannt, was sie zu sagen hat. Wenn sie ein flammendes Plädoyer für die Notwendigkeit weiblicher Initiativen hält, wird Mama vielleicht nachgeben und mir nicht länger verbieten, mich irgendwo zu betätigen.

Bitte schreib mir bald. Ich hasse die Tage und Wochen, die ohne ein Wort von dir oder von Will verstreichen. Bisher musste ich in meinem Leben nie auf etwas warten. Ich bin nicht sehr gut darin.

Deine Freundin Evie

PS: Ich hoffe, die Handschuhe gefallen dir trotz der fehlenden Finger. Sie sind mein neuestes Strickexperiment. Meiner Erinnerung nach hast du nicht gerade kleine Hände, aber wenn ich das Ergebnis betrachte, kann ich mir nicht vorstellen, dass überhaupt jemand solche Riesenpranken hat. Trotzdem werden sie dir vielleicht von Nutzen sein. Wenn nicht, dribbele sie auf und mach irgendwas mit der Wolle!

Von Evelyn an Will

Richmond, England
15. Februar 1915

Mein lieber Will,

Mama besteht darauf, dass ich dir schreibe. Sie selbst kann sich kaum überwinden, zur Feder zu greifen – es nimmt sie zu sehr mit und endet jedes Mal in einer Migräneattacke. Da Tom sich regelmäßig meldet, haben wir zumindest die Gewissheit, dass du gesund und munter bist, aber du solltest wirklich an Mama denken. Bitte schick wenigstens ihr ein paar Zeilen, wenn du schon keine Zeit findest, deiner kleinen Lieblingsschwester zu antworten, die dich schrecklich vermisst und die sich immer wieder dabei ertappt, dass sie ganz automatisch in dein Zimmer schlendert aus dem Bedürfnis heraus, sich dir irgendwie näher zu fühlen.

Wir denken jeden Tag an dich, und schließen dich immer in unsere Gebete ein. Pass gut auf dich auf, Bruderherz, und vergiss nicht, dass wir alle sehr stolz auf dich sind.

Herzlich
Deine Schwester Evie

PS: Ich habe ein ganz wunderbares Geschenk für dich, wenn du nach Hause kommst!

Von Thomas an Evelyn

Irgendwo in Frankreich
25. Februar 1915

Liebe Evie,

bitte entschuldige meine verspätete Antwort, aber wir haben hier gerade alle Hände voll zu tun. Momente der Entspannung sind sehr selten, und meistens falle ich dann in einen erschöpften Schlaf, unfähig, mich auch nur eine Sekunde länger zusammenzureißen.

Ich bin froh, dass euch nichts geschehen ist. Die Vorstellung, dass diese verdammten Deutschen London angreifen könnten, erfüllt mich mit Abscheu. Nun kannst du vielleicht ein bisschen nachvollziehen, wie es sich hier an der Front anfühlt. Gib gut auf dich acht, liebe Freundin, und bleib gesund. Du musst für die anderen stark und tapfer sein, wenn die feindlichen Luftschiffe bis zu euch vordringen.

Deine Familie und deine Freunde brauchen deine mentale Kraft, um durchzuhalten.

Was das Thema Liebe betrifft, so ist mir dein Zynismus neu. Paul Humphreys hat dir damals offenbar wirklich das Herz gebrochen, nicht wahr? Es gibt viele Paare, deren Liebe auf massiven Grundfesten gebaut ist. Schau dir Queen Victoria und Prinz Albert an – sie hat seinen Tod über Jahrzehnte hinweg betrauert. Oder Romeo und Julia – ich weiß, dass du ihre Geschichte mindestens ein Dutzend Mal gelesen hast. Und was ist mit deinen Eltern? Ich kenne kein anderes Paar aus dieser Generation, das sich nach so vielen Jahren noch so innig liebt. Erinnerst du dich an den einen Tag, als wir im Studierzimmer Siebzehnundvier spielten und sie kommen hörten? Wir versteckten uns rasch hinter dem Kanapee unter einer Decke, und als sie anfingen, sich leidenschaftlich zu küssen, begann mein Gesicht so stark zu glühen, dass wahrscheinlich jede einzelne meiner Sommersprossen aufleuchtete. Wenn ich genauer darüber nachdenke, wo war eigentlich Will währenddessen? Manchmal verschwand er Gott weiß wohin.

Das Gerücht über die Rattenplage in den Schützengräben ist wahr. Diese Viecher übertreffen alles, was ich in London gesehen habe – verglichen damit sind unsere heimischen Exemplare niedliche Feldmäuse. Die Spezies, mit der wir es hier zu tun haben, ist wohlgenährt und erreicht fast die Größe eines kleinen Hundes. Die Männer benutzen sie für Schießübungen. Wenn ich nicht wüsste, dass du selber gerne jagst, würde ich nicht erwähnen, dass wir die elenden Biester abknallen, doch du warst ja diesbezüglich nie besonders empfindlich. Ich sehe dich gerade vor mir mit deinen dunklen Haaren, die unter dem Hut hervorwehen, in den Händen eine Jagdflinte. Du bist definitiv aus einem anderen Holz geschnitzt als deine Freundinnen, mit Ausnahme vielleicht von Alice. Dabei wollte deine arme Mutter eigentlich eine wohlerzogene junge Dame aus dir machen. Du hast ihre Erwartungen ziemlich hinter dir gelassen, gut für dich.

Hast du wieder mit dem Schreiben begonnen? Ich hoffe es. Was gibt es Neues aus der Stadt? Erzähl mir von Mrs. Pankhurst und dem Wohltätigkeitsbuffet. Im Geiste sehe ich feines Teegebäck, Scones, Marmelade, Schinkenröllchen und Butterkarotten. Mir knurrt bereits der Magen beim Niederschreiben dieser Worte. Sobald ich wieder zu Hause bin, werde ich nichts anderes tun, als zu schlemmen. Ich werde mich vollstopfen, bis ich dick und rund bin wie ein Mastschwein, und werde jede Minute davon genießen.

Es würde mich übrigens interessieren, wie euer Dinner mit Cousin John war. Hat er deine Mutter für sich eingenommen, wie du befürchtet hast? Er ist ein hübscher Teufel, aber nimm dich vor ihm in Acht. Er ist nicht unbedingt dafür bekannt, Frauen anständig zu behandeln. Sei vorsichtig, Evie.

Dein Freund Tom

PS: Mein Wissen über die Briefmarkensprache ist gelinde gesagt beschränkt, dein Bruder hat mir indes versichert, dass deine Botschaft lautet: *Ich denke an dich*. Das will ich schwer hoffen!
PPS: Ich habe deinem Bruder unablässig in den Ohren gelegen, damit er dir schreibt, wie du aus dem beiliegenden Brief ersiehst.

Bonjour, meine kleine Lieblingsschwester, auch wenn ich keine anderen Schwestern habe. Bitte bestell Mama liebe Grüße von mir. Sag ihr, es geht mir gut, soweit es die Umstände hier draußen an der Front erlauben. Das Glück wollte es, dass ich für die nächsten drei Tage den Schützengraben gegen unser nächstgelegenes Truppenquartier tauschen darf. Ich freue mich schon darauf, ein ausgiebiges Bad zu nehmen und zur Abwechslung einmal sauber auszusehen, also ein kleines Stück Normalität zu genießen. Selbst bescheidene Erfolge sind in diesen Tagen ziemlich wichtig. Ich weiß nicht, wie lange ich mir noch mein fröhliches Gesicht bewahren kann. Ich vermisse mein Zuhause, ich vermisse euch.

Dein Bruder Will

Von Alice an Evelyn

Brighton, England
26. Februar 1915

Liebe Evie,

freut mich zu hören, dass du deine Grippe überstanden hast. Das Wochenende neulich mit dir war großartig, und wir sollten uns wirklich öfter treffen, schließlich liegt Brighton nicht hinter dem Mond und Richmond genauso wenig. Mit dem Zug ist das ein Klacks. Ich finde es echt schändlich, dass wir ständig irgendwelche Gründe vorschieben, warum es gerade nicht passt. Das muss sich ändern!

Um an unser letztes Gespräch anzuknüpfen: Ich halte es für ausgesprochen wichtig, dass wir Frauen uns an den Kriegsanstrengungen beteiligen. Ich möchte allerdings nicht unbedingt Kranke versorgen, dafür fühle ich mich nicht geschaffen. Schon allein wegen meiner Tollpatschigkeit nicht. Wahrscheinlich würde ich mehr Menschen in den Tod befördern, als sie davor zu bewahren. Trotzdem muss es etwas geben, sich sinnvoll einzubringen, selbst wenn es unsere heimischen Munitionsfabriken sind. Vielleicht werde ich mich bei der Arbeitsvermittlung registrieren lassen und schauen, was dabei herauskommt. Und womöglich können wir ja gemeinsam etwas anleiern, was meinst du?

Nochmals danke für deine Einladung zu einer gemeinsamen Radtour im nächsten Monat, aber nein, es wäre mir zu peinlich, mich vor aller Augen zu blamieren. Du hingegen wirst auf deinem Rusty bestimmt eine glänzende Figur machen! Statt auf zwei Rädern lerne ich gerade auf vier Rädern zu fahren, und da mache ich mich gar nicht so schlecht. Wenn meine Mutter davon wüsste, würde sie an die Decke gehen. Billy Peters, ein Freund meines Vaters, ist so nett und lässt mich mit seinem Lastwagen üben, als Gegenleistung gehe ich mit ihm aus. Ich glaube, das macht den alten Knaben ein bisschen glücklich! Ein Gewinn für beide Seiten, findest du nicht?

Von Herzen alles Liebe

Alice

Von Evelyn an Will

Richmond, England
28. Februar 1915

Lieber Will,

wie schön, ein paar Zeilen von dir zu erhalten! Ich weiß, es ist sicher furchtbar schwer, aber versuch bitte, stark zu bleiben und einen klaren Kopf zu behalten, auch wenn du körperlich fix und fertig bist. Du, Will Elliott, hast das Herz eines Löwen, nun leg dir zusätzlich die Zähheit eines Ochsen zu. Du kannst und wirst das alles durchstehen. Ich weiß es.

Mama war unheimlich erleichtert, von dir zu hören. Sie sagt, ich soll dich daran erinnern, dass wir nicht stolzer auf dich sein könnten. Du dienst deinem König und deinem Vaterland – kann es eine größere Ehre geben? Mir ist bewusst, dass du viele dunkle Tage erlebst, doch wenn der Krieg vorbei ist, wirst du dankbar sein für das Leben, das vor dir liegt, statt auf diese schwere Zeit zurückzublicken. Außerdem spüre ich, dass der Frühling im Anmarsch ist, er bringt uns hellere und wärmere Tage, die unsere Stimmung heben. Im Winter kommt einem alles noch schlimmer vor, als es ist. Du musst unbedingt nach den ersten Frühlingsblumen Ausschau halten. Vielleicht nach Tulpen, falls die in Frankreich wachsen. Zieh dich an diesen Frühlingsboten hoch, Will, und bewahre deinen Glauben an dich selbst. Du bist Herr über dein Schicksal. Nicht der Feind, sondern du allein.

Bleib gesund. Ich melde mich bald wieder. Falls du etwas brauchst, das dir das Leben ein wenig angenehmer machen kann, lass es mich wissen, dann werde ich es dir schicken.

Liebe Grüße
Deine Schwester Evie

Von Evelyn an Thomas

Richmond, England
1. März 1915

Lieber Tom,

hurra, hurra, der Lenz ist da! Zumindest gibt es trotz Kriegszeiten ein paar kleine Lichtblicke.

Inzwischen ist bereits März, und ihr beide, du und Will, seid seit sechs Monaten fort. Ein halbes Jahr. Es fühlt sich eher an wie ein halbes Leben. Wie lange müssen wir das noch ertragen, Tom? Wie lange wird es dauern, bis der Feind endgültig geschlagen ist und ihr siegreich nach England zurückkehren könnt? Und steht euch nicht bald mal ein Heimaturlaub zu? Es wäre wundervoll, euch wiederzusehen. Ich denke jedes Mal an euch, wenn die Züge mit den Soldaten in ihren schlammverkrusteten Uniformen hier eintreffen. Manche von ihnen haben Fronturlaub, andere müssen ihre Verletzungen auskurieren, aber alle scheinen sehr erpicht darauf zu sein, zu ihren Waffenbrüdern zurückzukehren. Auf mich wirken sie unheimlich, fast wie Gespenster. Ganz anders als die gesunden und munteren Männer, die letzten Sommer loszogen.

Mit dem Frühling ist auch besseres Wetter eingekehrt, sodass ich gestern Rusty aus dem Winterschlaf geholt und den sonnigen Tag sogleich genutzt habe, um eine ausgiebige Radtour durch den Richmond Park zu unternehmen. Ich hatte ganz vergessen, wie schön es dort ist, nachdem ich länger nicht mehr da war, und mühte mich hoch auf die Spitze des Hügels, um den Blick auf die Petersham Meadows und die Themse zu genießen, deren Lauf man bei der klaren Luft bis London folgen konnte.

Alles wirkte so friedlich, und ich fühlte mich auf meinem Aussichtsplatz so sicher. Dann stellte ich mir vor, bis nach Frankreich schauen zu können, und winkte euch zu, schickte euch meine Grüße mit dem Wind. Ich hoffe, ihr wisst, wie oft wir an euch denken, wie oft wir am Tag innehalten, um in uns zu gehen und für eure glückliche Heimkehr zu beten.

Mrs. Pankhurst war fabelhaft. Sie ist eine beeindruckende Persönlichkeit, und ihre Worte haben mich sehr berührt. Sie sprach über die Notwendigkeit, die Regierung im Krieg zu unterstützen, und warb gemeinsam mit ihrer Tochter Christabel für die Einführung der Wehrpflicht und für Freiwilligendienste von Frauen. Dafür lässt sie sogar ihre Kampagne für dic Einführung des Frauenwahlrechts vorübergehend ruhen. Es ist schwer, ihr nicht recht zu geben, wenn man sie in Fleisch und Blut erlebt. Hinsichtlich immer neuer Meldungen über schwere Verluste an der Front und hinsichtlich der Aktivitäten der Pazifistenvereinigung, die vor Kurzem Räume auf der Fleet Street bezogen hat, weiß man wirklich nicht mehr, was man denken soll. Papa sagt, dass die Propaganda der Pazifisten eine Schande sei und dieser ein Ende gemacht werden müsse.

Du hast gefragt, ob ich wieder schreibe – ja, ich habe damit angefangen. Scheinbar tue ich neuerdings nichts anderes mehr, als in irgendeiner Form zu schreiben. Einerseits schöpfe ich Trost daraus, andererseits bringt es mich zur Raserei. Meine Gefühle laufen Amok, es deprimiert mich, dass ich nichts zu bewirken vermag. Ich kann alle Wut, Angst und Hoffnung, die ich in mir trage, zu Papier bringen, ob in Prosa oder in Versen, kann die schönsten Wörter der englischen Sprache verwenden oder einen Schwall ungeordneter, wirrer Gedanken hinkritzeln – es macht nicht den geringsten Unterschied. Es bleiben einfach

Worte, die ohne Folgen bleiben – egal wie ich über diesen Krieg denke, wie sehr ich mich gegen ihn auflehne.

Heute Morgen bin ich mit meinem Tagebuch auf den Richmond Hill gestiegen und habe meine Ergüsse laut gelesen, sie in den Wind hinausgerufen und mir vorgestellt, wie sie überall in London gehört werden und in den Zeitungen landen, sodass wahrscheinlich jeder erfahren würde, wie ich zu diesem Krieg stehe. Er macht uns alle verrückt, Tom.

Was deine Anmerkungen zum Thema wahre Liebe in deinem letzten Brief betrifft, so muss ich Abbitte leisten. Wer könnte jemals die Liebe zwischen Romeo und Julia gering schätzen oder die zwischen Victoria und Albert? Nein, du hast völlig recht, ich darf nicht zynisch werden. Ich muss an das Gute im Menschen glauben und nicht an das Böse, das ihn in den Krieg treibt.

Gibt es Neues von deinem Vater? Ich hoffe, sein Zustand hat sich inzwischen gebessert.

Bleib gesund, mein Lieber, und schreib mir bald.

Evie

PS: Ich habe vergessen, dir von dem Dinner mit deinem Cousin zu berichten. Ich verstehe nicht, was du gegen ihn hast. Er war absolut charmant, und ich bin mir sicher, Mama würde mich am liebsten gleich morgen mit ihm verheiraten, Spaß beiseite: Er war in der Tat ein höchst angenehmer Gesprächspartner. Allerdings bin ich so ausgehungert nach männlicher Gesellschaft, dass ich vermutlich selbst einen Abend mit dem Gärtner genießen würde. Jedenfalls bist du zu streng mit John. Tut mir leid, ich kann ehrlich nichts Schlechtes über ihn sagen.

Von Will an Evelyn

Irgendwo in Frankreich
10. März 1915

Beste Lieblingsschwester,

ich schreibe dir, ohne dass du mich zu drängen brauchtest. Dafür hätte ich ein weiteres Überraschungsgeschenk verdient, oder nicht?

Ich platze vor Neuigkeiten und konnte nicht länger damit warten, dich einzuweihen – ich wette, damit wirst du nie rechnen: Ich habe mich unsterblich verliebt, und zwar in eine schöne Französin namens Amandine Morel. Sie ist Krankenschwester im Feldlazarett, das unweit unseres Reservegrabens liegt, darum sehen wir uns recht häufig. Ich kann praktisch an nichts anderes mehr denken. Es ist verrückt, ich weiß, aber ich bin völlig hin und weg!

Sag Mama nichts davon, denn bislang ist nichts spruchreif. Der Krieg hat uns alle zu sehr aus dem Gleichgewicht geworfen, um irgendwelche wichtigen Entscheidungen zu treffen. Dennoch dachte ich mir, du würdest vielleicht gerne hören, dass hier nicht bloß Trübsinn und Verderben herrschen. Bestell bitte liebe Grüße an unsere Eltern.

Herzlich
Dein Will

Von Evelyn an Alice

Richmond, England
14. März 1915

Liebe Alice,

ich habe mich wie immer über deine Zeilen gefreut, und ja, du hast vollkommen recht, wir müssen einen Weg finden, um uns an den Kriegsanstrengungen zu beteiligen. Je länger dieser Krieg andauert, desto nutzloser fühle ich mich. Deshalb bin ich heute aktiv geworden und habe mich auf dem Postamt vorgestellt. Und nun rate mal, wer künftig Briefträgerin in Richmond wird! Rusty und ich werden demnächst durch Richmond sausen und die Post austragen. Ich bin schrecklich aufgeregt. Durch all die Briefe, die ich versende und empfange, weiß ich, wie wichtig ein paar Zeilen sein können. Dass man mich mit ihrer sicheren Überbringung an besorgte Mütter, Schwestern, Freundinnen und Geliebte betraut, erfüllt mich mit Stolz und versetzt mich in Hochstimmung. Nächste Woche lege ich los. Stell dir vor, Alice, ich, eine Postbotin!

Natürlich gab es einen fürchterlichen Streit mit Mama. Sie ist der festen Überzeugung, dass solch niedere Tätigkeiten unter der Würde einer Familie wie der unseren sind. Ehrlich, Alice, ich könnte sie ohrfeigen. Zum Glück ist Papa viel verständnisvoller und hat mir seinen Segen gegeben. Er ist eher erfreut, dass ich Freiwilligenarbeit leisten möchte, und hat mir versprochen, Mama zu beruhigen. Ich hoffe, es gelingt ihm, die Wogen zu glätten, denn wenn sie schmollt, ist sie absolut schlimm. Außerdem hasse ich es zu streiten.

Leider muss ich dir mitteilen, dass mein Bruder sich ernsthaft in eine französische Krankenschwester verliebt hat.

Unter dem Siegel der Verschwiegenheit hat er es mir in einem Brief anvertraut – offenbar ist er total verrückt nach ihr. Ich weiß, diese Neuigkeit wird dich ein wenig deprimieren, doch ich weiß auch, dass du längst jede Hoffnung begraben hast, aus eurer Freundschaft könnte sich mehr entwickeln. So sehr ich meinen Bruder liebe, ich bin mir sicher, dass es irgendwo dort draußen einen viel geeigneteren Ehemann für dich gibt. Jedenfalls glaube ich, dass die Sache gelaufen ist. Wir wissen ja, wie Will ist, wenn er sich etwas in den Kopf gesetzt hat. Und ich halte es durchaus für möglich, dass er das Mädchen bis zum Ende des Monats heiraten wird.

Da wir gerade von Heirat sprechen: John Hopper, Tom Hardings Cousin, war neulich bei uns zum Dinner eingeladen. Er ist der perfekte Gentleman. Mama kann nicht aufhören, von ihm zu schwärmen, und ich selbst ertappe mich dabei, dass ich öfter an ihn denke, als gesund ist. Dabei habe ich mich schrecklich benommen – der Mangel an männlicher Gesellschaft verändert einen scheinbar. So habe ich offen bemängelt, dass John inkognito für die Regierung arbeitet, und zudem hinterfragt, warum er nicht im Feld steht. Er versicherte mir, dass er persönlich lieber an vorderster Front kämpfen würde, und schob dann eine umständliche Erklärung hinterher, wie wichtig es sei, kriegswichtige Dienste an der Heimatfront zu leisten. Anscheinend wurde der Ärmste schon mehr als einmal vom White-Feather-Orden attackiert, um ihn zum aktiven Dienst zu nötigen, was ihn schrecklich frustriert. Wie viele weiße Federn man ihm inzwischen als Symbol der Schande anheften konnte, hat er leider verschwiegen.

Hast du dich inzwischen bei der Arbeitsvermittlung registrieren lassen? Mir wäre es lieber, du würdest nicht in die Munitionsfabrik gehen, die Arbeit ist viel zu gefährlich. Nach wie vor denke ich, die Krankenpflege wäre trotz deiner Bedenken ideal für dich. Ich kann mir niemanden vorstellen, der besser dafür geeignet wäre als du mit deinem sonnigen Gemüt und dem bezaubernden Lächeln, das die Genesung der Soldaten sicher befördern würde. Ein einfühlsamer Umgang mit Kranken kann genauso wichtig sein wie jede Medizin. Versprich mir, dass du es dir überlegen wirst, und nimm dich in Acht vor Billy Peters und seinem Wagen. Obwohl ich zugeben muss, dass mich die Vorstellung, wie du am Steuer sitzt und über seinen Hof braust, amüsiert.

Mach's gut und bis bald.

Evie

Von Evelyn an Will

Richmond, England
14. März 1915

Lieber Will,

nein, Bruderherz, mit dieser Neuigkeit habe ich tatsächlich nicht gerechnet, als ich deinen Brief öffnete. Trotzdem freue ich mich ohne Wenn und Aber, dass du inmitten dieses Grauens eine große Liebe gefunden hast. Diese Amandine muss eine außergewöhnliche junge Frau sein, schließlich ist es ihr als Einziger gelungen, Will Elliotts Herz zu stehlen! Bitte schick mir ein Bild von ihr, ja? Ich würde schrecklich gerne mehr erfahren über diese französische Verführerin!

Scherz beiseite, ich freue mich wirklich für dich, großer Bruder. Zwar ist die Front alles andere als ein idealer Ort, um sein Herz zu verlieren, doch wie heißt es so schön: Wahre

Liebe kümmert sich weder um Zeit noch Ort. Sie schlägt einfach ein, wann und wo immer das Schicksal es vorsieht, mögen die Umstände noch so ungünstig sein. Also lass deinem Herzen freien Lauf, mein Lieber, und genieße dein Glück.

Es gibt eine kleine Neuigkeit auch von mir: Ich habe mich als Postbotin verpflichtet Ab kommender Woche werde ich mit dem Rad durch Richmond fahren und die Briefe unserer Soldaten überbringen. Du kannst dir vorstellen, dass Mama sich in Grund und Boden für mich schämt. Ihre eigene Tochter geht arbeiten! Sie scheint davon überzeugt, dass es lediglich ein kleiner Schritt ist von der Postbotin zur Frontsoldatin. Bitte richte ein paar Zeilen an sie und rede ihr gut zu, dass sie mich unterstützen soll. Das würde mir viel bedeuten.

Pass auf dich auf, großer Bruder, und achte auf dein Herz. Ich hoffe, deine Amandine wird es dir nicht brechen. Und vergiss nicht deine kleine Schwester, die dich sehr, sehr lieb hat, wenngleich sie es dir selten sagt.

Herzliche Grüße

Evie

Von Thomas an Evelyn

Irgendwo in Frankreich
15. März 1915

Liebe Evie,

die Iden des März bringen Unglück. Ich mochte diesen Tag noch nie, weil er bevorstehendes Unheil ankündigt, und heute trat genau das ein: Tod und Verderben. Evie, es war einfach grauenhaft, Worte vermögen nicht einmal ansatzweise zu beschreiben, was da passiert ist.

Mehr als die Hälfte meines Zuges wurde getötet. Es begann damit, dass eine Granate in unserem Basislager einschlug und daraufhin ein schreckliches Feuer auf dem Gelände wütete, das einen Großteil unserer Vorräte vernichtete. Als uns dann eine Gruppe von deutschen Scharfschützen angriff, stürmte Will aus seiner Deckung hervor wie ein spartanischer Krieger und zahlte ihnen mit gleicher Münze heim. Ich rannte ihm mit einem halben Dutzend Männer hinterher und unterstützte ihn. Wir brauchten nicht lange, um die Deutschen zu erledigen, aber als wir ins Lager zurückkehrten, schlug die nächste Granate ein. Ich warf mich über Will, während die Sprengladung über unsere Köpfe hinwegschwirrte. Das war ein ganz anderes Kaliber als die zischenden Zünder, die sie aus den kleineren Feldgeschützen abfeuern, Evie, doch ich will nicht näher ins Detail gehen.

Dein Bruder verhielt sich töricht, wenngleich heldenhaft. Alles in allem brachte er ein Dutzend Soldaten in Sicherheit. Als die Sanitäter herbeigeeilt kamen, bestand er darauf, dass zuerst seine Männer versorgt wurden – dabei hatte er selbst eine üble Fleischwunde am Bein davongetragen. Keine Sorge, es geht ihm gut, er ist bereits auf dem Weg der Besserung.

In solchen Situationen wie heute scheint die Zeit stehen zu bleiben. Man bewegt sich durch sie hindurch wie in einem Traum. Wenn man darauf zurückblickt, kann man nicht glauben, dass man es tatsächlich erlebt hat. Ich frage mich, wann meine Zeit abläuft. Wird das Ende ein kurzer, weiß glühender Schmerz sein, oder wird das Leben langsam aus mir heraussickern? In meiner Jacke trage ich einen

Abschiedsbrief – das machen viele von uns für alle Fälle. Ich denke oft darüber nach, wer ihn als Erstes lesen wird. Werden die Worte irgendeine Bedeutung haben, wenn ich nur noch eine Erinnerung bin und unter der Erde liege?

In Momenten wie diesem wünschte ich, ich hätte ein Testament gemacht. Es war unklug von mir, mein Schicksal dem Zufall zu überlassen. Mein Vater war so zornig auf mich nach unserem letzten Gespräch, dass er damit drohte, mich zu enterben. Ich frage mich, ob in Anbetracht seines Alters und seiner angegriffenen Gesundheit mein Wunsch, eine akademische Laufbahn einzuschlagen, noch von Bedeutung für mich sein kann und darf. Ist es nicht vielleicht ein Fehler, auf einem Jugendtraum zu beharren, der sich vor allem aus einer Rebellion gegen den Vater entwickelte? Oder ist das Studium der Bücher tatsächlich für mich von so eminenter Wichtigkeit, dass es den Preis wert ist, dafür die Beziehung zu meinem Vater zu opfern und mein Erbe? Lauter Dinge, über die ich mir den Kopf zerbreche nach Monaten auf dem Schlachtfeld, wo ich nicht allein den Feind, sondern desgleichen den Tod täglich vor Augen habe.

Nach wie vor geht es meinem alten Herrn nicht gut. Von Abshire weiß ich, dass John Hopper sich erkundigt hat, was jetzt mit der Zeitung wird. Er besitzt, wie du weißt, durch seine Mutter ebenfalls Anteile. Bislang wurde er nicht um Hilfe gebeten. Zu groß ist die Angst meines Vaters, er könnte versuchen, alles an sich zu reißen und das traditionsreiche Familienunternehmen womöglich verkaufen. Ich bin mir nicht sicher, was ich tun soll. So sehr es mir widerstrebt, die Geschäftsleitung zu übernehmen, darf ich nicht zulassen, dass die harte Arbeit und das Lebenswerk meines Vaters zunichtegemacht werden, dazu von einem Blutsverwandten.

Mit anderen Worten: Eigentlich sollte ich vor Ort sein, zu Hause, sollte versuchen, die Zeitung aus der Verlustzone zu führen und sie für die Familie erhalten. Ich kann dir nicht sagen, wie frustrierend es ist, dass ich von hier aus nichts unternehmen kann, dass mir die Hände gebunden sind. Zudem ertappe ich mich immer öfter bei dem sehnlichen Wunsch, Zeit mit meinem Vater zu verbringen, um den ich mir zunehmend große Sorgen mache, und verfluche unsere Differenzen.

Nun zu Erfreulicherem: Ich bin froh, dass du wieder in die Pedale treten kannst, seit die kalte, nasse Jahreszeit langsam dem Frühling zu weichen beginnt. Ich sehe dich im Geiste vor mir, wie du mit Hut und wehendem Schal durch Richmond radelst, über Stock und Stein, die Wangen gerötet.

Die beste Nachricht jedoch ist, dass du wieder schreibst. Du scheinst nämlich immer dann am glücklichsten zu sein, wenn du deine Gedanken zu Papier bringen kannst. Schon lustig, dass wir beide in die Literatur verliebt sind und unabhängig voneinander schreiben und zugleich miteinander. Wir sind verwandte Seelen, meine Freundin.

Da wir gerade von Literatur sprechen, ich will heute mit den Worten meines ältesten Freundes, Sir William Shakespeare, schließen. Sie stammen aus seinem *König Heinrich VI.*

O Krieg, du Sohn der Hölle,
Gebraucht zum Werkzeug von des Himmels Zorn!
Wirf in die frost'gen Busen unsers Volks
Der Rache heiße Kohlen! – Keiner fliehe.
Wer wahrhaft sich dem Krieg gewidmet, hat
Selbstliebe nicht, und wer sich selbst noch liebt,
Führt nicht dem Wesen nach, zufällig nur,
Des Tapfern Namen.

Bitte verzeih den düsteren Ton dieses Briefes, vielleicht hätte ich fröhlichere Lektüre mitnehmen sollen. Aber heute war ein so schwarzer Tag, dass Richmond mir wahnsinnig fern vorkommt – genau wie du.

Lass dich umarmen

Tom

PS: Was Mrs. Pankhurst betrifft, so bewundere ich sie zwar, kann indes nicht billigen, dass sie Männer diffamiert, die es vorziehen, sich nicht am Krieg zu beteiligen. Wenn ich noch einmal die Wahl hätte, bin ich mir nicht sicher, ob ich mich wieder so bereitwillig melden würde.

Von Evelyn an Thomas

Richmond, England
25. März 1915

Lieber Tom,

vielen Dank für deinen Brief, der mich allerdings schrecklich beunruhigt hat. Zu lesen, dass du und Will mitten in diesem Inferno wart, erfüllt mich mit der größten Angst, die man sich vorstellen kann. Es war bestimmt entsetzlich. Habt ihr um euer Leben gefürchtet? Mein Gott, Tom, ich darf es mir gar nicht vorstellen. Du bist wahrhaftig der beste Freund, den man sich wünschen kann, und es war Wills Glück, dass du an seiner Seite warst. An Einzelheiten mag ich gar nicht denken, ich male mir ohnehin ständig das Schlimmste aus. Was ist mit Wills Verwundung? Mein Bruder konnte nie gut Schmerzen ertragen. Beim kleinsten Brennnesselstich lief er heulend zu seiner Nanny. Ich komme mir so hilflos vor.

Heute ist Mariä Verkündigung, und inzwischen blühen überall Narzissen in der Frühlingssonne. Zu merken, dass die Luft wieder wärmer wird und die Tage immer länger werden, vertreibt wenigstens ein bisschen die Niedergeschlagenheit. Ich hoffe, du kannst ebenfalls hin und wieder die Sonne auf deinem Gesicht spüren. Vielleicht erwachen mit dem Frühling ja auch die Lebensgeister deines Vaters noch einmal und setzen einen Genesungsprozess in Gang. Versuch, dir wegen der Zeitung keine Gedanken zu machen. Ich bin mir sicher, es wird sich alles regeln, sobald du heimkommst und mit deinem Vater die Dinge persönlich besprechen kannst. Ihr seid eben beide ziemlich störrische Esel.

Ich habe Papa von eurem Dilemma erzählt – ganz subtil, damit er nicht zu viel hineininterpretiert. Er kennt John Hopper offenbar und traut ihm einen guten Geschäftssinn zu. Das geht sogar so weit, dass er ihn ohne Bedenken so schnell wie möglich an Bord holen würde, wenn es sein Unternehmen wäre. Nach den Gesprächen, die ich bei diversen Dinnerabenden mit Hopper geführt habe, denke ich ähnlich und halte ihn zumindest für eine vernünftige Übergangslösung. Habt ihr überhaupt eine Wahl? Wenn du willst, kann ich Papa bitten, in der Redaktion vorbeizuschauen und sich ein Bild von der Lage dort zu machen. Er fährt jeden Mittwoch nach London in seinen Club und könnte unter irgendeinem Vorwand bei der *Daily Times* nach dem Rechten sehen.

Ach, Tom, könnten wir uns doch zum Nachmittagstee treffen oder zu einem Spaziergang im Richmond Park, dann wäre das alles viel einfacher zu bereden. Übrigens ist euer Blatt in den letzten Monaten zu meiner bevorzugten Nachrichtenquelle geworden. Das Problem für mich besteht nämlich darin, dass die meisten Zeitungen vom Krieg ein ganz anderes Bild zeichnen als das, was du in deinen Briefen beschreibst. Sie möchten uns glauben machen, dass an der Front alles bestens sei und der Krieg bloß aus Siegen und Divisionskonzerten bestehe. Euer Chefredakteur hingegen zeigt zumindest ein bisschen mehr Bereitschaft, die Wahrheit zu drucken über das, was auf den Schlachtfeldern tatsächlich geschieht.

Was deine freiwillige Verpflichtung betrifft, so bin ich überzeugt, dass du wieder genauso handeln würdest, wenn du noch einmal vor der Frage stündest. Einfach weil tapfere junge Männer wie du ihr Vaterland verteidigen wollen. Und glaube mir, du möchtest dich ganz bestimmt nicht zum Angriffsziel der White-Feather-Leute machen. Ihr Fanatismus kennt keine Gnade. Wobei ich zugeben muss, dass es auch mir zunehmend schwerfällt, Verständnis für die gesunden jungen Männer aufzubringen, die ich in Zivilkleidung auf der Straße sehe, während unsere Kontingente an der Front ausbluten. Manche von ihnen berufen sich darauf, den medizinischen Eignungstest nicht bestanden zu haben, die meisten aber verweigern den Kriegsdienst aus moralischen Gründen. Die Wehrpflicht wird kommen, Tom, dessen bin ich mir sicher. Überall macht sich das Gefühl breit, dass wir noch lange nicht am Ziel sind. Ich kann nur hoffen und beten, dass ihr, du und Will und alle unsere Freunde und Verwandten, von den größten Gefahren verschont bleibt und den Krieg heil übersteht.

Lieber Freund, lass bitte keine düsteren Gedanken aufkommen. Sobald du nach Hause zurückkehrst, werden wir mit deinen Briefen ein Lagerfeuer entzünden, die Funken beobachten, die wie Glühwürmchen zum Himmel emporschweben, und dazu einen guten Wein trinken. Es soll ein

Freudenfeuer sein. Denk daran, wie froh wir dann sein werden. Und denk an die weißen Klippen von Dover, die dich als Erste in der Heimat willkommen heißen. Denk an dein Boot auf der Themse. Denk an Weihnachten in Paris. Denk an all die Dinge, die du noch nicht getan hast – denk an das Leben, das vor dir liegt. Es gibt noch so viel zu sehen, Tom. So unheimlich viel. Du darfst den Tod nicht an dich heranlassen. Sperr ihn aus, damit er dich nicht kriegen kann. Leg deine Tragödien von Shakespeare zur Seite. Orientiere dich lieber an den folgenden Zeilen von Blake.

Schwingen wir die Flügel froh
Hoch zu meiner Laub' empor;
Komm, und zieh dich still zurück
Zwischen Grün und Blütenglück.

Bitte schreib mir weiterhin, denn ich bin mehr und mehr auf deine Briefe angewiesen, um mich selbst positionieren zu können.

Pass gut auf dich auf, Soldat.

Evie

PS: Ich glaube, das Kriegsministerium hat ein Verbot für die kleinen VPKs erlassen, um zu verhindern, dass unser Bildmaterial in feindliche Hände gerät. Hast du deine Kamera noch? Falls ja, mach nach Möglichkeit ein Foto von dir und Will, bevor sie konfisziert wird. Ich würde so gerne eure Gesichter sehen.

Von Evelyn an Will

Richmond, England
25. März 1915

Lieber Will,

Tom hat mir von dem Gefecht berichtet, in das ihr verwickelt wurdet, und von deiner heldenhaften Tat sowie deiner Beinverletzung. Ich leide Qualen, wenn ich diese Dinge lese. Es sieht dir ähnlich, dass du zuerst an die anderen gedacht hast und Hals über Kopf auf die Gefahr zugestürmt bist, wo andere vermutlich davongelaufen wären. Die British Army kann sich glücklich schätzen, dich in ihren Reihen zu haben, großer Bruder, und wir können uns glücklich schätzen, dich in unserem Herzen zu haben.

Schreib mir so schnell wie möglich, ob du weiterhin auf dem Weg der Besserung bist. Ich hoffe, die süße Amandine ist an deiner Seite, spendet dir Mut und lässt dir eine ordentliche Pflege angedeihen.

Gib bitte gut auf dich acht.

Deine Schwester Evie

Von Will an Evelyn

Feldpostkarte

Es darf nichts außer dem Datum und der Unterschrift des Absenders auf diesem Vordruck eingetragen werden. Unzutreffendes bitte streichen. Jeder handschriftliche Zusatz führt zu einer Vernichtung der Karte.

Es geht mir gut.
~~Ich~~
~~befinde mich auf der Krankenstation.~~
~~hoffe, bald aus dem Lazarett entlassen zu werden.~~
~~bin frisch von meiner Verwundung genesen.~~
~~werde zum Stützpunkt verlegt.~~
Ich habe
deinen Brief vom 25. März 1915
~~dein Telegramm vom~~ ____
~~dein Paket vom~~ ____
erhalten.
Antwort folgt bei nächster Gelegenheit.
~~Ich habe~~
~~in jüngster Zeit~~
~~seit langer Zeit~~
~~keine Nachricht von dir erhalten.~~
Nur Unterschrift Will Elliott
Datum 31. März 1915

Für Briefe oder Postkarten, die an den Absender dieser Karte adressiert sind, muss das Entgelt im Voraus entrichtet werden.

Von Thomas an Evelyn

Irgendwo in Frankreich
1. April 1915

Liebe Evie,

und wieder hat ein neuer Monat begonnen. Heute ist der erste April, doch der Kopf steht mir nicht nach Aprilscherzen. Einer der Soldaten hat mir vorhin Dreck in meinen Tee gekippt, sofern man die Brühe so nennen kann. Ich verlor die Beherrschung und stauchte ihn und gleich die ganze versammelte Mannschaft zusammen – noch nie hat man einen Haufen Männer schneller laufen gesehen. Natürlich war es unangemessen, sich über eine Banalität dermaßen aufzuregen, aber das macht der Krieg mit uns.

Nachdem ich Dampf abgelassen hatte, besserte sich meine Stimmung ein wenig, und mir ist eingefallen, dass es trotz allem Elend etwas gibt, über das ich mich freuen kann – nämlich über deine Briefe. Ich beobachte immer den Postsoldaten, wenn er von der Straße auf das holprige oder matschige Gelände fährt, auf dem wir Stellung bezogen haben, und schnellen Schrittes im Postzelt verschwindet. Sobald er sich wieder in seinen Wagen geschwungen hat, schlendere ich langsam zum Zelt, betont lässig, und bete beim Eintreten stumm, dass ein nach Veilchen duftender Umschlag dabei ist, der deine elegante Handschrift trägt. Wenn ich ihn sehe, fühle ich mich, als hätte ich einen Preis gewonnen.

Natürlich warte ich gleichfalls auf Post von meinem Vater, aber es kommt keine, höchstens hin und wieder ein Brief von Abshire, der mich auf dem Laufenden hält. Der Gute ist kein Mann großer Worte, er schreibt kurz und sachlich, fast im Telegrammstil. Das sagt so einiges über ihn aus, nicht wahr? Na ja, selbstverständlich können nicht alle Briefe so schön klingen wie deine.

Was die Berichterstattung in der Presse betrifft, so werde ich nach meiner Rückkehr dafür sorgen, dass unsere Zeitung die Tatsachen druckt, mögen sie noch so hässlich sein. Außerdem: Was hat eine Zeitung davon, wenn sie die Wahrheit beschönigt? Nichts, dadurch wird sie immer unglaubwürdiger. Ich sehe es ja an deinen Reaktionen. Wenigstens haben wir gegenüber den großen Blättern den einen Vorteil, dass unsere Inhalte nicht so genau unter die Lupe genommen werden wie die der *Mail* oder der *Times*. Laut Abshire ist der *Globe* mit einem zweiwöchigen Erscheinungsverbot belegt worden, nachdem er fälschlicherweise berichtet hatte, Lord Kitchener sei als Kriegsminister zurückgetreten. Das Verhältnis zwischen Kitchener und dem Kabinett mag angespannt sein, und Premier Asquith könnte durchaus seine Kompetenzen beschneiden, doch er wird ihn nie ganz loswerden. Von diesem Fall abgesehen, wird mittlerweile so viel zensiert, dass es ein Wunder ist, wenn man überhaupt noch irgendwelche Neuigkeiten übermitteln kann. Ich gehe davon aus, dass es an dieser Front weiter gären wird und das vermutlich eine weitere Verschärfung der Zensur zur Folge haben dürfte.

Oha, diverse Dinnerabende, mehrere also, mit John Hopper! Dieser Glückspilz. Er hatte seit jeher das Glück auf seiner Seite, obwohl er es absolut nicht verdient hat. Ich belasse es dabei.

Mach dir keine Sorgen, ich werde durchhalten, Evie. Schließlich habe ich nichts anderes zu tun!

Tom

PS: Ich hoffe, dir gefällt das Bild. Ich musste meinen Kommandanten mit einer Ration Rum bestechen, um einen Abzug zu bekommen.
PPS: Will hat einen Brief beigefügt.

Liebe Evie,

zerbrich dir nicht dein hübsches Köpfchen wegen meiner Verletzung. Die Wunde ist sehr rasch verheilt. Amandine hat mich hervorragend gepflegt, regelmäßig den Verband gewechselt und mich seelisch wieder aufgerichtet. Außerdem war sie so lieb, für mich Süßigkeiten und Tabak ins Lazarett zu schmuggeln. Was soll ein Mann, der hilflos im Krankenbett liegt, da anderes tun, als sich noch heftiger zu verlieben? Siehst du, du brauchst dir keine Sorgen zu machen. Ich bin so gut wie neu.

Es heißt, dass wir in zwei Wochen nach [redacted] weiterziehen beziehungsweise knapp östlich davon. Könntest du mir vorher ein Paar Handschuhe schicken? Meine alten sind völlig zerschlissen.

Liebe Grüße

Dein Bruder Will

Von Evelyn an Will

Richmond, England
16. April 1915

Lieber Will,

was für eine Erleichterung, von dir zu hören und zu erfahren, dass es dir gut genug geht, um weiterzumarschieren. Ich habe dir für die Reise neue Handschuhe und Socken beigelegt. Wird deine reizende Amandine dich begleiten, oder muss sie zurückbleiben?

Die Zensoren haben deinen Brief bearbeitet, darum weiß ich nicht genau, wohin ihr geschickt werdet. Nicht etwa tiefer hinein ins Kampfgebiet? Wir haben von schrecklichen Verlusten bei Ypern und Armentières gehört. Die Deutschen halten nach wie vor Menen besetzt und sollen zurzeit stärker sein als die alliierten Streitmächte. Deshalb hoffe ich, dein Marschbefehl führt in die entgegengesetzte Richtung. Lieber Gott, Will, wie konnte es nur so weit kommen? Ich bete von ganzem Herzen, dass du an einem sicheren Ort bist, im Lager oder im Truppenquartier, jedenfalls außerhalb der Schusslinie.

Ganz England spricht über den Verlust von Leutnant Gladstone, Mitglied des britischen Parlaments, dessen Name in den Todesmeldungen auftauchte. Er war nicht mal eine volle Woche an der Front, als er von der Kugel eines Heckenschützen tödlich getroffen wurde. Es geschah, weil er seinen Kopf zu weit aus dem Schützengraben hob, um eben jenen Heckenschützen zu lokalisieren. Wahrscheinlich spielten gleichermaßen Unerfahrenheit wie Pech eine Rolle. Papa sagt, er starb einen völlig sinnlosen Tod. Es beruhigt mich ein wenig zu wissen, dass du mittlerweile erfahren genug bist und nie so unbesonnen und töricht handeln würdest.

Tom hat mir ein Bild von euch beiden geschickt. Ihr seht darauf richtig schmuck aus, wenngleich ein bisschen hager.

Pass gut auf dich auf. Wir sind nach wie vor stolz auf dich und deine Kameraden.

Evie

Von Evelyn an Thomas

Richmond, England
18. April 1915

Lieber Tom,

ich muss mich für die starke Parfümierung meiner Briefe entschuldigen. Es ist einfach eine Angewohnheit von mir, meine Fingerspitzen mit Veilchenwasser zu benetzen und es auf das Papier zu tupfen, bevor ich den Umschlag versiegele. In den Schützengräben riecht es bestimmt ganz furchtbar, und da dachte ich, dieser zarte Duft eines englischen Sommergartens wcrdc für willkommene Abhilfe sorgen. Du weißt ja, wie gerne ich an Blumen schnuppere, seien es nun Veilchen, Rosen oder Gardenien. Ich warte bereits sehnsüchtig darauf, dass die Sommerblumen im Garten sprießen, damit ich mir welche in mein Zimmer stellen kann.

Will hat mir geschrieben, dass ihr bald weitermarschieren werdet. Ich weiß, du kannst mir nicht sagen, wohin – beziehungsweise, du könntest schon, aber die Zensoren würden es schwärzen. Stimmt es eigentlich, dass ihr Offiziere die Briefe eurer Männer zensiert? Und wer zensiert dann euch? Da ich von dir und Tom keine genauen Ortsangaben mehr erfahre, studiere ich aufmerksam Karte und Zeitungsberichte, um den Kampflinien zu folgen. Papa und ich haben in unserer Bibliothek ein Kriegsministerium im Kleinformat eingerichtet und versuchen gemeinsam zu ergründen, wo um alles in der Welt ihr derzeit stecken könntet. Du fändest es sicher amüsant zu sehen, wie wir über Atlanten brüten und zweifellos die falschen Schlussfolgerungen ziehen, doch auf diese Art beschäftigen wir uns zurzeit. Es ist wie ein Spiel, nur dass wir nicht einfach das Brett umwerfen können, wenn wir keine Lust mehr haben und damit das Spiel zu Ende ist.

Die Propaganda läuft mittlerweile auf Hochtouren, und anderslautende Meinungen werden zunehmend unterdrückt. Dass man uns absichtlich im Ungewissen lässt über die tatsächliche Situation an den Fronten, wird mit jedem Tag deutlicher. Hoffentlich hat euer Blatt noch nicht gegen die Auflagen verstoßen. Bitte schreck nicht davor zurück, mir die Wahrheit über diesen grausamen, schmutzigen Krieg zu sagen und mir Details über das Geschehen an der Front zu berichten. Ich bin nicht zartbesaitet und kann eine Menge aushalten. Im Übrigen ist es mir lieber, die Wahrheit zu kennen, als in Ungewissheit zu leben. Wir Frauen sind nicht mehr so behütet wie früher. Der Krieg zwingt uns, der Realität ins Gesicht zu sehen, und eröffnet uns auf diese Weise die Welt. Ist das nicht eine traurige Ironie?

Pass auf dich auf und schreib mir, wann immer du dazu Gelegenheit hast. Gibt es Neuigkeiten, was deinen Heimaturlaub betrifft?

Deine Freundin Evie

PS: Ich bin so glücklich über das Bild! Ihr wirkt darauf so entspannt und fröhlich, wie ihr dasteht, den Arm um die Schultern des anderen gelegt. Es wäre wunderbar, euch beide bald in natura zu sehen.
PPS: Was John Hopper betrifft – entdecke ich da eine Spur von Eifersucht? Sei unbesorgt, mein Freund, ich werde dich nicht seinetwegen vernachlässigen, egal, wie oft ich mit John vielleicht noch dinieren werde.

Von Thomas an seinen Vater

Irgendwo in Frankreich
23. April 1915

Lieber Vater,

ich habe seit längerer Zeit nichts von dir gehört und mache mir Sorgen. Du hast hoffentlich die besten Ärzte kommen lassen? Wenn du nicht selbst schreiben kannst, bitte Abshire, regelmäßig in Kontakt mit mir zu bleiben. Außerdem denke ich, dass es an der Zeit ist, John Hopper vorübergehend ins Boot zu holen. Leider sehe ich für mich derzeit keine Möglichkeit zurückzukommen. Er ist zwar nicht unsere erste Wahl – vermutlich nicht einmal die fünfte –, aber es lässt sich nun einmal nicht ändern, denn Abshire schafft es nicht alleine. Trotzdem soll er ein Auge auf Hopper halten und mich über alles informieren, was bei der *Daily Times* passiert. Du bist wahrscheinlich überrascht, dass ich mir um die Zeitung Gedanken mache – offen gesagt, bin ich es selbst.

Heute Morgen berief unser Kommandant eine Lagebesprechung ein. Anscheinend sollen wir demnächst mit Gasmasken ausgestattet werden, vielleicht werden wir sie schon nächste Woche bekommen. Seit gestern setzen die Deutschen auf eine neue und ausgesprochen heimtückische Waffe, die sogenannte chemische Kriegsführung. Diese Feiglinge wollen nicht einmal Mann gegen Mann kämpfen. Lieber ziehen sie den Schwanz ein und vernichten den Feind aus sicherer Entfernung mit Giftgas. Auf diese Weise haben sie zwei französische Divisionen und eine algerische Einheit dezimiert. Ich frage mich immer wieder, wie viel tiefer der Abgrund noch werden kann, wie viel teuflischer – es scheint keine Grenzen zu geben. Eine weitere schlechte Nachricht ist die, dass wir nächste Woche zum Schauplatz dieser Hölle, nördlich von [redacted], ausrücken, um dort das alliierte Truppenkontingent zu verstärken.

Ich habe in den letzten Monaten viele Freunde verloren. Jeder gute Mann kämpfe für seine Sache, hast du immer gesagt, und ich schätze, das ist wahr. Vielleicht ist unser Sieg bereits in Reichweite, und ich werde wie du als hochdekorierter Held zurückkehren. Ein Mann darf hoffen und sollte es auch, wie man mir gesagt hat.

Ich wünsche dir gute Besserung. Bitte schone dich, damit du bald wieder auf die Beine kommst.

Beste Grüße

Dein Sohn Thomas

Von Evelyn an Thomas

Richmond, England
8. Mai 1915

Lieber Tom,

wo um alles in der Welt seid ihr? Ich habe inzwischen seit über einem Monat nichts mehr von dir oder von Will gehört – dein letzer Brief stammt vom 1. April –, und ich kann nicht anders, als mir schreckliche Sorgen zu machen. In den Zeitungen stehen furchtbare Dinge über tödliches Giftgas, das die Deutschen an der Westfront einsetzen. Ist das wirklich wahr? Mein Gott, wie können Menschen so tief sinken und zu Bestien werden!

Seit einiger Zeit trage ich mittlerweile in Richmond die Post aus und bete jedes Mal, wenn ich die vollen Säcke aus Frankreich leere, dass ein Umschlag mit meiner Adresse darunter ist, der deine Handschrift oder die meines Bruders trägt. Es kommt mir besonders grausam vor, dass ich so viele Briefe überbringe und selbst leer ausgehe. Insgesamt macht mir die Arbeit nicht ganz so viel Spaß, wie ich dachte. Vor allem weil ich bei den Empfängern erfahre, was die so von der Front hören und wie sie sich deshalb sorgen, was meine eigenen Befürchtungen zusätzlich verstärkt. Es sind eben keine guten Nachrichten. Ungleich schlimmer sind natürlich jene Briefe, die mit dem Stempel *Vermisst* an die Absender zurückgeschickt werden, oder solche, die das königliche Siegel tragen und eine Todesnachricht enthalten. Es bricht mir jedes Mal das Herz, wenn ich sie aushändigen muss.

Und das geschieht immer häufiger, da die Verlustlisten von Tag zu Tag länger werden. Ich kann mich kaum überwinden, sie durchzugehen, habe eine geradezu panische Angst, vertraute Namen zu entdecken. Inzwischen sind viele Opfer in unserem Freundes- und Bekanntenkreis zu beklagen – die meisten fielen in der Seeschlacht von Gallipoli oder in den Schützengräben bei Ypern. Oder sagt man Ypres? Ich glaube, das eine ist deutsch, das andere französisch. Neulich erklärte mir ein Frontsoldat auf Heimaturlaub, dass unsere Truppen es *Wipers* nennen. Er meinte, die Tommies würden für alle fremden Ortsnamen, die sie nicht richtig aussprechen können, neue erfinden. Egal, wie richtig oder wie falsch man es ausspricht, bitte sei woanders, fernab vom Schlimmsten, Tom. Bitte sei an einem sicheren Ort mit meinem Bruder an deiner Seite.

Du hast sicher von der Versenkung der *Lusitania* gehört. Eine furchtbare Gräueltat. So viele Zivilisten mussten qualvoll sterben – über tausend Männer, Frauen und Kinder. Es heißt, das riesige Schiff sei innerhalb von achtzehn Minuten untergegangen. Die Vorstellung ist zu schrecklich.

Melde dich so bald wie möglich. Ich verspreche dir sogar, dass ich erst wieder mit deinem Cousin dinieren werde, wenn ich eine Antwort von dir erhalten habe. Du bist immer in meinen Gedanken und in meinen Gebeten.

Deine Freundin Evie

Telegramm von Thomas an Evelyn

9. Mai 1915

An: Evelyn Elliott, Poplars, Richmond, London SW
Gesendet: 10:00 / Empfangen: 10:20

Will schwer verwundet. Zustand sehr kritisch. Betet fuer ihn. Macht euch auf das Schlimmste gefasst. Mehr in Baelde.
Lt. T. Harding

Von Evelyn an Thomas

Richmond, England
9. Mai 1915

Lieber Tom,

ich bin kaum in der Lage, dir zu schreiben. Wir beten hier alle, dass Will durchkommt. Er ist ein Elliott, und wir sind alle aus hartem Holz geschnitzt. Bitte bleib an seiner Seite, Tom. Lass meinen Bruder nicht alleine – nach Möglichkeit nicht für eine Sekunde. Pass gut auf ihn auf. Er ist alles, was ich auf dieser Welt habe.

Deine Evie

Telegramm an Wills Mutter

10. Mai 1915

An: Carol R. Elliott, Poplars, Richmond, London SW
Gesendet: 10:40 / Empfangen: 11:16

Mit tiefem Bedauern muessen wir Ihnen mitteilen, dass Lt. W. J. Elliott im Kampf gefallen ist. Bitte nehmen Sie unsere aufrichtige Anteilnahme entgegen.
Sgt. Major Unwin,
2. Oxford-Regiment

Von Thomas an Evelyn

Irgendwo in Frankreich
10. Mai 1915

Liebe Evie,

ich habe diesen Brief mehrmals angefangen und immer wieder zerknüllt. Wie soll ich das Unfassbare ausdrücken, meine Freundin? Wie soll man einer Schwester schonend beibringen, dass der Bruder gefallen ist? Will ist tot. Bis zum Schluss hat er verbissen gekämpft trotz der schrecklichen Szenen ringsum. Die letzten paar Wochen haben uns alle verändert, selbst unseren strahlenden, sonnigen Will – nun hat er nichts mehr zu fürchten, leidet keine Schmerzen mehr und ruht hoffentlich in Frieden.

Er hat mich gebeten, dir zu sagen, dass er dich sehr, sehr lieb hat und dass du nicht sauer auf ihn sein sollst, weil er an Weihnachten regelmäßig den ganzen Wackelpudding verdrückt hat. Du kennst ihn ja, er hatte immer einen Scherz auf den Lippen, sogar zuletzt noch. Allmächtiger Gott, ich vermisse ihn. Er war mein bester Freund, mein Familienersatz und mein Fels an der Front. Ich weiß nicht, wie ich das hier ohne ihn schaffen soll.

Bitte schreib mir bald. Vielleicht schickst du mir wieder ein schönes Gedicht aus einem deiner Bücher? Im Moment ist die Welt schwarz, pechschwarz. Ich brauche einen Grund, um dieses Grauen durchzustehen, Evie. Irgendeinen, denn ich glaube nicht mehr an diesen Krieg.

Ich möchte dir und deinen Eltern mein tief empfundenes Beileid aussprechen.

In ewiger Verbundenheit

Dein Freund Tom

Offizieller Beileidsbrief an Wills Mutter

Irgendwo in Frankreich
12. Mai 1915

Sehr geehrte Mrs. Elliott,

im Namen meiner Offiziere und der gesamten Kompanie möchte ich Ihnen unser aufrichtiges Beileid über den schmerzlichen Verlust Ihres Sohnes, Leutnant William James Elliott, übermitteln. Seien Sie versichert, dass Leutnant Elliott unter seinen Kameraden ein hohes Ansehen genoss und dass sein Tod große Trauer und Bestürzung auslöste.

Ihr Sohn wurde am 9. Mai bei einem Mörserangriff schwer verwundet. An diesem Tag führte er einen kleinen Spähtrupp an, der in Richtung der feindlichen Linien vorrückte. Seine Männer, die auf seinen Befehl hin Deckung gesucht hatten, überlebten den Granatenbeschuss allesamt. Es gelang uns zwar, Leutnant Harding zu bergen, aber seine Verletzungen waren zu gravierend. Sein Freund, Leutnant Thomas Harding, war bis zuletzt an seiner Seite – bis Ihr Sohn friedlich und ohne zu leiden von uns ging.

Leutnant Elliott wurde mit allen militärischen Ehren auf einem Soldatenfriedhof beigesetzt. Sein persönliches Hab und Gut geht an seine Heimatadresse.

Ich möchte Sie nochmals des Mitgefühls der ganzen Kompanie versichern.

In großer Anteilnahme
Hauptmann Robert Harrison,
Royal Engineers

Von Evelyn an Thomas

Richmond, England
13. Mai 1915

Lieber Tom,

mir fällt nichts ein, was ich sagen, was ich schreiben, was ich tun kann. Es hat uns allen das Herz gebrochen.

Mama ist untröstlich. Sie hat es erst heute richtig realisiert, als Wills persönliche Sachen zurückkamen. Ich ließ sie mit dem Päckchen alleine, mochte sie nicht bedrängen, wenngleich ich den Inhalt gerne gesehen hätte. Sie sagt, es seien die üblichen Dinge – Wills Bataillonsabzeichen, ein Tabakbeutel, eine Fotografie von seinen Pferden. Leider gibt es keinen Abschiedsbrief. Wie von Will nicht anders zu erwarten. Er war noch nie ein Mann vieler Worte, drückte alles mit einem Blick aus, mit einer Berührung und mit diesem vielsagenden, gewinnenden Lächeln. Und vielleicht wollte er auch über die Möglichkeit seines Todes gar nicht nachdenken.

Papa wandelt mit aschgrauem Gesicht umher wie in Trance. Sein einziger Sohn und Stammhalter tot, das ist furchtbar für ihn. Gestern Abend hörte ich ihn in seinem Arbeitszimmer weinen. Es war herzzerreißend. Mein armer Papa schluchzte wie ein Kind.

Derzeit ist es mir unmöglich, daran zu glauben, dass wir je über Wills Tod hinwegkommen. Mein einziger Trost in dieser Tragödie besteht darin, dass du bis zum Schluss an Wills Seite warst und er zumindest nicht einsam sterben musste. O Tom, ohne ihn fühle ich mich unendlich verlassen! Er war mein einziger Bruder. Sein Licht wird in unser aller Leben fehlen.

Nichts vermag mich aufzuheitern, selbst die schönste und ergreifendste Lyrik nicht. Ich höre in jedem Vers und in jeder Zeile nichts als Leid und Verlust. Und dass ich selbst schreibe, ist völlig undenkbar.

Bitte gib gut auf dich acht und fühl dich nicht von uns alleingelassen. Für mich hast du immer zur Familie gehört, jetzt sogar mehr denn je, und ich hoffe, du siehst das genauso. Deine Briefe sind für mich eine Art Rettungsanker, an dem ich mich festklammere.

Hör nicht auf, mir zu schreiben. Wir werden diesen Krieg gemeinsam überstehen, du und ich.

Evie

Von Evelyn an Alice

Richmond, England
13. Mai 1915

Meine liebste Freundin,

wie um alles in der Welt soll ich die passenden Worte finden, um dir diese schreckliche Nachricht zu überbringen? Will ist gefallen, Alice. Er ist tot, erlag seinen schweren Verletzungen. Zum Glück war er nicht allein – Tom wich bis zu seinem letzten Atemzug nicht von seiner Seite.

Mein Herz fühlt sich an, als wäre es in tausend Stücke zerbrochen, und vermutlich empfindest du ebenso, wenn du diese Zeilen liest. Ich würde jetzt gerne bei dir sitzen und deine Hände halten und dir alles persönlich sagen, aber ich kann jetzt nicht weg, und so müssen ein paar dürre Worte auf einem dünnen Stück Papier reichen.

Nichts verschafft mir Trost, Alice. Ich kann nicht essen, kann nicht schlafen und ertrage es nicht, nur an seinen Tod zu denken. Wie soll man überhaupt je im Leben mit so etwas fertigwerden? Wie diesem sinnlosen Tod einen Sinn abgewinnen? Es ist ein unvorstellbares Leid, das der Krieg uns da aufgebürdet hat, und wir können nicht anders, als es zu erdulden.

Möge Gott uns allen beistehen.

Evie

Telegramm von Alice an Evelyn

14. Mai 1915

An: Evelyn Elliott, Poplars, Richmond, London SW
Gesendet: 11:55 / Empfangen: 12:35

O nein, Darling! Mir blutet das Herz. Komme mit dem naechsten Zug. Werde sehr bald bei dir sein.
Alice

Von Charles Abshire an Thomas

London, England
3. Juni 1915

Lieber Thomas,

ich schreibe dir, um dich über die neuesten Entwicklungen zu informieren. Dein Vater ist nach wie vor in einer schlechten gesundheitlichen Verfassung, was seine Sturheit indes nicht beeinträchtigt. Er lässt dich wie immer grüßen.

Ich weiß nicht, ob du bereits davon gehört hast, dass das Kriegsministerium endlich Journalisten an die Westfront lässt. Dies wird sich vielleicht vorteilhaft auf unsere Berichterstattung auswirken, obwohl wir weiterhin ein wachsames Auge auf die von oben verordneten Auflagen haben müssen.

Mein aufrichtiges Beileid zum Verlust deines engen Freundes William Elliott. Möge Gott seiner Seele gnädig sein.

Mit den besten Grüßen
Charles Abshire

Von Thomas an Evelyn

Irgendwo in Frankreich
5. Juli 1915

Liebe Evie,

bitte verzeih, dass meine Antwort so lange gedauert hat. Wir sind wieder auf dem Marsch, und meine Stiefelsohlen werden immer dünner, aber wenigstens ist es nicht kalt. Ich sehne mich verzweifelt danach, barfuß durch das warme Sommergras hinter unserem Haus zu laufen, mich auf der Wiese auszustrecken und das Bild des Feindes, der im Gebüsch lauert, abzuschütteln. Tagein, tagaus ertappe ich mich dabei, dass ich mit Gott verhandele. Wenn er mich heil nach Hause bringt, gelobe ich, in Zukunft auf Tabak zu verzichten und mich für wohltätige Zwecke zu engagieren. Und falls es erforderlich ist, adoptiere ich sogar Waisenkinder! Doch es scheint, als ließe der Herr im Himmel nicht mit sich handeln.

Wenn ich auf meiner Pritsche im Bunker liege, habe ich stets zwei Bilder von Will vor Augen. Das erste bezieht sich auf den Tag, an dem wir mit klopfendem Herzen und Lampenfieber nach Oxford gingen, die Arme voller Bücher und den Bauch voller Schmetterlinge. Und das zweite bringt mir ein früheres Ereignis ins Gedächtnis zurück, das Begräbnis meiner Mutter. Ich war erst zwölf und so verloren, so vollkommen aus der Bahn geworfen. Kurz darauf gestand ich Will, wie schwer es sei, ohne sie weiterzuleben, und wie sehr ich litt. Ich hatte nie zuvor mit jemandem über meine Gefühle gesprochen. Will umarmte mich, wie Jungs es tun – ungeschickt und ohne sich in die Augen zu sehen –, und sagte zu mir: *Du bist nicht allein, Tom. Du hast mich und Evie und meine Eltern. Du bist ein Teil unserer Familie.* Und so war es und ist es immer gewesen.

Ich kann nicht glauben, dass er mittlerweile seit fast zwei Monaten nicht mehr bei uns ist.

Jetzt bin ich wieder allein unter all diesen Soldaten, medizinischen Kräften und freiwilligen Helfern. Allein, weil jeder von uns seinen eigenen Weg zum Tod hin beschreitet – den kann uns niemand abnehmen. In letzter Zeit ist dieser Weg alles, woran ich denken kann, wenn ich einem neuen Tag entgegentrete.

Ich werde dir weiter schreiben, Evie, wenn du Wert darauf legst. Es ist das Einzige, woran ich mich festhalten kann.

Dein Freund Tom

Von Evelyn an Thomas

Richmond, England
11. Juli 1915

Lieber Tom,

wie groß war meine Freude, als ich deinen Brief heute Morgen in meiner Posttasche entdeckte! Ja, ich trage weiterhin Briefe aus, wenngleich ich kurz davorstand, alles hinzuwerfen. Alice hat recht. Will hätte sich gewünscht, dass ich mein Leben weiterlebe, und irgendwie fühle ich mich sogar verpflichtet, die Briefe sicher zuzustellen. Das gibt mir eine Aufgabe und damit zugleich Hoffnung für die Zukunft.

Es tut mir leid, dass du dich derzeit so einsam fühlst. Auch wenn wir zu weit weg sind, um dir wirklich beizustehen, bleibst du weiterhin ein Teil unserer Familie, das ist

Wills Vermächtnis. Und ich bin froh, wenn ich einen Brief von dir erhalte.

Während du mir wirklich so oft schreibst, wie es die Umstände erlauben, habe ich keine Entschuldigung, wenn ich dir nicht gleich antworte. Irgendwie bringe ich es manchmal einfach nicht über mich, mich an Wills Schreibpult zu setzen – und woanders zu schreiben steht nicht zur Debatte. Außerdem habe ich mich in den letzten Wochen wie ein ausgewrungener Lumpen gefühlt, war ganz leer im Kopf. Doch die Zeit vergeht, und ganz langsam verliert der Schmerz seine lähmende Heftigkeit, lässt von Woche zu Woche ein kleines Stück mehr nach. Natürlich verstreicht kein Tag, an dem ich nicht an Will denke, aber irgendwie müssen wir einen Weg finden, um weiterzumachen, oder? Deine Erinnerungen an ihn haben mich trotz meiner Trauer immerhin zum Lächeln gebracht – danke, dass du sie mit mir geteilt hast.

Immerhin gibt es zunehmend Momente, an denen ich neuen Mut und neue Kraft schöpfe. Ich nenne sie meine *Schreib-an-Tom-Tage*. Es sind Tage, an denen ich mich in der Lage fühle, zur Feder zu greifen und über Vergangenes zu schreiben und meine Hoffnungen auf Zukünftiges mit dir zu teilen. Heute ist einer dieser Tage. Nach ewigem Dauerregen sind wir endlich mit Sonnenschein gesegnet, und ich war vorhin draußen im Garten, um frische Luft zu schnappen und dem Gesang der Vögel zu lauschen. Habe ich übrigens erwähnt, dass ich zum Zeitvertreib begonnen habe, Vogelskizzen anzufertigen? Ich bin in Papas Bibliothek auf ein sehr hübsch illustriertes Buch über heimische Gartenvögel gestoßen und habe mir zum Ziel gesetzt, jeden dort abgebildeten Vogel nachzuzeichnen. Es sind insgesamt fünfundvierzig. Begonnen habe ich mit einem Zaunkönig, weil er der kleinste ist. Vielleicht schicke ich dir später das Ergebnis.

Du hast mich vor einer Weile gefragt, ob ich im Stricken besser geworden sei – höchstens ein ganz klein wenig und im Grunde nicht der Rede wert. Jedenfalls habe ich nicht die Fortschritte gemacht, die Mama gerne gesehen hätte. Ihr Strickzirkel dehnt sich rascher aus als Papas Bauch an Weihnachten. Wir können kaum die Nachfrage des hiesigen Hilfswerks bedienen. Ein Dutzend von Mamas Freundinnen findet sich jeden Tag bei uns ein und produziert wie am Fließband Socken, Mützen, Schals, Fausthandschuhe, Sturmhauben und so weiter. Ich dagegen hantiere immer noch umständlich und hoffnungslos langsam mit meinen Stricknadeln herum, weshalb ich mich stattdessen künftig um Beschaffung und Versand von Sachspenden kümmern soll. Das taugt mir erheblich mehr, denn ich mache gerne kleine Botengänge in die Stadt, um Spenden einzusammeln. Komisch, früher wären wir nie auf die Idee gekommen, solch einfache Dinge selbst zu erledigen, sondern hätten die Dienstboten geschickt.

Neuerdings betreuen wir übrigens auch britische Kriegsgefangene in deutschen Lagern. Wir haben nämlich gehört, dass die armen Teufel nur Kohlsuppe und Schwarzbrot zu essen bekommen und viele von ihnen Gefahr laufen, an Hunger oder Kälte zu sterben. Deshalb habe ich ein Programm ins Leben gerufen, wonach jede von uns einen Soldaten »adoptiert« und jedem Paket mit Nahrung oder Kleidung, das ihm ins Lager geschickt wird, eine persönliche Notiz beifügt. Es ist bloß eine kleine Geste, die kaum etwas bewirkt, den Soldaten vielleicht jedoch etwas Zuversicht gibt und ein Zeichen setzt, dass sie in der Heimat nicht vergessen sind. Ich selbst habe den Gefreiten James Kent aus

East Sheen adoptiert, der gleich zu Anfang des Krieges in Gefangenschaft geriet. Der arme Bursche ist schon so lange in der Hand des Feindes, wie du in der Armee dienst, Tom.

Ein letzter Gedanke, bevor ich schließe. Ich frage mich, ob Wills bezaubernde Amandine über seinen Tod unterrichtet wurde. Vermutlich eher nicht, da ihr so oft euren Standort wechselt. Denkst du, es gäbe eine Möglichkeit, sie zu benachrichtigen? Mein Bruder hatte sie schrecklich gern, und ich fände es besser, wenn sie es von jemandem erfährt, der Will persönlich kannte – sofern sie nicht inzwischen seinen Namen auf einer Verlustliste entdeckt hat. Kannst du da etwas arrangieren? Will würde es viel bedeuten, wenn wir ihr ein paar Zeilen zukommen ließen.

Pass auf dich auf, mein Freund, und schreib mir so oft wie möglich, damit ich weiß, dass du gesund bist.

Deine Evie

PS: Neue Socken liegen bei. Bevor du sie anziehst, nimm die beiden Päckchen Virginiatabak heraus!

Von Thomas an John Hopper

Irgendwo in Frankreich
12. Juli 1915

Lieber John,

ich grüße dich, Cousin, und hoffe, es geht dir gut und deine Geschäfte florieren unter deiner klugen Aufsicht. Mittlerweile sorge ich mich sehr um meinen Vater, denn sein Gesundheitszustand verschlechtert sich zunehmend. Die Ärzte sagen, es sei Krebs. Trotzdem sträubt er sich hartnäckig gegen den Vorschlag, dich um Unterstützung zu bitten. Ich fürchte, ich muss ihn unter diesen Umständen einfach übergehen. Schließlich geht es nicht allein um ihn, sondern ebenfalls um die Zukunft unserer Zeitung, und ich vermag von hier aus nicht das Geringste auszurichten.

Unser kaufmännischer Leiter Charles Abshire ist zwar ein kompetenter Mann, aber nicht für den redaktionellen Bereich. Ich denke, er braucht jemanden an seiner Seite, der ihn diesbezüglich ergänzt und für die Präsentation der Zeitung geradesteht, nicht zuletzt was die Inhalte der einzelnen Beiträge betrifft. Unser Chefredakteur Jack Davies wiederum ist ein hervorragender Journalist, der jedoch nicht immer die geschäftlichen Interessen im Blick hat. Insofern brauchen wir unbedingt jemanden, der sich auf sämtliche Bereiche eines Zeitungsverlags versteht. Darf ich dich bitten, gelegentlich in der Fleet Street vorbeizuschauen, dir einen Überblick zu verschaffen und mir anschließend zu berichten? Erschwerend kommt derzeit hinzu, dass der Spielraum bei der Kriegsberichtserstattung arg eingeschränkt wurde und bei Überschreitung empfindliche Strafen drohen. Hier muss man auf Davies aufpassen, der ein vehementer Gegner dieser Beschneidung der Pressefreiheit ist.

Du würdest mir einen großen Gefallen tun, für den ich mich erkenntlich zeigen werde, sobald ich dazu in der Lage bin.

Beste Grüße

Leutnant Thomas Harding

Von Thomas an seinen Vater

Irgendwo in Frankreich
13. Juli 1915

Lieber Vater,

verzeih mir, dass ich mir erlaubt habe, Cousin John zu kontaktieren. Ich weiß, du liegst mit den Hoppers über Kreuz, aber ich finde, es ist an der Zeit, die alte Familienfehde beizulegen. Schließlich handelt es sich um einen Notfall – ich sitze hier an der Front fest, und du fällst durch deine Krankheit auf unbestimmte Zeit aus. Darum habe ich Hopper gebeten, bei der *Daily Times* nach dem Rechten zu schauen. Charles Abshire wäre sicher froh über Johns Unterstützung, schließlich kann er sich nicht um alles kümmern. Ich habe Hopper außerdem wegen Jack Davies vorgewarnt, und Jack habe ich informiert, dass er Hopper wenigstens mit einem Mindestmaß an Respekt behandeln soll.

Halt mich bitte auf dem Laufenden über deinen Gesundheitszustand, Vater, da ich mich wirklich ernstlich um dein Wohlbefinden sorge.

Dein Sohn Thomas

Von Evelyn an Thomas

Richmond, England
14. Juli 1915

Lieber Tom,

heute ist erneut ein *Schreib-an-Tom-Tag*, du kannst dich also glücklich schätzen, weil gleich zwei Briefe auf dem

Weg zu dir sind. Ich habe dieses Mal ziemlich aufregende Neuigkeiten – sie betreffen deinen Cousin John Hopper, also beiß die Zähne zusammen, schluck deine Aversion hinunter und sei nachsichtig mit mir.

John hat mir nämlich gestern Abend beim Dinner einen sehr interessanten Vorschlag unterbreitet.

Ich hatte ihm erzählt, wie frustrierend es für mich sei, die Berichte von der Front immer aus männlicher Sicht präsentiert zu bekommen. Was bedeutet, dass zu wenig über das informiert wird, was den daheimgebliebenen Frauen am Herzen liegt: der menschliche Aspekt. Eine Frau würde sicherlich die Schrecken des Lebens in den Schützengräben, die Ängste, die Verzweiflung viel besser vermitteln. In diesem Zusammenhang habe ich mich, beflügelt von reichlich Wein, zu einer Lobeshymne auf Nellie Bly hinreißen lassen, die für das *New York Evening Journal* von der Ostfront berichtet. Ist dir ihr Name schon mal begegnet? Es handelt sich um ein Pseudonym, eigentlich heißt sie Elizabeth Cochran und erregte erstmals Aufsehen, als sie in den Achtzigerjahren des letzten Jahrhunderts im Auftrag einer New Yorker Zeitung auf den Spuren von Jules Verne um die Welt reiste. Stell dir das vor, sie war vierundzwanzig und wagte sich ohne Begleitung an dieses Unternehmen! Sensationell, oder? Und bei Kriegsausbruch ging sie dann an die Ostfront.

Jedenfalls muss ich mich so vehement für weibliche Kriegsreporter eingesetzt haben, dass John meinte, ich könnte ja diese Lücke füllen und aus weiblicher Perspektive über den Krieg schreiben. Zuerst lachte ich darüber, aber spätestens beim Dessert wurde mir klar, dass es sein völliger Ernst war. Er behauptete sogar, er verstehe nicht, warum in England noch niemand auf diese Idee gekommen sei. Schließlich würden kriegsbedingt fast mehr Frauen die Zeitungen lesen als Männer. Insofern finde er es naheliegend, auch mal eine Frau über den Krieg schreiben zu lassen. Und diese Frau soll ich sein!

Was hältst du davon?

Jetzt, wo meine verrückte Idee vielleicht wahr wird, spüre ich, dass ich wankelmütig werde. Angst vor der eigenen Courage nennt man das wohl. Ich muss herausfinden, ob es bloße Spinnerei von mir war oder ob ich darin tatsächlich meine Bestimmung erkenne. Wie siehst du das? Bitte sag mir, was ich tun soll, Tom. Ich habe immer auf deinen gesunden Menschenverstand und dein besonnenes Urteil vertraut in Situationen, in denen ich selbst umherflatterte wie ein kopfloses Huhn.

John will mir eine eigene Kolumne geben, deren Titel mir ziemlich gut gefällt: *Eine Frau in Kriegszeiten*. Natürlich bin ich von seinem Angebot begeistert. Zwar wären es keine Kriegsreportagen im eigentlichen Sinn, sondern Berichte von der Heimatfront, doch welch gewaltiger Aufstieg vom Gemeindebrief zur *Daily Times*! Dennoch bin ich mir nicht sicher, ob mir genug relevante Themen einfallen, die den Frauen wirklich auf den Nägeln brennen. Mal abgesehen vom derzeitigen Stillhalten der Suffragetten und den gefährlichen Arbeitsbedingungen der Mädchen in den Munitionsfabriken.

Immer wieder habe ich mir überlegt, was Will wohl dazu sagen würde, und da er mir keine Antwort mehr geben kann, denke ich mir, dass sein Tod mich immerhin gelehrt hat, jede Gelegenheit zu ergreifen, die das Leben mir bietet. Außerdem würde die Kolumne mich ablenken und mich daran hindern, unaufhörlich darüber nachzudenken, wie unser aller Leben ausgesehen hätte, wenn dieser elende Krieg niemals ausgebrochen wäre. Aber bevor ich eine Entscheidung treffe, möchte ich deine Meinung hören. Bitte sag mir ehrlich, wie du die Sache beurteilst, das ist mir wichtig, selbst wenn ein Teil von mir bereits innerlich davonstürmt in Richtung Fleet Street und ich bereits das Rattern der Druckerpressen zu hören meine.

Nun zu dir: Ich hoffe, du findest zumindest gelegentlich kleine Momente, in denen du abschalten und dich über etwas freuen kannst. In den Zeitungen sind hin und wieder Berichte über Divisionskonzerte und andere Formen der Truppenunterhaltung zu lesen. Gibt es so etwas auch an deinem Frontabschnitt? Die hübschen französischen Orte in Frontnähe dürften ziemlich verwüstet sein, sodass von ihrem einstigen Charme vermutlich kaum noch etwas übrig ist. Ich habe mir die französische Provinz immer als eine Idylle mit gedrungenen Kirchen und anheimelnden Bauernhöfen vorgestellt. Bitte sag mir, dass du irgendwo einen Rest Schönheit gefunden hast – ganz ohne wäre das Leben vollends unerträglich. Und schreib mir ganz oft, damit ich weiß, dass es dir gut geht.

Deine Evie

PS: Miss Jennifer Zaunkönig, meine erste Vogelskizze, ist vollendet und liegt für dich bei, als Dekoration für deinen Unterstand. Ich hoffe, sie gefällt dir.

Von Thomas an seinen Vater

Irgendwo in Frankreich
20. Juli 1915

Lieber Vater,

ich weiß, es war dir nicht recht, dass ich ungeachtet deiner Warnungen Cousin John ins Team geholt habe. Leider führt kein Weg daran vorbei, dass wir seine Unterstützung brauchen. Er mag ja in der Vergangenheit des Öfteren durch rücksichtsloses Geschäftsgebaren aufgefallen sein, aber ich kann mir nicht vorstellen, dass er derartig skrupellos mit der *Daily Times* verfahren würde. So viel Familiensinn traue ich ihm trotz allem zu. Überdies sind wir insofern auf der sicheren Seite, weil er keine Generalvollmacht hat und alleine keine weitreichenden Entscheidungen treffen kann, schon gar keine Übernahme. Sollte er trotzdem Derartiges anstreben, würden Jack Davies und Charles Abshire uns rechtzeitig warnen. Vor allem Jack stünde noch am selben Tag auf deiner Türschwelle und würde mich wahrscheinlich eigenhändig aus den Fängen der Army befreien.

Falls du dir ernstlich Sorgen machst, dass John sich die Zeitung unter den Nagel reißen könnte, solltest du vielleicht in Erwägung ziehen, mich offiziell zu deinem Stellvertreter zu ernennen. Und wenngleich ich bislang andere Pläne verfolgte, kannst du dir über eines sicher sein: Ich werde nicht zulassen, dass dein Lebenswerk in fremde Hände kommt.

Dein Sohn Thomas

Von Alice an Evelyn

Brighton, England
21. Juli 1915

Liebe Evie,

bitte verzeih, dass ich dir erst jetzt schreibe, obwohl seit Wills Tod inzwischen viele Wochen vergangen sind, doch ich hatte jedes Mal, wenn ich vor einem leeren Blatt Papier saß, das Gefühl, dass es keine passenden Worte gab, um auszudrücken, was ich fühlte, und dass alles, was ich vorbringen würde, schrecklich dumm und sinnlos wäre. Ich hoffe, du bist ein wenig zur Ruhe gekommen – so schwer es sein mag, das Leben geht weiter und verlangt, dass wir ihm uns mit all seinen Herausforderungen stellen.

Seit meinem letzten Besuch und seit der Nachricht von Wills Tod spüre ich eine unerträgliche Unruhe in mir. Und du weißt ja, wie ich diese gewöhnlich bekämpfe – indem ich mit vollen Händen Vaters Geld ausgebe und zu tief in mein Ginglas schaue. Vor drei Tagen hatte ich ein ganz schlimmes Tief und kam mir völlig nutzlos vor. Bin ich vermutlich auch, so untätig, wie ich hier in Brighton herumsitze und panisch werde, wenn ich bloß an Luftschiffangriffe denke. Und weil ich das ehrlich gesagt für unter meiner Würde halte, habe ich es getan. Habe mich wirklich und wahrhaftig freiwillig zum Sanitätsdienst an der Westfront gemeldet. Auf die Frage, ob ich mindestens über drei Monate Erfahrung in der Krankenpflege verfüge, habe ich ganz frech gelogen. Schließlich reicht es, wenn ich es vor Ort erlerne! Natürlich hoffe ich, dass man mir nicht gleich ganz schwere Fälle zuweist oder Soldaten, die grausam verstümmelt sind. Nun, ich werde es sehr bald erleben, denn bereits morgen werde ich meiner Mitbewohnerin Margie Lebewohl sagen und in eine ungewisse Zukunft aufbrechen.

Ich denke an dich, liebste Freundin – versprich mir, dass du den Kopf nicht hängen lässt.

Alles Liebe

Alice

Von Thomas an Evelyn

Irgendwo in Frankreich
25. Juli 1915

Liebe Evie,

wie immer danke ich dir für deine Briefe. Du ahnst nicht, was sie mir bedeuten. Um es profan auszudrücken, sind sie wie ein warmer Laib Brot für einen ausgehungerten Mann. Und dafür würde ich ebenfalls Gott weiß was geben. Erst in Zeiten wie diesen lernt man die kleinen Dinge, die früher so selbstverständlich waren, zu schätzen.

Leider gibt es hier sehr wenig, woran man sich aufrichten könnte, und entsprechend desolat ist meine seelische Verfassung. Nicht nur wegen Will. Die Angst, die mich ständig begleitet, ist es, was mich zermürbt, dazu der Gestank der Leichen, die nicht geborgen werden konnten und mich unerbittlich an den allgegenwärtigen Tod erinnern. Es ist schaurig, wie sie im Niemandsland liegen, den Krähen und Ratten überlassen.

Und als ob das nicht genug wäre, scheint sich zu Hause Ärger anzubahnen. Weil ich gewisse Geschäftsbereiche bei der Zeitung an John Hopper delegieren will. Man könnte sagen, mein Vater hat mir schriftlich eine geharnischte

Standpauke gehalten, als wäre ich ein dummer Schuljunge. Er wirft mir vor, die *Daily Times* könnte in eine wirtschaftliche Schieflage geraten – in der sie ohnehin schon ist, das nebenbei. Das Hauptproblem besteht darin, dass er John absolut nichts zutraut und fürchtet, er könnte den Karren an die Wand fahren. Oder ihn austricksen und sich die Zeitung unter den Nagel reißen. Das alles geht zurück auf eine alte Familienfehde, deren genauere Umstände ich nicht kenne. Im Grunde müsste ich wenigstens für ein paar Tage zurück nach London, um die Sache zu klären, aber das ist derzeit unmöglich.

Nach allem, was ich gehört habe, tobt in [redacted] eine erbitterte Schlacht zwischen französischen und deutschen Truppen. Momentan scheint das Schlachtenglück aufseiten der Franzosen zu sein. Du kannst den Ort ja auf deiner Karte markieren, falls der Name die Zensur passiert. Geografische Angaben sind streng verboten, doch da dort bereits seit fünf Tagen gekämpft wird und der Ort in den Kriegsberichten offen genannt wurde, geht es vielleicht durch. Offen gesagt, bete ich, dass die Franzosen uns nicht zur Verstärkung anfordern.

Meine liebe Evie, ich wäre begeistert, wenn du für unser Blatt arbeiten würdest – und deshalb ermutige ich dich, das Angebot anzunehmen. Die Kolumne ist eine großartige Idee, selbst wenn sie von John stammt – schöner fände ich es, sie wäre auf meinem Mist gewachsen. Egal, jedenfalls bin ich überzeugt, du wirst das großartig machen. Ich kann dich mir gut als beherzte Reporterin vorstellen, die ihrem Publikum knallharte Analysen aus femininer Sicht liefert. Aber leg dir wie Nellie Bley ein Pseudonym zu, um deine Identität zu schützen. Wie wäre es mit Josie Sperber oder Genevieve Star? Auf der Rückseite dieses Briefes findest du eine grobe Skizze von einer Sperbersoldatin. Ich habe ihr sogar einen Helm mitsamt Zierband verpasst. Künstlerisch bestimmt eine Lachnummer, ich bin eben nicht so begabt wie du. Wie auch immer sind Glückwünsche angebracht, wenn die kleine Evie zur Starkolumnistin wird! Bestimmt werde ich dich um einen Abzug deiner ersten Kolumne mit Autogramm samt Widmung bitten. Ernsthaft, ich freue mich wirklich sehr für dich. Doch noch einmal: Sei bitte vorsichtig im Umgang mit John Hopper.

Wie ich sehe, übst du dich fleißig im Zeichnen. Ich habe deinen Umschlag vorsichtig mit dem Messer geöffnet, um das Zaunkönigtrio nicht zu beschädigen, das du auf der Lasche skizziert hast. Jetzt hat es einen sicheren Platz in meinem Notizbuch. Weißt du eigentlich, dass Zaunkönige Stärke symbolisieren? Ich bin gespannt, welchen Vogel du als Nächstes wählst. Vielleicht einen, der für Nahrung steht. Entschuldige, so ausgehungert, wie ich bin, denke ich ständig an Essen.

Hast du den Bryce-Bericht gelesen? Er soll für viel Aufregung gesorgt haben, weil darin all die schlimmen Gräueltaten aufgeführt sind, die die Deutschen an der Front und in den besetzten Städten verübt haben. Ich kann es mir gut vorstellen. Allerdings ist in der Überschrift von *mutmaßlichen* Verbrechen die Rede – was darauf hinweist, dass die Reporter häufig aufs Hörensagen angewiesen sind, da viele Frontabschnitte samt Hinterland Sperrgebiet für Journalisten sind.

Übrigens habe ich an das Feldlazarett in [redacted] telegrafiert, um Amandine Morel über Wills Tod zu unterrichten, und dabei erfahren, dass sie aufgrund einer Erkrankung ihren Dienst quittiert hat. Ich hoffe, mein Telegramm wird an ihre Heimatadresse in Paris weitergeleitet. Das arme Mädchen.

Halt mich auf dem Laufenden, wie es mit dem Schreiben klappt, und sei versichert, dass ich wahnsinnig stolz auf dich bin. Du bist für mich wie eine Schwester, und ich wünsche mir nichts mehr, als dich glücklich zu sehen.

Dein Freund Tom

PS: Weißt du etwas Neues über einen Kriegseintritt der Amerikaner? Wir diskutieren hier ständig darüber.

Von Thomas an John Hopper

Irgendwo in Frankreich
30. Juli 1915

Lieber John,

ich grüße dich von der Front. Zunächst möchte ich dir mein Lob aussprechen für deine Initiative, in unserer Zeitung eine Frauenkolumne einzuführen. Miss Elliott ist, was Schreiben angeht, ein Naturtalent und legt darüber hinaus eine große Leidenschaft für dieses Metier an den Tag. Ich wüsste derzeit nichts Besseres als eine derartige Kolumne, um den weitgehenden Wegfall der männlichen Leserschaft zu kompensieren und unsere schlechte Geschäftsbilanz zu sanieren.

Überdies vertraue ich darauf, dass du gemeinsam mit Jack Davies Miss Elliotts Texte gründlich unter die Lupe nimmst, bis sie genug Erfahrung hat, den richtigen Ton zu treffen und die Tücken der Zensurbestimmungen zu umschiffen. Bitte achte darauf, dass sich alle unsere Reporter und Journalisten an diese Vorgaben halten. Abshire hat mir berichtet, dass immer mehr Zeitungen harte Strafen aufgebürdet bekommen, weil sie gegen die Auflagen verstoßen haben. Ich heiße diese zwar nicht unbedingt gut, aber wir haben keine Wahl, zumal es in unserem Fall um Sein oder Nichtsein geht.

Noch eines: Sosehr ich hinsichtlich der Kolumne mit dir übereinstimme, möchte ich dich bitten, mich in Zukunft über geplante Änderungen vorab zu informieren. Was später wird, müssen wir vom Gesundheitszustand meines Vaters abhängig machen.

Leutnant Thomas Harding

Von John Hopper an Thomas

London, England
5. August 1915

Lieber Cousin,

ich danke dir für deinen Brief. Sei versichert, dass ich immer im Interesse der Zeitung und in dem speziellen Fall im Interesse von Miss Elliott handeln werde. Mein Lieber, du hast deine Freundin in der Tat gut versteckt. Schade drum. Sie ist eine erfrischende junge Frau und eine Schönheit dazu. Wie weit ihr Schreibtalent reicht, ob es den hohen Standards der männlichen Konkurrenz entspricht, wird sich zeigen. Wenn nicht, lasse ich sie Kochrezepte verfassen oder nützliche Empfehlungen für eine sparsame Haushaltsführung – Themen, die weniger anspruchsvoll sind.

Sei unbesorgt wegen der Zeitung. Du kümmerst dich darum, die Deutschen zu besiegen, und ich kümmere mich darum, unsere Druckerpressen am Laufen zu halten.

Beste Grüße
John Hopper

Von Evelyn an Thomas

Richmond, England
5. August 1915

Lieber Tom,

danke, dass du mir so rasch geantwortet hast. Ich kann dir nicht sagen, wie glücklich ich über deine Zustimmung zu der Kolumne bin, zumal ich bereits Ideen für meinen ersten Beitrag sammle und Recherchen anstelle. Deine Unterstützung bedeutet mir alles, schließlich bist du der Einzige, der wirklich versteht, dass Schreiben meine Leidenschaft ist und meinem Leben einen Sinn gibt. Alice ist ebenfalls restlos begeistert von der Idee – allerdings wäre sie genauso begeistert, wenn ich eine Uniform anzöge und eine Waffe in die Hand nähme.

Mama hingegen ist noch völlig ahnungslos und soll es nach Möglichkeit bleiben. Sie würde bloß versuchen, es mir auszureden und madig zu machen. Nicht zuletzt deshalb ist ein Pseudonym in der Tat ratsam. Deine Vorschläge gefallen mir. Josie Sperber klingt ziemlich tollkühn, so könnte die Heldin einer Abenteuergeschichte für Mädchen heißen. Für jemanden, der über weltbewegende Themen schreiben will, klingt es mir nicht seriös genug. Da finde ich, dass sich Genevieve Star besser macht. Der Singvogel schlägt den Raubvogel, einverstanden?

Was den Bryce-Bericht betrifft, den du erwähnt hast, ja, ich habe ihn gelesen, wünsche indes, ich hätte es nicht getan. Ob mutmaßlich oder nicht, es hat mich furchtbar aufgeregt, von den Schandtaten unserer Feinde zu erfahren.

Nun zu deiner Sehnsucht nach warmem Brot. Ernsthaft? Ich hätte nicht gedacht, dass ich jemals den Tag erleben würde, an dem du von einem Laib Brot träumst. Bekommt ihr überhaupt nichts Anständiges zu essen? Eine entsetzliche Vorstellung, die mich wütend macht, diesmal auf die eigenen Leute. Und da prangern wir groß an, wie schlecht die Deutschen ihre Kriegsgefangenen versorgen. Außerdem finde ich es dumm, denn wie sollt ihr mit leerem Magen die Kraft zum Kämpfen aufbringen. Brot kann ich dir nicht schicken, dafür habe ich dir Schokolade und Kräuterbonbons eingepackt, das ist wenigstens Nervennahrung.

Wie seltsam, dass wir uns seit so vielen Jahren kennen und im Grunde so wenig voneinander gewusst haben. Erst in den letzten Monaten hat sich das durch unsere Korrespondenz geändert. Mittlerweile habe ich das Gefühl, dass man in Briefen zu größerer Offenheit neigt, findest du nicht? Ich habe dir Dinge anvertraut, die ich dir niemals persönlich gesagt hätte. Wird uns überhaupt noch etwas einfallen, wenn wir uns irgendwann wiedersehen? Etwa wenn du endlich auf Heimaturlaub kommst. Irgendwie kommt es mir nur vor, als würde dein Antrag von Monat zu Monat verschleppt.

Inzwischen müssen wir übrigens ebenfalls mit unseren Lebensmittelvorräten haushalten. Manches gibt es bereits nicht mehr, und Gerüchte über Versorgungsengpässe und Zwangsrationierung machen die Runde. Mama fürchtet jetzt schon um ihr großes Weihnachtsdinner.

Nächste Woche treffe ich mich mit deinem Cousin zum Lunch in London. Er möchte mit mir über meinen ersten Beitrag für die Kolumne sprechen, bevor ich sie eurem Chefredakteur vorlege. Wenn ich mich recht erinnere, hast du großen Respekt vor diesem Davies. Ich hoffe, mein Text wird seinen Erwartungen entsprechen.

Im Übrigen habe ich mir vorgenommen, bei dieser Gelegenheit deinen Vater zu besuchen. Es ist eine Ewigkeit her, dass wir uns das letzte Mal begegnet sind. So lange, dass ich nicht mal mehr weiß, wo das war. Vielleicht kann ich ja bezüglich eurer Differenzen mäßigend auf ihn einwirken und ihn davon überzeugen, dass John für den Übergang keine schlechte Wahl ist. Vor allem finde ich es unmöglich, dir in deiner Situation zusätzliche Probleme aufzuhalsen.

Ja, die Zaunkönige. Ich habe sie zufällig auf den Umschlag gekritzelt, weil der gerade herumlag. Und nein, mir war nicht bekannt, dass der Zaunkönig Stärke symbolisiert. Ich habe aus reiner Bequemlichkeit den kleinsten Vogel als erste Vorlage genommen. Nun, da ich weiß, dass jeder Vogel eine tiefere Bedeutung hat, werde ich mein nächstes Objekt sehr sorgfältig auswählen, damit du keine falschen Schlüsse ziehst.

Unser Gedankenaustausch über Vögel und ihre Symbolik hat mich ganz nebenbei bewogen, mal wieder in meinen Gedichtbänden zu blättern. Mir war zuvor nie aufgefallen, wie oft Vögel als lyrisches Motiv dienen. Jetzt sprang es mir geradezu ins Auge. Besonders gefällt mir der folgende Vers aus *Drossel im Dunkel* von Thomas Hardy. Kennst du ihn? Er passt perfekt zu meiner heutigen Stimmung.

Auf einmal eine Stimme klang
Aus düstrer Zweige Schoß
In süßem selgem Abendsang
Voll Freude grenzenlos;
Die alte Drossel, dürr und in
Zerzaustem Federkleid –
Sie trotzte so aus frohem Sinn
Wachsender Dunkelheit.

Immer wenn ich das Zwitschern einer Drossel höre, denke ich an Will und stelle mir vor, dass er wie die Drossel Lieder der Hoffnung singt – und du solltest es mir gleichtun. Horch auf die Vögel, und wenn du sie hörst, sei gewiss, dass ich gerade an dich denke.

Für heute habe ich dir genug berichtet. Bleib gesund und schau zu, dass du genügend zu essen bekommst. Ich könnte mir vorstellen, dass ein hungriger Mann fast genauso gefährlich ist wie die Haubitzen und zischenden Zünder, von denen du schreibst.

Viele liebe Grüße

Evie

PS: Ich habe gestern die Post verpasst, was mir Gelegenheit gibt, als Nachtrag hinzuzufügen, dass die Lerche, wie ich soeben herausgefunden habe, ein Symbol für Glück und Harmonie ist. Ich denke, du kannst das Erste brauchen und die Welt das Zweite. Anbei eine in Eile gezeichnete Lerche, bewahre sie als Glücksbringer auf.

Von Evelyn an Alice

Richmond, England
12. August 1915

Meine liebe Alice,

wo um alles in der Welt bist du? Es tut mir unendlich leid, dass ich dir so lange nicht geschrieben habe. Nach Wills Tod war ich viele Wochen lang nicht in der Lage, Worte zu Papier zu bringen, die nicht furchtbar traurig klangen oder von meinen Tränen verschmiert waren. Aber in letzter Zeit fühle ich mich ein wenig besser, und der Gedanke, im Gegenzug ein paar Zeilen von dir zu erhalten, spornt mich zusätzlich an.

Zudem gibt es eine Neuigkeit, die dich sicher brennend interessiert: Ich bekomme meine eigene Kolumne bei der *London Daily Times*! Das verdanke ich hauptsächlich John Hopper, er hat mich der Redaktion praktisch aufs Auge gedrückt. Da geht er wirklich mit dem Kopf durch die Wand. Ach ja, er ist nach wie vor Mamas derzeitiger Favorit als potenzieller Schwiegersohn.

Zum Glück hält Tom Harding die Kolumne ebenfalls für eine großartige Idee und hat mir seine volle Unterstützung zugesichert. Wann genau mein erster Beitrag erscheinen wird, steht noch nicht fest, doch sobald ich es weiß, schreibe ich es dir, damit du dir die Ausgabe besorgen kannst. Ich werde übrigens unter dem Pseudonym Genevieve Star in Erscheinung treten. Schließlich muss nicht jeder wissen, wer die Artikel schreibt, allen voran Mama nicht. Wie findest du den Namen? Mir gefällt er sehr.

Zwischen Tom und mir besteht nach wie vor ein reger Briefwechsel. Oft ertappe ich mich neuerdings dabei, dass ich sehr intensiv an ihn denke und mich nach ein paar Zeilen von ihm sehne. Was hat es damit auf sich, Alice? Grundgütiger, wir sprechen von Tom Harding, einem langjährigen Freund! Wills Freund. Trotzdem verspüre ich, seit wir uns regelmäßig schreiben, ein immer größeres Verlangen, ihn wiederzusehen. Das ergibt alles keinen Sinn. Wie dem auch sei, ich kann es nicht ändern.

Ansonsten gibt es keine Neuigkeiten, über die es sich zu berichten lohnt – weitgehend verläuft das Leben im alten Trott. Noch. Und erzähl mal, wie es dir so geht mit deiner Einweisung in die Krankenpflege. Wir hören so viel über euch. Diana Manners war in allen Zeitungen in ihrer

Schwesterntracht abgebildet. Dass eine so berühmte Schauspielerin und zugleich eine Viscountess hier den Vorreiter spielt, wird sicherlich viele Frauen motivieren, ihrem Beispiel zu folgen. Jedenfalls bin ich furchtbar stolz auf dich. Wann wirst du nach Frankreich übersetzen?

Schreib mir bald und gib mir Bescheid, ob du noch einmal einen Besuch in Richmond einschieben kannst. Wir könnten einen Spaziergang am Fluss machen so wie früher. Solch einfache Freuden. Wer hätte je gedacht, dass sie fast unerreichbar werden könnten.

Ganz liebe Grüße

Evie

Von Thomas an Evelyn

Irgendwo in Frankreich
15. August 1915

Liebe Evie,

dein Brief hat mich zum Lachen gebracht! Ich habe seit einer Ewigkeit nicht mehr gelacht, darum danke ich dir. Ich hätte wissen müssen, dass die einzige Person in dieser gottverlassenen Welt, die mich in meinen dunkelsten Stunden aufmuntern kann, du bist, Evelyn Maria Constance. Die kleine Evie, die eines Sommers meine Schnürsenkel miteinander verknotete, bevor ich in den Zug nach Brighton stieg. Dasselbe Mädchen, das seiner Gouvernante vorspielte, krank zu sein, nur um sich vor dem Unterricht zu drücken und stattdessen mit seinem Bruder Kröten im Salon auszusetzen. Was für ein freches Gör du warst.

Außerdem danke ich dir für die Schokolade und die

Kräuterbonbons. Unser Kommandant hat sich neulich an einem dieser verdammten Huntley-&-Palmers-Kekse, die sie hier an uns verteilen, einen Zahn abgebrochen, und die Dosenrationen, von denen ich mich ernähren muss, enthalten so ziemlich die widerlichsten Eintopfvarianten, die man jemals gerochen, geschweige denn gekostet hat. Manchmal denke ich, ich habe deine Freundlichkeit nicht verdient. Das massive Grauen, das für mich hier Alltag ist, bringt mich irgendwie dazu, die Dinge in einem eigenartigen Licht zu sehen.

Vogelanalogien sind recht nützlich, weißt du. Der Zaunkönig plustert sich auf für Kraft und Stärke, die Lerche für Glück, aber was ist mit dem Pfau und seiner stolzgeschwellten blauen Brust und dem prachtvollen Schwanzgefieder? Du ähnelst selbst einem Vogel: einem Adler, der dazu bestimmt ist, hoch in die Lüfte zu steigen, und doch nie seinen Scharfblick verliert. Du bist keine Frau, die man in einen Käfig sperrt. Eines Tages wirst du dieses Feuer in dir nicht mehr zu kontrollieren vermögen und wirst durchstarten und unaufhaltsam deinen Weg gehen. Deine Kolumne ist der perfekte Anfang.

Ich kenne das Gedicht von Thomas Hardy, aus dem du zitiert hast – bereits der Titel deutet seine düstere Schönheit an, und wie du gesagt hast, passt es sehr gut zur momentanen Stimmung. Weißt du eigentlich, dass Shakespeare öfter als jeder andere Dichter Vogelmetaphern in seinem Werk verwendet hat? Eins seiner besonders schwer interpretierbaren Gedichte, das zuerst unter einem Pseudonym erschien, heißt *Der Phönix und die Turteltaube*. Es handelt von einem Vogelpaar, dessen Liebe eine so perfekte Verbindung schafft, dass sie jeder weltlichen Logik trotzt und alle Hindernisse überwindet. Wenn ich zurückkomme, werde ich es dir zeigen. Ich habe in meinen Studienunterlagen eine Kopie davon.

Und wie kommst du mit deinem ersten Beitrag voran?

Morgen marschieren wir weiter.

Liebe Grüße

Tom

Von Thomas an seinen Vater

Irgendwo in Frankreich
20. August 1915

Lieber Vater,

als ich deinen Brief las, habe ich mir gewünscht, ich hätte von dieser ganzen Familiengeschichte früher erfahren. Dann hätte ich deine Skepsis gegenüber John besser verstanden. Vielleicht schlägt er ja seinem Vater und dessen dubiosen Geschäftspraktiken nach, mit denen dein Schwager dir geschadet hat, statt seiner Mutter, über die er Anteile an der Zeitung hält. Insofern ist seine Einbeziehung in die Geschäftsführung in der Tat nicht ganz unbedenklich, und wir könnten uns womöglich in einer sehr prekären Situation befinden.

Wahrscheinlich wirst du deshalb nicht gerne hören, dass John derzeit prüft, warum unser Blatt Verluste macht. Da er mit seinen eigenen Unternehmen hohe Gewinne einfährt – wobei er von seinen guten Beziehungen zum Propagandabüro profitiert –, beharrt er darauf, dass er recht hat mit seiner Einschätzung der Situation. Übrigens hat er vorgeschlagen, dass wir eine Kolumne für Frauen einführen. Vorerst befürworte ich diese Idee, weil Evelyn Elliott die Beiträge schreiben wird, allerdings unter einem Pseudonym. Erinnerst du dich an die Gedichte, die sie früher zu Papier brachte und die wir in unserer Küchenschublade aufbewahrten? Ich bin überzeugt, dass sie diese Aufgabe hervorragend meistern wird. Dennoch muss ich gestehen, dass es mir lieber wäre, du könntest dich irgendwie einbringen und mit Evelyn vielleicht über eine Auswahl der Themen sprechen. Nicht dass wir Ärger mit der Zensur kriegen. Ich wünsche dir eine rasche Genesung, lieber Vater.

Dein Sohn Thomas

PS: Ich habe eine Notiz an Abshire beigefügt.

Lieber Charles,

wenn John Hopper in unseren Geschäftsbüchern herumschnüffelt und sich die Bilanzen ansieht, sollte ich ebenfalls so weit wie möglich über die aktuellen Zahlen Bescheid wissen. Ich muss informiert sein, was mein Cousin so treibt. Daher hätte ich gerne eine Aufstellung für das letzte Jahr und die ersten sechs Monate dieses Jahres hinsichtlich unserer Ausgaben, Löhne, Wertpapiere und Umsätze. Zum Glück gibt es zwischendurch immer wieder Zeiten, in denen ich nicht im Kampfeinsatz bin, und diese Stunden möchte ich sinnvoll nutzen.

Ich hoffe, es geht dir gut, mein Freund.

Mit den besten Grüßen

Thomas

Von Evelyn an Thomas

Richmond, England
28. August 1915

Lieber Tom,

der Umstand, dass ich dich immer noch zum Lachen bringen kann, selbst aus so großer Entfernung, stimmt mich sehr froh. Zumal ich annehme, dass Lachen bei euch Mangelware ist, genau wie eine anständige Verpflegung und ein bequemes Bett. Die Doseneintöpfe, von denen du schreibst, klingen nicht gerade appetitlich. Kannst du nicht einen Schuss Rum hineinkippen, um das Ganze aufzupeppen oder einen Schuss Rum in dich hineinkippen, um deine Geschmacksnerven zu betäuben? Ich hatte seit jeher ein Talent dafür, dich zu amüsieren, stimmt's? Was vor allem daran lag, dass du und Will mir unentwegt üble Streiche gespielt habt und einen Heidenspaß daran hattet, wenn ich mich darüber geärgert habe. Da ist es schließlich kein Wunder, wenn ich ein freches Gör wurde. Die Schuld liegt ganz klar bei euch, denn ihr wart ein schlechtes Vorbild für eine leicht zu beeinflussende junge Dame.

Du hast geschrieben, dass ihr weitermarschiert, was mir ehrlich gesagt Angst bereitet. Mittlerweile hasse ich es, die Worte *Irgendwo in Frankreich* am Anfang deiner Briefe zu lesen. Es ist nicht weniger beunruhigend, als wenn es hieße *Irgendwo auf der Welt*. Die Vorstellung, dass du dich in immer größere Gefahr begibst, ist für mich unerträglich. Wüsste ich bloß, wo du bist. Papa und ich brüten ständig über unseren Karten und rätseln, wo ihr gerade seid oder in welche Richtung ihr gerade marschiert.

Die Gebiete, in denen wir dich vermuten, markieren wir

immer mit schwarzen Knöpfen, und die Orte, an denen die schlimmsten Schlachten stattfanden beziehungsweise wahrscheinlich bald stattfinden werden, mit roten Knöpfen. Diese schwarzen und roten Knöpfe stehen inzwischen stellvertretend für meine größten Ängste, Tom. London ist mit einem blauen Knopf gekennzeichnet. Er ist von dem Kleid abgefallen, das ich damals auf Mamas Weihnachtsball trug, als du und ich tanzten. Früher lag mir nie besonders viel an dem Kleid, aber wenn ich es nun in meinem Schrank hängen sehe, denke ich an dich und daran, wie wir lachten und tanzten. Es waren glückliche Zeiten. Aus diesem Grund bleibt der blaue Knopf auf London liegen, bis du zurückkehrst. Erst dann werde ich Sarah bitten, ihn anzunähen, und wir werden wieder tanzen. Und wer weiß, vielleicht trage ich das Kleid eines Tages bei einem Dinner in Paris. Irgendwann werden wir doch nach Paris reisen, nicht wahr, Tom? Dieses Weihnachten. Nächstes Weihnachten. Oder noch später. Hauptsache, wir kommen hin. Versprichst du mir das?

Ojemine, ich werde gerade hoffnungslos sentimental. Offenbar macht der Krieg die Menschen nicht nur härter, sondern zugleich auch weicher. Und nach deinen ganzen Ausführungen über Shakespeares Phönix und seine Turteltaube habe ich den Eindruck, als wärst du nach wie vor der alte Tom, der – stets ein Buch unter den Arm geklemmt – für jede Gelegenheit ein kluges Zitat findet. So sehe ich dich und nicht als Soldat mit Gewehr und Bajonett.

Das Gedicht handelt von einem Vogelpaar, dessen Liebe eine so perfekte Verbindung darstellt, dass sie jeder weltlichen Logik trotzt und alle Hindernisse überwindet, hast du geschrieben. Ich frage mich, ob so eine vollkommene Liebe überhaupt möglich ist, hoffe es allerdings, Tom. Oder wofür um alles in der Welt kämpft ihr gerade?

Nun zu einem anderen Thema. Ich hatte das Vergnügen, einen Abstecher zu deinem Elternhaus in Bartholomew Close zu machen. Dein Vater hat sich über meinen Besuch gefreut und war in halbwegs guter Verfassung, lediglich ein bisschen schwach und müde. Er hat mit großer Zuneigung von dir gesprochen. Ich weiß, es hat in der Vergangenheit einige Differenzen zwischen dir und deinem Vater gegeben, aber dennoch ist es seine größte Sorge, dass du heil zurückkehrst. Was ihn indes ungemein frustriert, ist sein schlechter Gesundheitszustand. Er grämt sich, dass er sich in dieser schwierigen Situation nicht nützlich machen kann. Du bist schließlich sein einziger Sohn, da zählen alte Meinungsverschiedenheiten nicht.

Man spürt, wie erfreut dein Vater wäre, wenn du zu gegebener Zeit das Ruder bei der Zeitung übernehmen würdest. Kannst du ihm das nicht zusagen und deinen Frieden mit ihm schließen, bevor es zu spät ist? Ich weiß, dein Herz schlägt für die Wissenschaft und strebt zurück in die heiligen Hallen von Oxford, doch deinem Vater wäre es ein großer Trost zu wissen, dass du dich sozusagen deiner Verantwortung stellst. Es würde ihm die Sorge um sein Lebenswerk nehmen.

Wahrscheinlich habe ich bereits zu viel gesagt, darum schließe ich nun.

Pass gut auf dich auf, mein Freund. Du bist in all unseren Gebeten.

Evie

PS: Mein erster Kolumnenbeitrag wird Mitte September erscheinen. Der Gedanke daran verursacht mir ein flaues Gefühl im Magen.

Von Thomas an Evelyn

Irgendwo in Frankreich
1. September 1915

Liebe Miss Evelyn,

heute habe ich mal wieder Lust auf Förmlichkeiten und sollte dich vielleicht sogar mit Miss Star anreden, wobei du natürlich letztlich immer Evie für mich bleibst. Aber ich mag solche Widersprüche, denn daraus ist Dichtung gemacht. Was deine Kolumne betrifft, bin ich mir sicher, sie wird ein Volltreffer, warte es ab. *Courage*, wie die Franzosen sagen würden!

Du hast mir empfohlen, Rum in meinen Eintopf zu gießen, deshalb will ich dich über diesen »Rum« aufklären, den wir hier bekommen – und den ich als Leutnant zu allem Überfluss selbst verteilen muss. Dieser Rum ist keine liebliche goldbraune Flüssigkeit, die zu einem wohlschmeckenden Cocktail gemixt wird oder die man gekühlt genießt – vielmehr ist das Zeug so stark, dass es beinahe von allein aus der Flasche springt, in den Augen und in der Nase brennt und durch die Kehle rinnt wie heißer Teer, bevor es sich mit aller Brutalität im Magen breitmacht. Doch zweifellos erfüllt es seinen Zweck und betäubt den Kopf, lässt uns das Elend vergessen. Trotzdem ist dieses Gesöff ein schlimmes Übel. Ich habe zu oft beobachtet, wie Männer betrunken aus dem Schützengraben kletterten und in das feindliche Feuer taumelten, um auf der Stelle tödlich getroffen niederzusinken, bevor sie überhaupt eine Hand an ihrer Waffe hatten. Sicher, der Rum nimmt für eine Weile die Angst und die Mutlosigkeit, aber das ist lediglich von kurzer Dauer. Sobald seine Wirkung verfliegt und sich ein handfester Kater einstellt, erscheint einem alles nur noch schlimmer, und man fällt in ein tieferes Loch als zuvor. Ich weiß es aus eigener Erfahrung: Nach Wills Tod habe ich mich wochenlang sinnlos betrunken, und es grenzt an ein Wunder, dass ich es überlebt habe, Evie. Seitdem lasse ich grundsätzlich die Finger vom Alkohol, es ist einfach zu gefährlich.

In den letzten zwei Wochen war uns eine kleine Atempause vergönnt, abgesehen von den alltäglichen Scharmützeln mit deutschen Heckenschützen. Ich fasse es nicht, dass ich kleinere Schießereien inzwischen als Atempause betrachte. Und dass wir in den Schützengräben tagaus, tagein mit Fußbrand, Typhus und Pestilenz zu kämpfen haben, ist uns kaum noch eine Erwähnung wert.

Nicht umsonst hoffen die meisten auf einen Heimatschuss. Kennst du diesen Begriff aus der Soldatensprache? Darunter versteht man Schussverletzungen, die einen Rücktransport in die Heimat erforderlich machen, ohne lebensgefährlich zu sein oder zu Verstümmelungen zu führen. Manche Männer verletzen sich sogar absichtlich. Ein Indiz dafür, wie groß unsere Verzweiflung inzwischen ist.

Danke, dass du meinen Vater besucht hast. Er hat sich sicher wie immer gefreut, dich zu sehen. Ich muss zugeben, dass ich ein wenig deprimiert bin. Gerade jetzt sollte ich zu Hause sein und mich um Vater und die Zeitung kümmern. Vielleicht werde ich deinem Vorschlag folgen und ihm versprechen, dass ich seine Nachfolge antreten werde, wenngleich ich innerlich noch nicht bereit bin für einen solch dauerhaften Richtungswechsel. Wenigstens habe ich durch deine Briefe zu verstehen begonnen, welch wichtige Aufgabe der Journalismus hat und dass es ehrenwert ist, nach der Wahrheit zu suchen und sie zu verbreiten. So habe ich dieses Metier nie zuvor betrachtet. Für Vater war die Zeitung ausschließlich ein Mittel, um Geld zu verdienen.

Weißt du, was mich im Moment besonders glücklich machen würde? Wenn ich eine Freundin von mir namens Genevieve Star besuchen und das alles bei einem Roastbeef mit Yorkshire Pudding besprechen könnte.

Mein Hunger meldet sich wieder. Ich werde zur Ablenkung an diesen blauen Knopf denken.

Liebe Grüße

Leutnant Thomas Harding

PS: Die beigefügte Medaille gehörte Will. Er ließ sie in meine Hand gleiten, bevor er starb. Erst heute habe ich sie in meiner Manteltasche wiedergefunden und möchte, dass du sie bekommst.

PPS: Ich hoffe sehr, dass du mir eine Kopie von deinem ersten Beitrag sendest. Ich kann es kaum erwarten, ihn zu lesen.

Von Alice an Evelyn

Irgendwo in Frankreich
3. September 1915

Liebe Evie,

wie sehr habe ich mich über deinen Brief gefreut! Ich bin erst seit einem Monat fort, und es fühlt sich an, als hätte mein Leben einen neuen Sinn bekommen. Der Sanitätsdienst macht mir nicht halb so viel aus, wie ich dachte; inzwischen habe ich mich an den Anblick von Blut gewöhnt und bin sogar richtig gut darin, Verbände zu wechseln, obwohl ich es wirklich hasse, unsere Jungs leiden zu sehen. Ich fürchte, viele von ihnen werden sich psychisch niemals wieder ganz erholen. Dieser leere Blick in ihren Augen, Evie. Er hält mich nachts wach. Wünsch dir, dass du so etwas nie zu sehen bekommst.

Meine Mutter ist zwar stolz, dass ich meinen Beitrag zu den Kriegsanstrengungen leiste, aber sie mahnt in ihren Briefen immer, dass ich nicht vergessen dürfe, weshalb ich an die Front gegangen bin, und dass ich mich nicht in einen schmucken Offizier verlieben soll – was öfter vorkommt, als du vielleicht denkst. Wozu sollte es gut sein, sagt sie, mein Herz an einen Mann zu hängen, dem später ein Auge ausgeschossen wird, der einen Arm verliert oder, schlimmer noch, seine Seele. Mag sein, dass sie recht hat, doch welcher tapfere junge Mann hat mir nicht das Herz wenigstens für ein oder zwei Wochen gestohlen? Wir beide kennen die Antwort! Schließlich sind wir immer noch Menschen, selbst wenn wir uns in dieser Hölle befinden.

Ich kann nicht glauben, dass du so lange gebraucht hast, um es dir einzugestehen, meine Liebe – ich nämlich habe geahnt, dass du für deinen Rotschopf Tom mehr empfindest als Freundschaft. Vielleicht warst du ja seit jeher in ihn verliebt.

Du bist mit ihm befreundet, seit wir noch Zöpfe trugen. Und er ist ein wirklich netter Bursche mit seinem breiten Grinsen und seinem schwarzen Humor, dazu hat er einen angenehmen Charakter und ist sehr gebildet, was du an Menschen bekanntermaßen besonders bewunderst. Und davon mal abgesehen, liebt Tom genau wie du nichts mehr als ein kleines Abenteuer. Geht es noch perfekter?

Bestimmt schüttelst du jetzt den Kopf, ich meine es förmlich zu sehen. Streite es nicht ab, du hast es in deinem Brief selbst zugegeben. Lass das Feuer lodern, Evie. Hab ein wenig Spaß! Den brauchst du derzeit mehr denn je.

Bestell deinen Eltern liebe Grüße von mir. Und Tom ebenfalls, zwinker, zwinker.

Herzlich

Alice

Von Evelyn an Thomas

Richmond, England
5. September 1915

Lieber Tom,

ich danke dir sehr für Wills Medaille. Ich werde sie in Ehren halten. Solche kleinen Andenken werden unglaublich kostbar, wenn sie alles sind, was man hat, um sich zu erinnern. Ein Abzeichen. Der Knopf einer Uniformjacke. Ein Brief. Eine Haarlocke. Eine zerknitterte Fotografie.

Ich bin mir sicher, solche Dinge habe ich auch an so manche trauernde Mutter oder Ehefrau überbracht, zusammen mit dem Abschiedsbrief des Gefallenen. Leider habe ich nach wie vor keine Ahnung, was alles in dem Päckchen mit Wills persönlichen Hinterlassenschaften war, das an uns zurückgeschickt wurde. Immer wenn ich Mama darauf anspreche, bricht sie in Tränen aus. Irgendetwas ist da komisch.

Ungeachtet meiner Trauer vermag ich mir nicht das Leid auszumalen, das meine Mutter über den Verlust ihres einzigen Sohnes empfinden muss, und aus diesem Grund bedränge ich sie nicht weiter. Sie wird mir Wills Sachen hoffentlich irgendwann zeigen, sobald sie so weit ist.

Übrigens werden deine Briefe in letzter Zeit stark zensiert, darum weiß ich nicht, wo du bist oder auf welche Kämpfe du dich beziehst. Kannst du nicht einen eidesstattlichen Umschlag mit einer eidesstattlichen Erklärung verwenden? Eine Bekannte hat mir erzählt, ihr Mann verschicke seine Briefe auf diese Art, um seine Privatsphäre vor seinen Vorgesetzten zu schützen. Sie sagte, seine Briefe seien wahnsinnig romantisch, es gehe allein um den Austausch von Gefühlen und Liebesschwüren und nicht um irgendwelche militärischen Geheimnisse.

Ich durchforste täglich die Kriegsberichte in den Zeitungen und finde unverändert nichts als positive und ermutigende Worte. *Wir stehen dicht vor dem Sieg. Unsere Sternstunde in diesem Krieg. Ein verheißungsvoller Tag.* Das alles klingt völlig anders als das, was du in deinen Briefen schreibst, etwa von Krankheiten und Hunger und Heimatschüssen. Es ist schwer zu sagen, ob wir überhaupt etwas Wahres zu lesen bekommen oder nur die Version, die die Regierung uns glauben machen möchte. Allein deswegen, finde ich, musst du bei der *Daily Times* mitmischen. Finanzieller Erfolg ist eine Sache, die Wahrheit zu berichten ist eine andere. Und zwar eine weitaus edlere.

Desungeachtet schöpfe ich aus deinen Briefen Trost. Es mag albern klingen, doch ich bin dazu übergegangen, deine Handschrift als deine Person anzusehen. Jeder Bogen, jeder Schwung und jeder Schnörkel ist, als würde ich dein vertrautes Gesicht betrachten. Die Konturen sind so eindeutig und einzigartig. Mittlerweile habe ich eine ziemlich stattliche Sammlung an Briefen. Sie sind mit einem roten Band zusammengebunden, und das Bündel ist bestimmt zehn Zentimeter hoch – und damit zwei Zentimeter höher als der Stapel Tanzkarten, die ich aus meiner Debütantinnensaison aufbewahrt habe. Ich mache mir Mut, indem ich mir sage, dass du zu Hause sein wirst, bevor das Bündel um weitere zwei Zentimeter gewachsen ist. Wie du siehst, muss man die Zeit nicht unbedingt mit einer Uhr messen.

Was gibt es Neues von den Krankenschwestern an der Front? Alice Cuthbert ist jetzt eine von ihnen. Kannst du das glauben? Unsere flatterhafte Alice? Immerhin dürfte sie auf die verwundeten Soldaten sehr belebend wirkten mit ihrem gekonnten Augenaufschlag, ihrem verführerischen Lächeln und ihren flotten Sprüchen. Hast du eigentlich jemals Zeit, an solche Dinge wie hübsche Mädchen zu denken? Ich nehme an, das wird dir genauso vorenthalten wie frisches Brot. Brot und Liebe. Du wirst dich gierig und hemmungslos auf beides stürzen, wenn du nach Hause kommst!

Ich zeichne weiter, dieses Mal eine Dohle. Ein bisschen düster in ihrem Trauergewand, aber trotzdem hübsch.

Bleib gesund, mein Freund.

Evie

Telegramm von Charles Abshire an Thomas

9. September 1915

An: Lt. Thomas Harding c/o 2. Oxford Regiment
Gesendet: 07:25 / Empfangen: 07:55

Dein Vater wurde bei Luftangriff verletzt und liegt im Krankenhaus. Offenbar keine Lebensgefahr. Haus in London vollkommen zerstoert. Dein Vater kann nach Entlassung bei Verwandten in Richmond unterkommen. Halte dich weiter auf dem Laufenden.
Abshire

Von Evelyn an Thomas

Richmond, England
9. September 1915

Lieber Tom,

ich nehme an, du hast von dem schrecklichen Luftschiffangriff auf London, bei dem dein Vater verletzt wurde, zwischenzeitlich gehört. Bartholomew Close gehört zu den Vierteln, die es am schlimmsten getroffen hat, dort wurden viele Häuser zerstört. Dein Vater hatte Glück, dass er von den verheerendsten Bombentreffern verschont blieb, die insgesamt zweiundzwanzig Tote und über achtzig Verletzte forderten. Ich bin zu ihm ins Krankenhaus geeilt, sobald ich davon erfahren habe. Er spricht bemerkenswert nüchtern über das Geschehen, doch ich fürchte, dass sein Gesamtzustand sich dadurch verschlechtert hat.

In ganz London herrscht eine schreckliche Nervosität, und an die Regierung ergehen immer lautere Rufe nach einer Luftabwehr. Meine Hände zittern, während ich diese Worte niederschreibe.

Könntest du nicht Sonderurlaub beantragen? Deinem Vater würde es sicher neuen Lebensmut geben, dich endlich mal wiederzusehen.

Vorerst werde ich für seine rasche Genesung beten und für ein ebenso rasches Ende dieses verfluchten Krieges.

Und natürlich für dich.

Deine Freundin Evie

Von Evelyn an Jack Davies,

Richmond, England
10. September 1915

Sehr geehrter Mr. Davies,

anbei sende ich Ihnen meinen ersten Text für die Kolumne *Eine Frau in Kriegszeiten*. Wir hatten uns bislang noch nicht auf ein Pseudonym festgelegt, ich hoffe, Sie sind mit Genevieve Star einverstanden, aber natürlich haben Sie das letzte Wort. Der jüngste Zeppelinangriff auf London hat mich so tief erschüttert, dass ich einen Teil meines Beitrags umgeschrieben habe.

Ich kann gerne jederzeit zu Ihnen in die Redaktion kommen, falls Sie mit mir persönlich über die Kolumne sprechen wollen, obwohl alle meine Beiträge, soweit ich es verstanden habe, immer zuerst an John Hopper gehen.

Mit freundlichen Grüßen
Evelyn Elliott (Genevieve Star)

EINE FRAU IN KRIEGSZEITEN

von Genevieve Star,
unserer Sonderkorrespondentin in London

Den Jungs zum Abschied winken
Eine Ewigkeit scheint es inzwischen her zu sein, dass wir unsere Jungs verabschiedet haben in ihr großes Abenteuer, damit sie für König und Vaterland ihre Pflicht erfüllen. Allesamt sind sie Helden. Uns wurde gesagt, bis Weihnachten sei alles vorbei, aber Weihnachten kam und ging, und unsere Jungs kehrten nicht zurück. Sie

kamen auch nicht an Ostern oder an Pfingsten oder zur Sommersonnenwende. Und ein Ende ist immer noch nicht in Sicht.

Wir schicken Worte der Liebe und der Ermutigung – »unglaublich tapfer«, »furchtbar stolz«, »auf zum Sieg« –, füllen Seite um Seite, ohne zu wissen, ob die Briefe je gelesen werden oder ob eine Antwort kommt. Jene von uns, die das Glück haben, einen Brief auf der Türschwelle zu finden, verschlingen seinen Inhalt wie eine Ausgehungerte. Jene von uns, die leer ausgehen, müssen irgendwie den Mut finden, darüber hinwegzukommen und in eine Welt hinauszugehen, die wir nicht mehr wiedererkennen. Wir lächeln zu der Nachbarin hinüber, plaudern mit der Postbotin, danken der Busschaffnerin in ihrer Uniform, doch in stillen Momenten, wenn wir allein sind, stellen wir uns alle dieselbe Frage: Wann nimmt dieser Krieg ein Ende? Wie lange wird es noch dauern?

Fragen ohne Antworten. Hoffnung ohne Erfüllung.

Inzwischen ist es über ein Jahr her, dass unsere Nation in diesen Krieg eintrat, der alle Kriege beenden sollte. Seit dreizehn Monaten sind sie nun fort – Brüder, Väter, Ehemänner, Liebhaber, Onkel, Cousins, Freunde –, und wie es aussieht, werden diesmal erneut ihre Plätze an der weihnachtlichen Festtafel nicht besetzt werden. Da ist es für uns schwer, den Mut und die Widerstandskraft zu finden, um weiterzumachen. Aber genau das müssen wir tun. Mut und Widerstandskraft sind unsere Waffen. Sie allein helfen uns, gegen diese ständige Angst zu kämpfen. Wir müssen die Kaminfeuer am Brennen halten für den Tag, an dem unsere Männer zu uns zurückkehren.

Mit dieser Kolumne wende ich mich an alle Frauen in Großbritannien, ob in den Spülküchen oder Salons, ob in den Bauernstuben oder Herrenhäusern. Ich möchte mit Ihnen Geschichten teilen über Mut und Widerstandskraft, Stärke und Heldentum – kleine Taten der Tapferkeit oder der Nächstenliebe, für die man vielleicht keine Ehrenmedaille bekommt, die jedoch dennoch wich-

tig sind. Bei all den Verlusten, die wir ertragen müssen, sollten wir nicht vergessen, dass die Güte eines Fremden jemandem auf mehr Arten helfen kann, als wir jemals ahnen.

Sie dürfen nicht denken, dass Sie untätig zusehen, wenn Sie für andere stricken oder den nächsten Christmas Pudding für ein Weihnachtspaket zubereiten. Nehmen Sie sich einen Moment Zeit, um eine Freundin zu trösten. Schauen Sie nach den älteren Nachbarn. Solch kleine Gesten können, wenn sie auf allen Straßen und in allen Grafschaften unseres großartigen Landes vervielfacht werden, zu Taten von immenser Bedeutung werden. Sie können genauso viel Wirkung entfalten wie die Bomben, die der Feind sich erdreistet, über unseren Städten abzuwerfen.

In diesem Krieg kämpfen wir Frauen vielleicht nicht auf dem Schlachtfeld und vermögen dennoch jeden Tag kleine Siege zu erringen.

Bis zum nächsten Mal – bleiben Sie tapfer!

Ihre Genevieve Star

Von Thomas an Evelyn

Irgendwo in Frankreich
11. September 1915

Liebe Evie,

danke, dass du mich umgehend wegen Vater benachrichtigt hast. Abshire hat mich telegrafisch verständigt. Ich kann kaum glauben, wie viel Pech wir haben. Als wäre Vaters schwere Krankheit nicht schon schlimm genug.

Evie, ich würde es keinem anderen Menschen auf dieser Welt anvertrauen außer dir: Ich habe richtig Angst. Nicht allein vor dem, was hier draußen auf dem Schlachtfeld passiert, sondern ebenfalls davor, mein ganzes altes Leben zu verlieren. Ich kann nicht mehr klar denken.

Übrigens habe ich Sonderurlaub beantragt, und zwar zum schnellstmöglichen Termin. Danke für deine großartige Freundschaft. Sie bedeutet mir mehr, als ich in Worte fassen kann.

Liebe Grüße

Tom

Von Evelyn an Alice

Richmond, England
15 September 1915

Liebe Alice,

wie geht es dir? Ich bin schrecklich besorgt. Der jüngste Zeppelinangriff auf London hat uns allen einen Schock versetzt. Inzwischen gibt es scheinbar jede Nacht Bombenalarm. Was so aussieht, dass ein Wachtmeister auf seinem Rad wild durch die Straßen hetzt, dabei in seine Trillerpfeife bläst und *In Deckung! Geht in Deckung!* ruft. Es ist schrecklich beängstigend. Erst gestern musste ich Schutz in einer Untergrundstation suchen. Der Anblick dieser Zeppeline, die aus der Ferne drohend näher rücken, liefert Stoff für Albträume.

Toms Vater hat bei einem der Angriffe schwere Verletzungen erlitten. Ich fürchte, er wird nicht wieder richtig gesund, doch das kann ich Tom nicht sagen – nicht nachdem er vor nicht allzu langer Zeit Will verloren hat. Wenngleich er sich früher nicht sonderlich mit seinem Vater verstanden hat, würde es ihn jetzt sehr treffen.

Leider ist mir heute nicht nach Scherzen oder albernen Sprüchen über meine angebliche Schwärmerei für Tom zumute. Alles, was ich weiß, ist, dass ich es sehr schön fände, wenn er Heimaturlaub bekäme. Er hofft ebenfalls darauf und hat einen Sonderantrag gestellt.

Ich stelle fest, dass ich das Briefeschreiben langsam leid bin, da es immer nur schlechte Neuigkeiten zu berichten gibt. Meine Unruhe und meine Entschlossenheit, mich nützlich zu machen, werden von Tag zu Tag stärker. Wenn mich nicht bald jemand an die Front befördert, befördere ich mich vielleicht selbst noch dorthin.

Als Mama neulich über die Weihnachtsvorbereitungen sprach, habe ich ziemlich kurz angebunden reagiert und ihr schroff erklärt, dass es albern sei, sich über Dinge wie Tischgedecke Gedanken zu machen, wenn die Männer an der Front zu Tausenden sterben. Sie erwiderte, dass das Sterben so oder so weitergehe, ob sie nun Weihnachten plane oder nicht. Und dass es ihr Hoffnung gebe, den Blick nach vorne zu richten, statt lediglich in der Vergangenheit zu leben.

Wäre ich nicht stur wie ein Esel, hätte ich ihr recht geben müssen, statt aus dem Zimmer zu stürmen und die Tür hinter mir zuzuknallen. Aber ich bin eben ein Dickschädel, und seitdem ist zwischen Mama und mir kein zivilisiertes Wort mehr gefallen. Offenbar bin ich wirklich eine schwierige Tochter.

Zumindest eine gute Neuigkeit gibt es: Mein erster Artikel für die *Daily Times* ist in Druck gegangen. Der Chefredakteur war ziemlich beeindruckt von meiner Arbeit. Ehrlich gesagt, glaube ich, er hatte für mich bereits andere Pläne in der Schublade, Texte über Strickmuster oder einen anderen Unsinn. Weshalb ich ziemlich stolz darauf bin, dass ich ihn eines Besseren belehrt habe. Der Zeitungsausschnitt liegt für dich bei. Nachdem ich anfangs noch die Sorge hatte, dass ich nicht viel zu sagen haben würde, fand ich mich schlussendlich mit weitaus mehr Worten wieder, als die Kolumne Zeilen hat. Ich wünsche dir viel Vergnügen beim Lesen.

Liebe Grüße
Evie

Von Alice an Evelyn

Irgendwo in Frankreich
20. September 1915

Liebe Evie,

was für furchtbare Neuigkeiten. Ich kann es nicht fassen, dass unser geliebtes London bombardiert wurde. Es schockiert mich immer noch.

Egal, wie schlimm es für euch sein mag, sei froh, dass du nicht an der Front bist. Meine Euphorie verflog schon nach wenigen Wochen, in denen ich Männer behandelte, deren Haut durch Senfgas verätzt worden war oder die so grässlich verstümmelt waren, dass man es nicht beschreiben kann. Viele litten zudem an Nervenstörungen. Einer dieser armen Burschen, der einen Befehl verweigert hatte, wurde hysterisch, halluzinierte und randalierte in der Sanitätsstation. Schließlich rannte er nach draußen und lief direkt ins Visier eines deutschen Heckenschützen. So wurde es mir zumindest erzählt. Glücklicherweise habe ich das Drama nicht selbst mit ansehen müssen.

In der Tat nichts als schlechte Neuigkeiten.

Ich verstehe deinen Drang, an die Front zu kommen und

dich nützlich zu machen – ich hatte ihn ja selbst –, aber du musst dir hundertprozentig sicher sein, Evie, denn man verliert dort leicht seine Unschuld, von der ich zuvor nicht einmal wusste, dass ich sie besaß. Diese Erfahrung hier wird mich für immer verändern, und das nicht unbedingt auf eine positive Art. Die einzig gute Neuigkeit, die ich gehört habe, ist die, dass die Amerikaner endlich aufgewacht sind, nachdem die *Lusitania* versenkt wurde. So viele unschuldige Menschen mussten sterben. Es ist entsetzlich, die Deutschen schrecken vor nichts zurück. Wenigstens besteht jetzt Hoffnung, dass die Amerikaner bald zu den Waffen greifen und sich den verbündeten Streitkräften anschließen. Trotzdem scheint nach über einem Jahr der Kämpfe ein Ende nicht in Sicht zu sein, und deshalb brauchen wir weiß Gott dringend Verstärkung.

Ach ja, etwas Erfreuliches gibt es zu berichten: Ich habe mich mit einem Soldaten aus Birmingham angefreundet, er heißt Jeremy Rollins und ist ungemein komisch. Er bringt mich immer zum Lachen, wenn ich ihn versorge, und Humor ist hier normalerweise eher selten anzutreffen. Er wurde mit mehreren Schussverletzungen in die Sanitätsstation gebracht und erholt sich erstaunlich rasch. Ungeachtet unserer bedenklich schwindenden Vorräte an Schmerz- und Desinfektionsmitteln. Wir warten sehnlich darauf, dass bald ein Schiff mit Nachschub die Küste erreicht. Es ist furchtbar zu sehen, wie diese armen Teufel sich vor Schmerzen krümmen, ohne dass wir ihnen richtig helfen können. Manchmal weiß ich nicht, ob ich es noch lange ertrage, Evie.

Deine Mutter hat im Grunde recht, dass wir uns von diesem Elend ablenken sollten. Du bist zu streng mit ihr. Lass sie getrost ihre Festlichkeiten planen. Wem schadet das schon? Du solltest außerdem versuchen, dir ein bisschen

Spaß zu gönnen. Es ist nicht gut für dich, ständig in diesem großen alten Haus zu hocken und Trübsal zu blasen. Wie wäre es, wenn du dein Engagement bei der Post ausweitest? Vielleicht werden ja Telefonistinnen gebraucht oder Leute in der Telegrammvermittlung. Ist einfach so ein Gedanke.

Keine Sorge, ich werde dich vorerst nicht weiter wegen Tom Harding aufziehen, gebe dir allerdings den Rat, vehement darauf zu pochen, dass er die Sache mit seinem Heimaturlaub energisch vorantreibt, damit du ihn mal wieder zu Gesicht kriegst. Niemand wird auf die Idee kommen, dass du eine Anstandsdame brauchst, schließlich ist Tom ein langjähriger Freund der Familie. Bitte ihn um einen Abend im Savoy bei Austern und Champagner und Tanzmusik. Und danach erzählst du mir alles!

Viele liebe Grüße
Alice

Von Evelyn an Thomas

Richmond, England
25. September 1915

Lieber Tom,

gibt es inzwischen etwas Neues, was deinen Sonderurlaub betrifft? Wir können es alle kaum erwarten, dich wiederzusehen. Deinem Vater geht es ein bisschen besser. Er scheint ein sehr zäher Mann zu sein, die Ärzte halten ihn für ein medizinisches Wunder. Was meinst du, wie gut es ihm erst ginge, wenn du nach Hause kämst!

Letzte Nacht habe ich von dir geträumt. Wahrscheinlich sollte ich dir solche Dinge lieber nicht erzählen, aber wenn dieser Krieg mir etwas gegeben hat, dann einen starken Hang zur Spontaneität. Der Traum war so real, dass ich mich beim Aufwachen kneifen musste, um sicherzugehen, dass ich zu Hause in Richmond war und nicht mit dir in Paris, wo wir in meinem Traum einen gemeinsamen Abend verbrachten und am Ufer der Seine zur Musik eines Akkordeonspielers tanzten. Ich trug mein blaues Kleid, und du hattest dich in einen Smoking geworfen. Wir aßen köstliche Schnecken und tranken einen edlen Champagner, und über uns am Himmel funkelten die Sterne wie eine Million Diamanten, bis der Himmel sich in der Morgendämmerung apricot färbte. Es war herrlich, Tom. Du zitiertest Gedichte über Pfauen und Turteltauben, ich vergaß dabei alles Schlechte auf der Welt, und in jenem Moment fühlte es sich an, als könnte nie wieder etwas Schlimmes passieren. Nicht wenn jede Nacht so enden und jeder Tag so beginnen würde.

Umso mehr habe ich mich nach dem Aufstehen geärgert, als ich auf das trübe Nieselwetter eines englischen Herbstmorgens hinausschaute, während Paris und du in weite Ferne gerückt wart.

Da ich in letzter Zeit eine Menge um die Ohren hatte, habe ich ganz vergessen, dir meinen ersten Kolumnenbeitrag zu schicken. Hier ist er, leider ein wenig zerknittert. Jetzt, wo ich tatsächlich Kommentare schreibe, bin ich fast ein wenig unsicher, weil ich nicht weiß, was die Leser darüber denken. Ich hoffe, mein Text gefällt dir, deine Meinung ist mir sehr wichtig, wie du weißt. Jack Davies war jedenfalls recht angetan – ich habe ihn bei einem kurzen Lunch mit deinem Cousin kennengelernt. Er ist ein ziemlich beeindruckender Mann, finde ich. Einer, der kein Blatt vor den Mund nimmt. Ich habe mich dabei ertappt, dass ich in seiner Gegenwart ziemlich nervös wurde und schlagartig meinen unverwüstlichen Appetit verlor. Jedenfalls verstehe ich jetzt, warum die ganze Fleet Street vor ihm Respekt hat.

Die Monate ziehen ins Land, und Richmond Park hat sein atemberaubendes rotgoldenes Herbstkleid angelegt. Ein überwältigendes Schauspiel, das die Natur im Herbst bietet und diese Jahreszeit zu etwas ganz Besonderem macht. Zudem ist es so gemütlich, wenn in den Kaminen ein Feuer flackert und der Geruch von brennendem Holz durchs Haus zieht. Bei mir weckt es die Sehnsucht nach gemütlichen Abenden in Papas Bibliothek, bloß dass es nie mehr dasselbe sein wird wie früher. Nicht ohne Will. Oder ohne dich.

Ich wünsche mir wirklich sehr, dass dein Heimaturlaub bewilligt wird. Ich sehe oft Männer in Uniform, ziemlich ausgemergelte Gestalten, die Arm in Arm mit ihrem Mädchen oder ihrer Frau umherschlendern. Es ist ein herzzerreißender Anblick, zum einen so ermutigend und romantisch und gleichzeitig so unerträglich – schließlich wissen wir alle, dass die Männer nach wenigen Tagen an die Front zurückkehren werden und Trennungsschmerz und Angst wieder von vorn beginnen. Trotzdem glaube ich, diese gestohlenen Stunden der Normalität sind es wert.

Schreib mir schnell zurück. Ich werde dafür beten, dass du bald nach Hause kommst.

Alles Liebe

Evie

Von Thomas an Evelyn

Irgendwo in Frankreich
3. Oktober 1915

Liebe Evie,

es gibt endlich gute Neuigkeiten! Mir wurden sieben Tage Heimaturlaub bewilligt. Ich werde mich gleich morgen bei Tagesanbruch auf den Weg machen und bis zum frühen Abend in London sein, wenn alles glatt läuft. Es kommt mir vor wie ein Traum, und jetzt, wo es wirklich so weit ist, kann ich es vor lauter Vorfreude kaum aushalten. Allerdings muss ich zugeben, dass ich mich ein wenig davor fürchte, meinen Vater in seinem gegenwärtigen Zustand zu sehen. Auch dass ich einige Zeit den geschäftlichen Angelegenheiten, besonders mit Bilanzen und Umsätzen, werde widmen müssen, erfreut mich nicht gerade. Dagegen kann ich es nicht erwarten, dich zu sehen! Vorausgesetzt, Miss Genevieve Star, die berühmte Kolumnistin, steht überhaupt zur Verfügung.

In herzlicher Zuneigung
Tom

PS: Dein Traum von Paris wird sich eines Tages erfüllen, wenn es nach mir geht.

Telegramm von Thomas an Evelyn

5. Oktober 1915

An: Evelyn Elliott, Poplars, Richmond, London SW
Gesendet: 18:35 / Empfangen: 18:55

Bin in London angekommen. Werde dich uebermorgen Vormittag besuchen. Falls unpassend, benachrichtige bitte Abshire. Sehe ihn morgen. Endlich wieder trockene Fuesse!
Tom

Telegramm von Evelyn an Thomas

6. Oktober 1915

An: Lt. Thomas Harding c/o Abshire, 34 Lovelace Gardens, Bermondsey, London SE
Gesendet: 09:13 / Empfangen: 09:37

Riesenbegeisterung hier. Muss dich und deine trockenen Fuesse unbedingt sehen. Bis morgen!
Evie

Von Evelyn an Thomas

Richmond, England
7. Oktober 1915

Lieber Tom,

wie lächerlich ich doch bin. Der Staub in der Einfahrt, den deine Wagenreifen aufgewirbelt haben, hat sich kaum gelegt, und ich sitze hier und schreibe an dich. Alte Gewohnheiten lassen sich eben schwer abstreifen.

Obwohl es eigentlich nichts gibt, was in den letzten paar Stunden nicht gesagt worden wäre, möchte ich noch einmal bekräftigen, wie wundervoll es war, dich zu sehen. Dich leibhaftig vor mir zu sehen! Es erscheint fast unwirklich, dass du gerade noch hier warst. Was für ein Glück, meine Arme um dich schlingen und deinen Körper spüren zu können! Aber meine Güte, wie knochig du dich anfühlst! Du bist viel zu dünn geworden. Wir müssen unbedingt dafür sorgen, dass du etwas Fleisch auf die Rippen bekommst, bevor überhaupt an eine Rückkehr nach Frankreich zu denken ist. Also, was sagst du zu einem Lunch im Simpson's? Das Roastbeef ist dort hervorragend. Du kannst für dich gleich zwei Portionen bestellen, weil eine definitiv nicht reichen wird.

Es ist so schön, dich wiederzuhaben, und ich fühle mich zurückversetzt in glücklichere Zeiten. Am liebsten würde ich vor lauter Freude Purzelbäume schlagen, egal, was meine strenge Mama von solch unschicklichem Verhalten hält.

Evie

PS: Ich fühle mich inspiriert, eine Kolumne über die Rückkehr unserer Soldaten zu schreiben. Das würde anderen Hoffnung geben, denkst du nicht auch?

Telegramm von Evelyn an Thomas

8. Oktober 1915

An: Lt. Thomas Harding c/o Abshire, 34 Lovelace Gardens, Bermondsey, London SE
Gesendet: 09:45 / Empfangen: 10:10

Habe dir gestern einen Brief geschickt. Bin zu ungeduldig, um auf Antwort zu warten. Heute um ein Uhr im Simpson's? Roastbeef ist dort goettlich.
Evie

Telegramm von Thomas an Evelyn

9. Oktober 2015

An: Evelyn Elliott, Poplars, Richmond, London SW
Gesendet: 11:45 / Empfangen: 12:12

Sass den ganzen Morgen mit Hopper im Buero und gestern Abend bei Vater. Sehne mich nach einem huebschen Gesicht. Danach Spaziergang im Regent's Park und in den Pub?
Tom

Telegramm von Evelyn an Thomas

9. Oktober 1915

An: Lt. Thomas Harding c/o Abshire, 34 Lovelace Gardens, Bermondsey, London SE
Gesendet: 12:15 / Empfangen: 12:40

Treffpunkt am Brunnen um zwei Uhr. Bringe huebschestes Gesicht mit, das ich finden kann.
Evie

Telegramm von Evelyn an John Hopper

9. Oktober 1915

An: John Hopper, 23 Paternoster Row, London EC
Gesendet: 12:30 / Empfangen: 13:40

Muss das Dinner heute leider absagen. Fuehle mich nicht wohl. Koennen wir es auf naechste Woche verschieben?
Evelyn

Telegramm von Thomas an Evelyn

10. Oktober 2015

An: Evelyn Elliott, Poplars, Richmond, London SW
Gesendet: 08:00 / Empfangen: 08:25

Bin heute Vormittag bei Vater, aber sehen wir uns danach?
Tom

Telegramm von Evelyn an Thomas

11. Oktober 1915

An: Lt. Thomas Harding c/o Abshire, 34 Lovelace Gardens, Bermondsey, London SE
Gesendet: 08:15 / Empfangen: 09:00

Was fuer ein zauberhafter Abend. Schmerzende Rippen vom Lachen, wunde Fuesse vom Tanzen. Du bist ein wahres Tonikum.
Evie

Telegramm von Thomas an Evelyn

11. Oktober 2015

An: Evelyn Elliott, Poplars, Richmond, London SW
Gesendet: 18:25 / Empfangen: 18:50

Morgen letzter Tag. Ausflug auf Wasser oder an Land? Bringe Vogelhandbuch mit. Hole dich um zwei Uhr ab. Verspreche, eine huebsche Hose anzuziehen. Nur noch ein Tag. Wie soll ich bloss zurueckkehren?
Tom

Telegramm von Evelyn an Thomas

11. Oktober 1915

An: Lt. Thomas Harding c/o Abshire, 34 Lovelace Gardens, Bermondsey, London SE
Gesendet: 18:52 / Empfangen: 19:23

Freue mich auf morgen, besonders auf die Hose. Werde blaues Kleid tragen und eine Gardenie im Haar.
Evie

Von Evelyn an Alice

Richmond, England
13. Oktober

Liebe Alice,

ich möchte mich im Voraus für den Unsinn entschuldigen, den ich gleich schreiben werde, doch ich bin schrecklich durcheinander und muss mich jemandem anvertrauen.

Tom kam vor einer Woche endlich nach Hause. Plötzlich ging alles sehr schnell. Es war ihm wichtig, seinen Vater zu sehen und sich mit den Redaktionsverantwortlichen zu besprechen, um sicherzustellen, dass die *Daily Times* während seiner Abwesenheit in guten Händen ist. Und zwischen seinen Geschäftsterminen und den Besuchen im Krankenhaus haben wir uns jeden Tag getroffen: zum Lunch im Simpson's, zu Cocktails im Archer's, zu Spaziergängen entlang der Themse … Es war wundervoll.

Die Sache ist die, Alice: In den paar Stunden, die ich mit Tom jeden Tag verbrachte, war ich wieder die alte Evie, die gerne lacht und scherzt und immer das Schöne in den Dingen sieht. Mit Tom zusammen war es – zumindest für eine kleine Weile –, als gäbe es den Krieg gar nicht, als wäre Tom ein ganz normaler Oxfordstudent und kein Leutnant der britischen Armee. Es war alles so unbeschwert und wunderbar normal. Vielleicht ein bisschen zu wunderbar. Wir sprachen kein Wort über Liebesangelegenheiten, aber ich habe das Gefühl, dass so vieles ungesagt blieb.

Ich weiß, du bist davon überzeugt, dass ich schon vor Jahren mein Herz an Tom verloren habe, und ich glaube allmählich, du hast recht, Darling. Dennoch ergibt es keinen

Sinn, allein deshalb nicht, weil ich heute Morgen ein Telegramm von John Hopper erhielt, der mich heute Abend zum Dinner ausführen möchte. Du weißt ja, was es bedeutet, wenn ich hinsichtlich der Kleidung schrecklich unentschlossen bin – nach wie vor ist es ein untrügliches Zeichen, dass ich nicht nur hingehe, um mir den Magen vollzuschlagen.

Was, wenn ich mich ernsthaft verliebe, Alice?

Bitte gib mir einen Rat, denn du bist viel besser in Liebesdingen als ich.

Herzliche Grüße

Evie

PS: Du darfst diesen Brief keiner Menschenseele zeigen. Verbrenn ihn am besten.
PPS: Ich bin so sehr mit mir selbst beschäftigt, dass ich ganz vergessen habe zu fragen, wie es dir an der Front geht. Ich hoffe, du hältst dieses Grauen aus.

Von Alice an Evelyn

Irgendwo in Frankreich
22. Oktober 1915

Liebe Evie,

ich wusste es! Du reagierst immer leicht gereizt, bevor du zugibst, dass du einen Mann gernhast. Und nun sprichst du sogar von *Liebe*! Ich hätte nie gedacht, dass ich das einmal erleben würde. Du mochtest Tim Smith und Peter wie hieß er gleich? Du mochtest Jonathan Sawyer. Jetzt jedoch, gütiger Gott, willst du dich ernsthaft verliebt haben?

Und in welchen der beiden – in Thomas Harding oder in John Hopper? Das hast du in deinem Brief absichtlich im Unklaren gelassen, du freches Luder! Aber mal im Ernst, wie könnte es ein anderer sein als Tom? Meiner Meinung nach ist er der einzig Richtige. Er ist charmant, ohne es zu wissen, intelligent, ohne damit zu prahlen, und freundlich, ohne etwas zu erwarten. Du kennst ihn fast dein ganzes Leben lang, und dass es zwischen euch knistert, sieht selbst ein Blinder.

Ich frage mich, wie er küsst. Du musst mir alles erzählen, wenn es passiert ist!

Was diesen John Hopper betrifft, bin ich mir hingegen absolut nicht sicher. Hast du nicht erwähnt, dass Tom Vorbehalte gegen den Mann hat? Er leistet keinen Kriegsdienst, richtig? Ich muss gestehen, das lässt mich ein wenig an seinem Charakter zweifeln. Falls meine Evie ihn allerdings wirklich mag, werde ich ihn sicher zumindest sympathisch finden.

Ich werde übrigens aus der Sanitätsstation abgezogen und darf in Zukunft einen Ambulanzwagen fahren! Ich kenne hier ein paar Frauen, die dasselbe tun, doch es sind nicht viele. Stell dir vor, Alice am Steuer eines Transporters, wie sie mit Höchstgeschwindigkeit die Straßen entlangrast – dasselbe Mädchen, das jedes Mal, wenn es sich auf ein Fahrrad setzte, eine Bruchlandung baute. Manchmal frage ich mich, ob die hier noch ganz bei Trost sind, mir eine solche Verantwortung zu übertragen, aber es herrscht Not am Mann, da sieht man über vieles hinweg. Also werde ich künftig die Verwundeten einsammeln und sie zu den Lazarettzügen bringen. Ist das nicht verrückt? Ich werde eine Heldin sein. Wenn die Umstände nicht so schrecklich wären, würde ich mir einen Pilotenschal umbinden und etwas

Rouge auftragen, passend zu meiner Rolle. Leider ist das jedoch nicht die richtige Zeit für derartige Albernheiten. Leben zu retten ist schließlich eine ernste Sache.

Wie stehen die Dinge zu Hause? Ich vermisse dich furchtbar.

Gros bisous, wie die Franzosen sagen.

Alice

Von Thomas an Evelyn

Irgendwo in Frankreich
28. Oktober 1915

Liebe Evie,

ich konnte mich in den letzten zwei Wochen nicht überwinden, dir zu schreiben. Dafür war ich zu missmutig und gereizt und hätte kein nettes Wort gefunden. Verzweifelt, genau das war ich. Verzweifelt, weil diese Schande für die Menschheit anhält und ich mittendrin bin; verzweifelt, weil mein Vater rapide abbaut und ich in seinen letzten Tagen nicht bei ihm sein kann. Die Verzweiflung über all das frisst mich auf.

Wenngleich meine Auszeit in der Heimat recht kurz war, hat sie mich völlig verdorben, da ich seitdem an nichts anderes mehr denken kann als an gutes Essen, ein weiches Bett und dein fröhliches, ansteckendes Lachen. Selbst unser Kellner im Simpson's schien davon angetan – und erst recht von dir, was natürlich ebenfalls an deinem skandalösen Kleid gelegen haben könnte. Wirklich, Evie, wenn du Blau trägst, lässt du den Männern keine Chance, sich deinem Charme zu entziehen.

Ich habe angefangen, abends, wenn es dunkel ist, mit den Kameraden Karten zu spielen. Wir benutzen Kieselsteine als Jetons und setzen unsere Waren aus der Heimat ein. Die Beute geht an den Sieger. Es ist so ziemlich die einzige Zeit, in der ich nicht das Bedürfnis habe, so laut zu schreien, dass meine Lunge platzt oder bis mich jemand erschießt.

Danke, dass du für mich da warst während meines Urlaubs. Wirklich für mich da warst. Abgesehen von meinem armen Vater waren es sieben perfekte Tage. Ich hoffe, dass es bald mehr davon geben wird.

Tom

Von Evelyn an Thomas

Richmond, England
5. November 1915

Lieber Leutnant Tom,

ich habe noch nie erlebt, dass die Wochen sich so fürchterlich in die Länge ziehen wie jetzt. Solange du hier warst, schien alles so unbeschwert – kaum bist du fort, kehren die Sorgen und die quälende Ungewissheit zurück, und es bleibt nichts außer einer schrecklichen Leere. Täglich suche ich in der Post, die ich zustellen muss, nach meinem Namen, und es bekümmert und beunruhigt mich, wenn ich nichts finde. Du vermagst dir nicht vorzustellen, wie erleichtert ich war, als endlich wieder ein Brief von dir kam, doch nun sehe ich mich mit einer neuen Sorge konfrontiert, weil du so furchtbar resigniert klingst. Das sieht dir überhaupt nicht ähnlich.

Eigentlich hatte ich gehofft, dass dir die Zeit in London ein wenig Auftrieb geben und dich daran erinnern würde, wofür du kämpfst. Leider ist offenbar das Gegenteil eingetreten. Versuch bitte daran zu denken, dass wir bald wieder im Simpson's sitzen und fürstlich dinieren werden. Ach, wäre bloß Will noch da, um dich aufzuheitern. Er würde dir sagen, dass du nicht länger grübeln, sondern dich gefälligst zusammenreißen sollst, und zweifellos würde er dich mit einer seiner albernen Geschichten zum Lachen bringen. Ich vermisse ihn schrecklich, Tom.

Du hast sicher gehört, dass in Brüssel die Krankenschwester Edith Cavell von den Deutschen hingerichtet wurde, weil sie alliierten Soldaten zur Flucht in die Niederlande verholfen hatte. Es stand groß in allen Zeitungen. Die Empörung im Land ist riesig, die antideutsche Stimmung befindet sich auf einem Rekordhoch. Mit der Folge, dass die Rekrutierungsbüros einen neuen Ansturm erleben. Mich hat dieser Vorfall tief erschüttert. Törichterweise habe ich mir nämlich eingebildet, dass Frauen wie Edith Cavell immun seien gegen deutsche Kugeln. Anscheinend ist niemand mehr sicher. Niemand. Ich mache mir schreckliche Sorgen um Alice. Sie hat mir geschrieben, dass sie in den Fahrdienst versetzt wird. Diese Frau ist wirklich und wahrhaftig für jede Überraschung gut. Früher konnte sie nicht einmal Fahrrad fahren, und jetzt vertraut man ihr Schwerverletzte an. Da schwant mir nichts Gutes. Allerdings hatte Alice schon immer eine Schwäche für dramatische Auftritte und war stets gut dafür, sich kopfüber in irgendein verrücktes Abenteuer zu stürzen. Ich hoffe inständig, dass dieser Krieg sich für sie nicht als ein zu großes Abenteuer erweist.

Hast du auf das Datum meines Briefes geachtet? Heute ist Guy Fawkes Night. Das Feuer auf der Wiese fällt dieses Jahr viel kleiner aus – du weißt ja, wie gewaltig es normalerweise war. Inzwischen müssen wir mit unseren Ressourcen, Holz inbegriffen, ganz schön haushalten. Ich frage mich, was Guy Fawkes und seine Verschwörer in diesem Krieg machen würden. Mit ihren paar Fässern Schießpulver könnten sie jedenfalls nicht viel ausrichten. *Remember, remember, the fifth of November.* O Gott, Tom, ich will mich nicht erinnern, ich möchte bloß vergessen.

Ich werde nach deinem Vater sehen, wann immer ich mich von meinen Pflichten loseisen kann. Zum Glück ist er in den besten Händen, und du kannst nichts weiter für ihn tun, als ihn stolz zu machen, indem du als Soldat dein Bestes gibst.

Mama ruft nach mir, ich soll sie auf ihrer neuesten Spendentour begleiten. Wenn ich noch mehr Tee in mich hineinkippe, werde ich bald in dem Zeug ertrinken..

Herzlich
Lady Evelyn

PS: Ich muss mich für das jämmerliche Geschluchze an deiner Schulter bei unserem Abschied entschuldigen. Ich weiß nicht, was da über mich gekommen ist. In meiner Verzweiflung habe ich ganz vergessen, dir meine neueste Skizze mitzugeben, darum habe ich sie nun beigefügt. Dieser kleine Kamerad ist ein Bergfink. Ich finde ihn hinreißend.
PPS: Was mein angeblich skandalöses Kleid betrifft, also wirklich, Tom, manchmal bist du furchtbar altmodisch. Dir würden glatt die Augen aus dem Kopf fallen, wenn du die Frauen in den Munitionsfabriken sehen könntest. Sie tragen Hosen, Tom. Hosen!
PPPS: Sorry, wahrscheinlich hätte ich einen neuen Brief beginnen sollen. Hier mein zweiter Kolumnenbeitrag.

EINE FRAU IN KRIEGSZEITEN

von Genevieve Star,
unserer Sonderkorrespondentin in London

Wenn die Jungs nach Hause kommen

Es gibt kurze Momente, in denen scheint es, als wäre unser Land nicht im Krieg. Es sind diese gelegentlichen Stunden, in denen wir mit einer Freundin gemütlich Tee trinken oder durch unseren Lieblingspark spazieren, in denen wir über einen Scherz oder eine gemeinsame Erinnerung lachen und beinahe vergessen, was auf der anderen Seite des Kanals passiert. Beinahe, aber eben nicht ganz. Mag die Last der Angst oder der Trauer kurz von uns abfallen, sie ist immer da, ist wie ein Schatten, der uns unentwegt folgt.

Vielleicht spüren wir das am stärksten, wenn unsere Angehörigen von der Front nach Hause kommen. Sie kehren in unser Leben und unsere Häuser zurück, als wären sie nur kurz vor die Tür gegangen, um die Milch oder die Zeitung hereinzuholen. Wie Geister erscheinen sie in unseren Küchen und Fluren, und wir vermögen es gar nicht wirklich zu fassen, dass sie da sind, können nicht aufhören, sie zu berühren, um ganz sicherzugehen, dass sie real sind.

Sie wiederzuhaben beschert uns Momente des Glücks. All unsere Hoffnungen und Träume werden wahr. Die langen Monate ohne sie verblassen zu nichts. Unsere Soldaten sind da – in unseren Armen und unseren Betten, an unseren Tischen und an unserer Seite. Und dennoch ist etwas anders, denn ein Teil von ihnen ist ganz und gar nicht bei uns. Er ist noch drüben bei den Kameraden. Bei den Waffenbrüdern. Und wenngleich wir unsere Heimkehrer mit jeder Faser unseres Herzens lieben, wagt ein Teil von uns es nicht, ihnen zu nahe zu kommen. Zu präsent ist das Wissen, lauert stets in den Schatten, dass sie an die Front zurückkehren müssen und dass dann unser eigener Kampf gegen die Verzweiflung wieder von vorne beginnt.

Vielleicht werden wir das Leben, das sie an der Front führen, niemals verstehen. Vielleicht werden wir ihre Sehnsucht, in den Schützengraben zurückzukehren, niemals nachvollziehen können, oder ihr Bedürfnis, einen Kameraden abzulösen, der auf die Freigabe seines Heimaturlaubs wartet. Vielleicht werden wir die Gräuel, die sie in ihren Träumen sehen und in die Dunkelheit hinausschreien, niemals begreifen, obwohl wir versuchen, sie zu beruhigen und sie daran zu erinnern, dass sie in Sicherheit sind. Vielleicht werden wir nichts von alledem jemals verstehen.

Sie kehren zu uns als Ehemänner, Liebhaber, Brüder, Freunde zurück – und zugleich als Soldaten. Der Krieg ist inzwischen ein Teil von ihnen geworden und wird es womöglich immer bleiben. Trotzdem werden wir sie lieben, egal wo sie sind. Wir werden sie lieben, bis wir sie wiedersehen, denn ganz gleich, wie weit sie von ihrer Heimat entfernt sind, sie werden nie weit von unseren Gedanken oder unseren Herzen entfernt sein.

Bis zum nächsten Mal – bleiben Sie tapfer!

Ihre Genevieve Star

Von Thomas an Evelyn

Irgendwo in Frankreich
10. November 1915

Liebe Evie,

bitte entschuldige die Flecken auf dem Papier. Ich wurde heute Nachmittag von einem Schrapnell getroffen und habe eine Platzwunde über dem Auge, die nicht aufhört zu bluten. Leider geht mir das Papier aus, sonst hätte ich das Blatt weggeworfen und den Brief neu begonnen.

Unser Spähtrupp pirschte heute auf Befehl von Oberstleutnant Duncan durch ein Waldstück nahe der [redacted]. Als wir auf eine Stacheldrahtsperre stießen, die bis zum Flussufer hinunterreichte, wussten wir, dass die *Boches* – ein französisches Schimpfwort für die Deutschen, falls du es noch nicht kanntest – in der Nähe waren beziehungsweise dass uns eine Falle drohte. Wir zogen uns rasch zurück und waren froh, als wir heil aus dem Wald herauskamen, ahnten leider nicht, dass wir direkt auf ein Minenfeld zusteuerten, bis es zu spät war.

Zwei Minen explodierten und rissen ein Dutzend Männer in den Tod. Ich stürmte wie ein Wahnsinniger am Feldrand los und befahl meinen Männern, mir zu folgen. Entweder wir würden augenblicklich in Flammen aufgehen, oder wir schafften es aus dieser Hölle heraus. Auf Zehenspitzen über das Feld zu schleichen und bei jedem Schritt Blut und Wasser zu schwitzen wäre unerträglich gewesen. Zum Glück verloren wir lediglich einen Mann auf unserem Rückweg.

Wild drauflosstürmen, sagte Will immer. *Das gilt fürs ganze Leben, Tom. Immer vorwärtsstürmen*. Es war seine Stimme, die ich hörte, als ich rannte. Ich schwöre bei Gott, er hat mir das Leben gerettet.

Danach war ich fix und fertig, angewidert von der Sinnlosigkeit des Ganzen, angewidert von den Waffen, die wir entwickelt haben, um mehr und immer mehr Menschenleben auszulöschen. Ein Freund von mir wurde ins Krankenhaus abtransportiert. Er hat ein Bein verloren und schlimme Verletzungen im Gesicht davongetragen. Vergeblich versuche ich mir vorzustellen, wie er reagiert, wenn er erfährt, dass er für den Rest seines Lebens an den Rollstuhl gefesselt sein wird. Immerhin war er ein erfolgreicher Rugbyspieler an der Universität. Der arme Kerl ist bestimmt am Boden zerstört. Manchmal frage ich mich, ob es für viele überhaupt noch ein Trost ist, zumindest mit dem Leben davongekommen zu sein.

Ich habe von Edith Cavell gehört. Was sind das für Menschen, die eine Frau hinrichten, dazu eine, die ihr Leben anderen widmete? Hätte ich zu dem Erschießungskommando gehört, ich wäre weggegangen und hätte die Strafe für Ungehorsam in Kauf genommen. Mitzumachen ist unehrenhaft – und inmitten von all diesem Leid ist die Ehre das Einzige, was uns vom Tier unterscheidet.

Nun zu einem erfreulicheren Thema: Ich habe inzwischen eine nette kleine Sammlung von deinen Vogelskizzen. Wie du siehst, habe ich dieses Mal nicht versucht, dir nachzueifern. Mit einer verletzten Hand und einer blutenden Augenbraue würde jeder Versuch, einen Bergfink oder ein Rotkehlchen zu zeichnen, zur Karikatur werden. Das Schreiben fällt mir bereits schwer genug.

Evie, was deine Tränen angeht: Es war für mich ein wunderschönes Gefühl, geschätzt und vermisst zu werden, zu wissen, dass jemand sich um mich sorgt und Angst hat, dass mir etwas passiert. Ich werde also meine Schulter jederzeit für deine Wange reservieren. Hoffen wir, dass es mir vergönnt sein wird, sie noch einmal zu spüren.

Liebe Grüße

Tom

PS: Es wäre eine Lüge, wenn ich behaupten würde, dass mir an dem Tag, an dem ich wieder französischen Boden betrat, nicht nach Weinen zumute war. Und ich vermisse Will ebenfalls. Jeden einzelnen Tag.

Von Evelyn an Alice

Richmond, England
20. November 1915

Liebe Alice,

bitte verzeih mir, momentan komme ich wenig zum Schreiben. Jetzt in der Vorweihnachtszeit habe ich gut zu tun mit dem Verteilen der Post, die jeden Tag körbeweise bei uns eintrifft, und da die Straßen zu vereist sind, um mich aufs Rad zu schwingen, muss ich meine Runden zu Fuß erledigen. Außerdem beansprucht meine Kolumne mehr Zeit, als ich gedacht habe, sodass ich abends todmüde ins Bett falle und an nichts mehr denke. Und wenn doch, drehen sich meine Gedanken im Kreis, und ich bin genauso ratlos wie zuvor, was mein Liebesleben betrifft.

Du kennst John Hopper nicht persönlich, aber ich kann dir versichern, dass er der perfekte Gentleman ist: attraktiv, geistreich, intelligent und dazu ziemlich vermögend durch seine diversen Unternehmen. Es ist sehr schwer, nicht von ihm fasziniert zu sein, und selbst du würdest nicht widerstehen können, sondern kokett mit den Wimpern klimpern.

John spornt mich überdies zum Schreiben an und spricht von Möglichkeiten, die sich nach dem Krieg ergeben könnten. Er glaubt fest daran, dass Frauen weiterhin die Positionen ausüben werden, die sie in Abwesenheit der Männer innehatten. Beispielsweise hat John bei mehr als einer Gelegenheit angedeutet, dass es ihm sehr gefallen würde, wenn ich weiterhin für die Zeitung arbeite. Außerdem hat er mir zu verstehen gegeben, verklausuliert bislang, dass er sich ebenfalls eine private Zukunft mit mir wünscht.

Was seine Befreiung vom Frontdienst betrifft, so hat er

mir versichert, dass er durchaus bereit sei, sich der kämpfenden Truppe anzuschließen, jedoch offiziell für das Propagandaministerium tätig sei. Frag mich nicht, was er dort macht. Es ist alles ziemlich geheim. Wir dürfen nicht vergessen, dass der Krieg nicht allein mit einem Gewehr in der Hand ausgefochten wird, sondern desgleichen von Schreibtischen aus in Form von diplomatischen und geheimdienstlichen Aktivitäten. Nicht zu vergessen die zahlreichen Kampagnen, die Menschen in der Heimat bei der Stange zu halten. Schließlich heißt es nicht umsonst, die Feder sei mächtiger als das Schwert.

Und nun zu Tom. Nach wie vor glaube ich, dass er in mir mehr Wills Schwester und eine gute Freundin sieht, als etwas anderes. Wobei es bei unseren jüngsten Treffen durchaus Momente gab, in denen ich dachte, er werde gleich meine Hand nehmen und was weiß ich tun. Aber nüchtern betrachtet, herrschte die meiste Zeit in unserem Umgang das übliche unbekümmerte Geplänkel vor und absolut nichts, was einen Hauch von Romantik gehabt hätte. Es ist zum Verzweifeln, ich bin total hin- und hergerissen. In John Hoppers Gegenwart fühle ich mich mehr wie eine Frau, während ich in Toms Gegenwart mehr ich selbst bin. Was ist besser und richtiger?

O Alice, es ist lächerlich. Warum muss die Liebe so kompliziert sein? Ich schätze, daran bin ich selbst schuld, weil ich zu viele verschiedene Gefühle einbringe. Warum bin ich nicht in der Lage, mit John auf einer rein geschäftlichen Basis zu verkehren und Tom einfach als gute Freundin durch nette Briefe moralisch zu unterstützen? Wie auch immer, scheinbar können wir es uns nicht aussuchen, in wen beziehungsweise wann wir uns verlieben. Meine Gefühle für Tom sind für mich genauso überraschend, wie sie zweifellos für ihn wären, würde er jemals davon erfahren. Was nicht passieren darf, das hier muss unser Geheimnis bleiben, Alice.

Bitte sei vorsichtig, wenn du mit deinem Ambulanzwagen fährst. Es war noch nie deine Stärke, Gefährte auf Rädern unter Kontrolle zu halten.

Alles Liebe

Evie

Von Alice an Evelyn

Irgendwo in Frankreich
22. November 1915

Liebe Evie,

nur eine kurze Nachricht, um dir zu sagen, was für ein Glück du hast, dass du in der Liebe wählen kannst. Ich freue mich für dich, egal, für wen du dich entscheidest – obwohl du ja weißt, welchen von den beiden ich bevorzuge. Egal, schließlich werde ich nicht diejenige sein, die ihr Bett mit diesem Mann teilt, die ihm treu ergeben sein muss bis in alle Ewigkeit und so weiter. Übrigens habe ich mich noch nie als zukünftige Ehefrau betrachtet, so viele Männer mir den Kopf verdreht haben mögen. Stell dir das mal vor! Mein Soldat aus Birmingham ist übrigens wieder vollständig genesen und in letzter Zeit ausgesucht freundlich zu mir. Das gefällt mir ziemlich gut. Mehr davon demnächst.

Liebe Grüße

Alice

Von Evelyn an Thomas

Richmond, England
25. November 1915

Lieber Tom,

was bin ich für ein Schussel. Ich habe soeben einen Brief entdeckt, den ich dir vor zwei Wochen als Antwort auf deine letzte Nachricht geschrieben und nie abgeschickt habe. Und dann wundere ich mich, warum ich von dir nichts höre. Nun weiß ich es. Die Dinge bewegen und verändern sich so rasch in diesem verdammten Krieg, dass meine Worte, wenn ich sie heute lese, kaum noch einen Sinn ergeben, darum habe ich den Brief ins Feuer geworfen und einen neuen begonnen.

Ich möchte dir gerne sagen, dass ich es ungemein tapfer finde, wie du dich inmitten dieses Grauens hältst. Du schreibst, du seist gerannt beziehungsweise wild drauflosgestürmt und dass wir das immer tun sollten. Will hatte in diesem Punkt recht. Wir müssen uns auf das Leben stürzen. Wozu soll es denn gut sein, sich zurückzulehnen und alles an sich vorüberziehen zu lassen? Gerade jetzt in Zeiten, wo alles so ungewiss ist.

Wenn ich morgens aufwache, frage ich mich als Erstes, was seit gestern wohl geschehen sein mag. Alles erscheint so brüchig. Wie Seide, die zu fransen beginnt, und wenn die Fäden erst einmal angefangen haben, sich zu lösen, ist es sehr schwer, diesen Prozess aufzuhalten. Der Krieg lässt mich alles infrage stellen. Mal gibt er mir das Gefühl, mutig zu sein, dann wieder töricht und leichtfertig, sodass ich gar nicht mehr richtig weiß, wer ich bin.

Leider muss ich dir mitteilen, dass in den zwei Wochen,

die zwischen meinem ursprünglichen Brief und diesem neuen liegen, dein armer Vater ziemlich stark abgebaut hat. Abshire hat dich sicher bereits informiert. Irgendwie habe ich den Eindruck, dass er den Kampf aufgibt. Ich hasse es, schlechte Nachrichten zu überbringen, doch du solltest dich langsam auf das Schlimmste gefasst machen.

Ich wünsche dir ein paar friedliche Momente in dieser so schwierigen Situation.

Evie

Telegramm von Charles Abshire an Thomas

1. Dezember 1915

An: Lt. Thomas Harding, Ransart, Pas-de-Calais, Frankreich
Gesendet: 18:10 / Empfangen: 18:45

Muss dir mit tiefstem Bedauern mitteilen, dass dein Vater gestorben ist. Er schlief friedlich ein, ohne zu leiden. Werde dir einen letzten Brief von ihm zusenden. Daily Times bleibt unter Leitung von John Hopper bis zu deiner Rueckkehr. Gott sei mit dir. Dein Vater war unendlich stolz auf dich.
Abshire

Von Charles Abshire an Thomas

London, England
2. Dezember 2015

Mein lieber Junge,

ich möchte dir mein aufrichtiges Beileid aussprechen. Dein Vater war ein großartiger Mann, und mir war er zudem ein wunderbarer Freund. Er wird vielen Menschen schmerzlich fehlen. Wie angekündigt, füge ich dir seinen Brief bei, den er mir wenige Stunden vor seinem Tod diktierte.

In großer Anteilnahme
Charles Abshire

Lieber Sohn,

hätte ich die Kraft, um über die Ironie zu lachen, die mich an die Schwelle des Todes geführt hat, würde ich das tun. Meine elende Krankheit hat mich außer Gefecht gesetzt, aber Gott schickte die Deutschen, um mir den Rest zu geben. Nun ist meine Zeit abgelaufen, doch ich habe meinen Frieden damit gemacht. Schätze und nutze die guten Zeiten, wann und wie immer sie kommen, Thomas. Sie schlüpfen davon, wenn man es am wenigsten erwartet.

Ich weiß, unsere Differenzen in der Vergangenheit haben dich zu der Annahme verleitet, ich hätte das Vertrauen in dich verloren. Das stimmt nicht. Keinen Moment habe ich je an deinem Charakter beziehungsweise an deiner Intelligenz gezweifelt. Du machst die Welt zu einem besseren Ort durch deine bloße Anwesenheit. Hab Mut, mein lieber Junge. Du wirst diesen abscheulichen Krieg überleben, weil du stark bist – du hast das tapfere Herz deiner Mutter geerbt –, und ein erfülltes Leben haben. Der Krieg hat die Eigenart, alles jenseits davon umso erstrebenswerter erscheinen zu lassen. Denk nicht an unseren Zwist, wenn du deine Entscheidungen für die Zukunft triffst. Was immer passiert, du musst deinen eigenen Weg gehen, so wie ich es getan habe. Nichts würde mich stolzer machen. Bitte sei gewiss, dass ich stets bei dir sein werde und auf dich achtgebe.

Ich wünsche dir von ganzem Herzen alles Gute.

Dein Vater

Von Evelyn an Thomas

Richmond, England
5. Dezember 2015

Lieber Tom,

es tut mir unendlich leid, dass dein Vater den Kampf verloren hat. Ich habe es von deinem Cousin erfahren. Er sagte mir, dass Abshire dich umgehend verständigt habe. Soviel ich weiß, ist dein Vater ganz sanft entschlafen, worauf wohl jeder von uns hofft, wenn unser letztes Stündlein schlägt. Vielleicht spendet dir das ein wenig Trost, wenngleich es bestimmt hart für dich ist, jetzt nicht hier sein zu können.

Zugegeben, ich habe mich ein paar Tage davor gedrückt, dir zu schreiben. Es schien einfach keine Worte zu geben, um meine Gefühle angemessen auszudrücken. Das hatten wir schon einmal, nicht wahr? Offenbar ist mir die Fähigkeit, angemessen über Tod und Trauer zu schreiben, vollständig abhandengekommen. Aber mit jedem Tag, der seit dem Tod deines Vaters vergangen ist, wuchs mein schlechtes Gewissen, dass ich dich ohne ein Wort ließ.

Die Beisetzung war sehr würdevoll, du wärst stolz gewesen. Und trotz aller Probleme, die es zwischen dir und deinem Vater gab, kannst du ebenfalls sehr stolz auf ihn selbst sein. Wenn dieser Krieg uns etwas lehrt, dann ist es die Erkenntnis, wie wertvoll unser Leben mit all seinen Enttäuschungen und Streitigkeiten letztendlich ist. Ich stelle beispielsweise fest, dass ich Mamas Eigenarten inzwischen mit mehr Nachsicht begegne. Manchmal rührt sie mich sogar bis ins Innerste meines Herzens.

Zwar liebe ich es, Briefe von dir zu bekommen, hasse es jedoch, über eure Gefechte und die schlimmen Verwundungen zu lesen. Dennoch werde ich dich nicht bitten, das Entsetzliche weniger anschaulich zu beschreiben, das wäre feige. Nein, ich muss die ganze Wahrheit erfahren, weil davon nur sehr wenig in den Zeitungen steht. Stattdessen dominieren Hymnen auf die Tapferkeit und auf unsere siegreichen Schlachten gegen den Feind. Manchmal könnte man denken, die Regierung möchte uns weismachen, dass ihr alle dort drüben einen fröhlichen Urlaub verbringt. Keine Schlagzeile, die nicht vor Zuversicht strotzt: *Wir rücken kontinuierlich voran* oder *Ein glorreicher Tag für unsere Truppen*.

Cavells Hinrichtung wiederum wurde benutzt, um bei jenen, die sich noch nicht zum Kriegsdienst gemeldet haben, patriotische Gefühle zu wecken. Überall sieht man Flugblätter und Plakate: *Denkt an Cavell! Meldet euch jetzt!* Desgleichen wird an das Gewissen der Frauen appelliert, dass sie ihre Söhne und Männer ermutigen, zur Musterung zu gehen. Man munkelt, die Wehrpflicht soll in sehr naher Zukunft kommen. Hopper glaubt, dass das Gesetz bereits zu Beginn des neuen Jahres verabschiedet wird und jeder Mann ranmuss. Wir werden eine Nation von Frauen sein, auf uns allein gestellt.

Leider habe ich dieses Mal keinen Vogel für dich, arbeite aber schon an einer neuen Skizze, die ich dir so bald wie möglich zusenden werde. Immer wenn ich die Vögel im Garten beobachte, ertappe ich mich bei dem Wunsch, selbst ein Vogel zu sein. Und dass auch du einer wärst, Tom. Und all die armen Seelen dort draußen. Was hätten wir für Freiheiten. Wir könnten einfach unsere Flügel ausbreiten und fortfliegen, könnten unsere Richtung selbst bestimmen, den Aufwind nutzen und weit emporsteigen. Was sind wir denn verglichen mit den Vögeln in der Luft – nichts weiter als Würmer, die sich blind durch die Erde wühlen. Wir, die wir uns für so überlegen halten, sind die größten Narren.

Es mag albern sein, doch ich träume immer noch von Paris und bete von ganzem Herzen, dass dieses Weihnachten nicht unser letztes sein wird. Ich male mir all die vielen Weihnachtsfeste in Friedenszeiten aus, die noch vor uns liegen und die darauf warten, mit Frohsinn und Heiterkeit und besinnlichen Liedern und gutem Brandy gefüllt zu werden. Oder ich stelle mir einen Spaziergang an der Seine im Winter vor. Es heißt, das Licht in Paris sei ganz außergewöhnlich, und ich wünsche mir, einen kleinen Schimmer davon in meinem Herzen zu tragen, um diese dunkelsten Stunden zu erhellen.

Mein tiefstes Mitgefühl für deinen Verlust.

Evie

PS: Hier kommen noch ein paar Zeilen von Blake. Gute Nacht, mein Freund.

Die Sonne sinkt herab im West,
Es scheint des Abends Stern,
Die Vögel schweigen nun im Nest
Und meines ist noch fern.

Von Evelyn an Jack Davies

Richmond, England
6. Dezember 1915

Sehr geehrter Mr. Davies,

anbei erhalten Sie meinen neuesten Kolumnenbeitrag. Wenngleich John Hopper ihn gelesen hat, würde ich sehr gerne Ihre Meinung hören. Ich weiß, Sie haben mich gebeten, morbide Themen so weit wie möglich auszusparen, doch wir befinden uns im Krieg, Sir, und ich fürchte, da lässt es sich kaum vermeiden, das massenhafte Sterben und den allgegenwärtigen Tod zu erwähnen.

Ich selbst habe meinen einzigen Bruder verloren, und vor Kurzem verlor ein guter Freund von mir seinen Vater, der an den Spätfolgen des Luftangriffs auf London starb. Ist es nicht langsam genug damit, dass von den Müttern, Ehefrauen und Schwestern der Toten erwartet wird, ihre Trauer still zu tragen? Niemanden damit zu belästigen? Ich jedenfalls halte es für geboten, über jene zu sprechen, deren Verlust wir beklagen.

In dieser Überzeugung fühle ich mich durch Zuschriften bestärkt, die in der Redaktion eingegangen sind, die meine Kolumne betreffen. Ich würde diese »Fanpost« gerne lesen und richte die Bitte an Sie, ob Sie so freundlich wären, alles an mich weiterzuleiten.

Inzwischen bin ich mir sicherer denn je, dass ich meine Tätigkeit als Journalistin fortsetzen und ausbauen möchte. Ich habe von weiblichen Reportern an der Front gehört, zum Beispiel von Nellie Bly, die für das *New York Evening Journal* aus den osteuropäischen Kampfgebieten berichtet. Wäre es nicht eine interessante Sache, wenn Sie eine eigene Nellie

Bly hätten, die für die *Daily Times* schreibt? Vielleicht könnte ich ja einen wichtigen Beitrag leisten, indem ich über den Krieg berichte.

Vor Kurzem habe ich übrigens ein Buch des Schriftstellers Arnold Bennett gelesen, der die Meinung vertritt, dass männliche und weibliche Journalisten vom Wesen her so weit voneinander entfernt sind wie ein Hund von einer Katze. Und dass der weibliche Journalist nicht allein unzuverlässig sei, sondern zudem einen schludrigen Umgang mit Rechtschreibung, Grammatik und Interpunktion pflege und sich darüber hinaus im Stil vergreife. Einem solch ignoranten Menschen sollte man wirklich einmal zeigen, was Sache ist.

Ich werde Ihnen nächste Woche mehr schicken, falls die weiblichen Unzulänglichkeiten es zulassen.

Mit freundlichen Grüßen
Evelyn Elliott

EINE FRAU IN KRIEGSZEITEN

von Genevieve Star,
unserer Sonderkorrespondentin in London

Anmerkungen zum Umgang mit einem Verlust

Das Leben geht weiter, sagt man uns, aber ich bin mir dessen nicht so sicher.

Ja, wir stehen jeden Morgen auf, wir waschen uns, wir kleiden uns an, wir reden, wir gehen unserem Tagewerk nach, wir beten, wir schlafen. Die endlose Wiederholung von Dingen, die wir tun müssen, um zu überleben. Doch ich frage euch, Frauen von Britannien, ist das ein Leben, oder ist das bloßes Überleben? Ich habe den

Eindruck, wir sind nicht viel besser dran als unsere Männer drüben in den Schützengräben, denn auch wir leben nur eingeschränkt. Wir halten durch. Wir kämpfen. Wir überleben. Wir sind alle Soldaten.

Das Leben geht nicht weiter, wenn unsere Liebsten uns verlassen, es rückt auf alle möglichen Arten von uns ab. Das Leben, das wir gekannt haben, das Leben, das wir erwartet haben, das Leben, das wir uns erhofft haben – all das verschwindet in einem Augenblick, wenn das gefürchtete Telegramm eintrifft. »Wir bedauern zutiefst, Ihnen mitteilen zu müssen …« Gab es jemals Worte, die schmerzhafter waren?

Wir lesen die Beileidsbekundungen und die knappe Erklärung, wie unser geliebter Mensch zu Tode gekommen ist, sinken auf unsere Knie, und unser Herz wird von einem namenlosen Schmerz ergriffen – von einem Schmerz, den wir nie zuvor kannten. Und trotzdem stehen wir irgendwie wieder auf und erinnern uns daran, wie man atmet.

Wir machen weiter.

Das Leben geht, wenngleich in einer anderen Form, weiter.

Man erwartet von uns, dass wir nicht über unsere Verluste sprechen, dass wir sie hinter verschlossenen Türen wegsperren und still leiden. Obwohl wir das Leid überall sehen – in den blassen Gesichtern unserer Freundinnen und Nachbarinnen –, reden wir nicht darüber, setzen uns nicht damit auseinander.

Wir machen weiter.

Das ist falsch. Vielmehr sollten wir dieses Schweigen beenden und stattdessen reden und rufen und schreien und brüllen. Ich möchte Sie, meine Damen, dazu ermutigen, über Ihre Lieben zu sprechen, glückliche Erinnerungen auszutauschen, an jene schönen kleinen Momente zurückzudenken: an einen Scherz, einen Kosenamen, an ein Lieblingsspielzeug oder ein Lieblingsbuch. Wir sollten unsere tapferen Männer nicht in den isolierten, abgeschlossenen

Raum der Vergangenheit verbannen, wo man sie mit den Jahren vergessen wird. Sie verdienen weitaus mehr als das. Sie verdienen unsere Stärke und unseren Mut – und vor allem verdienen sie es, dass man ihr Andenken pflegt und bewahrt durch Worte und Erinnerungen, im privaten wie im öffentlichen Bereich.

In diesem Krieg werden wir die härtesten Verluste erfahren, die wir jemals hinnehmen mussten, aber wir können sie besser gemeinsam ertragen, bei einer Tasse dünnem Tee oder am Kaminfeuer, wo glückliche Erinnerungen hell aufleuchten, sofern wir die Kraft finden, sie zu teilen.

Bis zum nächsten Mal – bleiben Sie tapfer!

Ihre Genevieve Star

Von Thomas an Evelyn

Irgendwo in Frankreich
10. Dezember 1915

Liebe Evie,

ich danke dir für deine lieben Worte über meinen Vater. Bis heute wusste ich nicht, ob er mich aus seinem Testament gestrichen hatte oder nicht. Nein, so weit ist er am Ende nicht gegangen. Zwar bin ich mir nach wie vor nicht sicher, welche Richtung ich einschlagen werde, aber ich wollte wenigstens die Wahl haben. Zwischendurch habe ich sogar befürchtet, er könnte in seinem Zorn die Zeitung an meinen Cousin überschreiben. Ich erspare es dir, mich lang und breit über diese alte Familienfehde auszulassen. Schließlich bist du mit John befreundet und arbeitest mit ihm zusammen.

Manchmal denke ich an den jungen Mann zurück, der ich einmal war, bevor das alles hier seinen Lauf nahm.

Wie konnte ich damals so blind sein, so blauäugig und so ahnungslos? Ich war voll und ganz beschäftigt mit meinem Cricket und meinem Studium. In größeren Zusammenhängen habe ich kaum gedacht.

Na ja, ich war zumindest respektvoll anderen gegenüber, im Denken wie im Handeln, habe mich immer um zivilisierte Umgangsformen bemüht. Und insofern empfinde ich das, was ich an der Front teilweise zu sehen bekomme, auch als absoluten Tiefpunkt. Keine Spur mehr von Respekt und Anstand. Es ist eine Schande, was sich hier draußen täglich abspielt. Vor den Baracken hängen Dirnen herum, die mit Bussen zu den Feldlazaretten gebracht werden. Und etliche Male habe ich erlebt, dass die französischen Soldaten unseren Männern ihre Schwestern anboten. Das alles macht der Krieg mit uns, er verroht uns, wenn man sich nicht ganz energisch auf die Werte besinnt, die in einem anderen Leben galten. Allerdings muss ich zu meiner Schande gestehen, dass ich ebenfalls abstumpfe und gleichgültig werde, mich weniger über derartige Dinge empöre.

Das tägliche Sterben tut ein Übriges. Alles erscheint einem Grau in Grau. Perspektivlos. In der vergangenen Woche musste mein Trupp erneut etliche Kameraden zur letzten Ruhe betten. Einzig der Schlaf bietet Linderung. Er ist eine Flucht für ein paar Stunden.

Gefällt dir das Tagebuch, das ich dir beigelegt habe? Ich habe es in einem kleinen Laden entdeckt, in einer Stadt, die unweit unserer Stellungen liegt. Monsieur, der Inhaber, stellt das Papier selbst her, und Madame ist für die künstlerische Gestaltung des Einbands und der Seiten verantwortlich. Bei den Vogelskizzen musste ich an dich denken. Außerdem habe ich ein Taschentuch für zukünftige Tränen mit eingepackt. Ich hoffe, ich werde nicht der Auslöser dafür sein.

Wie auch immer, ich wünsche mir, dass du glücklich bist, selbstsicher und hoffnungsfroh, meine liebe starke Freundin. Ich weiß nicht, ob ich es sein kann.

In Zuneigung

Tom

Von Jack Davies an Thomas

London, England
15. Dezember 1915

Verehrter Leutnant Harding,

ich wende mich heute in einer sehr ernsten Angelegenheit an Sie. Seit der Erkrankung Ihres Vaters haben Charles Abshire und ich die Zeitung geleitet, das heißt, ich war allein für die Redaktion verantwortlich, bis John Hopper kam und hier jede Menge Staub aufwirbelte.

Lassen Sie mich deutlich werden: Ihr Cousin stiftet in der Redaktion ein großes Durcheinander und eine Menge Unruhe. Am schlimmsten ist, dass er reihum unsere Mitarbeiter beleidigt oder zumindest vor den Kopf stößt. Erst gestern hat er mehrere meiner Kolumnisten gefeuert, ohne vorher mit mir Rücksprache zu halten. Aufgrund der rückläufigen Auflagenzahlen müssen wir zwar Personal einsparen, aber dermaßen überstürzt vorzugehen halte ich für überzogen. Erst recht, wenn es im Alleingang geschieht. Zudem hat er Abshire angekündigt, er werde seine eigenen Leute einstellen, sobald wir wieder expandieren können. Die ganze Belegschaft ist aufgebracht, wie Sie sich denken können.

Kurz gesagt, bei der *Daily Times* herrscht Krieg, und es ist alles zum Kotzen.

Sie waren immer ein umsichtiger Mann, darum habe ich volles Vertrauen, dass Sie wieder Ruhe in den Laden bringen. Ich sehne den Tag herbei, an dem Sie das Ruder übernehmen, so wie es sich Ihr Vater immer gewünscht hat.

Bitte teilen Sie mir mit, wie wir uns verhalten sollen, sonst muss ich auf eigene Faust mit Ihrem Cousin ein ernstes Wort reden. Allerdings würde ich anschließend vermutlich mit einem Tritt in den Hintern vor die Tür befördert.

Ich erwarte Ihre Antwort.

Hochachtungsvoll

Jack Davies

Von Thomas an Jack Davies

Irgendwo in Frankreich
16. Dezember 1915

Verehrter Mr. Davies,

wie immer danke ich Ihnen für Ihre Offenheit. Es war nicht mein Wunsch, Hopper an Bord zu holen, doch dieser verdammte Krieg ließ mir keine Wahl. Ich werde ihm umgehend schreiben und ihn an seine Pflichten erinnern – und an seine Grenzen. Das Letzte, was wir brauchen können, ist, dass er die Zeitung in eine ernste Krise stürzt. Es reicht schließlich, wenn die Welt um uns herum im Chaos versinkt.

Tun Sie mir bitte einen Gefallen, und passen Sie auf meine Freundin Evelyn Elliott auf. Die Vorstellung, dass Hopper sie für seine Zwecke ausnutzen könnte, macht mich rasend.

Fahren Sie in bewährter Weise mit Ihrer Arbeit fort.

Hochachtungsvoll

Leutnant Thomas Harding

Von Thomas an John Hopper

Irgendwo in Frankreich
17. Dezember 1915

Lieber John,

man hat mich darauf aufmerksam gemacht, dass du eigenmächtig Mitarbeiter unserer Zeitung fristlos entlassen und Inhalte geändert hast. Außerdem wurde mir mitgeteilt, dass in der Redaktion eine äußerst ungute Stimmung herrsche. Sosehr ich dein Engagement schätze, ist es ein Unding, die Redaktion gegen sich aufzubringen, indem man verdiente Mitarbeiter kränkt und ihnen mit Kündigung droht. Und ebenso wenig ist es in Ordnung, Entscheidungen über die Zukunft der *Daily Times* zu treffen, ohne mich einzubeziehen. Das ist in keinster Weise akzeptabel und überschreitet den Rahmen deiner Zuständigkeit. Ich bitte dich daher noch einmal, mich zum einen in jedem Fall zu konsultieren und darüber hinaus meine Entscheidung zu respektieren und in meinem Sinne zu handeln. Falls die Beschwerden über dich weiter anhalten, werde ich meinerseits Konsequenzen ziehen müssen.

Ich hoffe, ich habe mich klar genug ausgedrückt. Obwohl ich ungern zu rigiden Maßnahmen greife, werde ich alles tun, wirklich alles, um die Interessen der *Daily Times* zu schützen.

Hochachtungsvoll
Leutnant Thomas Harding

Von Evelyn an Thomas

Richmond, England
18. Dezember 1915

Lieber Tom,

was kann ich sagen, das nicht schon gesagt worden ist? Ich wünschte, die richtigen Worte zu wissen – Worte, die dich aufzumuntern vermögen, die dich wärmen und deinem gebrochenen Herzen Trost spenden. Belaste dich nicht mit dem Verhalten deiner verwilderten Kameraden. Bleib deinen eigenen Prinzipien treu. Da ich wenig zu diesen typisch männlichen Bedürfnissen sagen kann, erinnere ich dich lieber daran, dass es Menschen gibt, die an dich denken und die sich sehnlichst wünschen, dich heil zurückzubekommen.

Vielen Dank für dieses wunderschöne Tagebuch. Ich fand es rührend, dass du überhaupt noch den Kopf für so was hast, und werde es wie meinen Augapfel hüten. Außerdem verspreche ich dir, es mit positiven Gedanken und erfreulichen Erlebnissen zu füllen. Kummer hat in so etwas Schönem keinen Platz. Das Taschentuch aus zarter Spitze werde ich in einer Schublade aufbewahren, bis ich es für meine Freudentränen benötige. Die werden fließen, sobald ich erfahre, dass der Krieg vorbei ist und du gesund zu uns zurückkehrst.

Ich denke jeden Tag an dich, Thomas Archibald, und ich weiß, du wirst durchhalten. Schieb die finsteren Gedanken beiseite. Schieb deine Ängste und den Hunger beiseite. Du musst stark bleiben. Ich bestehe darauf.

Schreib mir bald. Du weißt ja, dass ich immer sehr nervös werde, wenn ich länger nichts von dir höre.

Alles Liebe
Evie

Von Evelyn an Alice

Richmond, England
18. Dezember 1915

Liebe Alice,

leider muss ich dir mitteilen, dass Toms Vater am Monatsersten verstorben ist. Der arme Tom ist schrecklich niedergeschlagen und scheint jedes Ziel und jede Hoffnung aufgegeben zu haben. Er ist völlig deprimiert angesichts der sittlichen Verrohung und des unzivilisierten Verhaltens der Soldaten. Mit Entsetzen hat er beobachtet, wie Prostituierte mit Lastwagen in die Lazarette gebracht würden, stell dir das vor. Wie sehr ihn das anwidert, lässt sich denken. Gleichzeitig, als Ausdruck seiner so ganz anderen Gesinnung, schickt er mir ein zauberhaftes Tagebuch, handbemalt mit Vögeln, das er in einem kleinen Laden aufgestöbert hat, und ein Spitzentaschentuch für meine Tränen, wie er sagt. Hast du jemals von so einer schönen Idee gehört?

Meine Verwirrung ist größer denn je. Im einen Moment wage ich zu glauben, dass Tom mehr für mich empfindet, im nächsten scheine ich wieder nichts als eine Freundin für ihn zu sein. In meinen Briefen streue ich Andeutungen ein, um ihm Gelegenheit zu geben, mir seine Gefühle zu offenbaren, aber entweder nimmt er es nicht wahr – du weißt ja, wie unsensibel Männer sein können –, oder er zieht es vor, darüber hinwegzusehen. Ich bewahre seine Briefe inzwischen unter meinem Kopfkissen auf. Wie bei der Prinzessin, die sich an einer Erbse unter ihren vielen Matratzen störte, ist auch mein Schlaf gestört, und zwar durch Toms Berichte über die Front. Solange ihm kein erholsamer Schlaf beschieden ist, verzichte ich ebenfalls darauf.

Und mitten in dem ganzen Gefühlswirrwarr ist da noch John Hopper mit seinem souveränen Auftreten, seinen türkischen Zigaretten, dem teuren Eau de Cologne und seinen hochfliegenden Ambitionen. Er hat sich vorgenommen, die halbe Fleet Street zu übernehmen, und ich traue es ihm zu. Zugegebenermaßen fällt es mir immer schwerer, seinem Charme zu widerstehen.

Wo bist du gerade? Darfst du das sagen? Ich bete, dass du nicht in die Nähe der deutschen Gasangriffe gekommen bist. Es ist schwer zu glauben, dass wir bald unser zweites Weihnachten im Krieg verbringen. Erinnerst du dich an die mitreißende Rede unseres Premierministers, der versprach, mit diesem Krieg alle Kriege zu beenden und dass bis Weihnachten alles vorüber sei. Nur welches Jahr, das sagten sie nicht.

Papa und ich durchforsten jeden Tag die Listen der Vermissten, Verwundeten und Gefallenen, die in der Zeitung abgedruckt sind. Wie gleichgültig wir über fremde Namen hinweggehen. Liste um Liste. Seite um Seite. Dabei steht hinter jedem einzelnen Namen ein Mensch, ein geliebter Sohn, Bruder, Ehemann, Freund. Gestern war ich so wütend, dass ich mit der Zeitung auf den Richmond Hill gestiegen bin und alle Namen in den Wind hinausgerufen habe. Ich weiß nicht, wie viele es waren, doch ich stand dort eine geraume Zeit. Der Wind trug ihre Namen über die Wiesen fort, und ich betete, dass sie für alle Ewigkeit auf dieser Brise dahinschweben mögen. Entschwunden, aber nicht vergessen.

Ich wünsche dir ein frohes Weihnachtsfest und uns allen ein glückliches und siegreiches neues Jahr.

Schreib mir bald und vergiss nicht: Das Bremspedal ist in der Mitte.

Alles Liebe

Evie

Von Alice an Evelyn

Irgendwo in Frankreich
24. Dezember 1915

Liebe Evie,

danke, dass du mich über Mr. Hardings Tod in Kenntnis gesetzt hast. Was für ein Jammer, dass Tom die Beisetzung seines Vaters verpasst hat. Und es tut mir leid, dass du Toms Abwesenheit so deutlich spürst. Er wird heil zurückkommen! Das musst du dir jeden Tag in deinem Herzen sagen und es laut auf diesem Hügel hinausschreien. Wir müssen leidenschaftlich und mit aller Kraft an unsere Hoffnungen glauben, damit sie sich irgendwann erfüllen. Es hat dir nie an Willensstärke und Zuversicht gemangelt. Beuge dich nicht ausgerechnet jetzt den Schatten, liebe Freundin. Wir brauchen eine starke Evie, die andere mit ihrer Kolumne inspiriert.

Du solltest mich sehen, wenn ich mit dem Ambulanzwagen unterwegs bin. Inzwischen bin ich ein richtiger Profi, presche mit Höchstgeschwindigkeit über die Straßen und weiche geschickt dem Geschützfeuer und allem anderen aus.

Nachdem die Verwundeten aus den provisorischen Lazaretten vorsichtig in den Wagen geladen wurden, bringe ich sie hinter die Front zu den Krankenstation oder zu den Zügen, die sie in die Heimat zurücktransportieren. Alles, woran ich denke, ist, dem Tod ein Schnippchen zu schlagen! Manchmal bin ich erfolgreich, manchmal nicht, so viel Mühe ich mir auch gebe. So wichtig und aufregend ich meinen Einsatz hier finde – jetzt vor Weihnachten würde ich mir wünschen, zu Hause zu sein.

Kopf hoch, meine Liebe. Wir werden es durchstehen. Frohe Festtage.

Alice

Von Evelyn an Thomas

Richmond, England
24. Dezember 1915

Lieber Tom,

ich habe inzwischen länger nichts von dir gehört und nehme an, es ist viel zu kalt, um eine Feder in der Hand zu halten.

Obwohl ich weiß, dass dieser Brief dich nicht mehr rechtzeitig erreicht, will ich dir frohe Weihnachten wünschen und dir sagen, dass ich heute besonders an dich denke. Und wenn ich den Weihnachtschor in der Stadt höre, werde ich in den Gesang einstimmen und für den armen Will und dich meine Stimme erheben und für bessere Zeiten und einen raschen Sieg beten.

Von Herzen alles Liebe und ein dreifaches Hurra auf die Alliierten!

Evie

Paris

20. Dezember 1968

Ein früher Morgennebel liegt auf der Seine, rosagolden angehaucht von der schwachen Wintersonne. Dies war ihre Lieblingszeit: kurz vor Sonnenaufgang oder kurz nach Sonnenuntergang. ›Die Buchstützen des Tages‹ nannte sie das. Sie hatte so eine elegante Art, die Dinge zu betrachten, und brachte mir bei, die Welt völlig anders zu sehen.

Heute aber sind meine Gedanken bei Will. Bei meinem Freund aus Kindertagen, meinem Ratgeber, meinem Verschworenen. Dem Mann, der Schulter an Schulter mit mir aus dem Schützengraben kletterte, als wir zu unserem ersten Angriff stürmten. Seine Anwesenheit war ein helles Licht in einer trostlosen Welt. Warum musste ausgerechnet er sterben? Ich habe nie verstanden, welche Entscheidungen das Schicksal auf den Schlachtfeldern traf.

Margaret fummelt an der Decke herum, die über meinen Beinen liegt. Sie murmelt etwas davon, dass ich mich nicht erkälten dürfe, bevor sie mich weiterschiebt. Die Demütigung, auf einen Rollstuhl angewiesen zu sein, ist für einen stolzen Mann unerträglich, doch wenn es die einzige Möglichkeit ist, an die Orte zu gelangen, die ich besuchen möchte, soll es so sein.

Wir kommen gut voran zu dieser frühen Stunde. Tauben stolzieren gurrend umher, während wir unserem Weg folgen. Das Schlagen ihrer Flügel versetzt mich zurück in den

Schützengraben und zu den Brieftauben, die wir in Weidenkörben an die Front mitnahmen, um Botschaften an das Basislager zu schicken. Früher betrachtete ich Tauben als Schädlinge, in Kriegszeiten indes fand jeder seine wahre Bestimmung und erhielt die ihm zustehende Anerkennung. Die tapfersten Brieftauben wurden sogar ausgezeichnet und als Helden gefeiert.

Abgesehen von den Vögeln ist alles ruhig auf den Pariser Boulevards. Noch sind die Straßen nicht mit Fahrzeugen verstopft. Irgendwo in der Nähe läutet eine einzelne Kirchenglocke. Für mich sind die stillen Stunden ein Geschenk.

Ich taste nach den Manschettenknöpfen in meiner Tasche. Sie hatte sich gewünscht, dass ich sie auf sein Grab lege, aber der Weg zu den Soldatenfriedhöfen bei den ehemaligen Schlachtfeldern war zu beschwerlich für mich, besonders bei dem vielen Schnee. Nun hoffe ich, meine Lösung würde ihr ebenfalls gefallen.

Margaret kauft Christrosen auf dem Blumenmarkt, und ich stecke die Manschettenknöpfe zwischen die samtenen Blütenblätter. Ich werde die Blumen am Arc de Triomphe niederlegen, am Grabmal des unbekannten Soldaten. Es ist das Bestmögliche, was ich tun kann. Mit verschleiertem Blick schaue ich auf das Kriegerdenkmal und lese die Inschrift.

Ici repose un soldat français mort pour la patrie.
1914–1918

Margaret legt die Rosen am Fuß der Steinplatte nieder, hinter der ewigen Flamme, und zum letzten Mal wünsche ich meinem lieben Freund Will ein frohes Weihnachten und schicke ihm zugleich ein wehmütiges Lebewohl.

»Er war einer der tapfersten Männer, die ich jemals gekannt habe, Margaret.«

Sie betupft ihre Wangen. Tränen glitzern im Sonnenlicht. »Ich weiß, Mr. Harding, ich weiß.«

Nein, sie weiß es nicht. Niemand kann es wissen, der nicht dabei war. Nur jene von uns, die diese Zeit am eigenen Leib erfahren haben, verstehen es wirklich. Es ist eine Trauer, die mich nie verlassen hat, und ich bin froh über diesen Ort, über dieses Grab, diese ewige Flamme. Eine Erinnerung an das, was wir verloren haben. Ein Mahnmal, damit wir niemals vergessen.

Das ist der Grund, warum ich heute dankbar bin für die Briefe. Sie sind wahrscheinlich die stärkste Erinnerung von allen.

Zurück in der Wohnung, während das Feuer im Kamin knistert, sitze ich in meinem Bett mit Unmengen von Kissen im Rücken und fahre mit meiner Lektüre fort.

TEIL DREI

1916

Auf Flanderns Feld Mohnblumen blühn
Wo Kreuze, Reih an Reih, sich ziehn,
Dort liegen wir; am Himmel hoch
Die Lerche fliegt, singt tapfer, doch
Im Lärm der Schlacht hört keiner sie.

JOHN MCCRAE, *AUF FLANDERNS FELD*

Von Thomas an Evelyn

Irgendwo in Frankreich
1. Januar 1916

Liebe Evie,

ich hoffe, du hattest schöne Festtage – zumindest wirst du unter den gegebenen Umständen das Beste daraus gemacht haben, obwohl deiner Familie auch dieses Weihnachten ohne Will sehr schwergefallen sein dürfte. Ich habe oft an euch gedacht.

Wie immer möchte ich dir für die aufmunternden Worte in deinen letzten Briefen danken. Nach Vaters Tod schwebte wochenlang eine dunkle Wolke über mir, und ich war nicht fähig, sie abzuschütteln. Das zweite Weihnachten an der Front machte alles noch schlimmer. Doch nun, nachdem diese Zeit, bei dem es einem so unendlich schwer ums Herz wurde, vorbei ist und man nicht mehr unaufhörlich an das denkt, was man verloren hat, kann ich langsam aufatmen. Ein neues Jahr liegt vor uns. Was wird es uns bringen? Leider werde ich von Tag zu Tag pessimistischer hinsichtlich der Aussicht, jemals in einem Stück oder überhaupt nach England zurückzukehren. Egal, wenigstens schreitet die Zeit voran und schenkt den Torheiten der Menschen keine Beachtung. In diesem Satz steckt etwas seltsam Tröstendes und Wahres. Die Erde dreht sich weiter und wird mit uns einmal mehr die Sonne umrunden.

Nun zu etwas Erfreulicherem: Du wirst es nicht glauben,

aber ich habe Alice Cuthbert getroffen! Sie war bei uns im Feldlazarett und kommandierte alle herum wie ein General. Ich glaube, sie hat ihre Berufung gefunden, war also im Grunde wie eh und je. Vielleicht hat ihr unverwüstlicher Optimismus ein wenig gelitten – nicht einmal sie kann sich eben der mörderischen Realität des Krieges entziehen. Nichtsdestotrotz tauschten wir ein paar Geschichten und Erinnerungen aus glücklicheren Zeiten aus und stießen mit einem Glas Sekt auf abwesende Freunde an.

Würde es dir etwas ausmachen, mir ein neues Paar Handschuhe zu schicken? Man hat uns gesagt, dass wir in den kommenden Wochen auf einem langen Marsch sein werden, und meine alten sind zerrissen und zerschlissen und werden mich nicht mehr vor den verdammten Frostbeulen schützen.

Du bist ein Engel, Evie. So ziemlich das einzige Licht, das ich in diesen endlosen Nächten sehe.

Liebe Grüße

Tom

Von Evelyn an Thomas

Richmond, England
10. Januar 1916

Lieber Tom,

ich wünsche dir ein frohes neues Jahr! Wie immer war es eine Freude, von dir zu hören. Ich habe in der vergangenen Woche oft an dich gedacht und freue mich, dass du Alice getroffen hast und ihr miteinander anstoßen konntet. Das Schicksal nimmt seltsame Wege, nicht wahr? Dass sie alle herumkommandiert und sie gleichzeitig mit ihrem Lächeln verzaubert, vermag ich mir gut vorzustellen. So oder so war ihre Gesellschaft bestimmt ein schönes Weihnachtsgeschenk für die Patienten des Lazaretts. Und für dich. Ach, hätte ich diesen Moment bloß mit euch teilen können.

Wie du richtig vermutest, war die Stimmung an unserer Festtafel ziemlich gedrückt. Unsere Blicke wanderten ständig zu dem leeren Stuhl, auf dem Will früher immer saß. Ohne ihn fühlt es sich nicht richtig an, ohne sein Lachen und seine Scherze. Ich bezweifle, dass ich mich jemals an seine Abwesenheit gewöhnen werde. Bislang spüre ich sie wie einen Schatten, der sich auf mein Herz gelegt hat. Von daher war ich froh, als Weihnachten vorbei war und wir normal weitermachen konnten.

Ansonsten gibt es keine Neuigkeiten. In der sogenannten besinnlichen Zeit passiert hier nicht viel. Momentan arbeite ich an meinem nächsten Beitrag. John ist hellauf begeistert von der Kolumne. Er sagt, er habe eine Menge Ideen für zukünftige Themen, falls meine Quelle der Inspiration versiegen sollte. Habe ich eigentlich erwähnt, dass ich inzwischen Fanpost erhalte? Oder besser gesagt, Genevieve. Man kommt sich unweigerlich ein bisschen wichtig vor, wenn man realisiert, dass die eigenen Worte nach außen dringen und tatsächlich Wirkung zeigen, sogar als hilfreich empfunden werden. Dies bestärkt mich mehr denn je in meinem Entschluss weiterzuschreiben.

In dem Päckchen findest du neue Handschuhe, Socken, Tabak, Tee und Brandy. Was kann ein Mann sich mehr wünschen?

Schreib mir bald, mein Lieber.

Herzlich

Evie

Von Evelyn an Alice

Richmond, England
11. Januar 1916

Ein frohes neues Jahr, meine Herzensfreundin!

Was gibt es Neues an der Front? Tom hat mir geschrieben, dass ihr euch an Weihnachten zufällig begegnet seid und mit einem Glas Sekt angestoßen habt. Wie war seine Verfassung, Alice? Wie sah er aus? Machte er einen vernünftigen Eindruck? Ich beneide dich um deine Zeit mit ihm. Bitte berichte mir in deinem nächsten Brief, was – wenn überhaupt – zwischen euch gesprochen wurde. So wie ich dich kenne, konntest du vermutlich nicht widerstehen, ihm auf den Zahn zu fühlen, was seine Gefühle für mich betrifft – oder den Mangel derselben.

Bei mir haben der Schneefall, das Feuer im Kamin, die Erinnerungen an Will und ein großes Glas Sherry einen dermaßen gewaltigen emotionalen Ausbruch bewirkt, dass ich am ersten Weihnachtstag einen ziemlich rührseligen Brief an Tom geschrieben habe. Jedes Wort darin meinte ich ernst, aber ich fand bis heute nicht den Mut, diesen Seelenerguss abzuschicken. Vorläufig liegt er sicher verwahrt in dem wunderschönen Tagebuch, das ich von Tom bekommen habe. Vielleicht ist er dort besser aufgehoben als in seinen Händen. Außer natürlich, du hast Neuigkeiten für mich.

Hast du Weihnachten überhaupt gefeiert, abgesehen von deinem kleinen Umtrunk mit Tom? Hier bei uns waren die Festtage eine klägliche Angelegenheit. Das fröhliche Beisammensein, an das ich mich so gerne zurückerinnere, scheint weiter und weiter davonzugleiten. Ich frage mich, ob wir jemals wieder wahres Glück erleben werden. Für die Kolumne habe ich natürlich einen erbaulichen Text geschrieben – das Leben muss weitergehen, es ist unsere Pflicht, nicht den Mut zu verlieren, solche Dinge eben. Noch nie habe ich weniger Bezug zu meinen Worten gespürt. Es war fast, als hätte sie ein anderer für mich zu Papier gebracht. Inmitten dieses endlosen Bangens und Hoffens ist es unheimlich schwer, seinen Glauben zu bewahren.

Geht es für die Alliierten überhaupt voran? Die Berichterstattung in den Zeitungen steht in krassem Widerspruch zu dem, was wir in den Briefen der Soldaten lesen. Und von den Männern auf Heimaturlaub hören! Sie erzählen von den grauenhaftesten Dingen.

Was ist eigentlich mit den tapferen Tieren an der Front? Bekommst du irgendetwas von ihnen mit, Alice? Ich hasse die Vorstellung, dass sie leiden – man hört immer wieder schreckliche Geschichten von Pferden, die im Morast ertrinken. Ist das wahr? Unsere Weiden hier sind so leer, man könnte fast vergessen, wie viele dieser herrlichen Geschöpfe dort früher frei herumliefen. Sie sind alle fort mit Ausnahme derjenigen, die zu alt und zu lahm waren, um an der Front von Nutzen zu sein. Ich wage mir kaum vorzustellen, was aus Wills geliebten Vollblütern Hamlet und Shylock geworden ist.

Das Gesetz zur Einführung der Wehrpflicht wurde inzwischen verabschiedet, sodass nun wohl alle unverheirateten wehrtauglichen Männer eingezogen werden. John Hopper hat mir gesagt, dass man ihn gebeten habe, weiterhin für das Propagandaministerium zu arbeiten. Dabei brennt er angeblich darauf, an die Front zu kommen. Allerdings hört man viele Geschichten von Männern, die nach außen so tun, als ob, und im Geheimen alle möglichen schlauen Wege ersinnen, um das Gesetz zu unterlaufen. Was wiederum nicht ganz einfach ist, weil die Armee jeden Mann verpflichtet, den sie kriegen kann.

Genug für heute. Ich muss gleich ins Postamt, und die Postmeisterin duldet keine Verspätung.

Ich melde mich bald wieder.

Evie

Von Thomas an Evelyn

Irgendwo in Frankreich
20. Januar 1916

Liebe Evie,

tausend Dank für die Handschuhe und die Socken! Ich bin unendlich froh darüber, natürlich auch über den Tabak und den Brandy. Ich kann alles gut gebrauchen.

Wie stehen die Dinge in der Heimat? Ich hoffe, mit deiner Kolumne läuft es gut. Jack Davies hat mir von unschönen Zuständen bei der *Daily Times* berichtet, und ich habe ihn angewiesen, sich von Hopper nicht die Zügel aus der Hand nehmen zu lassen. Jack mag ein aufbrausender alter Sturkopf sein, aber er ist verdammt noch mal einer der besten Redakteure in London und überdies sehr loyal. Deshalb vertraue ich seiner Meinung voll und ganz. Hast du von den Querelen etwas mitbekommen?

Ich würde dir mehr von dem Geschehen hier berichten, doch es ist so entsetzlich, dass ich fürchte, du würdest mir danach nie wieder schreiben. Stattdessen sende ich dir ein paar Zeilen aus Shakespeares *Was ihr wollt*:

Komm herbei, komm herbei, Tod!
Und versenk' in Zypressen den Leib!
Laß mich frei, laß mich frei, Not!
Mich erschlägt ein holdseliges Weib.
Mit Rosmarin mein Leichenhemd,
O bestellt es!
Ob Lieb' ans Herz mir tödlich kömmt,
Treu' hält es.
Keine Blum', keine Blum' süß
Sei gestreut auf den schwärzlichen Sarg.
Keine Seel', keine Seel' grüß
Mein Gebein, wo die Erd' es verbarg.

In ewiger Freundschaft
Tom

Von Alice an Evelyn

Irgendwo in Frankreich
28. Januar 1916

Liebe Evie,

auch dir alles Gute fürs neue Jahr, Darling! Ich habe leider nur Zeit für ein paar rasche Zeilen. Wir arbeiten seit letzter Woche unter enormem Hochdruck, weil wir heillos unterbesetzt sind. Gott, wie dringend hoffe ich darauf, dass die Amerikaner uns bald unterstützen. Uns mangelt es nämlich inzwischen an allem: an Vorräten, Munition, Männern und Krankenschwestern. Es ist das totale Chaos. Die hygienischen Zustände in den Baracken sind desolat, und selbst die Holzroste, auf denen wir gehen, versinken inzwischen im

Schlamm. Ich bin bereits des Öfteren eingebrochen. Du würdest es nicht glauben, wie ich aussehe. Trotzdem geht es mir gut, und ich vermisse dich!

Tom, der arme Kerl, ist dünn wie ein Strich. Ich habe den Eindruck, dass er kaum etwas zu sich nimmt, selbst wenn genügend Rationen vorhanden sind. Eine große Schwermut scheint auf ihm zu lasten, Evie, und ich fürchte ernsthaft, dass er an einer seelischen oder nervösen Störung leidet. Ich habe ihm geraten, Urlaub zu beantragen.

Seine Antwort lautete: *Warum soll ich nach Hause gehen, wenn meine Dämonen mir folgen? Ich würde bloß an meine Männer denken, die ich zurückgelassen habe im Angesicht ihres Verderbens.*

Meine Güte, nach dieser Aussage habe ich ihm empfohlen, ein großes Glas Wein zu trinken, und ihm überdies dringend ans Herz gelegt, sich wirklich um einen Heimaturlaub zu kümmern. Bestimmt kannst du ihm helfen, seelisch wieder ins Lot zu kommen. Und weißt du, was er darauf gesagt hat?

Ich wünschte, sie könnte mich retten, Alice. Ich spüre, wie ich immer mehr abdrifte.

Ist das nicht schrecklich? Jedenfalls habe ich auf ihn eingeredet, wie wichtig er dir sei und dass er auf deine Hilfe zählen könne und dass er sich auf die Menschen stützen solle, die ihn lieben. Leider bin ich mir nicht sicher, ob das wirklich bei ihm angekommen ist. Er ist momentan in einem echt miserablen Zustand.

Ach ja, du mokierst dich immer über meine Fahrkünste. Zugegeben, Autofahren ist nach wie vor eine große Herausforderung, dennoch glaube ich, dass ich mittlerweile diese Teufelsmaschine einigermaßen beherrsche. Erzähl bloß keinem, dass ich ein paar Beulen in die Stoßstange gefahren habe. Ich hoffe, dass es weiterhin niemandem auffällt.

Viele liebe Grüße an dich

Alice

Von Evelyn an Thomas

Richmond, England
30. Januar 1916

Lieber Tom,

wir sind also wieder bei Shakespeare. Versuch trotzdem bitte, fröhlichere Verse von ihm zu finden. Vielleicht etwas aus dem *Sommernachtstraum*. War das nicht immer deine Lieblingskomödie? Also verbring lieber etwas Zeit mit Puck und Zettel und den Feen als mit steifen alten Königen und tobenden Stürmen. Es gefällt mir nicht, dass du dich so viel mit dem Tod befasst.

Alice hat mir geschrieben. Sie sagt, du hättest im Moment einen ziemlichen Durchhänger. Ich wünschte, es gäbe etwas, das ich für dich tun könnte, abgesehen davon, dir Brandy und Briefe zu schicken. Wenigstens habe ich dir einen kleinen Sonettband beigelegt, mit dem du dich in den dunkleren Momenten ablenken kannst. Schau hinein, wenn du alles schwierig findest, wenn du das Gefühl hast, es nicht länger ertragen zu können. Du kannst es, Tom. Ich weiß, dass du es kannst – und du wirst es aushalten. Vergiss selbst in den schwärzesten Stunden nicht, dass eine neue Morgendämmerung auf dich wartet. Wir müssen und werden bald siegen.

Was die Situation bei der *Daily Times* betrifft, versuche ich mich aus dem pausenlosen Machtgerangel herauszuhalten.

Ehrlich, man sollte meinen, dass erwachsene Männer sich ein bisschen würdevoller verhalten. Bist du sicher, dass dein Cousin der Grund für die schlechte Stimmung ist? Er spricht ausschließlich mit Leidenschaft von der Zeitung – oder von dir. Immer wieder betont er, dass er nur das Beste wolle, obwohl ich natürlich weiß, dass er rücksichtslos sein kann und sich nicht scheut, die Reporter unter Druck zu setzen, damit sie mehr leisten. Und ich weiß ebenfalls, dass er sich mit Jack Davies sehr schwertut. Könnte es nicht sein, dass Davies eine alte Rivalität zwischen zwei Vettern auszunutzen versucht? Ich würde mir an deiner Stelle keine Gedanken darüber machen, Tom. Lass die Jungs auf dem Schulhof spielen – ihr habt draußen auf dem Schlachtfeld ganz andere Kämpfe auszutragen.

Bei uns in Richmond ist alles verhältnismäßig ruhig. Hier und da eine überstürzte Heirat oder ein außereheliches Kind halten die Klatschmäuler am Schnattern. Die Welt dreht sich weiter. Das Leben geht weiter. Daraus müssen wir Mut und Zuversicht schöpfen.

Du darfst dich nicht alleine fühlen, Tom. Sei gewiss, dass ich an dich denke.

Alles Liebe

Evie

Von Thomas an Evelyn

Irgendwo in Frankreich
22. Februar 1916

Liebe Evie,

schnell eine kurze Nachricht, weil wir gerade zusammenpacken und in Richtung [redacted] weiterziehen. Vor uns liegt ein ziemlich langer Marsch. Es kann sein, dass du in den nächsten paar Wochen nicht so oft von mir hören wirst, aber ich werde dir schreiben, wann immer ich dazu komme. Sprich ein paar Gebete für uns, bitte. Wir rücken nämlich in den Bauch der Bestie vor, und als Anführer des Bataillons werde ich all meinen Mut und all meine Kraft mobilisieren müssen. Und dafür brauche ich deine Unterstützung, deinen Optimismus. Schick mir etwas davon. Ich werde an dich denken und mir vorstellen, dass du bei mir bist.

Tom

Von Evelyn an Thomas

Richmond, England
28. Februar 1916

Lieber Tom,

Gott sei mit euch, mein Freund. Es widerstrebt mir sehr, dass ihr in diese Hölle müsst, doch ich bin zuversichtlich, dass du deine Männer umsichtig und beherzt führen wirst.

Hier war zu hören, dass die Franzosen sich bei Verdun heftige Gefechte mit den Deutschen liefern und dass es bereits hohe Verluste gegeben haben soll. Ich bete, dass ihr nicht dorthin abkommandiert wurdet.

Letzte Nacht habe ich geträumt, dass du zufällig auf eine gemütliche Herberge in der französischen Provinz gestoßen bist, weit entfernt von den Einschlägen der Granaten und den Gefechten. Eine entzückende ältere Dame – ihr Name war Madame de Carteret – kümmerte sich rührend um dich und gab dir einen selbst gemachten Bauerneintopf zu essen, damit wieder was auf deine Knochen kommt. Sie war schrecklich nett, und du erholtest dich von Tag zu Tag mehr auf deiner Schlafbank vor dem Feuer. Du fingst sogar an, aus dem Kaminholz Tierfiguren zu schnitzen, und Madame de Carteret war hin und weg von den kleinen Kunstwerken, die du ihr schenktest. Da ihr Mann und ihr Sohn in Belgien gefallen waren, freute sie sich besonders über deine Gesellschaft.

Ich hoffe, dieser Traum wird eines Tages wahr, Tom, und dir wird einmal eine solche Zeit der Entspannung und solch liebevolle Aufnahme zuteil. Weißt du noch, wie du früher immer mit deinem Taschenmesser an einem Stück Weidenholz herumgeschabt hast und darauf beharrtest, es sei ein Elefant oder etwas in der Art, während Will und ich bloß einen unförmigen Klumpen erkennen konnten? Es war ziemlich gemein von uns, dich zu hänseln, doch auch diese Erinnerung gehört jetzt zu meinen kostbarsten Schätzen. Was für eine sorgenfreie, glückliche Zeit hatten wir damals! Vielleicht kannst du mir ja eines Tages einen Vogel schnitzen?

So viele Männer sind inzwischen fort. Lediglich diejenigen, die verheiratet sind oder als unabkömmlich freigestellt wurden, sind geblieben – und natürlich die Alten sowie die Kriegsdienstverweigerer. Wie sie weiterhin seelenruhig durch die Straßen spazieren können, während alle anderen tapfer ihre Einberufung akzeptieren, ist mir unbegreiflich. Solcher Egoismus ist in der derzeitigen Situation, wo unsere Truppen dringend auf Verstärkung warten, gleichermaßen unverständlich wie inakzeptabel. Es gibt junge Burschen von vierzehn oder fünfzehn Jahren, die ihr Geburtsdatum fälschen, um todesmutig in den Krieg zu ziehen. Warum sollen andere da verschont bleiben? Jeden Tag ist das ein Thema in den Zeitungen. Inzwischen werden viele Verweigerer vor einen Militärausschuss zitiert und zumindest teilweise zum waffenlosen Dienst herangezogen, zum Beispiel als Sanitäter oder als Hilfskräfte, die die Verwundeten vom Schlachtfeld bergen. Wer selbst das ablehnt, weil er jegliche Involvierung in das Kriegsgeschehen aus pazifistischer Überzeugung für nicht vertretbar hält, wird inhaftiert, heißt es. Es bricht mir das Herz, wenn ich ihre Mütter und Schwestern sehe, die wie Schatten umherwandeln. Sie gehen tief gebeugt, den Blick fest auf den Boden geheftet, weil sie sich schämen, anderen in die Augen zu sehen.

Pass auf dich auf, lieber Tom. Ich bin in Gedanken stets bei dir und lese immer wieder die vielen Briefe, die du mir seit Kriegsbeginn geschickt hast. Erinnerst du dich, wie naiv wir damals waren? Wir dachten, ihr würdet zu einem großen Abenteuer aufbrechen und in wenigen Wochen wieder zu Hause sein, wahrscheinlich ohne ein einziges Mal gekämpft zu haben. Wer konnte ahnen, dass dieser Krieg Jahre dauern würde und dass wir so viele Briefe schreiben müssten, um uns zu sagen, was uns auf dem Herzen liegt. Und es gibt noch so viel zu sagen, Tom.

Ich hoffe, dass bald der nächste Brief von dir auf dem Weg zu mir sein wird.

Alles Liebe

Evie

Telegramm von Thomas an Evelyn

15. März 1916

An: Evelyn Elliott, Poplars, Richmond, London SW
Gesendet: 17:22 / Empfangen: 18:34

Bataillon stark dezimiert. Nur wenige Ueberlebende. Haben uns anderer Einheit angeschlossen. Lage sieht nicht gut aus. Melde mich so bald wie moeglich. Habe Sehnsucht nach zu Hause.
Tom

Von Evelyn an Thomas

Richmond, England
17. März 1916

Lieber Tom,

was für eine Qual, dein Telegramm zu lesen. Ich werde für deine Sicherheit beten, wo du auch sein magst. Falls dieser Brief dich erreicht, sei bitte gewiss, dass wir zu Hause ständig an dich denken. Ich kann diese Schlachten nicht für dich kämpfen, aber ich weiß, dass du ein zuverlässiger Anführer bist und dass deine Soldaten sich auf dich verlassen können. Denk allein an die Männer, die du schon gerettet hast.

Du bist so tapfer, und wir sind alle so stolz auf dich.

Der Sieg wird bald unser sein, und dann erwartet uns ein hoffentlich friedliches Leben.

Ich umarme dich.

Evie

Von Evelyn an Jack Davies

Richmond, England
2. April 1916

Sehr geehrter Mr. Davies,

anbei erhalten Sie meinen neuesten Beitrag, der sich um das Thema Wehrpflicht dreht. Ich hoffe, er wird bei Ihnen und den Lesern der Zeitung Anklang finden. In Anbetracht der skandalösen, weil unsolidarischen Reaktion pazifistischer Gruppen auf die Einführung der Wehrpflicht und auf die Verhaftung von Edith Smith, die mit Flugblättern zum Boykott des Kriegsdienstes aufgerufen hat, bin ich etwas unsicher, wie man meinen Text aufnehmen wird. Doch vielleicht ist gerade jetzt, mehr als jemals zuvor, ein Beitrag aus weiblicher Sicht, der sich an andere Frauen richtet, höchst angebracht.

Zum Schluss nochmals die Bitte, dass Sie mir die an mich gerichteten Zuschriften zum Lesen überlassen, damit ich die Denkweise der Frauen, die sich für meine Beiträge interessieren, besser entschlüsseln kann.

Mit freundlichen Grüßen
Evelyn Elliott

EINE FRAU IN KRIEGSZEITEN

von Genevieve Star,
unserer Sonderkorrespondentin in London

Wir, die übrig sind

Aufgrund der Wehrpflicht wurde jetzt der Rest unserer unverheirateten Männer, die sich bislang nicht freiwillig gemeldet hatten, zum Kriegsdienst eingezogen. Unabhängig von persönlichen Meinungen hat die Politik ein Machtwort gesprochen, und der Aderlass geht quer durch alle Schichten.

Der Bauer kümmert sich nicht mehr um seinen Acker. Der Busfahrer schenkt einem kein fröhliches Lächeln mehr. Der Briefträger radelt nicht mehr durch die Straßen. Wir sind eine Nation von Frauen geworden, und wir, die in der Heimat zurückbleiben, müssen so aufrecht dastehen wie nie zuvor, müssen unseren Stolz abschütteln, die Ärmel hochkrempeln und unseren Beitrag leisten.

Wir denken vielleicht, uns fehle es an Können, an Kraft, an den körperlichen Voraussetzungen für bestimmte Tätigkeiten, aber woher wollen wir das wissen, wenn wir es nicht versuchen? »Gib einem Mann einen Fisch, und er hat für einen Tag zu essen. Lehre einen Mann das Angeln, und er hat sein ganzes Leben lang zu essen.« Wir entscheiden uns dafür, das Angeln zu lernen, nicht wahr, meine tapferen Frauen Britanniens?

So wie unsere mutigen Soldaten lernen müssen, zu kämpfen und zu töten und zu überleben, so müssen wir lernen, unser Land am Laufen zu halten und durch diese schwere Zeit zu bringen. Wir müssen uns mit Lebensmitteln versorgen und auf den Straßen Gesetz und Ordnung aufrechterhalten und sicherstellen, dass in den Fabriken und Handwerksbetrieben die Produktion nicht zum Erliegen kommt, solange unsere Männer für die Sicherheit unseres großartigen Landes kämpfen.

Ich möchte Sie alle bitten, sich zu überlegen, wie Sie zur Bewältigung dieser Aufgabe beitragen können, so klein Ihr Anteil auch erscheinen mag. Gemeinsam vermögen wir Außergewöhnliches zu leisten und die Kaminfeuer weiterhin am Brennen zu halten.

Bis zum nächsten Mal – bleiben Sie tapfer!

Ihre Genevieve Star

Von Jack Davies an Evelyn

London, England
12. April 1916

Verehrte Miss Elliott,

wie von Ihnen gewünscht, sende ich Ihnen eine Auswahl Ihrer Fanpost. Ihre Genevieve Star verursacht einen ziemlichen Wirbel. Die Zuschriften füllen mittlerweile einen ganzen Sack – das, was ich Ihnen schicke, ist lediglich ein kleiner Teil.

Was die andere Sache betrifft, über die wir neulich gesprochen haben, bin ich noch dabei, die Lage zu sondieren. Ginge es nach mir, würde ich Sie mitsamt Ihrem Notizblock am liebsten sofort nach Frankreich schicken. Sie haben einen Draht zu den Menschen, den die meisten Journalisten nicht haben. Sie reden mit ihnen, als wäre es eine freundliche Plauderei bei einer Tasse Tee. Ich habe nicht die geringsten Zweifel, dass Sie mit Leidenschaft, Aufrichtigkeit und Erfolg von der Front berichten würden. Wie Sie indes wissen, sind Frauen und Journalismus bislang eine unübliche Kombination. Packt man ein Kriegsgebiet dazu, wird es vollends schwierig, wenn nicht sogar unmöglich. Ich stoße mit meiner Initiative selbst innerhalb der Redaktion auf Widerstand, und in Tom Hardings Abwesenheit kann ich ohnehin keine Entscheidung treffen.

Trotzdem werde ich weiterhin Sondierungen anstellen – sofern es nach wie vor Ihr Wunsch ist, nach Frankreich zu gehen, obwohl die Berichterstattung aus dem Kampfgebiet eine hochgefährliche Angelegenheit ist. Wenn ich Sie nicht auf dem offiziellen Weg dorthin bekomme, fällt mir als einzige Alternative ein, dass Sie eine Möglichkeit suchen, in einer anderen, besser akzeptierten Funktion etwa als Krankenschwester oder Telefonistin nach Frankreich zu gelangen und mir Ihre Berichte heimlich zu schicken.

Sie haben ein solches Engagement zuvor ausgeschlossen, doch wenn Sie unbedingt an die Front wollen, ist es vielleicht Ihre einzige Möglichkeit. Ich erwarte Ihre Antwort.

Hochachtungsvoll

Jack Davies

Leserbrief an Evelyn

Sehr geehrte Miss Star,

ich habe noch nie zuvor einen Leserbrief geschrieben, aber als Anhängerin Ihrer Kolumne in der *London Daily Times* muss ich Ihnen einfach sagen, wie sehr ich mich auf Ihre Beiträge freue und wie viel mir Ihre Worte bedeuten. Ich habe bereits zwei Söhne und einen Bruder in diesem Krieg verloren. Mein Mann und zwei weitere Söhne kämpfen noch an der Front, während ich mich um meine betagte Mutter kümmere. Obwohl ich sehr nette Nachbarn und Bekannte habe, ist unser Haus, das einst von Lärm und Lachen und Leben erfüllt war, schrecklich leer. Zwar versuche ich mein Bestes zu tun, doch es ist nicht leicht. Deshalb sind Ihre Worte ein großer Trost für mich. Es ist fast, als würden Sie mich kennen, als würden Sie zu mir persönlich sprechen. Das wollte ich Ihnen einfach mal sagen, und bestimmt denken andere Frauen genauso.

Ich weiß nicht, wer Sie sind oder wie Ihre persönliche Situation ist, aber das spielt keine Rolle. Wenn ich Ihre Worte lese, sind Sie direkt hier bei mir in meiner bescheidenen kleinen Küche, und dafür bin ich sehr dankbar.

Gott beschütze Sie und Ihre Lieben.

Marjorie Barrow

Von Charles Abshire an Thomas

London, England
20. April 1916

Lieber Thomas,

ich bitte dich dringend, dich bei uns zu melden. Jack Davies und ich haben seit Wochen nichts von dir gehört. Ich bin besorgt sowohl wegen der Zeitung als auch deinetwegen. Bitte antworte uns umgehend.

Mit den besten Grüßen

Charles Abshire

Von Evelyn an Thomas

Richmond, England
26. April 1916

Lieber Tom,

inzwischen ist über ein Monat vergangen ohne ein Wort von dir, und ich mache mir schreckliche Sorgen. Es sieht dir überhaupt nicht ähnlich, dass du dich so lange nicht meldest. Bisher hast du immer ziemlich rasch geantwortet, und nun ziehen sich die Tage hin in der stillen Qual, nichts von dir zu hören, nicht zu wissen, wo du bist oder wie es dir geht.

Papa redet mir gut zu und versucht mich damit zu beruhigen, dass du während eures Marsches kaum zum Schreiben kommen dürftest, weil du in den Pausen bestimmt zu erschöpft seist, um etwas anderes zu tun, als in der nächsten Ecke zusammenzusacken. Dennoch schreibe ich dir weiter – mehr kann ich von hier aus nicht für dich tun.

Ich bete für deine Sicherheit, mein lieber Tom,
und hoffe auf Nachricht.
Evie

Von Evelyn an Alice

Richmond, England
30. April 1916

Liebe Alice,

wie geht es dir? Was gibt es für Neuigkeiten? Ich bin in schrecklicher Unruhe, weil ich seit sechs Wochen nichts von Tom gehört habe. Zuletzt hat er mich per Telegramm darüber informiert, dass sein Bataillon fast vollständig aufgerieben wurde und der Rest sich einer anderen Einheit anschließen müsse. Ich fürchte, er wurde nach Verdun abkommandiert, von wo uns furchtbare Verlustmeldungen erreichen. Außerdem muss ich ständig an deine Worte denken, dass er bei eurem Zusammentreffen an Weihnachten in einer miserablen Verfassung gewesen ist.

Aus diesen Gründen habe ich ein sehr ungutes Gefühl, kann weder essen noch schlafen und ertappe mich ständig dabei, dass ich mir die schlimmsten Szenarien ausmale. Zum Beispiel, dass Tom in einem Kriegsgefangenenlager ist, voller Panik dem Feind ausgeliefert und auf sich allein gestellt. Oder Schlimmeres. Gleichzeitig versuche ich mir vor Augen zu halten, wenn jemand diesen Krieg überleben kann, dann Tom Harding. Ich muss einfach an ihn glauben, oder? Jetzt sogar mehr denn je. Seine Abwesenheit und sein Schweigen lassen die Liebe in meinem Herzen nur stärker werden.

Trotzdem sehe ich John Hopper mit zunehmender Regelmäßigkeit, aber der große Unterschied zwischen seiner Welt und der von Tom verursacht mir einen Knoten im Magen und bestärkt mich in meinem Entschluss, mir selbst ein Bild zu machen und mich einzumischen in diesen großen

Weltenbrand. Du wirst mich bestimmt für verrückt halten, doch mein Chefredakteur und ich hecken gerade einen Plan aus, wie ich an die Front komme, damit ich für die *Daily Times* von dort berichte. Hier in meinem Elfenbeinturm, abgeschirmt von den Realitäten des Lebens, fühle ich mich wie ein verhätscheltes Kind. Ich muss das Leben kennenlernen, Alice. In all seinen Facetten. Ich habe keine Angst davor wie Mama.

Bitte schreib mir bald, selbst wenn es nicht mehr als ein paar Zeilen sind.

Deine Evie

Von Evelyn an Thomas

Richmond, England
16. Mai 1916

Lieber Tom,

wo um alles in der Welt steckst du? Ich schreibe dir Brief um Brief und höre keinen Ton von dir. Täglich durchforste ich die Zeitungen, ohne etwas über dich oder dein Bataillon zu finden. Ich weiß ja nicht einmal, zu welchem Bataillon du inzwischen gehörst. Wie kannst du so einfach von der Bildfläche verschwinden? Wie soll ich dieses grässliche Schweigen, diese Ungewissheit ertragen?

Ich bitte dich inständig, mir zu antworten. Es ist so furchtbar, nichts von dir zu hören, und wenngleich ich bezweifle, dass dich diese Nachricht erreicht, muss ich dir schreiben – damit du weißt, dass ich jeden Tag an dich denke und für deine Sicherheit bete.

Deine Freundin Evie

Von Charles Abshire an Thomas

London, England
1. Juni 1916

Lieber Thomas,

es ist Monate her seit deinem letzten Brief, mein Junge, und wir hier in London sind mehr als beunruhigt. Bitte lass etwas von dir hören, zur Not per Telegramm oder durch eine dritte Person.

Gott sei mit dir.

Charles Abshire

Von Evelyn an Thomas

Richmond, England
4. Juni 1916

Lieber Tom,

du bist wie vom Erdboden verschwunden. Kein einziges Wort von dir, nicht einmal ein Flüstern. Inzwischen ertappe ich mich dabei, dass ich fast schon darauf hoffe, deinen Namen in den Verlustlisten zu finden, natürlich meine ich unter *Verwundet*, nicht unter *Vermisst*. Dann wüsste ich wenigstens, dass du dich in einem Lazarett befindest und betreut wirst.

Ich habe mich in meiner Not an Alice gewandt und sie gebeten, sich umzuhören und überall, wo sie hinkommt, nach dir Ausschau zu halten, bis jetzt hat sie allerdings nichts in Erfahrung gebracht, um mein gequältes Herz zu beruhigen. Und es werden immer mehr Rekruten verschifft, da mittlerweile die Wehrpflicht ebenfalls auf die verheirateten Männer ausgeweitet wurde. Allein jene, auf deren Arbeitseinsatz in der Heimat nicht verzichtet werden kann, sind noch da. Und natürlich die standhaftesten Kriegsdienstverweigerer.

Seit die wärmeren Tage Einzug gehalten haben, beschäftige ich mich wieder mit Vogelskizzen, der beiliegende Eisvogel ist eine davon. Wusstest du, dass Eisvögel ihr ganzes Leben lang nicht mehr als einen einzigen Partner haben? Ich finde, diese farbenfrohen Gesellen sind eine besonders hübsche Spezies. Welche Wunder die Natur doch offenbart, wenn man genauer hinblickt. Wie viel Schönheit uns überall umgibt und darauf wartet, wahrgenommen zu werden. Alles, was wir tun müssen, ist, innezuhalten und zu schauen, richtig hinzuschauen. Wie gerne würde ich mit dir am Fluss entlangschlendern und den blauen Flügel eines Eisvogels aufblitzen sehen.

Ich habe mein Engagement für die Post ausgebaut und überbringe jetzt auch Telegramme. Du ahnst nicht, wie schwer sich meine Posttasche anfühlt, wenn ein gefürchtetes Telegramm des Königs darin liegt. Viel zu oft muss ich gebündelte Briefe zustellen, die den schlichten Vermerk *Zurück an den Absender* tragen. Ich hoffe nicht, dass meine Briefe an dich eines Tages darunter sind, sondern dass du bald heil zu uns zurückkehrst.

Ich werde weiter für dich beten und dir weiter fleißig schreiben.

Evie

Von Evelyn an Alice

Richmond, England
10. Juni 1916

Liebe Alice,

ich muss mich entschuldigen, weil ich dir eine Ewigkeit nicht geschrieben habe. Es fällt mir immer schwerer, zur Feder zu greifen, alles erscheint mir so sinnlos.

Mir ist ganz weh ums Herz vor lauter Angst um Tom. Immer noch kein Wort von ihm, seit drei Monaten. Drei Monate, Alice. Es ist eine furchtbare Qual, nichts zu wissen, nichts zu hören.

Nicht einmal meine Arbeit für die Post und meine Kolumne vermögen mich abzulenken. Und Johns Gesellschaft hat sowieso ihren Reiz verloren. Zunehmend rege ich mich darüber auf, dass er hier in London unbekümmert in Saus und Braus lebt, während Tom irgendwo auf den Schlachtfeldern verschollen ist.

Als ich das John gegenüber angesprochen habe, reagierte er ziemlich gereizt, schleuderte mir sogar erbost entgegen, dass ich mich nur ja nicht in eine Aktivistin wie diese verdammten White-Feather-Weiber verwandeln solle – er werde schon an die Front ausrücken, sobald das Propagandaministerium ihn freistelle. Und zudem forderte er mich barsch auf, mich um meine eigenen Angelegenheiten zu kümmern. Später hat er sich dafür entschuldigt – der Krieg mache alle verrückt, und es frustriere ihn, dass man ihn für einen Drückeberger halte, er könne schließlich nichts dafür und so weiter und so fort.

Desungeachtet hat dieser Auftritt kein gutes Licht auf ihn geworfen, zumal ich unterdessen von Papa erfahren habe, dass bei der *Daily Times* immer noch kein Frieden eingekehrt ist. Der arme Tom wäre entsetzt, wenn er das wüsste.

Alice, bei der Vorstellung, dass Tom nie wieder nach Hause kommt, sehe ich einen rabenschwarzen Abgrund, wo früher eine strahlende Zukunft winkte. Ich habe nicht bloß Angst um den Freund, den ich seit meiner Kindheit kenne, noch mehr Angst habe ich um den Mann, zu dem ich ihn habe heranwachsen sehen, und um den Mann, der er für mich sein soll. Ich kann an nichts anderes mehr denken als an ihn, an sein Lächeln, an seinen Arm um meine Taille beim Tanzen. Was um alles in der Welt wird aus mir, falls es zu spät ist?

Dieser Gedanke hat mich leichtsinnig gemacht und mich bewogen, den Brief, den ich Tom an Weihnachten geschrieben habe, nun doch in die Post zu geben. Falls Tom ihn jemals erhält, dürfte er keine Zweifel mehr haben, wie es um meine Gefühle bestellt ist. Hoffentlich habe ich das Richtige getan. Die Angst, ihn niemals wiederzusehen, ist plötzlich viel größer als die Angst vor einer Zurückweisung, sollte er nicht dasselbe für mich empfinden wie ich für ihn.

Hast du eigentlich keinen Anspruch auf Heimaturlaub? Ich fühle mich schrecklich einsam und würde mich so sehr freuen, dich wiederzusehen.

Die Nachricht vom Untergang der *HMS Hampshire*, der unseren Kriegsminister und seinen gesamten Führungsstab das Leben kostete, war ein furchtbarer Schock. Papa sagt, Kitcheners Tod sei nichts Geringeres als eine nationale Katastrophe. Niemand ist sicher, Alice. Nicht einmal Vertreter aus den höchsten Kreisen. Was für eine Hoffnung kann es da für jemanden wie Tom geben?

Ich umarme dich.

Evie

Telegramm von Alice an Evelyn

5. Juli 1916

An: Evelyn Elliot, Poplars, Richmond, London SW
Gesendet: 10:34 / Empfangen: 11:36

Tom lebt! Brief folgt.
Alice

Telegramm von Evelyn an Charles Abshire

5. Juli 1916

An: Charles Abshire, 34 Lovelace Gardens, Bermondsey, London SE
Gesendet: 12:30 / Empfangen: 13:14

Tom Harding ist am Leben. Mehr dazu in Baelde.
Evelyn Elliott

Von Alice an Evelyn

Irgendwo in Frankreich
6. Juli 1916

Liebe Evie,
ich habe wunderbare, fantastische, großartige Neuigkeiten: Ich habe deinen geliebten Tom gefunden! Und er lebt! Ein Arzt, mit dem ich mich vor Kurzem angefreundet habe,

wurde von seinem Kollegen in [redacted], wo einige der blutigsten Kämpfe toben, benachrichtigt. Wie wir befürchtet haben, war Tom mittendrin in diesem Gemetzel. Es ist ein Wunder, dass er keine schweren Verletzungen davongetragen hat, nur eine Wunde am Arm, die mit ein paar Stichen genäht werden musste. Du fragst dich bestimmt, warum er dir nicht geschrieben hat, das weiß ich nicht so genau. Hauptsache, er lebt!

Nun zum schwierigen Teil.

Man sagte mir, dass Tom an einer sehr ernsten Schwermut leide, die gefühllos mache, apathisch. Es fällt ihm schwer, den Tag anzugehen, seine Aufgaben zu erfüllen. Der arme Kerl. Ich habe das inzwischen häufig gesehen bei Soldaten, die schon sehr lange an der Front sind – und so, wie ich Tom an Weihnachten erlebte, überrascht es mich nicht. Es heißt, in [redacted] geht die Zahl der Toten und Verwundeten in die Zehntausende. Tom jedoch lebt! Ich betone das, weil das unter diesen Umständen ein Wunder ist. Und seine Psyche wird sich erholen, wenn er zu Hause entsprechend behandelt wird. Ich habe einer Krankenschwester, die in seiner Nähe stationiert ist, eine Nachricht für ihn geschickt und darin geschrieben, dass er sich bitte melden soll, weil daheim alle krank vor Sorge seien. Du kannst ihn unter der Adresse, die ich auf der Innenseite der Umschlaglasche notiert habe, kontaktieren.

Hingegen habe ich die traurige Nachricht erhalten, dass mein Freund Rollins gefallen ist. Er verlor durch eine Explosion sein Augenlicht und lief orientierungslos durch ein Minenfeld. Ist das nicht der sinnloseste Tod, von dem man jemals gehört hat? Wochenlang habe ich geweint, aber das bringt ihn nicht zurück. Er war ein so netter Bursche. Trotzdem muss man weiterzumachen, weil es nicht anders geht.

Gleichzeitig wurde mir mitgeteilt, dass ich nicht mehr dem Fahrdienst angehöre. Offenbar haben mich die vielen Blechschäden eingeholt. Jetzt versehe ich wieder Dienst im Lazarett.

Wirst du nun zu uns an die Front kommen als Kriegsreporterin? Normalerweise würde ich dich davor warnen und dir nahelegen, lieber zu Hause zu bleiben, doch ich weiß, es wäre nutzlos. Unser Dickkopf Evie Elliott wird es durchsetzen. So viel ist sicher.

Halt mich auf dem Laufenden, falls du etwas Neues wegen Tom erfährst.

Alice

Von Evelyn an Alice

Richmond, England
19. Juli 1916

Liebe Alice,

was für eine immense Erleichterung zu wissen, dass Tom in Sicherheit ist! Meine Hände zittern, während ich diese Worte schreibe. Ich habe lange Zeit das Schlimmste befürchtet, aber nun wurden meine Gebete endlich erhört. Selbst der Umstand, dass Tom psychisch schwer angeschlagen ist, kann meine Freude nicht dämpfen. Seine Schwermut wird vorbeigehen, dessen bin ich mir sicher. Er lebt, und das ist alles, was zählt.

Ich muss ihm umgehend schreiben, möchte indes nicht unsensibel sein. Gelegentlich habe ich nämlich aufgeschnappt, dass manche traumatisierte Soldaten nicht mehr in der Lage sind, klar zu denken oder sich klar zu äußern.

Meinst du, Toms Zustand ist so schlimm, dass man ihn zur Erholung nach Hause schickt? Bitte entschuldige, dass ich dich ausfrage. Es ist wirklich frustrierend, wenn es so viele Fragen und keine Antworten gibt.

Es tut mir schrecklich leid, dass dein Soldat gefallen ist. Inzwischen haben wir weiß Gott so viele Opfer zu beklagen, dass Schluss damit sein muss. Erleichtert bin ich hingegen darüber, dass du nicht mehr den Ambulanzwagen fährst. Im Feldlazarett bist du gewiss viel besser aufgehoben, selbst wenn du dort jeden Tag mit den grauenvollsten Anblicken konfrontiert wirst. Ich kann mir gar nicht vorstellen, wie du das aushältst. Früher konntest du dir nicht einmal ein aufgeschürftes Knie ansehen.

Obwohl es angesichts der Nachricht, dass Tom in Sicherheit ist, nebensächlich erscheint, will ich kurz erwähnen, dass hier bei uns alles so weit in Ordnung ist. Meine Arbeit als Postbotin macht mir unverändert Freude, wenngleich wir derzeit scheußliches Wetter haben und Mama mir ständig prophezeit, dass ich mir auf meinen Gängen eine schlimme Erkältung einfangen werde. Natürlich habe ich mir nichts geholt und werde mir auch nichts holen. Mama vergisst, dass ich die Konstitution eines Ochsen habe.

Mit meiner Kolumne errege ich viel Aufsehen und – du wirst es nicht glauben – bekomme regelmäßig Fanpost! Das ist kein Scherz, Alice. Ich weiß, du lachst, aber Dutzende von Frauen schreiben jede Woche an die Redaktion, wie gerne sie meine Beiträge lesen und wie hilfreich sie diese finden. Es ist wirklich sensationell und sehr berührend. Manche Briefe brechen einem fast das Herz. Ich kann sie natürlich nicht beantworten, einfach weil mir die Zeit dafür fehlt. Dennoch ist es schön zu erfahren, dass ich auf eine bescheidene Art etwas bewirke.

Mein Chefredakteur sucht immer noch nach einer Möglichkeit, mich nach Frankreich zu befördern, damit ich von dort aus erster Hand berichten kann. Vermutlich ist es lediglich auf Umwegen möglich, indem ich mich etwa für den Sanitätsdienst melde oder für eine andere Freiwilligenarbeit. Allerdings werde ich erst etwas unternehmen, wenn ich direkt von Tom gehört habe und weiß, wie es mit ihm weitergeht. So lange muss ich eigene Zukunftspläne zurückstellen.

Pass auf dich auf, meine Liebe, und danke, dass du mein gebrochenes Herz bandagiert hast. Ich glaube fest daran, dass es sich mit der richtigen Pflege vollständig erholen wird.

Alles Liebe

Evie

Von Evelyn an Thomas

Richmond, England
19. Juli 1916

Mein lieber, lieber Tom,

ich habe von Alice erfahren, dass du am Leben und in Sicherheit bist, und ich schäme mich nicht, dir zu sagen, dass ich vor Erleichterung viele Tränen vergossen habe.

Es war die reinste Qual, so viele Wochen in Ungewissheit zu leben, doch ich verstehe, dass du durch dieses Ereignis traumatisiert bist und es dir schwerfällt, Worte zu Papier zu bringen. Ich würde natürlich liebend gerne von dir persönlich hören, aber allein die Gewissheit, dass du nicht in Gefangenschaft geraten bist oder Schlimmeres, stimmt mich unbeschreiblich froh. Hast du meine Briefe überhaupt erhalten, nachdem du einer anderen Einheit zugeteilt wurdest? Ich habe dir in den letzten Wochen mehrmals geschrieben, weil ich nicht akzeptieren konnte, dass der Kontakt abgerissen war.

Umso schöner ist es natürlich, jetzt an dich in dem Wissen zu schreiben, dass du diesen Brief lesen wirst. Selbst wenn dir die Kraft fehlt, mir zu antworten, ist das dann nicht mehr so schlimm. Fürs Erste will ich dich deshalb nicht mit zu vielen Neuigkeiten belasten, das kann warten. Und falls du in der Lage dazu bist, schick mir eine kurze Nachricht, wie es dir geht und was nun wird.

Alles Liebe und Gute

Deine Evie

Von Jack Davies an Thomas

London, England
22. Juli 1916

Lieber Leutnant Harding,

obwohl Sie nach meinem Kenntnisstand gegenwärtig nicht in der besten Verfassung sind, sehe ich mich leider gezwungen, mich erneut an Sie zu wenden. Die Situation zwischen Hopper und mir verschlechtert sich kontinuierlich, und mich schaudert es bei der Vorstellung, was er mit der *London Daily Times* wohl vorhat.

Die positive Seite? Die Zeitung schreibt wieder schwarze Zahlen dank der aktuellen Kolumnen, die sich großer Beliebtheit erfreuen und die Auflage steigern. Jede Woche flattern hundertfünfzig Zuschriften und mehr in unsere

Redaktion. Insbesondere die Beiträge Ihrer Freundin Evelyn Elliott kommen gut an. Darüber freue ich mich natürlich sehr. Hingegen bin ich alles andere als begeistert, dass Hopper unsere Reporter aus einer gewissen Sensationslust heraus gleichzeitig auf immer gefährlicheres Terrain, sprich zu provokanten Inhalten drängt. Auf diese Weise werden wir über kurz oder lang in Konflikt mit den Vorgaben der Regierung geraten. Dabei sollte Hopper es durch seine enge Verbindung zum Propagandaministerium eigentlich besser wissen, aber ich fürchte, dass er durch pure Effekthascherei die Auflage in die Höhe treiben will, was den Prinzipien eines seriösen Journalismus grundlegend widerspricht. Wir haben deswegen eine hitzige Diskussion geführt, und mir wird immer klarer, dass er mich lieber heute als morgen vor die Tür setzen würde.

Ich hoffe, Sie befinden sich in guten Händen, verehrter Leutnant.

Hochachtungsvoll

Jack Davies

Von Captain James Edwards an Evelyn

Irgendwo in Frankreich
30. Juli 1916

Sehr geehrte Miss Elliott,

ich schreibe Ihnen im Namen von Leutnant Thomas Harding vom 10. Bataillon, der an nervöser Erschöpfung leidet und sich derzeit im Feldlazarett erholt. Er lässt Ihnen Grüße bestellen und versichert Ihnen, dass er gut versorgt wird und sehr bald wieder einsatzfähig zu sein hofft.

Hinzufügen möchte ich, dass Leutnant Harding ein hochgeschätztes und respektiertes Mitglied unserer Kompanie ist und wir alle ihm eine rasche Genesung wünschen, damit er unser anhaltendes Bemühen um den Sieg erneut tatkräftig unterstützen kann.

Hochachtungsvoll

Captain James Edwards

10. Bataillon

Von Evelyn an Thomas

Richmond, England

5. August 1916

Lieber Tom,

ich habe von deinem Captain eine Nachricht erhalten. Mir ist eine große Last vom Herzen genommen, seit ich weiß, dass du dich im Feldlazarett erholst. Nach den vielen Schreckensmeldungen über die Schlacht an der Somme und die verlustreichen Kämpfe bei Verdun habe ich kaum noch zu hoffen gewagt, jemals wieder ein Lebenszeichen von dir zu erhalten. So viele Männer sind gefallen. Ganz England, scheint es, ist in Trauer.

Natürlich hoffe ich, dass du bald wieder auf die Beine kommst, aber überstürze bitte nichts und kehre nicht zu früh in den Kampf zurück. Lass dir Zeit, bis du wieder ganz gesund bist.

Die Skizze habe ich heute erst angefertigt, sie stellt, falls du es nicht erkennst, eine Bachstelze dar.

Meine Gedanken sind immer bei dir.

Evie

Von Thomas an Evelyn

Irgendwo in Frankreich
10. August 1916

Meine liebe Evie,

ich bin es, dein lange verschollener Freund. Wenn du diesen Brief erhältst, befinde ich mich bereits auf dem Weg nach Schottland ins Militärkrankenhaus Craiglockhart in Edinburgh, wo ich wegen seelischer Erschöpfung behandelt werden soll. Man kann dies wohl als Ironie bezeichnen, schließlich habe ich mich so oft danach gesehnt, an meinen Geburtsort zurückzukehren. Doch ich hätte nie gedacht, dass es unter solchen Umständen geschehen würde.

Bitte verzeih mir mein langes Schweigen und all den Kummer und die Sorgen, die ich dir bereitet habe. Wäre ich in den vergangenen Monaten bei klarem Verstand gewesen, hätte ich dir viele, viele Zeilen geschrieben.

Als ich die bestickten Postkarten in einem Laden entdeckte, musste ich sofort an dich denken. Hauptsächlich waren es Fahnenmotive und patriotische Sprüche, aber zum Glück gab es den hübschen kleinen Schmetterling – ich dachte gleich, dass er gut zu meiner reizenden Freundin passt.

Von ganzem Herzen
Tom

Von Evelyn an Thomas

Richmond, England
14. August 1916

Mein lieber tapferer Tom,

dein Brief liegt vor mir, und ich kann meine Tränen nicht zurückhalten. Deinen Namen, deine Handschrift, deine Worte auf einem Stück Papier zu erblicken macht mich zur glücklichsten Frau in ganz England. Es gibt so vieles, was ich dir sagen möchte, und wenngleich Worte mir unzureichend erscheinen, um meinen Gefühlen Ausdruck zu verleihen, muss ich dir sofort antworten. Ich will diesen Brief unbedingt noch heute aufgeben. Beim Anblick deiner vertrauten Schrift zittern meine Hände vor Erleichterung, und die wunderschöne Postkarte mit dem Schmetterling aus Seide hat mein Herz im Sturm erobert. Bei aller Freude schmerzt es allerdings zugleich, weil du und deine Seele leiden.

In all diesen Monaten des Schweigens zog sich die Zeit endlos hin, und nun, da das Postamt bald schließt, vergehen die Minuten viel zu schnell. Im Nachhinein kommt es mir vor, als hätte ich die ganze Zeit an nichts und niemand anderen gedacht als an dich. Morgens, mittags, abends, selbst nachts in meinen Träumen. Da warst immer allein du, Tom. Bitte verzeih mir meinen Gefühlsüberschwang. Es sieht der zurückhaltenden Evie von früher überhaupt nicht ähnlich, nur bin ich einfach so heilfroh, dich in Sicherheit und auf dem Weg nach Schottland zu wissen, dass mir das Herz übergeht. Dort wirst du dich bestimmt im Nu erholen.

Für heute muss ich schließen, wenn ich rechtzeitig zur Post kommen will – außerdem besteht die Gefahr, dass ich viel zu viel sage, wenn ich weiterschreibe.

Ich werde für dich beten. Darf ich darauf hoffen, dich bald wiederzusehen, nachdem ich schon geglaubt hatte, dich für immer verloren zu haben?

Pass auf dich auf, Tom. Heute Abend werde ich deinen Namen zum Mond rufen. Halte dort nach mir Ausschau.

Evie

Von Evelyn an Thomas

Richmond, England
16. August 1916

Lieber Tom,

ich hoffe, du bist sicher in Edinburgh angekommen. Ich habe dir gleich vorgestern geschrieben, damit du bei deiner Ankunft ein paar Zeilen von einer Freundin vorfindest. Erinnerst du dich, wie eilig ich es hatte, dir und Will zu schreiben, als ihr nach Mytchett ins Ausbildungslager aufgebrochen seid? Ich glaube, mein erster Brief traf sogar noch vor euch ein.

Erhol dich gut in Craiglockhart, du bist dort in den besten Händen. Obwohl ich weiß, dass du es hasst, deinen Männern fern zu sein, bete ich dafür, du mögest diesen Aufenthalt nutzen, um dich in Ruhe zu erholen und vollständig zu genesen. Genug andere haben das vor dir getan, jetzt bist du an der Reihe. Bitte nimm dir die Zeit, die du brauchst. Und melde dich, wenn du kannst. Ich werde dir so oder so schreiben. Sofern es dir recht ist natürlich. Ich möchte dich nicht überfordern.

Viele liebe Grüße

Evie

Telegramm von Thomas an Evelyn

17. August 1916

An: Evelyn Elliott, Poplars, Richmond, London SW
Gesendet: 14:45 / Empfangen: 15:27

Bin gut angekommen. Bitte schreib mir weiter. Deine Worte sind wie ein Leuchtfeuer im dunklen Wald.
Tom

Von Evelyn an Thomas

Richmond, England
23. August 1916

Lieber Tom,

wie geht es dir? Ist Schottland noch so hübsch und wild, wie ich es in Erinnerung habe? Nachdem ich als Kind dort öfter zu Besuch war, kann ich mir bildlich vorstellen, wie du die frische Meeresbrise einatmest, die von der Nordsee heranweht. Ich nehme an, du darfst nach draußen, oder? Vermutlich hat die Klinik einen Garten oder Grünanlagen, wo du die freie Natur genießen kannst. Es wäre schrecklich, wenn du in einer stickigen Krankenstation eingesperrt wärst wie eine Brieftaube in ihrem Käfig.

Ich habe dir ein paar deiner Lieblingszigarren beigefügt, die du in der wohligen Wärme eines Sommerabends rauchen kannst, während du dem Gesang einer Nachtigall lauschst. Wie du siehst, bist du in meiner Fantasie nicht unbedingt ein Soldat, der von den Schrecken des Krieges gezeichnet ist, sondern einfach der gute alte Tom, der die schottische Luft genießt. Solange ich dich nicht sehen kann, muss ich mir solche Bilder ausmalen.

Ob ich dich wohl besuchen darf, was meinst du? Ich habe Papa gebeten nachzuschauen, wo genau in Edinburgh das Krankenhaus liegt, und er hat mir erklärt, es sei nicht allzu weit entfernt von Leith im Nordosten der Stadt, wo unsere Verwandten leben. Vielleicht könnte ich meinen Onkel bitten, nach dir zu schauen, falls es mir nicht möglich ist, selbst zu kommen. Papa meint nämlich, die beste Möglichkeit, um deinen Heilungsprozess zu unterstützen, sei, dich den erfahrenen Händen der Ärzte zu überlassen. Ich hingegen glaube, dass ein freundliches Gesicht die bessere Medizin wäre.

Gib mir Bescheid, ja? Ich würde gleich morgen kommen, wenn ich wüsste, dass es dir hilft.

Ansonsten bete ich für deine Genesung. Wenn es dir zu anstrengend ist, brauchst du mir keinen langen Brief zu schreiben. Ein, zwei Zeilen würden ausreichen.

Herzlich
Deine Evie

PS: Letzte Nacht habe ich geträumt, dass wir Weihnachten in Paris gefeiert haben – du, ich, Will und Alice. Der Schnee fiel in dicken Flocken, während wir über die Champs-Élysées schlenderten, und in der Ferne funkelten die Lichter des Eiffelturms. Es war der perfekte Traum, Tom. Ich weiß, eines Tages werden wir dorthin kommen. Ich verspreche es dir.

Von Thomas an Charles Abshire

Edinburgh, Schottland
1. September 1916

Lieber Charles,

dieser Brief ist längst überfällig, und es tut mir leid, dass du dir meinetwegen Sorgen gemacht hast. In den letzten paar Monaten war ich in einer sehr schlechten Verfassung und wurde deshalb vor zwei Wochen nach Edinburgh ins Militärkrankenhaus Craiglockhart verlegt, eine Spezialeinrichtung für Offiziere, die an irgendeiner Form von Kriegsneurose leiden. Es scheint, als würde ich eine Zeit lang dortbleiben.

Insofern bin ich momentan kaum in der Lage, mich um die Probleme bei der *Daily Times* zu kümmern. Wie mein Vater vertraue ich dir voll und ganz. Bitte halte mich weiterhin auf dem Laufenden.

Mit den besten Grüßen
Thomas

Von Thomas an Evelyn

Edinburgh, Schottland
1. September 1916

Liebe Evie,

ich danke dir für dein Verständnis, obwohl ich zurzeit ein wirklich lausiger Freund bin. Was indes nichts daran ändert, dass du für immer einen festen Platz in meinem Herzen hast. Niemand auf dieser Welt kennt mich so gut wie du.

Niemand mehr. Die anderen sind alle tot, und ich danke Gott dafür, dass du noch am Leben bist.

Inzwischen habe ich zum Glück wieder angefangen zu essen. Keine Mengen, aber immerhin. Eine Weile habe ich praktisch keinen Bissen runtergebracht. Zu viele grausige Bilder geisterten mir im Kopf herum, die ich nicht näher beschreiben möchte. Zu groß sind meine Schuldgefühle wegen all der Männer, die unter meiner Führung gestorben sind oder die ich an der Front zurückgelassen habe. Du wirst mich nicht wiedererkennen, so spindeldürr bin ich geworden. Doch keine Sorge, bestimmt komme ich bald wieder zu Kräften.

Die Ärzte hier sind sehr nett, auch wenn ich mich manchmal über ihre scheinbar absurden Behandlungsmethoden wundere. Sie empfehlen mir etwa, ein bisschen Golf zu spielen oder gelegentlich einen Spaziergang durch den Park zu machen, und besonders beliebt ist bei ihnen die Hypnose. Ich verstehe nicht, wie körperliche Bewegung oder Trance die schrecklichen Bilder aus meinem Kopf vertreiben sollen. Ich bin sehr skeptisch, ob vor allem solch simple Maßnahmen wie Golfen oder Spazierengehen helfen. Trotzdem ist es schätzungsweise einen Versuch wert.

Außerdem wurde mir empfohlen, so viele Erlebnisse wie möglich niederzuschreiben. Deshalb halte ich alles fest, woran ich mich erinnere, jede Einzelheit einer Schlacht, die nervenzehrenden Grabenkämpfe, die ständige Angst, und spreche dann mit den Ärzten darüber. Bestimmt hat man noch nie einen erwachsenen Mann so viel weinen gesehen – ich wusste gar nicht, dass ich so viele Tränen habe. Die Aufarbeitung ist eine grausame Aufgabe, und die Scham ist am schwierigsten zu überwinden.

Der Auslöser für meinen psychischen Zusammenbruch

liegt übrigens bereits ein halbes Jahr zurück. Wir hatten gerade unser Frühstück beendet, als eine Handgranate in unserem Schützengraben landete. Mir blieb ein winziger Augenblick, ein Wimpernschlag – und dennoch der längste Moment in meiner Erinnerung –, um zu entscheiden, was ich tun sollte. Leider reagierte ich zu spät. Mein Hauptmann und vier meiner Männer starben. Hätte ich mich auf die Granate geworfen, bevor sie detonierte, wären sie gerettet gewesen. Ich selbst blieb verschont, wurde lediglich von ein paar Splittern gestreift und hatte für ein paar Stunden ein unerträgliches Pfeifgeräusch in den Ohren. Und dieses Versagen, Evie, treibt mich um. Jeden Tag, jede Stunde, jede Minute mache ich mir Vorwürfe, nicht meiner Verantwortung nachgekommen zu sein und damit unehrenhaft gehandelt zu haben.

Und noch eines macht mir zu schaffen. Hätten wir aufgrund meines Zögerns nicht unseren Kommandanten verloren, hätten wir nicht wieder losmarschieren und uns den Truppen in Verdun anschließen müssen, wo Tausende und Abertausende den Tod finden. Alles nur wegen jenes winzigen Moments des Zauderns sechs Monate zuvor.

Seitdem fühle ich mich wie ein Feigling und ein Versager. Nicht einmal dir konnte ich bisher davon erzählen, die Scham quälte mich zu sehr. Nachts suchen mich die Gesichter meiner Männer heim, ich höre wieder ihre Schreie, als das Kampfgas freigesetzt wurde und sie tötete. Und den Rest meiner Truppe habe ich in diese Hölle namens Verdun geführt, wo ich sie nun zurücklassen musste. Was für ein Anführer bin ich, der schlappmacht und seine Männer im Stich lässt? Manchmal ersticke ich fast an meinen Schuldgefühlen.

Ich habe oft an dich und deine Tagebücher gedacht, die du früher immer mit dir herumtrugst. Inzwischen verstehe ich, dass wir uns manches besser von der Seele schreiben als reden können. Dabei fällt mir ein, wie läuft es eigentlich mit deiner Kolumne?

Die gepressten Gänseblümchen, die ich dir beigelegt habe, stammen von meinen täglichen Spaziergängen um den Weiher im Park der Klinik. Ihr Strahlen erinnert mich an dich.

Liebe Grüße

Tom

PS: Besuche sind gestattet, sofern ich vorher eine Erlaubnis einhole. Bitte schick nicht deinen Onkel bei mir vorbei, ich kenne ihn zu wenig, um offen mit ihm zu reden. Komm lieber selbst, ich würde dich so gerne sehen. Ich dürfte sogar mit dir Ausflüge unternehmen!

Von Evelyn an Thomas

Richmond, England
7. September 1916

Lieber Tom,

ich danke dir sehr für deine Offenheit, zumal ich weiß, wie schwer es für dich gewesen sein muss, ungeschützt über deine Erlebnisse und Gefühle zu sprechen. Zwar werde ich die Gräuel, die du erlebt hast, niemals richtig nachvollziehen können, aber man darf nicht vor der Wahrheit zurückschrecken. Letzte Woche habe ich mir im Filmtheater *Die Schlacht an der Somme* angeschaut. Endlich, ich habe es viel zu lange hinausgezögert, weil ich Angst hatte, die brutale Realität mit eigenen Augen zu sehen. Die Bilder waren verstörend, ein regelrechter Schock – jeder verließ den Saal schweigend und mit geröteten Augen. Trotzdem bin ich froh, dass ich mich überwunden habe, denn jetzt verstehe ich ein wenig besser, womit ihr dort draußen konfrontiert seid.

Gib dir nicht die Schuld an dem, was passiert ist, Tom. Das wäre falsch. Niemand ist schuld außer jenen, die diesen Krieg über uns gebracht haben. Sie allein tragen die Verantwortung für das ganze Elend. Wenngleich mir der Verlust deines Kommandanten und deiner Kameraden leidtut, bin ich ehrlich gesagt froh, dass dieser Moment des Zögerns dich gerettet hat. Und deshalb wünsche ich dir ein lebenslanges Zögern. Eine Sekunde ist manchmal alles, was wir brauchen, um die richtige Entscheidung zu treffen, selbst wenn sie sich im ersten Moment nicht so anfühlt. Gott spielt in solchen Situationen offenbar seinen Part, und es war sein Wille, dass du überlebt hast.

Neben den schrecklichen Verlustmeldungen aus Verdun hören wir nun ebenfalls von entsetzlichen Opfern an der Somme – dabei hatten die Zeitungen seit dem Beginn der Schlacht im Juli ausschließlich von bemerkenswerten Siegen, erfolgreichen Bombardements und entschlossenen Angriffen gegen den Feind berichtet. Ich finde es furchtbar, dass du mittendrin in solchen Massakern warst, aus denen so viele nicht zurückgekehrt sind. Kein Wunder, dass deine Seele gelitten hat. Allerdings hat es den Vorteil, dass du für eine Weile aus der Schusslinie bist. Und darüber bin ich sehr glücklich.

Versuch nicht, dich gegen die Anweisungen der Ärzte zu sträuben. Sie wissen, was sie tun, da bin ich sicher. Und versprich mir, ordentlich zu essen. Wirklich, ich kann mir nicht einmal ansatzweise vorstellen, dass du spindeldürr bist. Ausgerechnet ein kräftiger, stattlicher Mann wie du, dessen dröhnendes Lachen einen Raum gefüllt und die Kronleuchter zum Wackeln gebracht hat. Also bitte, gib dir Mühe, wieder ein bisschen Fleisch auf die Rippen zu kriegen. Und noch etwas: Falls die Ärzte zu der Überzeugung gelangen sollten, dass du nicht mehr an die Front zurückkannst, dann akzeptiere das. Du hast immerhin deinen Teil geleistet, mehr als viele andere vermutlich.

Es freut mich zu hören, dass du den Nutzen des Schreibens wiederentdeckt hast und dass es dir hilft. Ich dagegen bringe derzeit kein anständiges Wort zu Papier, die Kolumnentexte tropfen quälend langsam aus mir heraus. Es ist ein Gefühl, als würde ich durch nassen Sand waten. Meine Worte schleppen sich mühsam über die Seiten, als ob ich jegliche Freude an meiner Arbeit verloren hätte. Deshalb schreibe ich dir lieber diesen Brief, statt mich an den halb fertigen Beitrag zu setzen. Irgendwann heute muss ich mich indes wohl oder übel aufraffen, da ich sie morgen abgeben muss. Chronisches Aufschieben ist ein schlimmes Übel.

Ich danke dir für die niedlichen Gänseblümchen. Bei der Vorstellung, wie du sie am Weiher gepflückt hast, musste ich grinsen – ein Riesenkerl wie du pflückt Gänseblümchen wie ein kleines Mädchen! Gleichzeitig hat es mich gerührt, dass du bei ihrem Anblick an mich denken musstest … Manchmal entdecken wir die größten Schätze in den einfachsten Dingen, ist es nicht so? Es freut dich bestimmt zu hören, dass ich die hübschen kleinen Sonnengesichter in meine Blumenpresse gelegt habe. Im Gegenzug habe ich für dich ein Veilchen beigefügt, gepflückt und gepresst im Frühjahr. Es war das erste Veilchen der Saison. Als ich es entdeckte, nahm ich es als Zeichen der Hoffnung, denn damals wartete ich gerade sehnlich auf eine Nachricht von dir. Jetzt schicke ich es dir, damit sein Anblick dich aufmuntert und dich an schöne Dinge erinnert.

Außerdem habe ich eine neue Skizze beigefügt. Einen Zilpzalp. Ist er nicht ein süßes kleines Geschöpf? Ich habe diesen hübschen Burschen gezeichnet, als er auf dem Zaunpfahl für seine Angebetete trällerte, sein Gesang klang so lieblich, und ich habe ihm in diesem Moment gewünscht, dass sein Werben erhört werden möge.

Alles Liebe
Evie

PS: Gib mir Bescheid, wann ich dich besuchen darf. Sobald du die Erlaubnis bekommst, setze ich mich in den Zug.

Von Evelyn an Alice

Richmond, England
10. September 1916

Liebe Alice,

wie geht es dir? Ich habe schon länger nichts von dir gehört und male mir die schlimmsten Dinge aus. Darfst du mir sagen, wo du steckst? Und wie sieht es bei dir mit Heimaturlaub aus? Ich habe nämlich das dringende Bedürfnis, dich zu sehen und mal wieder dein Lachen zu hören. Heute habe ich den letzten Rest der Seife aufgebraucht, die du mir zu Weihnachten geschenkt hast, und ich wurde ganz wehmütig, als sich das kleine Stück in meinen Händen zu Schaum auflöste. Irgendwie bin ich neuerdings ziemlich nah am Wasser gebaut.

Kennst du dich mit dem Krankheitsbild von Kriegsneurosen aus? Tom wird deswegen in einem Militärkrankenhaus in Edinburgh behandelt. Die Ärzte sprechen von seelischer Erschöpfung, die ihn depressiv macht. Zudem ist er anscheinend völlig abgemagert, schwach und entsprechend schlapp. Das alles klingt ziemlich erschreckend. Vielleicht kannst du mich ja beruhigen. Ich hoffe, dass ich ihn bald einmal besuchen kann, um mir selbst ein Bild zu machen.

Ich habe John davon erzählt und war unangenehm berührt, wie wenig Mitgefühl er zeigte. Auch vermochte ich nicht nachzuvollziehen, warum er mir von einem Besuch abriet. Das verursache unnötigen Stress, behauptete er, und sei hinsichtlich seines Genesungsprozesses und der Rückkehr an die Front kontraproduktiv. Siehst du das genauso?

Im Übrigen fand ich es befremdlich, dass ausgerechnet John sich solche Beurteilungen anmaßt. Schließlich kämpft er bestenfalls vom Schreibtisch aus und hat keine Ahnung, was Tom gerade durchmacht. Überhaupt stelle ich fest, dass ich Johns Gesellschaft allmählich überdrüssig bin. Vor allem wenn er zu viel trinkt, wird sein Benehmen völlig indiskutabel. Dann lässt er an den Mitarbeitern in der Redaktion kein gutes Haar, besonders auf Jack Davies hat er es abgesehen. Ich mag nicht einmal ansatzweise wiederholen, was er über ihn sagt.

Bitte schreib mir bald und heitere mich auf, erinnere mich an glücklichere Zeiten. Ich kann es gebrauchen. Seit ich den Film über die Schlacht an der Somme gesehen habe, spuken mir lauter schreckliche Bilder im Kopf herum.

Ich vermisse dich schrecklich.

Evie

Von Alice an Evelyn

Irgendwo in Frankreich
17. September 1916

Liebe Evie,

keine Angst, *mon amie*, ich bin gesund und munter. Inzwischen bin ich an vorderster Front eingesetzt, in einem Lazarett bei [redacted]. Wir sind ununterbrochen im Einsatz, ein absoluter Knochenjob. In diesem Abschnitt findet nämlich ein regelrechtes Blutbad statt, schlimmer als bei jeder anderen Schlacht, die ich bisher erlebt habe. Trotzdem erscheine ich morgens stets gut geschminkt und mit einem strahlenden Lächeln zum Dienst, flüstere tröstende Worte und beschönige die Situation so weit wie eben möglich. Das ist schwer, wie du dir vorstellen kannst, doch um uns herum herrscht bereits genügend Trostlosigkeit, und unsere Zuversicht auf ein siegreiches Ende droht jeden Tag ein bisschen mehr zu sinken. Da ist eine gute Portion Zweckoptimismus dringend vonnöten.

Im Übrigen habe ich meine Berufung entdeckt, denke ich. Nein, nicht als Krankenschwester, Gott behüte. Eines Tages hörte eine Kollegin aus New Orleans, wie ich den Jungs Lieder vorsang, um sie ein wenig aufzuheitern. Durch sie lernte ich dann eine ganz neue Musikrichtung kennen, die sich Jazz nennt und in den Bars und Tanzlokalen ihrer Heimatstadt gerade total angesagt ist. Jedenfalls hat sie mich überredet, mit ihr und einem Trompeter, den wir unter den Patienten rekrutiert haben, ein paar Stücke einzustudieren. Obwohl unser Repertoire bislang eher bescheiden ist, sind unsere Darbietungen so willkommen wie Regen in der Wüste.

Was deinen Tom betrifft, empfehle ich dir unbedingt, ihn zu besuchen! Nach allem, was ich hier gesehen habe, brauchen die Männer am dringendsten liebevolle Zuwendung und das Gefühl, dass ihr Opfer nicht umsonst war. Sonst sehen sie keine Zukunft mehr. Bestimmt wirst du Tom reichlich davon geben und ihn aufbauen.

Hoffentlich bis bald

Deine Alice

PS: Der Lippenabdruck auf dem Papier steht für die Küsse, die ich dir sende.

PPS: Ich fürchte, dass ich keinen Urlaub bekomme, solange diese Schlacht hier tobt. Ich gebe dir Bescheid, sobald ich Näheres weiß.

Von Thomas an Evelyn

Edinburgh, Schottland
19. September 1916

Liebe Evie,

ich danke dir für deine aufmunternden Worte, und was deinen Besuch betrifft, so kann ich mir nichts auf dieser Welt vorstellen, was mich glücklicher machen würde. Ich bin so allein, wie man nur sein kann, sieht man einmal von dem guten Doktor ab. Das Wissen, wie viele mir nahestehende Menschen ich in letzter Zeit verloren habe, drückt mich nieder, und ich baue darauf, dass dein Gesicht mich wieder in dieser Welt verankert. Folglich werde ich deinen Besuch sofort anmelden, sofern du wirklich bereit bist, die weite Reise auf dich zu nehmen.

Zu deiner Beruhigung: Ich habe deinen Rat befolgt und die Therapiemaßnahmen akzeptiert, selbst wenn ich mir nicht viel davon verspreche – wobei ich einräumen muss, dass meine Albträume tatsächlich etwas nachzulassen scheinen. Ich habe keine Ahnung, ob da ein Zusammenhang besteht oder nicht. Zumindest hilft es mir, mit Leuten zu reden, die verstehen, was ich gesehen habe. Die Ärzte versichern mir zudem immer wieder, ich hätte ein verhältnismäßig mildes Kriegstrauma erlitten. Dafür sollte ich dankbar sein, schätze ich. Andere hier weisen so dramatische Symptome auf, dass man sie in eine geschlossene Nervenheilanstalt verlegen musste.

Deinen Zilpzalp habe ich über meinem Bett aufgehängt. Ich werde mir seinen lockenden Gesang vorstellen, mit dem er seiner Liebsten ein Ständchen bringt. Ein schöner Gedanke, davon könnte ich mehr gebrauchen.

Bitte teile mir mit, wann du mich besuchen kommst. Ich hoffe sehr, dass es bald sein wird.

Liebe Grüße

Tom

Telegramm von Evelyn an Thomas

21. September 1916

An: Lt. Thomas Harding c/o Craiglockhart Hospital, Edinburgh
Gesendet: 11:23 / Empfangen: 12:14

Komme zu dir. Nehme morgen den 10-Uhr-Zug nach Edinburgh. Werde bei meiner Verwandtschaft in Leith wohnen. Bin furchtbar aufgeregt, dich wiederzusehen.
PS: Mr. Zilpzalp ist mit seiner Angebeteten vereint.
Evie

Von Evelyn an Alice

Leigh, Schottland
28. September 1916

Liebe Alice,

ich habe mich unheimlich über deinen Brief gefreut. Dein grenzenloser Optimismus wirkt ansteckend. Du bist wahrscheinlich die einzige Person, die ich kenne, der unter solch entsetzlichen Umständen nicht das Lachen vergeht. Insofern bist du ein richtiges Lebenselixier.

Aber was findest du bloß an dieser Jazzmusik? Sie klingt schrecklich! Na ja, Hauptsache, du hast deinen Spaß. Glaubst du eigentlich daran, dass das Leben irgendwann wieder dasselbe sein wird wie früher? Ich frage mich, wie wir diese dunkle Zeit jemals vergessen sollen, und denke, dass nach dem Krieg alles anders wird, als es vorher war.

Egal, Hauptsache, all das Sterben und Leiden geht einmal zu Ende.

So, nun das Neueste aus England oder besser gesagt: aus Schottland.

Seit ich bei Tom bin, scheint es mir völlig unmöglich, mich jemals wieder von ihm zu trennen, und es wäre mir sehr recht, wenn er für nicht länger kriegstauglich erklärt würde. Was leider wohl ein frommer Wunsch bleiben wird.

Wir trafen uns im Park der Klinik, einem wirklich hübschen Ort. Tom döste auf einer Bank vor sich hin, eine Decke über seinen Beinen und die Nachmittagssonne im Gesicht. Er wirkte so friedlich, gar nicht nervlich und seelisch zerrüttet. Und dann das Lächeln, das sein Gesicht erhellte, als er mich sah … Alice, es traf mich mitten ins Herz und ließ mich dahinschmelzen. Zunächst sprachen wir kein Wort. Er hielt einfach meine Hand, während ich neben ihm saß, und es fühlte sich an wie die natürlichste Sache der Welt.

Nach wie vor allerdings bietet er ein Bild des Jammers, so dünn und elend, wie er ist. Dennoch scheinen die Ärzte nicht daran zu zweifeln, dass er wieder ganz hergestellt wird. Was zum einen eine wunderbare Nachricht ist, aber zum anderen bedeutet, dass er nach Frankreich zurückgeschickt wird und die Sorgen um ihn erneut beginnen. Ich weiß nicht, wie ich das ertragen soll.

Inzwischen bin ich seit einer Woche in Schottland und hoffe, dass Mama und die Postmeisterin mich entbehren können, bis Tom ganz gesund ist. Der Chauffeur meiner Verwandten fährt mich jeden Tag in die Klinik, und meine Cousine Angela, die dort als Krankenschwester arbeitet, ist uns eine großartige Hilfe, indem sie dafür sorgt, dass ich Tom täglich besuchen darf. Zwar geht es ihm von Tag zu Tag ein wenig besser, doch er ermüdet rasch und braucht noch viel Ruhe, was meine Besuchsdauer natürlich begrenzt. Hinzu kommt, dass ihn die vielen Therapien anstrengen.

Du wirst zweifellos wissen wollen, ob unsere Beziehung sich vertieft und auf eine intimere Ebene verlagert hat. Schwer zu sagen. Ich weiß inzwischen lediglich mit absoluter Gewissheit, dass ich ihn aus tiefstem Herzen liebe.

Ja, Alice, ich liebe Tom Harding!

Leider kann ich es ihm nicht sagen, er hat genug emotionale Probleme, ohne dass ich ihn zusätzlich belaste. Also teile ich mein Geheimnis mit den Wellen. Sie tragen meine Liebe mit dem Wechsel der Gezeiten fort und spülen sie am nächsten Tag zurück an die Küste, zusammen mit allerlei Treibholz und den hübschen Muscheln, die ich bei meinen langen Spaziergängen aufsammele. Jede einzelne ist eine Mahnung für mich, Geduld zu haben und nicht zu vergessen, dass die Natur am Ende ihren Zauber entfalten und etwas Wunderschönes hervorbringen wird. Natürlich würde ich unheimlich gerne in Erfahrung bringen, ob Tom den Brief, den ich fast mit einem halben Jahr Verzögerung abgeschickt habe, jemals erhalten hat, aber auch damit möchte ich ihn derzeit nicht behelligen.

Wichtig ist im Augenblick vor allem, dass Tom vollständig gesund und wieder ganz der Alte wird. Bei unseren Begegnungen während seines Heimaturlaubs im letzten Jahr haben wir herumgealbert, jetzt genießen wir eher das intensive Gefühl einer Nähe, die wir zuvor nicht gekannt haben.

Im Zuge seiner Therapie wird Tom dazu ermuntert, seine Erinnerungen, seine Ängste und dergleichen aufzuschreiben. Er hat angefangen, mir kleine Botschaften zuzustecken, die ich von meinen Besuchen mit nach Hause nehme. Wirklich, ich weiß nicht, wie viel mehr mein Herz noch anschwellen kann, bevor es platzt.

Bleib gesund und munter, meine Liebe. Bewahre das Lächeln auf deinen Lippen und singe weiter deine Jazzmelodien. Ich kann mir niemanden vorstellen, der eine bessere Show abliefern würde, um die Truppen aufzumuntern. Du wusstest dich schon immer in Szene zu setzen!

Viele liebe Grüße

Evie

PS: Geh schonend mit dem Trompeter um. Ich rechne fest damit, von dir zu hören, dass er sein Instrument vernachlässigt und lieber seine Melodie auf deinen scharlachroten Lippen spielt.

Von Thomas an Evelyn

Edinburgh, Schottland
1. Oktober 1916

Liebe Evie,

ich habe unseren Tee gestern sehr genossen und verzeihe dir, dass du bei unserem Kartenspiel ziemlich oft geschummelt hast! Ich hatte ganz vergessen, wie gut du bist. Ganz im Gegensatz zu Will, der von Karten nichts wissen wollte. Eigentlich von Spielen insgesamt nicht. Schätzungsweise weil er es wie die Pest hasste zu verlieren, besonders gegen seine kleine Schwester.

Vergiss nicht, wie viel mir deine Freundschaft bedeutet, Miss Elliott. Ich hoffe, du weißt das. Ich freue mich bereits auf deinen morgigen Besuch.

Herzlich

Tom

Von Thomas an Evelyn

Edinburgh, Schottland
5. Oktober 1916

Liebe Evie,

ich weiß nicht, was ich sagen soll, außer dass es mir außerordentlich leidtut. Gewöhnlich treten meine Anfälle nicht tagsüber auf, aber als ich das Grollen des Donners hörte … Ich hoffe, du bist nicht verletzt. Mein Instinkt hatte unvermittelt das Kommando übernommen, und ich glaubte dich beschützen zu müssen. Meine Hände haben noch eine Stunde lang weitergezittert, nachdem du weg warst. Der Arzt meinte, ich müsse solche Geräusche öfter hören, um unempfindlich dagegen zu werden, und überlegt, ob er mich in einen anderen Trakt verlegen soll, der näher am Lärm der Stadt ist.

Wenn du deine Besuche für eine Weile aussetzen möchtest, habe ich volles Verständnis dafür.

Dein Tom

Von Thomas an Charles Abshire

Edinburgh, Schottland
10. Oktober 1916

Lieber Charles,

wie von dir gewünscht, sende ich alle Unterlagen unterschrieben an dich zurück. Ich halte es für das Beste, wenn Hopper trotz der Probleme vorerst weiter die Zeitung leitet. Jack Davies werde ich bitten, sich in Geduld zu üben und sich etwas zurückzunehmen. Übrigens vermag ich es kaum zu glauben, dass unsere Miss Star so viel Fanpost erhält. Wir sollten vielleicht für sie eine dauerhafte Kolumne in Erwägung ziehen, um auch in Zukunft mehr weibliche Leser zu erreichen.

Ich denke dabei an anspruchsvolle Themen und nicht etwa an Kochrezepte und Strick- oder Nähmuster. So etwas würde Evie zu Tode langweilen.

Ich hoffe, es geht dir gut, mein Lieber. Mein Zuhause kommt mir vor wie eine ferne Erinnerung, doch ich hoffe, sie wird bald wieder Realität werden.

Beste Grüße

Thomas

Von Evelyn an ihre Mutter

Leith, Schottland
15. Oktober 1916

Liebe Mama,

ich sende dir ein paar Zeilen, um dir zu sagen, dass Schottland im Herbst umwerfend schön ist und dass es mir gut geht.

Toms Genesung schreitet rasch voran – sehr zum Erstaunen der Ärzte, die ihn für eine Art medizinisches Wunder halten. Sie sagen, dass er bald fit genug sei, um nach Frankreich zurückzukehren. Ich sollte mich eigentlich über seine Fortschritte freuen, aber der Gedanke, dass er wieder an die Front muss, stimmt mich unsagbar traurig. Während ich fieberhaft nach Ausreden suche, damit er hierbleibt, kann er selbst es kaum erwarten aus Loyalität seinen Männern gegenüber. Ich weiß, wie ehrenhaft das ist, doch darüber freuen kann ich mich nicht …

Ich werde dir rechtzeitig Bescheid geben, wann ihr mit meiner Rückkehr rechnen könnt. Onkel Boris und Tante Isobel lassen euch herzlich grüßen. Sie sind unheimlich großzügig, denn sie gewähren mir nicht nur ihre Gastfreundschaft, sondern sogar ein Fahrzeug samt Chauffeur, das mich hierhin und dorthin bringt. Dir würde Edinburgh sehr gut gefallen, Mama, abgesehen von der steifen Meeresbrise, die Hüte und Frisuren verwüstet und die es einem manchmal beinahe unmöglich macht, aufrecht zu gehen. Wir müssen hier unbedingt mal Urlaub machen, wenn wieder Frieden ist.

Hat Will diese Gegend nicht immer geliebt? Gestern sah ich einen jungen Mann auf Krücken mit seiner kleinen Tochter am Strand spielen, und mir kam der Gedanke, was für ein wundervoller Vater Will gewesen wäre. Ich denke ständig an ihn und vermisse ihn schrecklich. Wir sollten öfter über ihn sprechen, vielleicht alte Fotografien ansehen und über Wills Lausbubenstreiche lachen. Unbedingt, Mama, damit wir die Erinnerung an ihn wachhalten. Wenigstens das sind wir ihm schuldig.

Alles Liebe

Deine Tochter Evelyn

Von Thomas an Evelyn

Edinburgh, Schottland
1. November 1916

Liebe Evie,

so schwierig es gewesen mag – unser Gespräch heute hat mir sehr gutgetan. Deine Tränen gaben mir irgendwie das Gefühl, weniger einsam zu sein. Ich weiß nicht, wie ich dir jemals dafür danken soll, dass du dir meine furchtbaren Geschichten anhörst. Du hast wirklich und wahrhaftig ein Herz aus Gold!

Manchmal kann ich es kaum glauben, dass du hier bist. Meine liebste und beste Freundin hat ihr behagliches Zuhause verlassen, um einem verzweifelten und deprimierten Kriegsversehrten neuen Halt zu geben. Wie soll ich das jemals gutmachen.

In ewiger Freundschaft
Tom

Von Evelyn an Jack Davies

Leith, Schottland
3. November 1916

Sehr geehrter Mr. Davies,

anbei sende ich Ihnen meinen neuesten Kolumnenbeitrag. Wie Sie wissen, halte ich mich seit einigen Wochen bei meinen Verwandten in Schottland auf und besuche regelmäßig Tom Harding, dessen Gesundung gute Fortschritte macht. Die vielen Kriegstraumatisierten, die ich dort im

Militärhospital sehe, haben mich bewogen, mich näher mit diesem Thema auseinanderzusetzen. Ich weiß, für die Zeitung könnte es gefährlich sein, sich allzu freimütig darüber zu äußern, aber ich bin überzeugt, dass unsere Leser mehr über dieses Problem erfahren müssen. Schließlich sehen sich viele unmittelbar damit konfrontiert und wissen meist nicht, wie sie damit umgehen und wie sie vor allem ihren Angehörigen helfen sollen. Wie denken Sie darüber?

Ich gehe davon aus, dass ich bald nach London zurückkehren werde, und würde dann gerne mit Ihnen bei einem Lunch über die Zukunft der Kolumne sprechen. Zwar bin ich keine ausgebildete Journalistin, doch es drängt mich zunehmend, die Wahrheit über gewisse Dinge zu berichten, die gerne totgeschwiegen werden.

Außerdem ist mir zu Ohren gekommen, dass die Armee gerade ein Frauenhilfskorps aufstellt. Wäre das für mich eventuell ein Weg, nach Frankreich zu kommen, damit ich vom Kriegsschauplatz berichten kann?

Mit freundlichen Grüßen

Evelyn Elliott

EINE FRAU IN KRIEGSZEITEN

von Genevieve Star,
unserer Sonderkorrespondentin in London

Keine richtigen Männer?
Der Krieg geht endlos weiter. Monate, Wochen, Tage, Stunden, Minuten, Sekunden ziehen sich ewig hin, und noch immer toben die Kämpfe, und noch immer fallen unsere Männer schneller als Schneeflocken im Winter.

Kein Jahr war wie das andere. Es scheint, als müssten wir mit jeder Schlacht neu lernen, was Krieg bedeutet. Jede Offensive bringt Gefahren, die weit über den traditionellen Kampf mit Gewehr und Bajonett, für den unsere Männer ausgebildet wurden, hinausgehen. Sie sehen sich mit Giftgas und schweren Granaten konfrontiert – Waffen, auf die sie nicht vorbereitet wurden. Waffen, die zum Teil vor zwei Jahren noch gar nicht existierten. Hinzu kommen Krankheiten und psychische Traumata.

Und inmitten des Artilleriefeuers und des Bombendonners, den man bis zu unserer Südküste hören kann, wenn der Wind von Frankreich herüberweht, gibt es eine weitere Waffe, der sich unsere Männer gegenübersehen – eine Waffe, die genauso tödlich ist wie jede andere: Verzweiflung.

In den vergangenen Wochen war ich häufig zu Besuch im Militärkrankenhaus Craiglockhart, einer Einrichtung speziell für Männer, die im Schützengraben traumatisiert wurden. Manch einer mag auf den ersten Blick denken, dass die Patienten simulieren, denn man sieht ihnen ihre Verletzung nicht an. Sie gehen ganz normal auf zwei gesunden Beinen, ihre Arme schwingen locker an der Seite, und sie brauchen keine Masken, um ihre entstellten Gesichter zu verbergen. Nein, diese Männer leiden auf eine ganz andere Art. Sie leiden in ihrer Seele. Die Schrecken, die sie erlebt haben, und das ständige Trommelfeuer, das sie Nacht für Nacht ertragen mussten, lassen sie nicht los. Sie funktionieren einfach nicht mehr, einige verlieren die Sprache, andere sogar den Verstand.

Leider wird dieses Krankheitsbild selbst in den militärischen Führungsrängen unterschätzt, und es herrscht die Ansicht vor, dass diese Männer einfach charakterschwach seien – keine richtigen Männer, wenn man so will.

Selbst die Ärzte tun sich schwer mit diesen Patienten, für sie ist das ebenfalls neu. Und weil die gängigen Medikamente nicht hel-

fen, versucht man sie mit Hypnose, heißen Bädern und Bewegung an der frischen Luft zu therapieren. Die Wissenschaft steht dem Phänomen der Kriegsneurosen letztlich hilflos gegenüber, sie übersteigen den derzeitigen medizinischen Wissensstand. So wie unsere Männer nicht darauf vorbereitet waren, mit den neuen Kampfmitteln zurechtzukommen, so wissen unsere Ärzte nicht, wie sie diese neue »Kriegskrankheit« heilen sollen.

Was können wir also tun? Wie können wir als Mütter, Ehefrauen, Schwestern und Freundinnen den Traumatisierten helfen, die nicht mit gebrochenen Gliedern zu uns zurückkehren, sondern mit gebrochener Seele? Das Beste ist vermutlich, ihnen zuzuhören, mit ihnen zu sprechen, ihre Hand zu halten, wenn das Zittern nicht aufhören will, und zu verstehen, dass das Rattern einer vorbeifahrenden Eisenbahn oder ein fernes Donnergrollen, für uns alltägliche Geräusche, bei ihnen als Angstauslöser wirken und sie im Geiste in die Schützengräben zurückkatapultieren.

Dieser Krieg dauert inzwischen viel zu lange. Niemand von uns war darauf vorbereitet, dass er sich über Jahre hinziehen würde. Niemand von uns hatte Übung darin, wie man damit zurechtkommt. Trotzdem schaffen wir es irgendwie, finden einen Weg.

Darum möchte ich Sie bitten: Schreiben Sie weiterhin Ihre Briefe, schicken Sie Worte der Liebe, der Ermutigung und des Stolzes. Fragen Sie nach, was die Männer dort draußen sehen, hören und fühlen. Nicht allein in ihren wachen Stunden, sondern auch in ihren Träumen. Machen Sie ihnen deutlich, dass es ihnen ganz und gar nicht an Charakterstärke mangelt, sondern dass sie für ihre Lieben daheim Helden sind.

Bis zum nächsten Mal – bleiben Sie tapfer!

Ihre Genevieve Star

Von Alice an Evelyn

Irgendwo in Frankreich
5. November 1916

Liebe Evie,

endlich komme ich dazu, deinen Brief zu beantworten. Bitte entschuldige, dass es so lange gedauert hat. Das schreckliche Blutvergießen, von dem ich dir berichtet habe, wütet nun schon seit Monaten. Folglich bin ich Tag und Nacht auf den Beinen und arbeite bis zur totalen Erschöpfung. Wenn du die Zeitungsberichte nach den verheerendsten Kämpfen durchforstest, wirst du wissen, in welcher Hölle ich derzeit bin. Momentan scheint sich die Lage zwar leicht zu entspannen, aber ich glaube nicht, dass irgendeiner von uns diese Belastung noch viel länger durchhalten kann.

Was deinen Tom betrifft, habe ich es dir nicht gesagt? Es war richtig, dass du zu ihm gefahren bist. Der Arme, es klingt, als hätte es ihn übel erwischt trotz der günstigen ärztlichen Prognosen. Könntest du nicht eine zarte Andeutung auf deinen Liebesbrief fallen lassen? Vielleicht findest du ja auf diese Weise etwas heraus. Von sich aus wird Tom das Thema kaum ansprechen, nicht in seiner momentanen Verfassung. Na ja, immerhin hat er dich gebeten, nach Schottland zu kommen, was ich eindeutig als positives Zeichen deuten würde. Was soll das anderes als Liebe sein? Zum Teufel, Darling, sag es ihm einfach. Nicht dass er an die Front zurückkehrt, ohne es zu erfahren. Nebenbei: Was um alles in der Welt hast du ihm eigentlich geschrieben?

Ich umarme euch beide. Sprich ein kleines Gebet für

mich, damit ich bald versetzt werde. Ich spüre nämlich, dass mir mein sonniges Gemüt entgleitet, und das geht nicht, nicht für mich.

Herzlichst

Alice

Von Thomas an Evelyn

Edinburgh, Schottland

20. November 1916

Liebe Evie,

morgen wieder am Kartentisch oder in den Park für einen Spaziergang? Vergiss dieses Mal nicht deinen Schirm. Mein Schal ist immer noch nass und taugt nicht als Schutz vor dem Regen.

Bis bald

Tom

Von Evelyn an Alice

Leith, Schottland

20. November 1916

Meine liebe, beste Freundin,

in deinem letzten Brief klingst du gar nicht wie du selbst – kein einziges Wort über Musik oder über Männer. Es muss für dich ganz furchtbar sein dort draußen an der Front, aber denk an all jene, die du mit deinem bezaubernden Lächeln und diesem Funkeln in deinen Augen gesund erfreust. Du bist ein Phänomen, und ich bewundere dich über alle Maßen.

Mehrmals habe ich versucht, Tom auf meinen Liebesbrief anzusprechen, doch leider habe ich immer wieder einen Rückzieher gemacht. Entweder fehlten mir die richtigen Worte, oder die Situation fühlte sich falsch an. Angesichts seiner fragilen Gesundheit bringe ich es einfach nicht über mich, ihn mit amourösen Fragen zu bedrängen. Weißt du, er ist in mancher Hinsicht nach wie vor ein wenig desorientiert und gerät schnell in Panik, selbst beim leichtesten Knall. Der Krieg hat meinen tapferen Löwen in ein Kätzchen verwandelt, und es wäre nicht recht, ihn zu überfordern.

Komm bald nach Hause. Ich vermisse dich so sehr.

Evie

PS: Hast du etwas über das neue Frauenhilfskorps der Army gehört? Ich mache gerade Pläne für ein Überseeabenteuer. Sobald ich den Hauch einer Chance wittere, werde ich in den nächsten Zug nach Dover steigen.

Von Thomas an Charles Abshire

Edinburgh, Schottland
22. November 1916

Lieber Charles,

ich sende dir eine kurze Nachricht, um dir für die Zigaretten und den Scotch zu danken sowie für deine verständnisvollen Worte. Ich fürchte, ich werde niemals wieder frei sein von der schweren Last und muss sie wohl als Teil meines Lebens betrachten. Wenigstens geht es mir besser, und ich lerne langsam, mit meinen Kriegserlebnissen umzugehen. Wäre dieses blutige Ringen doch zu Ende, und ich könnte nach London zurückkehren. Stattdessen werde ich in ein paar Wochen erneut an die Front geschickt.

Halt mich bitte weiter über Davies und Hopper auf dem Laufenden – ich zähle auf deinen mäßigenden Einfluss.

Mit den besten Grüßen

Thomas

Von Alice an Evelyn

Irgendwo in Frankreich
1. Dezember 1916

Liebe Evie,

in drei Tagen komme ich nach Hause! Mein Besuch wird zwar von kurzer Dauer sein, aber lange genug, um etwas zu unternehmen und mich mit köstlichem Weihnachtsgebäck vollzustopfen. Mit anderen Worten: all das zu tun, was meine schwindende Laune hebt. Ja, selbst ich bin nicht gefeit gegen die Schwermut, die sich hier wie eine schwere Decke auf alles legt. Niemand kann dem auf Dauer entrinnen.

Ich finde es schrecklich traurig, dass du nicht zu Hause bist, wenn ich da sein werde. Dennoch würde ich dich nicht einmal im Traum bitten, Tom alleine zu lassen. Zweifellos braucht er dich gerade weitaus mehr als ich.

Herzlich

Alice

Von Thomas an Evelyn

Edinburgh, Schottland
18. Dezember 1916

Liebe Evie,

ich fand es sehr schön, mit dir Weihnachten zu feiern, selbst wenn es eher ruhig war und eine Woche zu früh. Diese kleine gemütliche Taverne in der Stadt war der perfekte Ort. Brathähnchen und Kartoffeln, ein Schlückchen Brandy – für ein paar Stunden hat es sich angefühlt, als würden wir in einer anderen Zeit leben. In der Zeit vor diesem Krieg.

Unseren gemeinsamen Abend werde ich für immer in guter Erinnerung behalten – mein erstes richtiges Lachen seit einer Ewigkeit, dein Gesicht im flackernden Schein des Kaminfeuers. Wie schön wäre es, wenn ich dich wie einen Flaschengeist, der mir helfend zur Seite steht, mit nach Frankreich nehmen könnte.

In ewiger Freundschaft
Tom

Von Evelyn an Thomas

Leith, Schottland
20. Dezember 1916

Mein lieber Tom,

wie unerträglich, erneut von dir scheiden zu müssen. Wir scheinen wie Herbstlaub umeinander herumzutänzeln, drehen uns fortwährend im Kreis, bis der Wind uns in verschiedene Richtungen davonwirbelt. Ich wünschte, wir könnten für eine Weile stillstehen und warten, dass die Böen des Krieges an uns vorbeiziehen und uns endlich zur Ruhe kommen lassen.

Es wird morgen ein bittersüßer Abschied werden – einerseits bin ich froh, dass du wiederhergestellt bist, andererseits sehr traurig, weil du fortgehst. Es sieht dir ähnlich, so viel Pflichtgefühl an den Tag zu legen – andere würden die Situation ausnutzen und ihre Rekonvaleszenz zu verlängern suchen. Das ist nicht deine Sache, ich weiß. Wenn du diese Zeilen liest, sitzt du bereits im Zug und braust dem Stützpunkt in den South Downs entgegen, bevor es dann weitergeht über den Kanal nach Frankreich. Deine Männer werden sehr froh sein, wenn sie dich wiedersehen. Betrachte es deshalb nicht als eine Rückkehr auf das Schlachtfeld, sondern als eine Rückkehr zu Freunden.

Ich schreibe diesen Brief in einem dieser hübschen kleinen Cafés am Hafen, wo ich in den vergangenen Wochen so viele Stunden verbracht habe. Die Weite des Meeres erinnert mich immer daran, wie groß die Welt ist und wie wenig davon ich gesehen habe. Wenn der Krieg vorbei ist, möchte ich reisen und ferne Länder sehen, um mich daran erinnern zu lassen, dass es auch Schönes auf der Welt gibt. Ich will nicht zulassen, dass der Krieg uns jede Begeisterungsfähigkeit nimmt, jede Freude. Man braucht schließlich im Leben Abenteuer oder zumindest die Aussicht darauf.

Gab es eigentlich noch etwas, das du mir noch sagen wolltest, als wir gestern auseinandergingen? Du hast einen Moment lang gezögert, und ich hatte den Eindruck, eine wichtige Sache würde dir durch den Kopf gehen. Oder habe ich mir das eingebildet? Falls nicht, falls es Dinge gibt, die unausgesprochen geblieben sind, kann man sie vielleicht leichter in einem Brief zum Ausdruck bringen. Um es mit Shakespeare zu sagen: *Ich fordre Tint' und Feder, ihr zu schreiben.*

Das Café schließt gleich, darum muss ich aufhören und den Brief versiegeln. Morgen werde ich die wilde, zerklüftete schottische Landschaft verlassen und ins steife, perfekte Richmond zurückkehren. Ich kann nicht behaupten, dass ich mich darauf freue. Vielmehr habe ich das Gefühl, als hätte ein Stück der Highlands einen festen Platz in meinem Herzen eingenommen. Ich hoffe, dass ich im Frühjahr noch einmal hierherkommen kann.

Anbei eine Zeichnung als Abschiedsgeschenk für dich. Ich habe den Austernfischer auf einem meiner langen Spaziergänge am Wattenmeer gezeichnet, mit denen ich mir die Zeit vertrieben habe. Er war unheimlich geduldig, während er eifrig seine Muscheln mit der Schnabelspitze aufhämmerte. Ich stellte mir bei diesem Anblick vor, er würde eine Perle finden und sie wie einen Schatz hüten. Vielleicht stoßen wir ja alle irgendwann auf einen Schatz zum Hüten. Denkst du nicht auch? Frohe Weihnachten, mein Lieber.

In großer Zuneigung

Evie

Von Thomas an Evelyn

Irgendwo in Frankreich
20. Dezember 1916

Liebe Evie,

ich habe mich rasch wieder eingewöhnt, soweit man sich hier überhaupt eingewöhnen kann. Schon seltsam: Obwohl ich erst seit wenigen Tagen zurück in Frankreich bin, kommt es mir vor, als wäre ich nie fortgewesen. Zu tief hat sich dieser Krieg in die Struktur meines Daseins eingebrannt.

Ein paar der Männer haben mich bei meiner Rückkehr eigenartig angesehen, und einer riss einen Witz über meine Zeit in der *Heilanstalt*, wie er es geringschätzig nannte. Wäre ich nicht Mitglied des Offizierskorps, das zu vorbildhaftem Verhalten verpflichtet ist, hätte ich dem Mann eine Ohrfeige verpasst. Stattdessen habe ich ihn mit deutlichen Worten zurechtgewiesen. Allerdings fürchte ich, er war zu dumm, meine Botschaft zu verstehen – die meisten anderen hingegen haben es kapiert.

Auf Ersuchen meines Arztes in Edinburgh wurde mir eine eigene Krankenschwester an die Seite gestellt. Sie heißt Rose Blythe, ist eine gute Seele, hat eine fröhliche, gewinnende Art und strahlt ehrliches Mitgefühl aus. Du würdest sie bestimmt sehr sympathisch finden. Sie soll bei mir auf Anzeichen für einen Rückfall achten. Noch vor nicht allzu langer Zeit hätte ich so eine Bemutterung verabscheut, jetzt aber bin ich über Roses Gesellschaft eher froh. Während meiner Abwesenheit sind viele weitere Freunde und Kameraden im Kampf gefallen, sodass ich ohne Rose leicht wieder in Trübsinn verfallen würde.

Vielen Dank für deinen Brief, der mich auf der langen Reise zurück an die Front begleitet hat. Ich habe mir vorgestellt, wie du in diesem Café am Hafen sitzt. Leider ist meine Welt kleiner geworden, nicht größer, doch ich hoffe, das wird sich bald ändern. Ich denke wie du ans Reisen, wenn der Krieg vorbei ist. Nachdem ich mich erst einmal um den Verlag gekümmert habe, möchte ich die Neue Welt kennenlernen. Die Maya-Dörfer in Guatemala, eine karibische Insel und anderes mehr.

Du hast mich irgendwann einmal gefragt, wofür wir kämpfen. Liebe Evie, wir kämpfen nicht nur für unser Land, sondern für jede Frau, jedes Kind, jeden Verwandten und jeden Freund. Wir schützen unseren Besitz, wir verteidigen unsere Interessen, unseren Lebensstil. Zumindest ist das für mich der Grund, warum ich hier bin. Dieser ganze Unsinn über Ehre ist das Geschwätz von naiven Männern, die noch nie gekämpft haben und nicht wissen, wovon sie reden, oder von skrupellosen Kriegstreibern.

Darüber hinaus kämpfe ich speziell für dich, möchte dich beschützen und vor Leid bewahren oder aus einer Gefahr retten. So wie du mich gerettet hast. Ich weiß nicht, wie ich meine Dankbarkeit, dass du wochenlang an meiner Seite warst, richtig zum Ausdruck bringen soll. Das war es, was ich dir zum Abschied noch sagen wollte. Und dass du immer in meinem Herzen bist. Eine bessere Freundin als dich kann ein Mann sich nicht wünschen.

In ewiger Dankbarkeit

Tom

Von Evelyn an Alice

Richmond, England
25. Dezember 1916

Meine liebe Alice,

ich sende dir nachträglich herzliche Weihnachtsgrüße. Du denkst sicher, ich hätte dich vergessen, aber das habe ich nicht! Meine Weihnachtsgrüße kommen zwar spät, dafür umso herzlicher.

Ich habe etwas Beunruhigendes herausgefunden und muss dir davon erzählen, weil es sonst niemanden gibt, mit dem ich darüber reden könnte. Nach meiner Rückkehr aus Schottland wollte ich mit Mama über Will sprechen, denn es stimmt mich furchtbar traurig, dass zu Hause so wenig über ihn geredet wird. Als ich nun Mama fragte, ob ich Wills persönliche Sachen sehen dürfe, die ihr nach seinem Tod zugeschickt worden sind, wurde sie sehr nervös und schützte rasch einen Migräneanfall vor. Es war nicht das erste Mal, dass sie sich auf diese Weise aus der Affäre zieht.

Daraufhin habe ich etwas getan, das sich nicht schickt, doch wie heißt es so richtig: Der Zweck heiligt die Mittel. Als Mama vorhin in der Stadt war, habe ich ihren Sekretär nach Wills Sachen durchsucht und stieß auf ein Bündel Briefe. Sie stammen von Amandine, seiner französischen Krankenschwester. Ich mag nichts Genaueres ausposaunen, bevor sich nicht das bestätigt, was ich gelesen habe – vorerst muss es genügen, dich wissen zu lassen, dass ich zutiefst verstört bin. In dem Bündel befand sich nämlich ein Brief von Will an Mama, zu öffnen im Falle seines Todes. Er enthält seinen letzten Willen und eine Adresse in Frankreich, unter der man mit Amandine Kontakt aufnehmen kann.

Meine Mutter hat nie ein Wort davon erwähnt. Vermutlich weil sie nicht bereit ist zu akzeptieren, worum Will sie gebeten hat. Wie soll ich ihr nun beibringen, dass ich Kenntnis von den Briefen habe? Bestimmt wird sie völlig empört über meine Aktion sein und sich jede Einmischung verbitten. Ich hingegen habe das Gefühl, dass es meine Pflicht ist, mich einzumischen.

Deshalb habe ich beschlossen, ohne ihr Wissen an Amandine zu schreiben, um den Dingen auf den Grund zu gehen. Ich hoffe sehr, dass ich das Richtige tue.

Frohe Weihnachten, Darling.

Evie

Von Evelyn an Amandine Morel

Richmond, England
29. Dezember 1916

Sehr geehrte Mademoiselle Morel,

wie Sie sicher sofort am Absender erkannt haben, bin ich die Schwester von Will Elliott, dem Sie, soweit ich weiß, sehr nahegestanden haben. Vor Kurzem erst stieß ich auf Wills Privatkorrespondenz, die neben anderen persönlichen Dingen unserer Mutter nach seinem Tod zugeschickt worden ist.

Mademoiselle Amandine, ich wende mich an Sie, weil ich wissen muss, ob die Dinge, die ich in den Briefen gelesen habe, den Tatsachen entsprechen. Falls ja, möchte ich Ihnen sehr gerne meine Unterstützung anbieten und mich aufrichtig dafür entschuldigen, dass ich Sie nicht früher kontaktiert habe.

Vielleicht können Sie mir an die auf dem Briefumschlag stehende Adresse antworten. Im Übrigen würde ich Sie gerne in Paris besuchen, sobald dieser unselige Krieg vorbei ist. Das würde mir das Gefühl geben, meine Pflicht gegenüber meinem Bruder und Ihnen erfüllt zu haben.

Ich freue mich darauf, von Ihnen zu hören.

Mit freundlichen Grüßen

Evelyn Elliott

Paris

21. Dezember 1968

Die Gardenien verbreiten im Raum einen betörenden Duft. Margaret bewundert die Blumen, während sie das Wasser in der Vase auffüllt, braune Blätter entfernt und das samtene Parfüm der weißen Blüten einatmet.

»Treibhauspflanzen«, sage ich, »das Privileg der Reichen.«

Es ist ein Luxus, den ich mir jedes Weihnachten gönne – ein Luxus, an dem sie so viel Freude hatte.

Margaret lacht und versorgt die Blumen, wie sie mich versorgt: behutsam, respektvoll und gut gelaunt. Sie kann nicht wissen, welche Erinnerungen die Blumen in mir heraufbeschwören.

Ich bin so geduldig wie möglich, obwohl es mich quält, hier zu liegen mit all den Kanülen und Schläuchen. Und vor allem quält es mich, dass ich Paris nicht so erleben kann, wie ich es gerne erleben würde. Durch den Bois de Boulogne schlendern, eine Brasserie besuchen, dort eine großzügige Portion Boeuf bourgignon essen, über die baumbestandenen Boulevards promenieren, Arm in Arm mit ihr, später einen Café crème oder einen Pastis unter den rot-weiß gestreiften Markisen der Bars in Montmartre trinken. Ich hatte beinahe vergessen, wie sehr ich diese Stadt liebe, wie sehr ich das Leben liebe. Aber dieses Mal – mein letztes Mal – muss ich mich damit begnügen, Paris von meinem Appartement aus zu betrachten, da mein müder Körper streikt und mein letztes Stündlein immer näher rückt. Margaret redet davon, Paris im Frühjahr zu besuchen. Ich sage ihr, dass die Stadt zu dieser Jahreszeit wunderschön sei, und ermuntere sie, unbedingt hinzureisen.

»Wir fahren beide wieder hin, Mr. Harding!«

Ich zwinge mich zu einem Lächeln, um sie nicht zu enttäuschen, und weiß doch sehr genau, dass ich nie wieder die Schönheit eines Pariser Frühlings erleben werde.

Durch die hohen Balkontüren meines Schlafzimmers sehe ich über die Dächer des sechsten Arrondissement hinweg den berühmten Eiffelturm und beobachte, wie die Nacht ihn langsam umhüllt. Ich muss daran denken, wie sehr sie seinem Anblick entgegenfieberte, erinnere mich an die kindliche Begeisterung in ihrem Gesicht, als er zum ersten Mal in Sicht kam. Es fühlt sich irgendwie richtig an, dass der Kreis sich hier schließt.

Irgendwann eröffnete man mir, dass ich an Lungenkrebs leide. Und das, nachdem ich zwei Kriege, mehrere schwere Verwundungen und die Spanische Grippe überlebt habe, die in der letzten Phase des Krieges erst durch die Feldlazarette fegte und danach durch ganz Europa und beinahe meine Welt zerstört hätte. Und nun wird meine Unfähigkeit zu atmen – für jeden Menschen das Natürlichste der Welt – mir am Schluss zum Verhängnis.

Unwirsch brumme ich vor mich hin, als Margaret mir meine diversen Medikamente verabreicht. Wenngleich ich kein einfacher Patient bin, tut sie ihr Bestes, um für gute Stimmung zu sorgen.

»Ich bin gleich fertig, dann können Sie in Ihren Briefen weiterlesen«, beschwichtigt sie mich.

Meine Laune wird nicht besser. Ich will nicht ans Haus gefesselt sein, will in der Closerie des Lilas sitzen und an einem Vin chaud nippen. Wie sehr wünsche ich mir, noch einmal der kraftvolle junge Mann zu sein, der ich früher war. Habe ich meine Gesundheit und die Fähigkeit, ohne Anstrengung zu atmen, eigentlich jemals richtig geschätzt? Wahrscheinlich nicht, denn die Arroganz der Jugend nimmt alles für selbstverständlich. Jedenfalls so lange, bis man sich im Krieg wiederfindet und sein Bajonett in die Brust des Feindes stößt, bevor dieser seines in deine rammt.

Als das Telefon klingelt, eilt Margaret aus dem Zimmer. Ich stütze mich ein bisschen auf, damit ich die Passanten unten auf der Straße sehen kann. Sie gehen schnell, hasten nach Hause, um dem schneidenden Wind zu entkommen. Margarets Stimme dringt aus der Diele herüber, ich schließe meine Augen und spitze die Ohren, um zu verstehen, was sie sagt. Aus dem meisten werde ich nicht wirklich schlau, höre lediglich den Namen Delphine.

Als sie zurückkehrt, bringt sie ein Tablett an mein Bett.

»Sie müssen etwas zu sich nehmen, Mr. Harding. Ihre letzte Mahlzeit ist mehrere Stunden her. Und wehe, Sie versuchen wieder, Ihr Essen heimlich zu entsorgen«, sagt sie und bedenkt mich mit einem strafenden Blick.

Dennoch ignoriere ich stillschweigend das frische Gebäck und den Tee.

»Was hat sie gesagt?«, will ich wissen.

»Alles läuft wie geplant«, erklärt Margaret lächelnd. »Delphine freut sich, dass Sie eine angenehme Reise hatten, und wird Sie morgen aufsuchen.« Sie zupft an den Vorhängen, richtet die Falten aus. »Bestimmt können Sie es kaum erwarten, sie zu sehen«, fügt sie hinzu.

Delphine, dieses Geschenk, mit dem keiner von uns gerechnet hatte.

»Das tue ich, Margaret. Sehr sogar.«

Ihr Blick fällt auf den Brief in meiner Hand. Es ist derjenige, den ich bislang nicht geöffnet habe, den ich erst hier in Paris lesen darf. Derjenige, den ich mir bis ganz zum Schluss aufhebe.

»Sie haben immer gesagt, dass sie so schöne Briefe geschrieben hat. Sicher können Sie es kaum erwarten zu erfahren, was in diesem steht«, wirft Margaret ein.

Ich streiche mit den Fingerspitzen über den versiegelten Umschlag, über die eleganten Schriftzüge.

»Ich habe auf viele ihrer Briefe so lange warten müssen, da kann ich getrost noch ein bisschen länger warten.«

Margaret schüttelt kurz meine Kissen auf, zieht die Tür hinter sich zu und lässt mich mit meinen Gedanken und dem Duft der Gardenien allein, der mich zu meinem ersten Heimaturlaub zurückführt, als sie eine Gardenie im Haar trug. Sie hatte wunderschöne Haare, schwarz wie Ebenholz, glatt wie Seide. Heute erscheint es mir absurd, dass mir das vor jenen Herbsttagen, die wir gemeinsam verbrachten, nie aufgefallen ist. Es war, als hätte ich in jener Woche alles an Evie zum ersten Mal richtig wahrgenommen.

Ich nehme mir das nächste Bündel Briefe vor, das ordentlich mit *1917* beschriftet ist, und lasse mich von ihren Worten in jene Zeit zurückversetzen …

TEIL VIER

1917

Er hatte einfach das Gefühl, wenn er ein Bild des Erdenflecks mit sich nehmen könnte, auf dem sie wandelte, wenn er sähe, wie Erde und Himmel diesen Fleck umfassten, wäre der Rest der Welt vielleicht weniger leer.

EDITH WHARTON, *ZEIT DER UNSCHULD*

Von Thomas an Evelyn

Irgendwo in Frankreich
1. Januar 1917

Liebe Evie,

frohes neues Jahr, altes Mädchen! Ich hoffe, du hast dein Weihnachtsdinner und das Fest deiner Mutter genossen. Ich habe oft an dich gedacht und mir vorgestellt, wie du tanzt und die Gäste unterhältst. Ich nehme an, Hopper war ebenfalls da und hat sich bei allen unbeliebt gemacht. Du hattest irgendwann erwähnt, dass deine Mutter ihn einladen wolle.

Ich selbst bin momentan recht guter Dinge und bemühe mich daran zu glauben, dass das neue Jahr endlich den Frieden bringt und ich nach Hause kann. Zumindest werde ich in ein paar Monaten wieder Heimaturlaub beantragen.

Da wir gerade von Heimaturlaub sprechen: Du würdest nicht glauben, was manche Männer sich dafür antun. So habe ich Sergeant James dabei erwischt, wie er auf Schießpulver aus seinen Gewehrpatronen herumkaute, um sich eine Vergiftung zuzuziehen. Und wirklich wurden ihm prompt ein paar Tage Erholungsurlaub zugebilligt. Das hat mich ziemlich wütend gemacht, aber was für ein Mensch wäre ich, wenn ich jemanden anschwärzen würde, der dringend eine Auszeit von dem allgegenwärtigen Elend braucht. Ganz davon abgesehen, dass ich mir damit nur Feinde gemacht hätte, lernt man hier, die Augen zu verschließen und sich in Toleranz zu üben.

Kannst du mir vielleicht ein paar Bücher schicken? Ich wünsche mir dringend neuen Lesestoff. In den langen Stunden zwischen meinen Einsätzen habe ich viel Zeit zum Grübeln, zu viel, und würde es daher vorziehen, mich in gute Literatur zu versenken. Wir tauschen zwar untereinander, doch insgesamt ist das Angebot begrenzt. Von Schwester Rose habe ich auch das ein oder andere bekommen. John Buchans *Trommeln über Transvaal* habe ich inzwischen mehrfach gelesen, desgleichen ein paar von Nat Goulds Geschichten, die sich um Pferderennen drehen. Von diesem Autor würde ich gerne mehr lesen oder genauso von William Blake oder von H.G. Wells.

Habe ich dir eigentlich von der *Wipers Times* erzählt? Das ist eine Satirezeitung, die von Soldaten gemacht wird. Ausgelöst wurde das Ganze dadurch, dass ein paar unserer Leute in Ypern auf eine alte Druckerpresse stießen und sie wieder in Gang setzten. Jetzt liefern sie sozusagen die aktuellen Schlagzeilen aus den Schützengräben. Die Texte triefen vor schwarzem Humor und mokieren sich zudem gerne über die Befehle der Militärführung. Speziell die Rubrik *Amors Ecke* ist zum Schießen – dort werden jenen, die sich mit *affaires de coeur* schwertun, nützliche Tipps gegeben. Ein satirisches Gedicht mit dem Titel *Meckerliese* ist mir besonders in Erinnerung geblieben. Zum besseren Verständnis: Als Meckerliese bezeichnet man hier einen bestimmten deutschen Mörsertyp, den sogenannten Nebelwerfer, und ich musste bei der Lektüre wirklich schmunzeln. Allerdings sorgen die Beiträge in ihrer derben Sprache bestenfalls für amüsante Ablenkung, literarische Erlebnisse sind sie nicht. Du kannst dir vorstellen, dass ich eine subtilere Lektüre mit mehr Tiefgang vorziehen und mich über milde Gaben, die diesem Bedürfnis Rechnung tragen, sehr freuen würde.

Schön, dass du wieder zeichnest. Da wir in dieser verwüsteten Landschaft nicht viele Tiere zu sehen bekommen, betrachte ich gerne deine Vogelskizzen, zumal sie mich an unsere schöne Heimat erinnern. Ich wünsche dir alles Liebe und Gute, meine treue Freundin, und versichere dir einmal mehr, dass ich in meinen Gedanken stets bei dir bin. Jeden Tag, jede Stunde, jede Minute.

Tom

Von Evelyn an Alice

Richmond, England
20. Januar 1917

Liebste, beste Freundin,

ich habe bereits länger nichts von dir gehört und hoffe, dass das kein schlechtes Zeichen ist. Im Übrigen kann ich dir gleich mehrere Dinge berichten:

Erstens: John ging in der Silvesternacht, als wir auf dem Trafalgar Square feierten, auf Tuchfühlung. Er hat mich geküsst, Alice – und ich habe seinen Kuss leider erwidert. Es war angenehm, aber es war kein Kuss von der Sorte, dass eine Frau weiche Knie bekommt, und, nun ja, die Wahrheit ist, als ich meine Augen schloss, habe ich mir gewünscht, es wäre Tom und ich würde seine Lippen auf meinen spüren.

Zweitens: In den letzten beiden Wochen musste ich das Bett mit einer nervösen Magenverstimmung hüten, wodurch ich John aus dem Weg gehen konnte. Er schickte mir Blumen und Genesungswünsche. Mama plant schon ihre Hochzeitsgarderobe. Ich habe John eine kurze Nachricht geschickt, ihm für die Blumen gedankt und ihm gleichzeitig zu verstehen gegeben, dass mir der ganze Vorfall ziemlich peinlich sei. Als Antwort kamen noch mehr Blumen. Was soll ich tun?

Drittens: Ich habe Amandine Morel geschrieben, indes bislang keine Antwort erhalten. Soll ich einen zweiten Brief hinterherschicken oder noch ein bisschen warten, was meinst du? Ich wünsche mir sehnlichst, von ihr zu hören. Mama weiß nichts von meinem Versuch, mit Wills Freundin in Kontakt zu treten.

Viertens: Tom hat mir geschrieben, dass er von einer Krankenschwester namens Rose betreut wird. Irgendwie stört mich das gewaltig. Sie »tröstet« ihn und borgt ihm Bücher. Ich bin grün vor Neid – schließlich weiß ich von dir, wie so ein Trost aussieht, und muss ständig an rote Lippen und Jazzmusik denken.

Wie du siehst, steigere ich mich furchtbar in alles hinein und brauche dringend deinen weisen Rat. Gern wäre ich jetzt dort drüben bei dir, statt hier allein vor dem knisternden Kaminfeuer zu hocken. Ohne Freunde, mit denen ich diese kleinen Annehmlichkeiten teilen kann. Alle, die ich liebe, sind draußen an der Front.

Ich erwarte sehnsüchtig deine Antwort.

Deine Freundin Evie

Von Evelyn an Thomas

Richmond, England
25. Januar 1917

Lieber Tom,

ich wünsche dir alles Gute für das neue Jahr! Es tut mir schrecklich leid, dass ich dir nicht früher geschrieben habe. Leider lag ich den halben Januar mit einer Magenverstimmung flach, und mir war so elend zumute, dass ich glaubte sterben zu müssen. Zum Glück habe ich mich inzwischen davon erholt und bin fast wieder die alte Evie. Tatsächlich fühle ich mich sogar besser denn je – schätzungsweise ist das normal, wenn man so lange ans Bett gefesselt war.

Mama macht mein ausgelassenes Feiern an Silvester für meine Erkrankung verantwortlich. Mit ein paar Freunden und einer eher zwielichtigen Gruppe von Nachtschwärmern – lange Geschichte – fand ich mich nachts auf dem Trafalgar Square wieder. Na gut, vielleicht hätte ich nicht im Brunnen planschen sollen. Und was meine Mutter betrifft, so habe ich sie im Verdacht, dass sie es lieber sähe, ich würde nach wie vor kränkeln, damit sie mir weiterhin vorhalten könnte, sie habe es ja gleich gesagt … Zu ihrem geheimen Verdruss bin ich jedoch wieder quicklebendig und frage mich, was das neue Jahr uns wohl bringen wird, welche Überraschungen es auf Lager hat.

Für mich gibt es keine bessere Medizin als einen Umschlag mit deiner Handschrift. Mehr denn je brauche ich deine Briefe zum Leben wie Essen, Schlafen und Atmen, sie sind eine Art Grundbedürfnis für mich geworden. Ich fürchte, ich bin inzwischen hoffnungslos abhängig von dir.

Ebenso erschreckend wie verständlich finde ich, wozu

einige Soldaten bereit sind, um nach Hause geschickt zu werden. Alice hat mir ebenfalls von Selbstverletzungen berichtet: von Bleivergiftungen, Schusslöchern in Händen, die aus dem Graben gestreckt werden, und Schusslöchern in Füßen, die die Männer sich selbst beibringen. Man muss wahrlich sehr verzweifelt sein, um so etwas zu tun. Deshalb kann ich den armen Kerlen keinen Vorwurf machen und bin froh, dass du das ähnlich siehst.

Schön, dass du wieder Freude am Lesen findest. Schwester Rose scheint ja recht rührig in praktischen Dingen zu sein. Ist sie auch nützlich für deine seelische Gesundung? Sei bloß vorsichtig, dass du nicht am Ende an einem gebrochenen Herzen stirbst.

Spaß beiseite: Für einen so belesenen Mann, wie du einer bist, hast du in den letzten Monaten nicht sehr oft von Literatur gesprochen. Insofern freue ich mich, dass du wieder an deine alten Vorlieben anknüpfst. Du warst bereits als Junge eine richtige Leseratte, hattest die Nase stets in irgendeinem Buch vergraben und dich durch keine Narretei ablenken lassen. Die Abenteuer von Huckleberry Finn waren für dich viel interessanter als eigene Erkundungen.

Ich habe für dich aus Papas Bibliothek drei Bücher ausgewählt: von Blake, Palgrave und Kipling. Bestimmt werden sie dich mit ihrer großartigen Dichtung mehr bereichern als eure Satirezeitung. Ich selbst lese gerade einen erfrischenden Roman von einer neuen Schriftstellerin. Du wirst sie nicht kennen, aber ich zeige dir ihr Buch, wenn du wieder hier bist.

Was meine kleinen Vogelskizzen angeht, bin ich sehr glücklich, wenn sie dir Freude bereiten. Ich vermisse den Gesang der Vögel in diesem brutalen Winter. Wir haben hier seit Wochen strengen Frost, und ich habe noch kein einziges Rotkehlchen gesichtet, seit ich wieder auf den Beinen bin, obwohl ich regelmäßig Brosamen ausstreue und die Eisschicht in der Vogeltränke aufbreche. Außerdem kann ich es kaum erwarten, Rusty, meinen treuen Drahtesel, aus dem Winterquartier zu holen und meine Arbeit als Postbotin wieder aufzunehmen, bloß verbietet Mama mir energisch, aus dem Haus zu gehen, solange sich das Wetter nicht bessert. Ich komme mir vor wie ein Tier im Käfig.

Gibt es etwas Neues bei der *Daily Times*? Neulich hielt ich eine Ausgabe in den Händen und musste an dich denken. Infolge meiner Erkrankung ist meine Kolumne leider eingeschlafen, doch offenbar wird Genevieve Star sehr vermisst. Die Leserzuschriften reißen nicht ab – die meisten davon sind wohlwollend, eine kleine Minderheit hingegen umso gehässiger. Jack Davies sagt, kontroverse Diskussionen seien gut, weil es beweise, dass gute Arbeit geleistet wurde.

Papa ist fest davon überzeugt, dass die Yankees bald in den Krieg eintreten werden. Vermutlich wird ihnen so langsam tatsächlich nichts anderes übrig bleiben. Ebenso wahrscheinlich ist es, dass der Bericht von General Henry Lawson zur Gründung einer rein weiblichen Division in der britischen Armee führen wird. Wir Frauen werden dringend benötigt, um die Männer in der Etappe, die etwa in Schreibstuben oder in Telefonzentralen tätig sind, abzulösen, damit sie die ausgebluteten kämpfenden Truppen verstärken können. Die Militärführung hat gar keine andere Wahl. Ich werde die Erste in der Schlange sein, die sich freiwillig zum Dienst in Frankreich meldet.

Bitte schreib mir bald.

Evie

PS: Heute habe ich keine Skizze für dich, werde das indes in meinem nächsten Brief nachholen. Vielleicht eine Eule? Es sind so kluge Wesen. Eine davon höre ich nachts immer traurig durch den Wald rufen, wenn ich nicht schlafen kann. Leider bekommt sie nie eine Antwort.

Von Alice an Evelyn

Irgendwo in Frankreich
8. Februar 1917

Liebe Evie,

ich grüße dich ganz herzlich, Darling! Du warst in letzter Zeit, wie mir scheint, ziemlich beschäftigt mit deinen Vergnügungen in London und deinen Poussaden mit schönen Männern und dem Ausgraben von Familiengeheimnissen. Du musst mir alles über diesen geheimnisvollen Brief erzählen, den du entdeckt hast. Natürlich solltest du der Sache nachgehen – falls du sicher bist, dass dadurch niemandes Gefühle verletzt werden. Manche Geheimnisse lässt man nämlich besser ruhen. Aber du wirst schon wissen, wie du damit umzugehen hast. Du warst schließlich immer ein kluges und vernünftiges Mädchen.

Schreibst du noch für deine Kolumne? Eigentlich solltest du mittlerweile Aufsehen erregt und Staub aufgewirbelt haben, doch ich höre nichts dergleichen. Ich würde deine Beiträge sehr gerne lesen. Könntest du nicht ein oder zwei davon deinem nächsten Brief beifügen?

Es wird dich freuen, wenngleich wahrscheinlich nicht überraschen, dass ich einen reizenden Arzt kennengelernt habe. Er heißt Peter und stammt aus einer ziemlich wohlhabenden Londoner Familie, den Lancasters. Kennst du sie zufällig? Wie so viele von uns spürte Peter ebenfalls den

Drang, sein Können dort anzubieten, wo es am meisten gebraucht wird. Ein Traum von einem Mann, ehrlich.

Das bringt mich auf deinen Tom. Falls du ihm nicht sagen willst, was du für ihn empfindest, oder falls er deine Liebe nicht erwidert, wirst du dich wohl anderweitig orientieren müssen, fürchte ich. Es gibt nichts Schlimmeres, als unglücklich verliebt zu sein. Dafür bist du viel zu hübsch und viel zu klug. Außerdem scheint ja ein angemessener Verehrer gewissermaßen wartend vor deiner Tür zu stehen. Wir dürfen in Liebesangelegenheiten nicht mehr allzu wählerisch sein. Wenn dieser Krieg noch länger andauert, werden bald überhaupt keine Männer mehr übrig sein. Tom hatte seine Chance. Wenn John dich erneut küssen möchte, empfehle ich dir, es einfach zu genießen.

Herzlich
Alice

Von Evelyn an Alice

Richmond, England
13. Februar 1917

Meine liebe Alice,

Tom hat mir geschrieben, dass ich ihm zutiefst am Herzen liege als seine beste Freundin. Das ist vermutlich nicht dasselbe wie seine Herzensdame, oder? Es scheint wirklich so, als ob er mich nicht so liebt, wie ich mir das wünsche. Davon bin ich von Tag zu Tag mehr überzeugt. Ich habe so viele Andeutungen gestreut, ohne dass er darauf eingestiegen wäre. Deshalb spielt es eigentlich keine Rolle mehr, ob er damals meinen Brief erhalten hat oder nicht.

Ich muss mich wohl oder übel damit abfinden, dass sich aus unserer Freundschaft niemals mehr entwickeln wird und meine Liebe einseitig und unerwidert bleibt. Obwohl Tom mir sehr viel bedeutet, muss ich wohl meine Hoffnungen begraben. Vielleicht habe ich mich ja auch einfach in die Sache hineingesteigert, um nicht immer an den Krieg zu denken. Sag mir, was ich tun soll, Alice. Ich bin zu keinem vernünftigen Gedanken fähig.

Was John Hopper betrifft, hast du recht. Er wartet in der Tat geduldig hinter den Kulissen, führt mich in elegante Restaurants, schmachtet mich mit seinen braunen Augen an und schmeichelt sich bei Mama und Papa ein. Mag sein, dass er mein Herz nicht wirklich entflammt – nichtsdestotrotz ist er ein respektabler Kandidat, und ich will nicht als alte Jungfer enden.

Was Wills Geheimnis betrifft, habe ich bislang keine Antwort von Amandine. Hoffentlich ist sie nicht der grauenhaften Grippeepidemie zum Opfer gefallen, die letztes Jahr in Paris wütete. Es ist, als würde Will mich zwingen, an sie zu denken. Ich weiß nichts über sie, und dennoch ist sie ständig in meinen Gedanken.

Eine schlimme Nachricht aus London: Mehrere Antikriegsaktivistinnen wurden verhaftet, weil sie ein Mordkomplott gegen den Premierminister geschmiedet haben sollen. Die Zeitungen sind voll davon. Was mag als Nächstes passieren?

Bitte verzeih mir, dass ich so niedergeschlagen bin. Du weißt, der Winter deprimiert mich leicht. Es wird mir deutlich besser gehen, sobald die ersten Frühlingsknospen sprießen.

Ich denke ganz fest an dich.

Evie

PS: Ich kenne übrigens die Lancasters. Eine sehr nette Familie, und wenn ich mich recht an Peter erinnere, glaube ich, dass du dein Gegenstück gefunden hast.

Von Thomas an Evelyn

Irgendwo in Frankreich
14. Februar 1917

Liebe Evie,

es tut mir leid, dass du krank in das neue Jahr gestartet bist, wobei ein Tänzchen im Brunnen mit Hopper, der dieses Detail neulich in einem Brief an mich erwähnte, selbst mir eine nervöse Magenverstimmung beschert hätte. Vielleicht solltest du deinen gesellschaftlichen Umgang überdenken, was meinst du? Kleiner Scherz. Ernstlich ermahne ich dich hingegen, nicht noch einmal davon zu reden, dass dir nach Sterben zumute war. Nicht meine unerschütterliche kleine Evie.

Heute Abend hatte ich zur Abwechslung ein wenig Unterhaltung: Ich war bei einem Auftritt von Elsie Griffin, der großartigen Opernsängerin. Sie präsentierte mehrere Lieder, am besten gefiel mir *Danny Boy*. Dem Applaus nach zu urteilen, würde ich sagen, den anderen ging es genauso. Diese Frau hat die Stimme eines Engels.

Zudem habe ich kürzlich einen Lyrikabend besucht sowie ein paar Theateraufführungen für die Truppe, die ungeachtet ihrer eher bescheidenen Qualität sehr beliebt sind. Mit Recht, denn immerhin ist es höchst verdienstvoll, wenn sich so viele Unterhaltungskünstler auf den langen Weg an die Front machen, um uns ein bisschen Abwechslung und

Freude zu bringen. Und es hilft wider Erwarten tatsächlich. Meine Zitteranfälle haben stark nachgelassen, woran indes Schwester Rose den größten Anteil haben dürfte. Sie strahlt so viel Zuversicht und Frohsinn aus, so viel Herz. Allerdings ist sie nicht so klug wie du!

Übrigens bin ich vorübergehend als Reservist eingeteilt und kann mich ein wenig vom Frontgeschehen erholen. Kampfeinsatz oder Schreibarbeiten, das ist ein Riesenunterschied. Darüber hinaus habe ich endlich mehr Zeit zum Lesen. Danke für die Bücher, die du mir geschickt hast, ich habe mich sofort darauf gestürzt und die ersten zwei innerhalb von ein paar Tagen verschlungen. Mein Geist hungert nach etwas jenseits von Leben und Tod und Zerstörung.

Letzte Nacht habe ich von Will geträumt. Wäre er noch am Leben, würden die Dinge hier für mich irgendwie anders aussehen. Das weiß ich einfach. Dein Bruder konnte über alles lachen, selbst über das Grauen. Manchmal spüre ich seine Gegenwart so intensiv, dass ich jedes Mal erschrecke, wenn mir dann einfällt, dass er nicht mehr da ist.

Ich wünsche dir einen schönen Valentinstag. Zu Hause würde ich dich zu Pralinen und gezuckerten Kirschen ins Carlisle einladen und danach vielleicht mit dir tanzen gehen. Ich hoffe, das beigefügte Briefpapier ist ein angemessener Ersatz, selbst wenn Hopper dich, wie ich vermute, über alle Maßen verwöhnt und mein Geschenk es nicht mit den Aufmerksamkeiten flotter Männer wie ihm aufnehmen kann, die dich mit Champagner und Dinnereinladungen überhäufen.

Wenn deine Briefe an mich zu einer festen Gewohnheit geworden sind, bin ich unendlich glücklich und bete, dass du sie niemals ablegst.

In tiefer Zuneigung

Tom

PS: Ich muss zugeben, ich halte nicht viel davon, dass du in das Frauenkorps eintreten willst. Das würde dich direkt in die Gefahrenzone bringen.

Von Evelyn an Alice

Richmond, England
15. Februar 1917

Liebe Alice,

Hilfe, John hat um meine Hand angehalten! Gestern, am Valentinstag. Er hat schon mit Papa gesprochen. Ich bin völlig durcheinander, Alice. Mein Verstand sagt Ja, mein Herz sagt Nein.

Mama ist wütend auf mich, weil ich Johns Antrag nicht auf der Stelle angenommen habe. Es gezieme sich nicht für eine Dame, mit dem Herzen eines Gentleman zu spielen, sagt sie. Und ich solle nicht warten, bis ihn mir eine andere wegschnappt.

Ich schreibe diesen Brief in meinem Bett sitzend, weil ich eine Migräne vorgetäuscht habe. Nun ja, obwohl es eine Ausrede war, pocht mein Kopf jetzt ernstlich.

Was soll ich tun?

Evie

Von Evelyn an Thomas

Richmond, England
3. März 1917

Lieber Tom,

es tut mir leid, dass ich dir nicht längst geschrieben habe. Ich bin zurzeit wirklich nicht ich selbst.

Vielen Dank für deinen letzten Brief und das wunderschöne Briefpapier. Wo um alles in der Welt hast du es bloß aufgetrieben? Es ist fast zu schade, um es zu benutzen. Bei deinen Worten musste ich an die vielen gemütlichen Stunden denken, die wir im Carlisle verbracht haben, und werde die Bilder seitdem nicht mehr los. Ich bin mir nicht sicher, welche Vorstellung reizvoller ist – die gezuckerten Kirschen oder das Tanzen.

Dass du überhaupt noch dazu kommst, an mich zu denken, ist ein Wunder. Zum einen bin ich so weit weg, und zum anderen bist du mittlerweile ganz schön abgelenkt durch eure Truppenbetreuung und Schwester Rose. Du meinst, ich würde mich gut mit ihr verstehen – da wäre ich mir nicht so sicher. In meinen Augen ist sie eher der Typ, der den Laden lieber alleine schmeißt.

Ich fand es tröstlich zu lesen, dass du von Will geträumt hast. Wir leben jetzt bereits so lange ohne ihn, und trotzdem vergesse ich manchmal, dass er tot ist, und halte im Apfelgarten oder in den Ställen nach ihm Ausschau. Es ist für mich sehr wichtig, dass ich meine Erinnerungen an ihn mit dir teilen kann. Weißt du übrigens Näheres über Amandine Morel, die französische Krankenschwester, in die Will verliebt war? Ich meine mich zu erinnern, dass du mir irgendwann geschrieben hast, sie sei krank geworden und nach

Paris zurückgekehrt. Ist dir zufällig zu Ohren gekommen, welcher Art diese Erkrankung war? In letzter Zeit muss ich oft an sie denken.

Es ist schön, dass die Bücher dir Freude bereiten. Dieses Mal habe ich dir etwas von Jules Verne beigelegt, Wills Lieblingsautor.

In Zuneigung

Evie

Von Alice an Evelyn

Irgendwo in Frankreich
6. März 1917

Liebe Evie,

so, so, John hat es endlich getan. Ich muss sagen, das überrascht mich überhaupt nicht. Wie sah sein Antrag aus? War es sehr romantisch? Aus irgendeinem Grund stelle ich mir seinen Auftritt steif und förmlich vor. Bei einem Brandy im Salon, eingeleitet von einem Räuspern. Hat er dir so seine Liebe erklärt?

Darling, ich weiß, du bist verwirrt, doch du hast selbst gesagt, dass Tom Harding blind ist in Sachen Liebe. Er hegt freundschaftliche Gefühle für die Schwester seines besten Freundes, das steht außer Zweifel. Aber begehrt und liebt er sie? Wahrscheinlich nicht. Schließlich hat er nie auf deinen Liebesbrief reagiert, der ihm hätte zeigen müssen, wie es um dich steht. Ich fürchte, dein Tom neigt dazu, in Liebesangelegenheiten den Kopf in den Sand zu stecken.

Wie auch immer du dich entscheidest, wirf nicht aus einer Laune heraus deine Zukunft weg. Und lass dich nicht zu sehr von deiner Mutter beeinflussen. Du bist nicht der Typ, der Dinge tut, weil es der Anstand verlangt, wie es heißt. Entscheide, wie du denkst, meine mutige, kluge Freundin. Vergiss nicht, es ist deine Entscheidung, und ich weiß, du wirst die richtige treffen.

Bisous

Alice

Von Evelyn an Alice

Richmond, England
15. März 1917

Liebe Alice,

vielen Dank für deine weisen Worte. Du hast recht, ich kann nicht ewig auf Tom Harding warten, ohne die geringste Ahnung zu haben, ob sich das Warten überhaupt lohnt. Gleichzeitig vermag ich mich nicht zu überwinden, Johns Antrag anzunehmen. Weshalb das, was ich dir zu berichten habe, zu einem perfekten Zeitpunkt kommt.

Ich werde nach Frankreich gehen als Mitglied des neu gegründeten britischen Frauenkorps. Es ging alles sehr plötzlich. Auf meine Bewerbung erhielt ich vom Rekrutierungsbüro sehr rasch eine Antwort – zum Glück hat Mama das Schreiben nicht vor mir in die Finger bekommen. Der große Umschlag mit dem königlichen Stempel hätte sofort ihren Argwohn geweckt. Ich musste diverse Tests vor einer Prüfungskommission ablegen und habe alle mit Bravour bestanden.

O Alice, ich bin wahnsinnig aufgeregt! Endlich kann ich mich in diesem Krieg nützlich machen und eine sinnvolle

Aufgabe übernehmen. Ich habe sogar schon meine Uniform. Da ich ziemlich groß bin, musste ich nur den Mantel leicht umändern lassen, während kleinere Frauen in der Standardgröße geradezu versinken dürften.

Gestern Abend kam bereits der Marschbefehl. Ende des Monats werde ich an der Victoria Station in den Zug nach Folkestone steigen und von dort aus mit dem Schiff nach Boulogne übersetzen, von wo es dann weitergeht zum britischen Hauptquartier in Rouen. Jetzt ist es lediglich noch eine Frage von Tagen. Außer dir habe ich niemandem davon erzählt. Mama würde sich bloß unnötig aufregen, und Papa würde mir massenhaft Verhaltensmaßregeln mit auf den Weg geben. Ich weiß, es wird für beide ein Schock sein, vor allem für Mama, aber es ist wirklich die einzige Möglichkeit, um sie nicht jetzt bereits unnötig in Unruhe zu versetzen und uns Auseinandersetzungen und Missstimmungen zu ersparen. Besser, ich gehe einfach und erkläre alles in einem Abschiedsbrief, findest du nicht?

Ich habe überlegt, ob ich es John sagen soll, doch es steht zu befürchten, dass er es an Mama weitergibt und mich zudem davon abzubringen versucht. Deshalb werde ich ihm lieber später schreiben. Vielleicht hilft mir mein Fortgang nach Frankreich (meine Flucht?) ja sogar, eine Antwort auf Johns Antrag zu finden. Wenn ich dort ein wenig mehr vom Leben lerne, bin ich vielleicht hinterher eher in der Lage, eine vernünftige Entscheidung zu treffen.

Verzweifelte Situationen erfordern verzweifelte Maßnahmen, und ich bin stolz, dass ich eine Rolle im Rahmen unserer Kriegsanstrengungen spielen darf. Ich hoffe auf einen Posten als Schreibkraft oder als Telefonistin.

Ich melde mich wieder, sobald ich kann. Vorerst schließe ich mit einem *au revoir*!

Deine Freundin Evie

PS: Ich habe einen bitterbösen Brief von einer Leserin erhalten, die meine Kolumne ziemlich unangemessen fand. Meine Güte, hat die Frau Dampf abgelassen! Scheinbar habe ich einen empfindlichen Nerv getroffen, und das freut mich. Im Journalismus darf man die Wahrheit nicht beschönigen, um sie genießbarer zu machen. Ich kenne einige Kollegen, die sehr leicht in die Propagandafalle tappen, und möchte nicht denselben Fehler machen. Tatsächlich hoffe ich sogar, dass ich während meiner Zeit in Frankreich noch mehr Öl ins Feuer gießen kann. Von mir aus können säckeweise empörte Protestbriefe eintreffen, wenn ich dafür den Menschen die Augen öffnen kann, wie es in diesem Krieg wirklich zugeht.

Von Evelyn an Thomas

Richmond, England
15. März 1917

Lieber Tom,

ich schreibe dir ein paar Zeilen, um dir mitzuteilen, dass ich als Mitglied des britischen Frauenkorps nach Frankreich kommen werde. In zwei Wochen breche ich auf. Es ist sinnlos, mich davon abhalten zu wollen. Die Sache ist beschlossen. Die Papiere sind unterschrieben, sogar eine Uniform habe ich schon. Ich werde also diesen Krieg, wie lange er noch dauern mag, künftig auch aus nächster Nähe erleben.

Ich weiß, dass selbst die Arbeit in Schreibstuben oder Telefonzentralen nicht ganz ungefährlich ist, und ich verspreche dir, mich so weit wie möglich von brenzligen Situationen fernzuhalten, dennoch bin ich sehr aufgeregt und freue mich auf die neue Aufgabe. Endlich werde ich nicht mehr von der Außenlinie zuschauen, sondern mittendrin im Geschehen sein.

Meine Eltern wissen noch nichts. Ich hinterlasse ihnen eine Nachricht. Bis Collins diese mit dem Frühstückstablett zu Mama hochgebracht hat, sitze ich längst im Zug nach Folkestone. Das ist mir angenehmer, als lange Diskussionen führen zu müssen. Ich hoffe, sie beruhigt sich, bis ich von meinem Einsatz zurückkehre.

Bitte bete für mich und wünsche mir Glück. Ich melde mich, sobald ich angekommen bin. Wer weiß, vielleicht treffen wir uns ja einmal unter dem französischen Sternenhimmel, den du mir gelegentlich beschrieben hast. Ich würde dich unheimlich gerne wiedersehen, Tom. Selbst mit den Donnerschlägen der Granaten in meinen Ohren würde es sich lohnen, dein schiefes Grinsen zu sehen.

Ich habe dir drei neue Bücher eingepackt plus einen Bildband über britische Gartenvögel. Vielleicht möchtest du selbst schauen, wie präzise oder unpräzise meine Skizzen sind.

Mach dir keine Sorgen um mich, Tom. Betrachte mich wie einen Zugvogel. Ich verlasse die vertrauten englischen Hecken für eine kleine Weile, aber ich weiß, dass sie bei meiner Rückkehr in alter Pracht auf mich warten werden.

Alles Gute

Deine Freundin Evie

Telegramm von Thomas an Evelyn

17. März 1917

An: Evelyn Elliott, Poplars, Richmond, London SW
Gesendet: 10:14 / Empfangen: 11:54

Du bist stur wie ein Esel. Kann dich nicht abhalten, bin jedoch nicht gluecklich darueber. Vielleicht willst du es dir noch einmal ueberlegen? Wenn nicht, pass bitte auf dich auf.
Tom

Von Thomas an Evelyn

Irgendwo in Frankreich
20. März 1917

Liebe Evie,

nachdem ich deinen Brief gelesen hatte, war ich furchtbar wütend. So wütend, dass ich den Helm eines Soldaten ins Niemandsland schleuderte. Er wurde natürlich sofort beschossen, und der Soldat musste sich einen neuen besorgen. Zu wissen, dass du dich auf den Kriegsschauplatz begibst, in all dieses Elend und Blutvergießen, widerstrebt mir. Das ist kein Ort für jemanden wie dich, und er wird dir nicht guttun. Er tut niemandem gut. Das alles läuft meinem Bedürfnis, dich zu beschützen, zuwider. Ich ertrage es nicht, dass du dich freiwillig solch grauenvollen Bildern aussetzt, um deinen Mut zu testen. Was, wenn dir etwas zustößt? Evie, das würde ich nicht verkraften. Eigentlich dachte ich, wir hätten uns in Edinburgh ausführlich darüber unterhalten, und jetzt stelle ich fest, dass du alle Bedenken in den Wind schlägst.

Bitte versprich mir, dass deine Tätigkeit im Rahmen des Frauenkorps nur von kurzer Dauer sein wird, und nimm dich um Gottes willen vor den Männern hier in Acht. Sie haben seit Monaten keine normale Frau mehr gesehen, manche seit Jahren nicht. Sei wachsam. Sollte dir von einem der Unseren irgendein Leid zugefügt werden, garantiere ich dir, dass ich rot sehe und für nichts garantieren kann.

Tom

Von Evelyn an Thomas

Richmond, England
25. März 1917

Lieber Tom,

dass du glaubst, eine Frau habe in diesem Krieg keinen Platz, stimmt mich traurig, macht mich sogar wütend. Wieso denkst du, dass ich mit dem Elend nicht fertigwerde? Gerade von dir hätte ich mehr Verständnis erwartet.

Für mich ist es die Gelegenheit, auf die ich die ganze Zeit gewartet habe. Eigentlich dachte und hoffte ich, du würdest dich darüber freuen, dass ich flügge geworden bin und mir selbst ein Bild von dem Kriegsgeschehen machen möchte, das ich in den letzten zwei Jahren lediglich durch deine Augen gesehen habe. Halten alle Männer uns Frauen für unfähig? Soll ich wieder zu den Stricknadeln zurückkehren und weiterhin brav der Dinge harren?

Du sagst, du willst mich beschützen und seist um meine Sicherheit besorgt. Das ehrt dich, doch falls du damit ein langweiliges Dasein im goldenen Käfig meinst und ein Leben, das sich um Teestunden und Dinnerpartys dreht, dann sage ich Nein, denn ich möchte mich weiterentwickeln. Wenn du mich vor etwas beschützen willst, dann beschütze mich vor der monotonen Existenz einer privilegierten jungen Frau, die den engen Fesseln eines Ehelebens entgegensieht. Ich kann mir nämlich nichts vorstellen, was mich schneller ins Grab bringen würde.

Wie dem auch sei, die Sache ist besiegelt. Ich gehe nach Frankreich, und mehr gibt es nicht zu sagen. Vielleicht sollte ich mir meine Worte von nun an für andere aufheben. Nicht dass du meinetwegen einen weiteren Helm ins Niemandsland schleudern musst.

Wir beide haben uns oft über das Thema Vögel ausgetauscht. Wie seltsam, dass ich erst gestern die folgenden Worte von Jane Eyre wiederentdeckt habe:

Ich bin kein Vogel, und kein Netz und kein Vogelsteller vermag mich zu fangen. Ich bin ein freies, menschliches Wesen mit einem unabhängigen Willen.

Ich werde es bei diesem Zitat belassen.

Evie

Von Evelyn an Alice

Richmond, England
30. März 1917

Liebe Alice,

morgen werde ich nach Frankreich übersetzen. Ich hoffe, ich tue das Richtige. Zwar bin ich davon überzeugt, aber vorhin beim Dinner konnte ich Papa und Mama kaum in die Augen schauen.

Unterdessen hat Tom mir einen Brief geschrieben, in dem er seinem Unmut Luft gemacht hat. Er findet meinen Plan absurd und denkt offenbar, dass ich für die Front ungeeignet bin. Sie sei *kein Ort für jemanden wie mich*, hat er tatsächlich geschrieben, womit er wohl auf mein Geschlecht und meine gesellschaftliche Position anspielt. Ehrlich, Alice, ich glaube, er würde mich am liebsten in einen Käfig sperren. Hätte ich ihm doch nie etwas vom Frauenkorps erzählt! Obwohl ich seine Einmischung ablehne, nagen seine Bedenken an mir und verhindern, dass ich zuversichtlich und selbstsicher bin. Jedenfalls steche ich morgen in See, mit oder ohne Tom Hardings Segen.

Bleib gesund, Darling, und sei gegrüßt.

Evie

PS: Du kannst mir an die Adresse schreiben, die innen auf der Umschlaglasche steht.

Von Evelyn an ihre Mutter

30. März 1917

Liebe Mama,

dieser Krieg hat uns alle in vielerlei Hinsicht verändert, und ich hoffe, du kannst mir eines Tages verzeihen, was ich im Begriff bin zu tun.

Ich gehe heute mit dem britischen Frauenkorps nach Frankreich und werde, wie es aussieht, bei Rouen stationiert und dem Kommando von Helen Gwynne-Vaughan unterstellt. Vermutlich in einer Schreibstube oder bei der Telefonvermittlung. Durch meinen Einsatz wird ein Mann, der meine Aufgaben bislang versehen hat, frei, um die Truppen an der Front zu verstärken. Multipliziert man das mit den Tausenden Frauen, die sich verpflichtet haben, ergibt das einen gewaltigen Nutzen. Ich habe das Gefühl, es war einfach meine Pflicht, mich zu melden.

John Hopper habe ich ebenfalls informiert und ihm versprochen, dass er meine Antwort auf seinen Antrag erhält, sobald ich zurück bin.

Mama, ich weiß, du denkst oft an Will, und ich möchte dich bitten zu überlegen, was er zu meinem Entschluss sagen würde. Zweifellos hätte er meine Entscheidung unterstützt, trotz möglicher Sorgen um meine Sicherheit, und genau das wünsche ich mir von dir und Papa. Ein Stück weit gehe ich auch zum Gedenken an meinen tapferen, unerschrockenen Bruder nach Frankreich.

Will hat immer gesagt, wenn er irgendetwas für mich tun solle, brauche ich ihn nur zu fragen. Ich selbst habe ihm das leider nie angeboten. Aber hätte er mich vor seinem Tod um irgendetwas gebeten oder mir schriftlich eine Bitte hinterlassen, ich wäre dem nachgekommen. Egal, wie schwierig oder befremdend es gewesen wäre. Ist es nicht das, was wir ihm schuldig sind, Mama? Sollten wir nicht seinen letzten Willen respektieren, statt ihn zusammen mit seinen Medaillen und seiner Cricketausrüstung und seinen alten Spielsachen zu verstecken? Wir haben alle unsere Geheimnisse, manche davon gehören uns allerdings nicht allein. Denk darüber nach.

Ich hoffe, du wirst mir deinen Segen geben und für mich beten.

Sobald ich in Frankreich angekommen bin, werde ich mich melden und dir so oft schreiben, wie ich kann.

Alles Liebe

Deine Tochter Evelyn

Von Evelyn an John Hopper

Richmond, England
30. März 1917

Lieber John,

wenn du das hier liest, bin ich bereits auf dem Weg nach Frankreich.

Ich habe mich für das britische Frauenkorps gemeldet und komme an die Westfront nach Rouen, wo ich dem Kommando von Helen Gwynne-Vaughan unterstehen werde. Endlich erhalte ich die Chance, zu den Kriegsanstrengungen beizutragen, und das macht mich unendlich dankbar und stolz.

Ich weiß, du wirst von meiner plötzlichen Abreise enttäuscht sein, vor allem da ich dir noch eine Antwort schulde.

Glaub mir, dass ich nicht die Absicht habe, Spielchen mit dir zu treiben, ich folge lediglich meiner inneren Überzeugung, die mir sagt, dass ich diesen Schritt tun muss. Außerdem wird der Aufenthalt dort mir sicher helfen, die richtige Antwort auf deinen Heiratsantrag zu finden. Allein deshalb hoffe ich auf dein Verständnis.

Jack Davies ist informiert. Er wird mir meine neuen Aufgaben zuteilen. Trotzdem werde ich die Beiträge für die Kolumne weiterhin zuerst an dich schicken, so wie wir es immer gehandhabt haben.

Ich verspreche, dir so oft wie möglich zu schreiben.

Viele Grüße

Evelyn

Von Evelyn an ihre Mutter

Rouen, Frankreich
4. April 1917

Liebe Mama,

ich sende dir ein paar Zeilen, damit du weißt, dass ich sicher in Frankreich angekommen bin. Wir können hier die Granaten und das Artilleriefeuer aus der Ferne hören, aber sei versichert, dass ich nicht in Gefahr bin.

Die Mädels vom Frauenkorps sind alle guter Dinge und freuen sich auf die neuen Aufgaben, wenngleich einige Männer hier sich ziemlich abfällig über uns äußern und bezweifeln, dass wir für diesen Einsatz hinter der Front überhaupt geeignet sind.

Bestell Papa und allen anderen im Haus schöne Grüße von mir.

Ich werde mich bald wieder melden.
Alles Liebe
Deine Tochter Evelyn

Von Evelyn an Thomas

Rouen, Frankreich
7. April 1917

Lieber Tom,

ich nehme an, du bist nach wie vor erzürnt, hoffe indes, dass dies nicht zum Abbruch unserer Korrespondenz führt. Deshalb teile ich dir mit, dass ich in Frankreich angekommen bin, und gebe dir die Adresse, unter der du mich erreichen kannst.

Die Überfahrt war aufgrund des schweren Seegangs nicht gerade angenehm, doch wir haben es überstanden. Ich bin in Rouen stationiert und arbeite in der zentralen Telefonvermittlung. Ein Glücksfall. Andere Frauen wurden dazu abkommandiert, die Offiziere zu bedienen oder die Friedhöfe zu pflegen. Angesichts dieser Alternativen habe ich es wirklich gut getroffen.

Wir sind in einem schrecklichen kleinen Barackenlager hinter den Linien untergebracht. Die sanitären Einrichtungen spotten jeder Beschreibung, sie sind einfach ekelhaft – egal, ich habe es so gewollt und darf jetzt nicht jammern. Inzwischen mache ich mich eher lustig darüber, dass ich durch einen Kohlenkeller zu einem provisorischen Verschlag gehen muss, um ein Bad zu nehmen. Ich hoffe, die Vorstellung entlockt dir ein Grinsen. Wer hätte sich das träumen lassen?

Hier auf dem Stützpunkt fühle ich mich ziemlich sicher, obwohl wir in der Ferne die Explosionen der Granateinschläge und das Stakkato des Trommelfeuers hören. Es klingt, gelinde gesagt, für unsere Ohren beängstigend. Allerdings hat man uns versichert, dass wir uns mit der Zeit daran gewöhnen werden. Einige alte Hasen behaupten sogar, den Gefechtslärm gar nicht mehr wahrzunehmen. Noch fällt es mir schwer, das zu glauben.

Falls du mir nach wie vor grollst, werde ich das wohl oder übel akzeptieren müssen, aber schreib mir bitte zumindest ein paar Zeilen, damit ich weiß, wie es dir geht. Außerdem würde ich gerne erfahren, was du mir über Amandine Morel, Wills französische Krankenschwester, zu sagen weißt. Ich wäre über jedes Detail froh – warum, das erkläre ich dir später.

Ich melde mich wieder, sobald ich Zeit finde. Was gibt es Neues aus dem Kampfgebiet? Darfst du mir sagen, wo du bist? Eine gute Neuigkeit ist, dass Amerika den Deutschen endlich den Krieg erklärt hat. Ich frage mich, wann die ersten amerikanischen Truppen hier eintreffen werden.

Deine Freundin Evie

Von Alice an Evelyn

Irgendwo in Frankreich
8. April 1917

Liebe Evie,

du bist tatsächlich in Frankreich! Was sagt man dazu? Ich bin hin- und hergerissen zwischen meiner Angst um dich und meiner Begeisterung, dass du dich durchgesetzt hast.

Ich weiß, du wolltest es unbedingt und bist glücklich, dich endlich beweisen zu können. Überdies war es ein schlauer Schachzug, weil es dir Zeit gibt, über Johns Antrag nachzudenken. Hier bei uns herrscht ein so unvorstellbares Chaos, dass ich dringend einen Grund zur Freude brauchte. Und den hast du mir gegeben.

Momentan bin ich in Clouette stationiert und werde voraussichtlich noch zwei weitere Wochen bleiben. Ich versuche mal, bei unserer Oberschwester in Erfahrung zu bringen, ob es eine Möglichkeit gibt, in deine Nähe versetzt zu werden. Mein Doktor wurde leider an einen anderen Ort abkommandiert, schreibt mir jedoch fast täglich. Ich habe noch nie einen Mann kennengelernt, der so viel zu sagen hat – seine Briefe gehen oft über mehrere Seiten. Ich lauere jeden Tag auf die Post, ob ich seine markante Handschrift erspähe. Nie zuvor hat mich ein Mann dermaßen beeindruckt – ich bewundere seinen scharfen Verstand genauso wie seine Leidenschaft. Er ist so nobel, so zielstrebig und außerdem schön wie ein Prinz. Wer hätte gedacht, dass ein einziger Mann so viele Qualitäten auf sich vereinen kann? O Gott, ständig gerate ich ins Schwärmen. Sieht ganz so aus, als wäre ich in Liebe entbrannt. Liebe, sage ich! In der Tat sind es nicht die albernen romantischen Regungen, die ich zuvor empfunden habe. Inzwischen kenne ich den Unterschied.

Es tut mir leid, dass du dich mit Tom überworfen hast. Vielleicht war er ja wirklich völlig außer sich vor Sorge um seine beste Freundin? Ich glaube nicht, dass er dich und Frauen generell für ungeeignet oder gar für völlig unbrauchbar hält. Das klingt nicht nach Tom. Hingegen habe ich den Eindruck, dass dieser Krieg dich bereits verändert und dich unduldsam gemacht hat. Wenn du bedenkst, was Tom in den letzten beiden Jahren erlebt hat, kann man ihm nicht wirklich verübeln, dass er dich zu Hause in Sicherheit wissen möchte. Mir geht es im Grunde genauso. Zwar bist du aus demselben Beweggrund hergekommen wie ich, und dennoch wünsche ich dich eigentlich weit fort von hier. Aus Liebe, verstehst du? Und wer weiß, ob du Toms Gefühle nicht generell falsch einschätzt. Was du erzählst, klingt nach einer Menge Gefühle, die er möglicherweise indes selbst nicht richtig einordnet. Manchen Männern muss einfach nachgeholfen werden – aus diesem Grund habe ich beispielsweise eine kleine Botschaft im Notizbuch meines Doktors hinterlassen.

Noch ein kleiner Rat, bevor ich schließe: Du darfst dich nicht allzu sehr herunterziehen lassen während deiner Zeit an der Front. Man übersteht den Wahnsinn des Krieges nur, wenn man hin und wieder etwas aufatmen kann. Also such dir Möglichkeiten, die dich zwischendurch aufheitern. Und sei freundlich zu jedem Soldaten, der dir begegnet. Sie brauchen so dringend unsere Ermunterung. Mittlerweile kümmert es keinen mehr, aus was für Kreisen wir stammen. Das ist das einzig Gute an diesem Blutvergießen: Das gestrige Status- und Klassendenken fällt ab wie totes Laub. Wir sitzen alle im selben Boot.

Ich bin so stolz auf dich.

Liebe Grüße und viele Küsse

Alice

Von Thomas an Evelyn

Irgendwo in Frankreich
15. April 1917

Liebe Evie,

bitte verzeih mir, dass ich mich so habe gehen lassen. Ein Gentleman sollte einer Dame nicht schreiben, wenn er sich nicht unter Kontrolle hat, doch der Krieg ist leider ein schlechter Lehrmeister.

Natürlich denke ich nicht, du seist unfähig, hier zurechtzukommen. Nein, ich weiß sehr wohl, dass du hervorragende Artikel über das Geschehen an der Front schreiben wirst, eben weil du eine Frau bist und eine andere Sichtweise auf die Dinge hast. Evie, du bist einer der stärksten Menschen, die ich kenne, und ich habe dir hoffentlich nie in irgendeiner Weise den Eindruck vermittelt, dass ich dir weniger zutraue als einem Mann. Dafür habe ich schon meine Mutter zu sehr bewundert, die den gleichen scharfen Verstand besaß wie du. Dass ich mir Sorgen um deine Sicherheit mache, entspringt reinem Egoismus. Verzeih mir, wenn das nach Einsperren im goldenen Käfig klingt, aber der Gedanke, ich könnte dich verlieren, ist unerträglich für mich. Ich habe bereits zu viel in diesem Krieg verloren.

Um deine Fragen nach Amandine Morel zu beantworten: Ja, natürlich erinnere ich mich an sie. Immerhin war sie das einzige Mädchen, in das Will sich je unsterblich verliebt hat. Nicht allein wegen ihrer Schönheit, sondern wegen ihrer ganzen Art. Ihm gefiel die Lebhaftigkeit, mit der sie ihn auf Trab hielt, ihr trotz schwerer Zeiten nie versiegender Humor. Die Umstände ihrer Abreise sind mir allerdings unbekannt. Auf das Schreiben, das ich nach Wills Tod an sie in das Feldlazarett schickte, teilte man mir mit, Mademoiselle Morel sei erkrankt und in ihre Heimatstadt Paris zurückgekehrt. Mehr konnte ich nicht in Erfahrung bringen, weiß also nicht, ob sie selbst nach Will gesucht hat, als seine Briefe ausblieben, und jemals irgendwie von seinem Tod erfuhr.

Nun zu dir: Trotz meiner Vorbehalte hoffe ich, dass du in Frankreich das tun kannst, was dir vorschwebt. Zu berichten gibt es weiß Gott genug. Ich freue mich darauf zu hören, wie du zurechtkommst, und verzeih bitte diesem lächerlichen Rüpel, der dich unbeabsichtigt beleidigt hat.

Alles Liebe

Tom

Von Thomas an John Hopper

Irgendwo in Frankreich
28. April 1917

Lieber John,

ich habe mir die letzten Bilanzen angesehen, die Abshire mir zugesandt hat, und bin beeindruckt von den neuesten Verkaufszahlen. Respekt! Das Loben ist zwar nicht unbedingt meine Stärke, doch in diesem Fall muss ich dir meine Anerkennung zollen. Und vielleicht sollten wir die Differenzen der Vergangenheit endgültig begraben. Die Welt befindet sich im Krieg, da sollte man zumindest als Familie zusammenhalten, findest du nicht auch?

Mir gefällt deine Idee, als Gegenpart eine zweite Kriegskolumne aus männlicher Sicht zu etablieren, sofern dies nicht auf Evies Kosten geht. Sie hat sehr hart gearbeitet, um als Journalistin anerkannt zu werden. Derzeit befindet sie sich in der Kommunikationszentrale Rouen und hält mich von dort aus auf dem Laufenden.

Ich hoffe, bei euch in London ist alles in Ordnung. Hüte dich vor den Zeppelinen und bleib gesund.

Mit den besten Grüßen

Thomas Harding

Von Evelyn an John Hopper

Rouen, Frankreich
5. Mai 1917

Lieber John,

ich schreibe dir ein paar Zeilen, um dir mitzuteilen, dass es mir gut geht, und um dir meinen neuesten Artikel zu senden. Es ist alles andere als eine angenehme Lektüre, und ich habe Verständnis, falls ihr, du und Jack Davies, es vorzieht, meinen Text zu überarbeiten oder ihn erst gar nicht zu veröffentlichen – ich weiß ja, dass ihr im Prinzip keine Männer seid, die vor der Wahrheit zurückschrecken.

Was ich hier zu sehen bekomme, entsetzt und erschüttert mich zutiefst. Das Propagandaministerium leistet bemerkenswert gute Arbeit, um diesen Krieg so darzustellen, als wäre er nichts weiter als ein fröhlicher Ausflug in die französische Provinz. Dabei sind die Männer in den Schützengräben dem Tod näher als dem Leben, vegetieren hoffnungslos und verzweifelt dahin. Es ist eine völlig andere Welt, in die sie geworfen wurden – eine Welt, die von unvorstellbarem Leid und von Angst und Verlust geprägt ist und nicht von Ehre oder stolzem Heldenmut, wie man uns glauben machen will. Kein einziger Mann käme freiwillig hierher, würde er die Wahrheit kennen. Kein Mensch sollte so leben müssen. Niemals.

Ich habe gehört, dass die Deutschen unsere Heimat inzwischen mit Flugzeugen angreifen statt mit Luftschiffen. Lieber Gott, was kommt als Nächstes? Vielleicht bin ich am Ende sogar in Frankreich sicherer als in England. Unser neuer Premierminister wird sich rasch etwas einfallen lassen müssen. Ich beneide den Mann nicht darum, dass er in solch unsicheren Zeiten das Amt übernommen hat.

So viel für heute, ich werde mich bald wieder melden.

Viele Grüße

Evelyn

EINE FRAU IN KRIEGSZEITEN

von Genevieve Star,
unserer Sonderkorrespondentin in Frankreich

Der Blick von der Front

Für eine lange Zeit habe ich mir diesen Krieg lediglich in Gedanken ausgemalt. Ich sah ihn in meinen Träumen, in meinen Albträumen. Ich stellte ihn mir durch die Augen von Verwandten und Freunden vor, die nah am Geschehen waren. Und vor allem las ich alles, was unsere Zeitungen darüber berichteten.

Nachdem ich mir jahrelang gewünscht habe, etwas Nützlicheres zu tun, als zu stricken, bin ich nun hier, mitten im Kriegsgebiet, und erkenne die Welt, wie ich sie seit dreiundzwanzig Jahren gewohnt bin, kaum wieder.

Nichts in meiner Vorstellung hätte mich jemals auf diese trostlose Realität des Krieges vorbereiten können, und ganz sicher hat nichts, was ich in den Zeitungen gelesen habe, Ähnlichkeit mit dem, was ich nun mit meinen eigenen Augen sehe.

Uns wird ein sehr schlechter Dienst erwiesen von jenen, die behaupten, uns mit aktuellen Informationen zu versorgen. In fetten Überschriften, die an den Zeitungsständen prangen, berichten sie von »großartigen Siegen« und »grandiosen Fortschritten«. Sie möchten uns glauben machen, dieser Krieg sei nichts weiter als ein Spiel zwischen Jungs. Wir lesen von Tapferkeit und von gefallenen Helden und erfahren vom Verlust eines geliebten Menschen, von einem weiteren ehrenvollen Tod, erklärt in den wohlgesetzten Worten eines Generals, der geschützt in seinem Bunker sitzt und an dem besten französischen Cognac nippt, der zur Verfügung steht.

Sie betrügen uns. Sie verschweigen die Wahrheit und erfinden eine idealisierte Scheinrealität.

So etwas wie einen ehrenvollen Tod beispielsweise gibt es nämlich nicht. Nicht hier. Wenn unsere Männer fallen, fallen sie hart. Sie landen im Dreck, neben den vielen Pferdekadavern, die dort verwesen. Wo ist da die Würde? Kann es so etwas wie Würde in dieser Hölle überhaupt geben?

Auch Ehre sucht man an der Front vergeblich. Man findet nichts als Angst und Leid. Gestandene Männer rufen weinend nach ihren Müttern und beten für ein rasches Ende. Sie wissen, dass jeder Tag ihr letzter sein kann, und das ist kein Leben.

Was können wir Frauen also tun?

Zunächst einmal sollten wir alle offiziellen Verlautbarungen und Zeitungsberichte ignorieren, die sich vor der Wahrheit wegducken. Ferner können wir unsere Männer ermutigen, uns die blutigen Details nicht zu verheimlichen. Natürlich wird die Zensur alles daransetzen, das zu verhindern, doch dann müssen wir eben zwischen den Zeilen lesen. Lassen wir unsere Männer erzählen, lassen wir sie über die grausamsten Schlachten reden, sei es in Briefen oder in Gedichten oder von Angesicht zu Angesicht während ihres Heimaturlaubs. Lassen wir sie wie Babys in unseren Armen schluchzen, weil sie Angst vor der Rückkehr an die Front haben.

Und hören wir auf, diejenigen, die es nicht ertragen können, Deserteure zu nennen. Wir dürfen nicht länger hinnehmen, dass sie als Feiglinge beschimpft und vor ein Erschießungskommando gestellt werden. Es sind Menschen wie Sie und ich, die dieses Inferno nicht länger aushalten. Die wahren Feiglinge sitzen in den Chefetagen der Zeitungen daheim, vertuschen die Wahrheit und schrecken zurück vor der Realität dieses Krieges, der angeblich alle Kriege beenden sollte. Sie sind diejenigen, die unsere Verachtung verdienen, weil sie abends in ihr weiches Bett sinken und verdrängen, wie es gerade den Soldaten in ihren feuchten Unterständen ergeht. Allein sie sind diejenigen, die beschämt ihre Köpfe senken sollten.

Lassen Sie uns die Wahrheit einfordern und für ein rasches Ende dieses Krieges beten.

Bis zum nächsten Mal – bleiben Sie tapfer!

Ihre Genevieve Star

Von John Hopper an Evelyn

London, England
16. Mai 1917

Liebe Evelyn,

wie immer habe ich mich gefreut, von dir zu hören. Und ich hoffe, du freust dich über das, was ich zu berichten weiß. Meine Entscheidung, Jack Davies zu empfehlen, deinen Text ungekürzt zu veröffentlichen, hat sich als goldrichtig erwiesen, denn dein Artikel hat großes Aufsehen bei unserer Leserschaft erregt und eine gewaltige Irritation bei unserer Konkurrenz ausgelöst.

Als ich heute Morgen zur Arbeit kam, erwartete mich vor dem Eingang eine Gruppe von Kriegsdienstverweigerern. Sie wollten einen anonymen Artikel einreichen, der deine Forderungen unterstützt und den Krieg scharf verurteilt. Ich musste ablehnen, sonst hätte ich mich der Unterstützung von Gesetzesbrechern schuldig gemacht. Wenig später traf die Polizei ein und befragte mich und die anderen Mitarbeiter. Trotz meiner guten Beziehungen zu den offiziellen Stellen gesteht man uns offenbar keine größeren Freiheiten zu. Unabhängig davon halte ich das, was du tust, für wichtig. Diese grausamen und grauenvollen Aspekte des Krieges müssen publik gemacht werden. Die Bürger verdienen es, die Wahrheit zu erfahren. Und darum bitte ich dich, uns so viele Texte wie möglich zu liefern.

Im Übrigen ertappe ich mich immer wieder bei der Frage, ob die Frau, die ich mehr als alle anderen bewundere, meinen Antrag jemals annehmen wird. Ich hoffe sehr, dass du dich bald entscheidest, Evelyn. Ein Mann in meiner Position kann nicht ewig warten.

Mit den besten Grüßen

John

Von Charles Abshire an Thomas

London, England
18. Mai 1917

Lieber Thomas,

ich überbringe dir heute beunruhigende Neuigkeiten. Unsere Kriegskolumnen haben eine unerwartete Flut von Reaktionen ausgelöst. Wir bekommen Briefe unterschiedlichster Herkunft: von Sympathisanten sowie Pessimisten, dazu von Polizeibehörden, Anwälten und Stadträten. Dem *London Herald*, bei dem zwei weibliche Kolumnisten beschäftigt sind, wurde diese Form der Aufmerksamkeit ebenfalls zuteil.

Ich bin mir nicht sicher, was ich tun soll. Dein Cousin scheint diese Entwicklung im Grunde seines Herzens großartig zu finden, wenngleich er es nicht direkt zugibt. Jedenfalls drängt er unseren Reportern zunehmend heikle Themen auf und bringt damit die Zeitung in Gefahr, mit Sanktionen und empfindlichen Geldbußen belegt zu werden oder, schlimmer noch, eine Schließung zu riskieren. Ich verstehe das nicht, da er das strenge Durchgreifen der Behörden schließlich zur Genüge kennt.

Thomas, als langjährigem Mitarbeiter und Freund deines Vaters widerstrebt es mir zutiefst, dabei zuzuschauen, wie die Existenz der Zeitung fahrlässig aufs Spiel gesetzt wird. Dafür seid ihr, du und dein Vater, mir immer viel zu wichtig gewesen. Nimm dich vor John Hopper in Acht, ich weiß nicht, was er mit seinem derzeitigen Kurs bezweckt, aber man kann ihm nicht trauen.

Es ist schön zu hören, dass es dir gut geht. Ich freue mich auf den Tag, an dem ich dich für immer über die Türschwelle der Direktionsetage schreiten sehe.

Mit den besten Wünschen

Charles Abshire

Von Evelyn an John Hopper

Rouen, Frankreich
25. Mai 1917

Lieber John,

ich danke dir für deinen Brief. Es erstaunt mich, dass mein Beitrag so viel Furore gemacht hat, und natürlich tut es mir leid, dass ihr dadurch Schwierigkeiten mit der Polizei hattet. War das vorauszusehen? Immerhin hast du mich genauso wie Jack Davies darin bestärkt, die Dinge beim Namen zu nennen und Klartext zu reden.

Hier gibt es so vieles, was nicht einfach verschwiegen werden darf und worüber ich berichten möchte, und ich glaube, der Stoff für meine Kolumne geht so schnell nicht aus. Der britischen Öffentlichkeit wurde viel zu lange die Wahrheit vorenthalten, sie hat ein Recht, die Fakten zu erfahren, bevor weiterhin Tausende Männer in sinnlosen Kämpfen ihr Leben verlieren.

Besonders bewegend finde ich die Soldatenfriedhöfe, von denen es rund um Rouen einige gibt. Das erklärt sich daraus, dass sich hier die großen Lazarette befinden und sehr, sehr viele Verwundete, die hierher verlegt werden, nicht durchkommen. Für die Pflege dieser Gräber ist das Frauenkorps ebenfalls zuständig. Wissen die Menschen in der Heimat überhaupt, dass es so etwas selbst im Kriegsgebiet gibt? Wenn man das gepflegte Grün betrachtet und die friedliche Atmosphäre auf sich wirken lässt, kommt es einem schier unwirklich vor inmitten des mörderischen Geschehens ringsum. Vielleicht werde ich darüber in meinem nächsten Beitrag schreiben. Es wäre nebenbei ein weniger kontroverses und weniger riskantes Thema.

Was meine ausstehende Antwort auf deinen Antrag betrifft, hoffe ich, dass du dich noch ein wenig geduldest. Ich bin dir sehr dankbar für deine Hilfe bei meinen ersten journalistischen Versuchen und habe unsere zahlreichen Gespräche beim Lunch und beim Dinner immer sehr genossen, aber derzeit schwirren mir zu viele andere Gedanken im Kopf herum, um über eine Heirat nachzudenken. Außerdem finde ich die Zukunft zu unbestimmt, um langfristige Lebensentscheidungen zu treffen. Falls du allerdings nicht länger auf eine Antwort warten magst oder kannst, habe ich Verständnis dafür.

Im Dienste der Wahrheit viele Grüße

Evelyn

Von Evelyn an ihre Mutter

Rouen, Frankreich
25. Mai 1917

Liebe Mama,

zunächst möchte ich dir für deinen Brief danken und dir versichern, dass ich gesund und munter bin und mich in meine neuen Aufgaben gut eingearbeitet habe. Ich habe deinen Groll wegen meiner heimlichen Abreise durchaus verstanden, und umso mehr ermutigt es mich, dass du mittlerweile meine Entscheidung unterstützt – und mir sogar deine Bewunderung aussprichst. Überdies ist deine Sorge um mein Wohl insofern nachvollziehbar, als der Krieg dir bereits den Sohn genommen hat und du nicht auch noch die Tochter verlieren möchtest. Ich werde gut auf mich aufpassen, versprochen. Immerhin muss ich dich weiter auf Trab halten.

Momentan erwarten wir die Ankunft der US-Truppen. Viele verbinden damit die Hoffnung auf ein nahes Kriegsende, doch ich selbst wage kaum daran zu glauben. Noch etwas anderes beschäftigt mich, Mama. Ich sehe hier so viel Leid, dass ich ganz demütig werde und mir erst jetzt so recht vor Augen führe, welch komfortables und privilegiertes Leben wir geführt haben. Aber damit dürfte es ein für alle Mal vorbei sein. Nach dem Krieg wird nichts mehr sein, wie es einmal war, und irgendwie wäre das richtig so. Falls das Ganze überhaupt einen Sinn haben soll, muss der Krieg uns und unsere Gesellschaft verändern. Wozu um alles in der Welt wäre das alles sonst gut?

John Hopper hat mir geschrieben, er drängt auf eine Antwort, behauptet, dass er mich bewundere. Bloß frage ich mich, ob das reicht? Ist es naiv von mir, dass ich mir eine leidenschaftlichere Liebeserklärung wünsche? Man kann ein Gemälde oder ein Kleid bewundern, eine Frau hingegen, mit der man sein Leben teilen will, sollte man von ganzem Herzen lieben. Manchmal denke ich, dass John mich lediglich wie eine weitere Trophäe für seine Sammlung kostbarer Artefakte betrachtet. Du und Papa, ihr seid immer verrückt nacheinander gewesen. Genau diese Leidenschaft wünsche ich mir ebenfalls. Möchtest du mich dieser Chance berauben, indem du mich zu einer Heirat drängst, die mich innerlich zweifeln lässt?

Tom schreibt mir, so oft er kann. Er ist mir in den vergangenen zwei Jahren ein guter Freund geworden, so wie er Will in all der Zeit davor ein guter Freund gewesen ist. Mama, auch wenn du es nicht gerne hören magst – ich kann die Angelegenheit mit Wills Vermächtnis und seiner Bitte an dich nicht auf sich beruhen lassen und mich mit deiner Antwort, dass du die Interessen unserer Familie schützen willst und musst, nicht zufriedengeben. Deshalb erneut mein Appell, dich der Sache anzunehmen.

Richte Papa liebe Grüße von mir aus. Ich werde mich bald wieder melden.

Alles Liebe

Deine Tochter Evelyn

Von Evelyn an Thomas

Rouen, Frankreich
25. Juni 1917

Lieber Tom,

hast du deine alte Freundin Evie vergessen? Ein Monat ist vergangen ohne ein Wort von dir, und ich kann mir das nur so erklären, dass Schwester Rose dich mit ihrer Pflege und Aufmerksamkeit derart überhäuft, dass du nicht dazu kommst, zur Feder zu greifen. Schon seltsam: Jetzt bin ich in Frankreich, und dennoch fühle ich mich von dir weiter entfernt als je zuvor. Zu Hause in Richmond spürte ich über all die Meilen hinweg eine starke Verbindung zwischen uns, hier hingegen habe ich den Eindruck, dass ich zu einer lästigen Pflicht geworden bin, zu einer ständigen Mahnung an dein schlechtes Gewissen.

Es würde mich beruhigen, zumindest zu erfahren, ob du bei guter Gesundheit bist. Solltest du nicht mehr ehrlich von Herzen an einem Austausch mit mir interessiert sein, dann bitte ich dich, es mir zu sagen, und ich werde Alice stattdessen mit meinen Gedanken und Grübeleien belästigen. Vielleicht hat ja der junge irische Soldat, den ich vor Kurzem kennengelernt habe, etwas für meine Vogelskizzen übrig.

Ich muss sagen, die Iren haben einen ungewöhnlichen Charme. Ernsthaft, es würde mich nicht im Geringsten überraschen, wenn ich mich früher oder später auf dem Weg nach Tipperary wiederfände. *It's a long way to Tipperary,* heißt es zwar in dem Lied, das die Soldaten so lieben, und doch scheint es ein Sehnsuchtsort zu sein.

Meine Arbeit in der Telefonvermittlung macht mir Spaß, und mein eingerostetes Schulfranzösisch hat sich stark verbessert. Insofern haben sich die vielen langweiligen Stunden mit Madame Hélène endlich ausgezahlt.

Selbst wenn du mir nicht mehr schreiben solltest, bereue ich unseren Gedankenaustausch nicht. Er hat meinen Alltag in den letzten Jahren bereichert und mich davor bewahrt, in einem Strudel der Trauer und Verzweiflung zu versinken. Du, Thomas Harding, hast mich mit deinen Worten und deinem Versprechen zurückzukehren am Leben erhalten, weshalb mir die Vorstellung, du könntest mich aufgegeben haben, schon jetzt das Herz bricht.

Danke übrigens für deine Informationen über Amandine Morel. Nachdem ich nun zum wiederholten Male gehört habe, wie sehr Will und sie einander geliebt haben, bin ich entschlossener denn je, sie zu finden. Ich werde es dir ein anderes Mal erklären.

In Hoffnung und Freundschaft

Evie

Von Evelyn an John Hopper

Rouen, Frankreich
30. Juni 1917

Lieber John,

nachdem ich seit geraumer Zeit nichts von dir gehört habe, hoffe ich inständig, dass bei euch in London alles in Ordnung ist. Meinen neuesten Artikel füge ich bei.

Es wäre nett, wenn du mir Bescheid geben könntest, ob er veröffentlicht wird und, wenn ja, wie die Reaktionen darauf ausfallen. Auf keinen Fall möchte ich durch meine Beiträge die Zeitung in Schwierigkeiten bringen. Wie du weißt, bin ich mit Tom Harding befreundet. Allein deshalb kann es nicht in meiner Absicht liegen, ihm mit meinen journalistischen Ambitionen zu schaden. Ich setze sehr darauf, dass Jack Davies die richtige Entscheidung im Sinne aller Beteiligten treffen wird.

Liebe Grüße
Evelyn

EINE FRAU IN KRIEGSZEITEN

von Genevieve Star,
unserer Sonderkorrespondentin in Frankreich

Keine Aufgabe ist zu klein
Ich sitze neben einem jungen Soldaten, dessen Leben mit jedem Wort, das ich niederschreibe, mehr und mehr entschwindet. Betrachtet man die unzähligen Bettenreihen in diesem Feldlazarett, ist es, als würde man das Ende der Welt erleben. Es ist noch keine

zwei Minuten her, dass ein junger Bursche, gerade einmal fünfzehn Jahre alt, den Kampf um sein Leben verlor. Er hat sein Alter falsch angegeben, damit er bei der Musterung genommen wurde, wollte unbedingt ein Mann sein und für sein Vaterland in den Krieg ziehen. Dabei war er fast noch ein Kind, ein heranwachsender Junge, der sein ganzes Leben vor sich hatte und der seine Mutter durch andere Dinge hätte stolz machen sollen als durch einen sinnlosen Tod auf dem Schlachtfeld. Was für eine Vergeudung wertvollen jungen Lebens, welche Sinnlosigkeit.

Wenn man die brutale Realität des Krieges aus der Nähe sieht, fällt es schwer zu glauben, dass man als einzelne Person jemals etwas bewirken kann.

Aber so absurd es scheint, man kann.

Wie viele andere Frauen leiste ich meinen Dienst im britischen Frauenkorps und trage eine Uniform. Ich führe Befehle aus, schlafe in einer halb verfallenen Baracke, die eher einem Geräteschuppen gleicht und weit entfernt ist von dem Komfort, den ich von zu Hause gewohnt bin. Hinzu kommen die pfeifenden Geräusche der Granaten, wenn sie anfliegen, und die dumpf krachenden Schläge, wenn sie explodieren – eine nicht zu überhörende Mahnung, dass in der Nähe gekämpft, gelitten und gestorben wird. Manchmal frage ich mich, was um alles in der Welt ich hier mache beziehungsweise wie es mich überhaupt hierher verschlagen konnte. Doch obwohl ich nichts bin als ein winziges Rädchen in dem großen militärischen Getriebe, besetze ich eine Position, die zuvor ein Mann innehatte, der jetzt die ausgebluteten Einheiten in den Schützengräben verstärken kann. Aber auch darüber hinaus erfüllen wir Frauen Aufgaben, die lebensnotwendig und lebensrettend für die kämpfenden Truppen sind. Sei es in der medizinischen Versorgung oder beim Aufrechterhalten der Kommunikation zwischen den einzelnen Verbänden.

Denken Sie also nie, dass Ihre Rolle unbedeutend ist. Denken

Sie nie, dass ein kleiner Beitrag keinen Unterschied bewirken kann. Er kann. Und er tut es.

Ich jedenfalls werde weiter meinen Part in Frankreich erfüllen zum Wohle unserer Männer, gleichzeitig indes den Krieg als solchen mit den einzigen Waffen bekämpfen, die mir zur Verfügung stehen: mit meiner Feder, meinem Papier und meinen Worten.

Bis zum nächsten Mal – bleiben Sie tapfer!

Ihre Genevieve Star

Von John an Evelyn

London, England
5. Juli 1917

Liebe Evelyn,

diesmal hat deine Kolumne für einen regelrechten Aufruhr gesorgt!

Bereits am Tag des Erscheinens versammelte sich ab dem Morgen eine Schar aufgebrachter Protestler vor dem Zeitungsgebäude, die bis zum Nachmittag immer größer wurde, wild herumschrie und lauthals skandierte, dass die Kolumne und *dieses Weib dahinter* abgeschafft gehörten. Eine andere Gruppierung, die eher den Kriegsgegnern und Pazifisten zuzurechnen war, forderte im Gegensatz dazu vehement, dass wir etwas unternehmen sollten, um den Krieg zu beenden. Als würde das in unseren Händen liegen!

Jedenfalls wurden uns die Zeitungen aus den Händen gerissen, und wir konnten gar nicht schnell genug nachdrucken, um mit der Nachfrage Schritt zu halten. Irgendwann erschien die Polizei und löste den Tumult auf. Leider hatte das überwältigende öffentliche Interesse eine unerfreuliche

Begleiterscheinung, denn mir wurde nach diesem Vorfall vom Propagandaministerium ultimativ befohlen, die Kolumne einzustellen. Sollten wir der Aufforderung nicht nachkommen, werde die Redaktion dichtgemacht.

Schick mir trotzdem noch ein paar Artikel. Vielleicht lässt sich das eine oder andere irgendwie verklausuliert bringen, bevor wir die Kolumne herausnehmen oder ihren Fokus verlagern. Die Rückkehr von Genevieve Star können wir vielleicht für den Herbst anvisieren.

Ich habe zwischenzeitlich von Tom Harding Post erhalten. Er schreibt, ihr beide würdet immer noch einen regen Briefkontakt pflegen. Der Glückliche. Ich hingegen halte vergeblich nach Post von dir Ausschau.

Evelyn, ich weiß, dass es dir im Moment wahrscheinlich als ein Ding der Unmöglichkeit erscheint, über eine Heirat nachzudenken, aber du ahnst nicht, wie glücklich mich ein einfaches Ja von dir machen würde. Ich kann dir ein sehr angenehmes Leben bieten – ein Leben, in dem du nie wieder zu arbeiten brauchst. Stell dir vor, wie viel Spaß du mit deiner Freundin haben wirst, wenn ihr nach Herzenslust bummeln und einkaufen könntet. Nicht viele Männer vermögen dir so einen Luxus zu bieten. Und wer verdient wirklich die schöne Evelyn Elliott? Außer mir fällt mir niemand ein.

Pass gut auf dich auf. Du wirst hier sehr vermisst.

John

Telegramm von Thomas an Evelyn

12. Juli 1917

An: Evelyn Elliott c/o Brit. Frauenkorps, Rouen, Frankreich
Gesendet: 18:33 / Empfangen: 19:52

Bin im Kampf verwundet worden. Verletzung nicht allzu schlimm. Operation an rechter Hand, darum vorerst keine Briefe. Telegrafiere, bis Hand wieder heil. Alles Liebe.
Tom

Von Evelyn an Alice

Rouen, Frankreich
11. September 1917

Liebe Alice,

was gibt es Neues bei dir? Ich höre von schrecklichen Verlusten in dem Gebiet, wo du gerade eingesetzt bist, und ich muss ständig daran denken, unter was für furchtbaren Umständen du deinen Dienst versiehst. Ich hoffe, du hältst dich weiterhin tapfer.

Im Moment passiert so viel, dass ich den Informationen, die durch die Drähte gejagt werden, kaum hinterherkomme. Meine Kolleginnen in der Vermittlung haben den Eindruck, dass die Dinge langsam auf ein Ende zusteuern und der Sieg bald unser sein wird. Ich bete und hoffe von ganzem Herzen, dass sie recht haben.

John drängt immer noch auf eine Antwort, und Tom wurde an der rechten Hand verletzt. Er sagt, dass er für eine

Weile nicht schreiben kann, was wahrscheinlich ganz gut so ist. Manchmal fehlt mir einfach die Energie, bloß ein paar Zeilen an einen der beiden zu richten.

Ich ertappe mich häufig dabei, dass ich an Will denke. Irgendwie fühle ich mich ihm hier näher, weil ich mittlerweile besser verstehe, was er erleben und erleiden musste. Und dann frage ich mich, was er wohl sagen würde, wenn er mich hier sehen könnte. Seine kleine Schwester mittendrin. Ich erinnere mich, dass er mich einmal mit der Behauptung aufzog, ich sei in Tom verliebt. Damals lachte ich über diese Vorstellung, ich und Tom Harding!

Doch Will hatte recht, nicht wahr? Vielleicht war es immer schon Tom, von Anfang an. Die Sache ist die, Alice: Wenn ich einen Brief von Tom erhalte, verschlingt mein Herz jedes einzelne Wort. Lese ich Johns Briefe, habe ich das Gefühl zu ersticken.

Gestern musste ich wieder mal an unsere alberne Idee denken, Weihnachten in Paris zu verbringen. Ein Vorhaben, das derzeit völlig utopisch erscheint. Dabei hätte ich mehr Grund denn je, nach Paris zu fahren. Ich muss dort eine Person finden, die für mich vielleicht eine ganz große Bedeutung hat. Mehr davon bei unserem nächsten Wiedersehen – Sachen wie diese gehören nicht in einen Brief.

Bitte schreib mir bald.

Viele liebe Grüße

Evie

Von Evelyn an ihre Mutter

Rouen, Frankreich
3. Oktober 1917

Liebe Mama,

ich schreibe dir, um dir zu sagen, dass es mir gut geht und dass mir meine Arbeit in der Kommunikationszentrale nach wie vor gefällt. Wir übermitteln jede Stunde Dutzende von Nachrichten. Es ist anstrengend, aber die Zeit geht rasch um, und ich schlafe nachts gut.

Zu deiner Beruhigung: Ich befinde mich hier außerhalb der eigentlichen Gefahrenzone, ungeachtet des Gefechtslärms, der zu uns herüberdringt. Inzwischen ist er uns so vertraut, dass wir ihn meistens gar nicht mehr wahrnehmen. Wahrscheinlich werde ich nach der Rückkehr die Ruhe zu Hause sogar ziemlich ungewohnt finden und die Köchin bitten, hin und wieder mit den Kupferpfannen zu klappern.

Ich hoffe, du und Papa befindet euch bei guter Gesundheit. Leider ist es eher unwahrscheinlich, dass ich an Weihnachten nach Hause komme. In diesem Jahr wird es also ziemlich ruhig an deiner Tafel sein.

Alles Liebe
Deine Tochter Evelyn

Von John an Evelyn

London, England
10. November 1917

Liebe Evelyn,

seit über drei Monaten habe ich nichts von dir gehört und mache mir langsam Sorgen. Bitte lass mich wissen, ob es dir gut geht. Ich nehme an, du bist dort drüben voll ausgelastet.

Wenn du einverstanden bist, würde ich deine Kolumne gerne ab nächstem Monat wieder ins Programm nehmen. Unsere Auflage ist unverändert hoch, und jeder will wissen, wann wieder etwas Neues von Genevieve Star kommt. Mir scheint, es ist der richtige Zeitpunkt, neu zu starten.

Nach wie vor setze ich auf eine Hochzeit im Frühling. Deine Mutter schaut sich bereits nach einer passenden Schneiderin um. Lass uns die Dinge nicht bis zur letzten Minute aufschieben, okay? Ich hoffe, du wirst mich nicht enttäuschen.

Beste Grüße
John

Von Thomas an Evelyn

Irgendwo in Frankreich
1. Dezember 1917

Liebe Evie,

verzeih mir meine grauenvolle Schrift. Dies ist der erste Brief, den ich schreibe, seit ich meine Hand wieder einigermaßen benutzen kann. Ich war mir eigentlich sicher, sie würden mich nach Hause schicken, aber stattdessen haben sie in der Reserve allerlei Aufgaben für mich gefunden. Was mich freut, muss ich sagen, denn inzwischen fühle ich mich an der Front mehr zu Hause als woanders. Hier, bei meinen Männern, meinen Waffenbrüdern. Sie sind meine Familie. Was gäbe es schon in London für mich, wenn du nicht dort bist?

Charles unterrichtet mich regelmäßig über die Vorgänge bei der *Daily Times*. Seine Darstellungen weichen stark von Hoppers Berichten ab. Leider Gottes scheint das Propagandaministerium uns nach wie vor auf dem Kieker zu haben. Was ich in Anbetracht von Hoppers angeblich so guten Beziehungen nicht wirklich verstehe. Das macht mich ganz krank, doch von hier aus kann ich nicht mehr tun, als leere Drohungen auszusprechen. Schätzungsweise werde ich es wohl aussitzen müssen, genau wie diesen schändlichen Krieg. Wenn ich wieder zurück bin, wird der Tag der Abrechnung kommen, darauf kannst du dich verlassen.

Jetzt im November hat die Zeit begonnen, in der sich meine Gedanken auf Weihnachten richten. Schließen wir die Augen und tun so, als wären wir auf einem Ball, einverstanden? Meine Journalistin würde bestimmt jedes Detail zur Kenntnis nehmen, darum tue ich mein Bestes, um dir ein genaues Bild zu vermitteln. Also los.

Den glitzernden Ballsaal zieren Goldlametta, rote Bänder und schwere Girlanden. Hat zu Beginn des Abends noch ein Hauch von Trauer in der Luft gelegen und Melancholie die festliche Stimmung überschattet, verflüchtigt sich dieser Eindruck schnell, als der Alkohol fließt und mitreißende Musik für gute Laune sorgt. Für ein paar Stunden lässt die innere Unruhe nach, und der Schmerz in uns tritt in den Hintergrund.

An der Festtafel werden Ente und Fasan mit Sellerie à la Parmesan serviert. Und anschließend diverse Sorten Plumpudding! Christmas Pudding mit Cognacsoße, Johannisbeerpudding mit Mandelsoße und süßen Maronen. Wir trinken Glühwein, Bier und Gin und schlagen uns die Bäuche voll wie Könige. Am Ende des Abends sitzen wir beide draußen im Garten und teilen uns eine Zigarette, schauen dabei still in Richtung Frankreich und nehmen uns vor, dort bald ein friedliches Weihnachtsfest zu verbringen.

Machst du bei meiner Fantasie mit?

Dein Freund Tom

Von Evelyn an John

Rouen, Frankreich
20. Dezember 1917

Lieber John,

ich sende dir ein paar Zeilen, um dir frohe Festtage zu wünschen. Hoffentlich findest du während meiner Abwesenheit eine andere, mit der du im Brunnen tanzen kannst. Ich vermag mich kaum noch an die Frau zu erinnern, die ich vor einem Jahr war. Mein derzeitiges Leben könnte nicht unterschiedlicher sein und mein Herz nicht bekümmerter.

Hier bei uns schneit es gerade, und es sieht alles recht hübsch aus, weil der Schnee barmherzig die offenen Wunden in der Landschaft bedeckt. Nicht zu glauben, inmitten des allgegenwärtigen Grauens plötzlich eine friedliche, fast idyllische Szenerie zu entdecken.

Fröhliche Weihnachten und alles Gute

Evelyn

Von Evelyn an Thomas

Rouen, Frankreich
20. Dezember 1917

Lieber Tom,

wieder steht Weihnachten vor der Tür, und wieder neigt sich ein Jahr dem Ende zu. Ein Jahr, in dem unsere Briefstapel weiter angewachsen sind. Inzwischen dürften es genug sein, um ein Buch damit zu füllen.

Da wir gerade von Büchern reden – ich habe ein Geschenk für dich beigelegt: eine kleine Gedichtauswahl von W. B. Yeats. Einer der Offiziere hat sie zurückgelassen, und ich kann mir niemanden vorstellen, der eine größere Freude daran hätte als du. *Und ein weiches Licht kam von den Sternen und füllte mich bis ins Mark*. Yeats' Worte sind so deliziös, ich könnte sie verspeisen.

Ich wünsche dir ein frohes Weihnachten, Tom. Heute Morgen habe ich mit der Zunge eine Schneeflocke erwischt und mir etwas für dich gewünscht.

In ewiger Freundschaft
Evie

Paris

22. Dezember 1968

Mühsam lasse ich mich auf einen Stuhl in dem Café nieder, das gegenüber meiner Wohnung liegt. Schimmerndes Lampenlicht spiegelt sich sanft in den Fensterscheiben, bringt die Gläserreihen über der Theke zum Funkeln und ergießt sich über die dunkle Holzvertäfelung. Es ist genauso gemütlich, wie ich es in Erinnerung habe, und dennoch ist es ohne sie nicht dasselbe – nicht so leuchtend, nicht so warm, nicht so, wie es sein sollte.

Margaret sitzt ein paar Tische weiter und zündet sich gerade eine Zigarette an, bevor sie die Tageszeitung aufschlägt. Ich bin dankbar für ihre Diskretion – dafür, dass sie mir diesen seltenen Moment von Privatsphäre schenkt, frei von Schläuchen und ständiger Begleitung und medizinischen Behandlungen. In Wahrheit hätte ich nicht herkommen sollen. Schon beim Aufwachen spürte ich die Gebrechlichkeit meiner Knochen und den elenden Schmerz in meiner Lunge. Und wenn meine Augen nicht meine Panik verraten hätten, das Treffen mit Delphine absagen zu müssen, würde Margaret sicher darauf bestanden haben, dass ich im Bett bleibe.

»Tom! Du hast es geschafft!«

Delphines fröhliche Stimme erklingt hinter mir wie Kirchengeläut zur Christmette und erhellt mein Gemüt mit ihrer wundervollen gallischen Melodie. Angestrengt versuche ich mich hochzuhieven, um sie zu begrüßen, gebe es aber rasch auf und sinke zurück auf meinen Stuhl.

»Bitte, bleib sitzen«, sagt sie und zieht sich einen Stuhl heran.

»Ich weiß nicht genau, ob ich das kann«, erwidere ich, und ein schiefes Lächeln erscheint auf meinen Lippen, während ich Delphine in die Augen schaue.

Augen, die aussehen wie die ihrer Tante.

Sie küsst mich nach französischer Art auf beide Wangen, legt ihre Hände auf meine und drückt sie kurz.

»Es ist so schön, dich wiederzusehen, Tom.«

»Die Freude ist ganz meinerseits, meine Liebe.«

Das ist sie wirklich. Delphine sprüht vor Lebenskraft und Vitalität. Der Duft von Veilchen schwebt über ihren Schultern und erinnert mich an parfümierte Briefe.

»Das Jahr war viel zu lang, Tom. Ich freue mich ja so, dass du gekommen bist. Weihnachten wäre nicht dasselbe ohne dich und …«

Der Name gleitet davon, weht fort in dem Zigarettenrauch, der sich von den Nachbartischen zur Decke hochschlängelt. Ich bringe ein schwaches Lächeln zustande, doch es fühlt sich fremd an, steif wie Muskeln, die zu lange nicht bewegt wurden.

Wir tauschen Geschichten aus, Neuigkeiten, Erinnerungen. Als wir unser Gespräch unterbrechen, beobachte ich Delphine, wie sie ein großes Stück Tarte tatin verdrückt, und bedaure den Verlust meines Geschmackssinns. Nichts schmeckt mehr so wie früher, seit sie uns verlassen hat.

»Du hast deinen Kuchen noch gar nicht angerührt, Tom«, mahnt Delphine mich prompt und deutet auf meinen Teller.

Ich erspare ihr langweilige Erklärungen über Geschmacksknospen und Verdauungsorgane, die nicht mehr richtig funktionieren, über den permanenten Schmerz in meiner Brust. Sie könnte sonst wie Margaret auf die Idee kommen, mir Tipps zu geben, wie ich dieses Leben verlängern kann, das schlechthin nicht mehr gelebt zu werden braucht. Jedenfalls nicht mehr lange.

Lediglich lange genug, um mein Versprechen zu halten.

»Ich wollte dir das hier geben.«

Ich schiebe ein kleines Geschenk über den Tisch, es ist in Goldfolie eingepackt.

Delphine lächelt, und vertraute blaue Augen leuchten auf. Genau dasselbe Blau, von Generation zu Generation weitergegeben. Ihre Töchter haben es ebenfalls geerbt.

Sie reißt die Folie von dem kleinen Etui und stöhnt laut auf, als sie es öffnet.

»Oh, sie ist wunderschön«, flüstert sie und legt die goldene Kette um, streicht mit den Fingerspitzen über den kleinen Vogelanhänger, der sich in ihre Halskuhle schmiegt.

»Ein Zaunkönig«, erkläre ich. »Die Kette gehörte früher meiner Mutter. Danach war sie ein Lieblingsschmuckstück deiner Tante.«

Tränen glitzern in Delphines Augen. »Ich werde sie in Ehren halten. Danke.«

Ich lächele erneut und beuge mich leicht zur Seite, um nach dem zweiten Päckchen auf dem freien Stuhl neben mir zu greifen.

»Ich dachte, die hier möchtest du vielleicht auch haben. Es sind ein paar Bücher, die deinem Vater gehörten. Dazu noch ein paar Briefe und Fotos. Leider sind sie inzwischen recht alt und abgenutzt. So wie ich.«

Sie lacht und berührt liebevoll meine Hand. »Du bist nicht alt und abgenutzt. Du bist wundervoll und faszinierend.«

Sie ähnelt ihrer Tante so sehr, dass es mir das Herz bricht, wenn ich sie ansehe und ihrer bezaubernd positiven Sicht auf das Leben lausche. Zugleich tröstet es mich zu wissen, dass unsere Erinnerungen durch Delphine und ihre Familie weiterleben werden. Dadurch, dass wir sie gefunden haben, konnten wir die Fäden der Familie zusammenführen.

»Und das hier ist ein Brief deines Vaters«, fahre ich fort und greife nach einem Kuvert, das ich nicht zu den anderen Dingen gelegt habe. »Ich habe ihn in seiner Manteltasche gefunden, nachdem er gefallen war.« Ich unterbreche mich, um in meine Serviette zu husten, dann fahre ich mit zittrigem Atem fort. »Er starb, bevor er die Chance hatte, diese Zeilen jemals abzuschicken. Der Brief ging zurück an seine Mutter zusammen mit seinen anderen persönlichen Dingen.«

Delphine nimmt das dünne Papier behutsam entgegen, dreht es um und beginnt zu lesen.

Will an Amandine

7. Mai 1915.

Meine liebe Amandine,

wir bekommen wirklich ein Baby? Ich stehe noch unter Schock, und gleichzeitig bin ich überglücklich! Ich habe mir immer gewünscht, Vater zu sein. Danke, dass du es mir gesagt hast, obwohl ich im Moment wenig für dich tun kann hier in meinem Schützengraben, außer dir einen Anteil meines Solds zu schicken. Ich werde mich sofort darum kümmern. Sobald das Ende des Krieges naht, was hoffentlich bald geschieht, werde ich voll und ganz meiner Verantwortung nachkommen, denn ich habe nie eine größere Zuneigung für jemanden empfunden als für dich.

Falls mir allerdings etwas zustoßen sollte, wende dich bitte an meine Mutter in England. Schreib ihr von dem Baby. Ich werde ebenfalls einen Brief an sie aufsetzen, damit sie informiert ist, sollte ich nicht mehr in der Lage sein, es ihr persönlich zu sagen. Sie wird dir jede erdenkliche Hilfe zukommen lassen, dessen bin ich mir sicher. Ihre Anschrift lautet: Carol Elliott, Poplars, Richmond, London SW.

Meine Liebste, die Zeit, die wir miteinander verbracht haben, war überwältigend schön und leidenschaftlich, und ich bereue keine einzige Sekunde davon. Zu wissen, dass in deinem Leib ein neues Leben heranwächst, mein Kind, gibt mir zudem den besten Grund, diesen Krieg zu überleben. Es erfüllt mich mit einer wunderbaren Hoffnung.

In tiefer Liebe und Zuneigung

Will

Beim Anblick von Wills vertrauter Handschrift brennen Tränen in meinen Augen, und mein Herz wird schwer, wenn ich daran denke, was er alles verpasst hat, weil er seine Tochter nie kennenlernte.

»Danke«, sagt Delphine mit belegter Stimme. »Ich werde ihn hüten wie einen Schatz.«

Wir sitzen eine Weile da in einvernehmlichem Schweigen, jeder in seine Gedanken versunken, dann ist die gemeinsame Stunde vorbei. Meine Gebrechen erlauben keine längeren Ausflüge, ich muss zurück in die Wohnung, zurück zu meinen Medikamenten und Schläuchen.

Eine Weile sitze ich dösend vor dem Kamin, eingelullt von der Wärme, und träume ein bisschen. Wie immer ist sie da. Als ich aufwache, nehme ich mir das letzte Briefbündel vor.

Wie viel es noch zu sagen gab. Wie viel beinahe ungesagt geblieben wäre …

TEIL FÜNF

1918

Ich liebe dich nicht nur für das, was du bist,
sondern für das, was ich bin, wenn ich bei dir bin.

ELIZABETH BARRETT BROWNING

Von Evelyn an ihre Mutter

Rouen, Frankreich
2. Januar 1918

Liebe Mama,

ich wünsche dir ein glückliches neues Jahr! Danke für die Wäsche und die Handcreme, die mir beide großen und dringend benötigten Komfort brachten.

Hoffentlich hattet ihr trotz allem schöne Weihnachtstage. Auch für mich hat es sich ziemlich seltsam angefühlt, fern von zu Hause zu feiern. Bei der Erinnerung an unser erstes Weihnachten im Krieg, als der Fuchs den Gänsestall geplündert hatte und unseren Braten stahl, musste ich wehmütig lächeln. Damals haben wir das als eine ungeheure Zumutung, als eine persönliche Beleidigung empfunden. Nun würde ich ein ganzes Jahr ohne ein opulentes Dinner in Kauf nehmen, wenn ich dafür mit euch allen wieder am Tisch sitzen könnte.

Hier haben wir wie immer das Beste aus der Situation gemacht. Leider war das Wetter ziemlich garstig mit strengem Frost und extremen Minustemperaturen. Ich kann mich kaum mehr erinnern, wie es ist, nicht zu frieren.

Nun zu John Hopper. Hast du ihn an Weihnachten gesehen? Er schreibt mir nie ausführlich oder schildert irgendwelche Details. In seinem letzten Brief, der vom November stammt, sprach er von einer Hochzeit im Frühling, für die du dich angeblich schon nach einer geeigneten Schneiderin umgesehen hast. Diese Anmaßung hat mich wütend gemacht. Wie kann er es wagen, so etwas anzusprechen, solange er nicht meine Zustimmung hat? Und es betrübt mich außerdem sehr, dass du ihm das durchgehen lässt und mit ihm sogar gemeinsame Sache zu machen scheinst. Ich hoffe bloß, er erzählt nicht überall herum, dass ich Ja gesagt hätte? Und was die Schneiderin betrifft, also wirklich, Mama, das ist echt das Letzte! Schließlich weißt du ganz genau, dass ich mich noch nicht entschieden habe. Gut möglich, dass ich John überhaupt nicht heiraten werde, weder im Frühling noch zu einer anderen Jahreszeit. Geschenkt, ich zögere die Entscheidung ungebührlich lang hinaus, aber es sind eben außergewöhnliche Umstände und Zeiten, in denen es kaum mehr Normalität gibt. Wie soll ich an eine Hochzeit denken bei alldem, was ich hier jeden Tag sehe und höre? Überdies wollte ich bekanntermaßen sowieso lieber im Winter heiraten, wenn Schnee den Rasen sprenkelt und der Duft von Zimt und Nelken die Luft erfüllt. Doch vorerst steht selbst das nicht zur Diskussion.

Was gibt es Neues in England? Ich höre in der Telefonzentrale vereinzelt Meldungen über Zwischenfälle an der Heimatfront. Es macht mir Sorgen, dass ihr so nah an London seid. Beruhigter wäre ich, wenn ihr euch in einem abgelegenen Winkel Yorkshires aufhalten würdet, wo ihr vom Krieg nicht so leicht überrollt werden könntet.

Alles Liebe

Deine Tochter Evelyn

Von Thomas an Evelyn

Irgendwo in Frankreich
4. Januar 1918

Liebe Evie,

da sind wir wieder – ein neues Jahr und ein weiteres Jahr im Krieg. Ich werde nicht groß darüber nachdenken, es ist sinnlos. Alles, was wir tun können, ist darauf zu hoffen, dass es bald ein Ende nimmt. Die Amerikaner sind ein Geschenk des Himmels. Der Nachschub reißt nicht ab, und wir haben endlich genügend Männer, um die Truppen in vorderster Linie ordentlich aufzustellen.

Hast du von den Tanks gehört? Sie sind eine Innovation britischer Waffentechnik, wie es offiziell heißt. Es handelt sich eigentlich um nichts weiter als eine gepanzerte Kiste aus Stahl mit zwei großen, rautenförmigen Kettenlaufwerken, die sich für unwegsames Gelände eignen. Auf beiden Seiten des Panzergehäuses sind Kanonenerker angebracht, aus denen massive Geschützrohre herausragen. Das Modell nennt sich Mark IV. Die Tanks sind zwar nicht gerade die wirkungsvollste Waffe, da sie sehr langsam und schwerfällig sind, aber sie haben mittlerweile eine weitaus höhere Zerstörungskraft als bei ihrem Kriegsdebüt vor fast zwei Jahren. Einmal habe ich beobachtet, wie ein Tank mitten in der Schlacht ausfiel und die Besatzung seelenruhig darin in Deckung blieb, um am Ende des Gefechts heil herauszukrabbeln. Ein unglaubliches Konzept, das es erlaubt, noch mehr Gegner zu töten. Im Grunde also eine ziemlich schmutzige Technik.

Unterdessen scheint in der Fleet Street alles drunter und drüber zu gehen. Obwohl sich die *Daily Times* prächtig verkauft, gibt es weiterhin Ärger und Skandale. Aus diesem Grund fällt es mir von Tag zu Tag schwerer, meinem Cousin zu vertrauen. Standest du in letzter Zeit in persönlichem Kontakt mit ihm? Ich wäre dir für jede Information dankbar.

Vielen Dank für die Gedichte von Yeats, ich habe sie verschlungen wie ein Ausgehungerter, und kann es nicht erwarten, nach Hause zu meinen Büchern zu kommen. Hoffentlich gefällt dir mein verspätetes Weihnachtsgeschenk, das diesem Brief beiliegt. Eigentlich wollte ich mich niemals davon trennen, doch dieses Weihnachten wusste ich irgendwie, dass die Zeit gekommen ist. Die Kette gehörte meiner Mutter. Sie hat genau wie du gerne Vögel beobachtet, darum war der kleine goldene Zaunkönigahnhänger perfekt für sie. Zumindest dachte mein Vater das. Als meine Eltern sich trennten, schenkte Mutter die Kette mir. Seitdem habe ich sie immer bei mir getragen, künftig indes soll sie einen hübschen, schlanken Hals zieren, und da fällt mir nur einer ein.

Wenn du den Anhänger umdrehst, wirst du eine Gravur erkennen, die ich nachträglich habe anbringen lassen.

Liebe Grüße

Tom

Von Evelyn an Thomas

Rouen, Frankreich
10. Januar 1918

Lieber Tom,

ich wünsche dir alles Gute für das neue Jahr. Wie ist es möglich, dass wir bereits 1918 schreiben? Das vierte Kriegsjahr. Wird es das letzte sein? Irgendwann muss dieser Wahnsinn doch enden.

Die Kette ist wunderschön, und der Spruch auf der Rückseite des Anhängers hat mich zu Tränen gerührt: *Mögest du in die Lüfte steigen.* O Gott, Tom, ich werde den Schmuck in höchsten Ehren halten und danke dir von ganzem Herzen für dieses besondere Geschenk. Es berührt mich sehr, dass die Kette früher deiner Mutter gehörte, ich weiß ja, wie nah ihr euch standet und wie sehr du sie vermisst hast.

Da inzwischen so viel Zeit vergangen ist, verspüre ich oft den Wunsch, einen Blick in all die Briefe zu werfen, die du mir geschrieben hast, aber sie liegen unerreichbar zu Hause in meinem Sekretär, von einem roten Band zusammengehalten. Besonders gut erinnere ich mich an den allerersten, der so voller Hoffnung und Gottvertrauen war und so schrecklich förmlich. Leutnant Thomas Archibald Harding, das klang so bedeutend, so würdevoll. Tom ist besser, finde ich.

Hoffentlich hast du meine Briefe allesamt ins Feuer geworfen oder sie irgendwo im Schlamm verloren. Es wäre mir ziemlich peinlich, sie noch einmal zu lesen. Meine kleinen Skizzen nehme ich davon aus, da würde ich mich freuen, wenn du sie aufbewahrt hättest. Was als Zeitvertreib begann, bedeutet mir mittlerweile sehr viel.

Deine hinreißend fantasierte Weihnachtsszene hat mich sehr beeindruckt – also, ich wäre dabei, wenn sie Wahrheit würde, mein Lieber! Ich konnte den Wein und den Johannisbeerpudding förmlich schmecken und habe deine Worte gleich mehrmals gelesen, als könnte ich damit meine Sehnsucht nach diesen Köstlichkeiten stillen. Leider führte das lediglich dazu, dass mein Magen knurrte und ich an jenem Abend mit furchtbar schlechter Laune zu Bett ging. Du hättest über mein finsteres Gesicht bestimmt gelacht.

Dabei haben wir hier unser Bestes getan. Bloß was soll man tun, wenn der Rotwein knapp ist, der Mistelzweig fehlt und die Musik eher Trübsinn verbreitet? Es war eine rundum lahme Angelegenheit ohne den Hauch einer festlichen Stimmung. Tage, Wochen und Monate gehen ineinander über, und es ist immer noch Krieg. Was mich jedoch nicht davon abhält, weiter von Weihnachten in Paris zu träumen. Manchmal ist diese aus einer Laune entstandene Schnapsidee das Einzige, was mich aufrecht hält und mich daran glauben lässt, dass wieder bessere Zeiten kommen. Wenn ich die Augen schließe, kann ich den Café au lait und die frisch gebackenen Croissants riechen und die Musik eines Akkordeonspielers am Ufer der Seine hören. Sogar die Spitze des Eiffelturms, die hoch über unseren Köpfen in die Wolken stößt, sehe ich in meiner Fantasie. Es ist albern, ich weiß, zumal Paris nicht mehr die Stadt ist, die sie einmal war. Bombenangriffe, die Grippeepidemie und die Kriegsrationierung haben selbst vor dieser zauberhaften Stadt nicht haltgemacht. Vielleicht wäre ich ganz enttäuscht bei ihrem Anblick.

Ich bedaure sehr, dass bei der Zeitung keine Ruhe einkehrt. Nur bringt es nichts, wenn du dir den Kopf zermarterst, solange du keine Möglichkeit hast einzugreifen.

Außerdem finde ich, dass du allen Grund hast, stolz zu sein, weil dein kleines Blatt es mit den Großen der Branche aufnimmt und seine eigenen Schlagzeilen produziert. Ich bin mir sicher, John hat die Situation unter Kontrolle – vermutlich kommen dir die Dinge aus der Entfernung dramatischer vor, als sie sind. Wobei es bestimmt belastend für dich ist, nicht vor Ort zu sein und nicht über Strategien und Profilierung entscheiden zu können.

Sei unbesorgt, deine Zeit wird kommen. Alles wird dir in einem helleren Licht erscheinen, sobald der Krieg zu Ende ist und wir alle in ein normales Leben zurückkehren, uns auf die Zukunft freuen und auf alles, was sie für uns bereithält.

Schreib mir bald.

Evie

Von Evelyn an Alice

Rouen, Frankreich
5. Februar 1918

Liebe Alice,

wie geht es dir? Bei mir ist alles so weit in Ordnung. Ich bin in den nächsthöheren Dienstgrad befördert worden, meine Kolleginnen sind mir inzwischen richtig ans Herz gewachsen, und ich bin unheimlich stolz auf die Arbeit, die wir hier leisten. Soweit das Wichtigste.

Da ich mich angesichts meiner Beförderung außerstande sehe, meinen Posten zu verlassen, habe ich auf meinen Heimaturlaub verzichtet und einer Kameradin den Vortritt gelassen. Schon seltsam, aber ich bekomme ein unbehagliches Gefühl bei der Vorstellung, nach Richmond zurückzukehren. Lieber bleibe ich hier trotz aller Unbequemlichkeiten und Gefahren. Außerdem fürchte ich mich vor dem, was mich zu Hause erwartet: Mama wird mir Vorträge halten über mein ungebührliches Verhalten, und John wird versuchen, mich vor den Traualtar zu schleifen, ohne Rücksicht auf meine Gefühle und Befindlichkeiten zu nehmen.

Sonst gibt es nicht viel zu erzählen, darum werde ich für heute schließen. Draußen ist es bitterkalt, und meine Finger sehnen sich danach, zurück in die Handschuhe zu schlüpfen. Ich hoffe, dass du immer noch eifrig mit deinem Doktor korrespondierst. Tom hat mir eine wunderschöne Halskette zu Weihnachten geschenkt. Der Mann macht mich rasend.

Ich küsse dich.

Evie

Von Evelyn an ihre Mutter

Rouen, Frankreich
20. Mai 1918

Liebe Mama,

ich bitte dich um Verzeihung, weil ich mich so lange nicht gemeldet habe. Hier bei uns geht es momentan sehr hektisch zu, und oft bin ich einfach zu müde zum Briefeschreiben.

Ich habe von dem schrecklichen Luftangriff auf London gehört und bete, dass unter den Getöteten und Verwundeten niemand ist, den wir kennen. Bitte schreib mir, was du darüber weißt.

Mein Herz wird schwer bei dem Gedanken, dass der Krieg mittlerweile auch unsere Heimat erreicht hat. Es ist irgendwie unvorstellbar, obwohl ich selbst noch die Zeppeline wie Geisterschiffe über den Himmel habe schweben sehen.

Das britische Truppenlager in Étaples wurde mit schweren Bombardements belegt, die zu hohen Verlusten führten. Ich mache mir große Sorgen um Alice, sie war zuletzt dort stationiert, und da ich lange nichts von ihr gehört habe, weiß ich nicht, was mit ihr ist. Ob sie verwundet ist oder an einen anderen Standort geschickt wurde.

Ich sehne den Tag herbei, an dem das alles hier vorbei sein wird und wir wieder ganz beruhigt schlafen können.

Alles Liebe

Deine Tochter Evelyn

Von Alice an Evelyn

Irgendwo in Frankreich
22. Mai 1918

Liebe Evie,

ich wurde bei den Bombenangriffen auf Étaples, von denen du vielleicht gehört hast, verletzt und soll in ein Krankenhaus an der englischen Küste verlegt werden. Morgen früh geht es los.

Ich melde mich in Kürze wieder. Mach dir keine Sorgen, Darling. Es geht mir einigermaßen gut, denn die Verletzung ist nicht allzu schwer und wird bald voll ausheilen.

Pass auf dich auf.

Alice

Von Alice an Evelyn

Brighton, England
30. Mai 1918

Liebe Evie,

ich bin gut in Brighton angekommen und werde ein paar Wochen hierbleiben, bevor es zurückgeht nach Frankreich. Ich wurde an der Wange und am Oberkörper von einem Schrapnell getroffen, aber es sind reine Oberflächenwunden, die rasch verheilen. Mutter besteht natürlich darauf, dass ich meinen Freiwilligendienst quittiere, sie war von vornherein dagegen. Ich weiß nicht, wie ich ihr erklären soll, dass ich einerseits verzweifelt das Kriegsende herbeisehne und andererseits desungeachtet zurückgehen will. Hier fühle ich mich wie ein Geist, der in einer blassen, unscharfen Scheinrealität lebt. Was für ein seltsames Leben, in dem ich gefangen bin.

Mein Doktor schreibt mir nach wie vor einen Brief zum Dahinschmelzen nach dem anderen und schickt mir oft kleine Aufmerksamkeiten. O Evie, er sagt, er würde mich gerne etwas fragen, besteht allerdings darauf, dass die Dinge in der richtigen Reihenfolge getan werden. Was könnte er wohl anderes damit meinen? Ich vergöttere ihn und glaube trotz aller gegenteiligen Bekundungen vielleicht doch daran, für die Ehe geschaffen zu sein!

In London gab es weitere Bombenangriffe. Mutter lebt in ständiger Angst. Sie hat aus der Ferne den Donnerhall der Explosionen gehört und den Himmel aufleuchten gesehen. In einer einzigen Nacht wurden angeblich über hundert Gebäude in Schutt und Asche gelegt.

Als ich Étaples verließ, wüteten in dem Lager Typhus und

die Spanische Grippe.. Bitte sei vorsichtig und pass auf dich auf. Diese Krankheiten sind sehr gefährlich.

Mille bisous

Alice

PS: Gibt es irgendwelche Neuigkeiten von deinem Tom? Und was ist mit John? Hast du wieder von ihm gehört?

Von Evelyn an Alice

Rouen, Frankreich
15. Juni 1918

Liebe Alice,

ich habe mir schreckliche Sorgen um dich gemacht und war sehr erleichtert zu erfahren, dass du zur Behandlung deiner Wunden und zur Erholung in die Heimat evakuiert wurdest. Irgendwie habe ich es gespürt. Mein Herz hat mir gesagt, dass du in Not bist.

Sosehr ich dein Bedürfnis verstehe, nach Frankreich zu deinen Pflichten zurückzukehren, bitte ich dich inständig, dich zu schonen und dich wegen der grassierenden Epidemien vorzusehen. Sonst wird dein Doktor dir nie die Frage aller Fragen stellen können. Ich freue mich wahnsinnig für dich. Die Ehe wird dir gut zu Gesicht stehen, daran habe ich keinen Zweifel. Eine Arztfrau! Mrs. Peter Lancaster. Wie wundervoll. Ich werde deine Brautjungfer sein, wenn du in feine Chantillyspitze gehüllt und einen Strauß Orangenblüten in den Händen vor den Altar trittst.

Gerne würde ich dir etwas erzählen, was dich aufheitert und zum Lachen bringt – wenngleich das Lachen dir bei deinen Gesichtsverletzungen vielleicht Schmerzen bereitet. Es gibt jedoch ohnehin nichts Lustiges zu berichten. Die Lage hier ist trostlos. Jeder Tag bringt neue schwere Verluste.

Durch eine recht seltsame Fügung des Schicksals hat mich der letzte turnusmäßige Wechsel im Sanitätsdienst mit einer Bekannten von Tom zusammengeführt. Erinnerst du dich, dass man ihm eine Krankenschwester namens Rose Blythe zur Seite gestellt hat, als er von Craiglockhart an die Front zurückmusste? Ich war oft beunruhigt, dass er sich in diese Frau verlieben könnte. Nun ist sie in einem Feldlazarett stationiert, das sich in der Nähe unserer Schlafbaracke befindet. Sie hat mir erzählt, dass Tom unentwegt von mir gesprochen habe. Ständig habe es Evie dies und Evie das geheißen. Sie hatte anfangs sogar angenommen, ich sei seine Ehefrau. Tatsächlich ist Rose Blythe eine sehr nette Person. Älter, als ich dachte und überdies weniger hübsch, als ich sie mir vorgestellt habe. Worüber ich, wie ich unumwunden zugebe, unheimlich erleichtert bin.

Ach Alice, ich habe große Sehnsucht danach, mit dir zusammen auf den Richmond Hill zu steigen und den Blick über die Flussauen bis nach London schweifen zu lassen. Lerchen zwitschern zu hören und eine warme Brise im Gesicht zu spüren, während du mir irgendeine lustige Geschichte erzählst aus deiner Zeit in dem Schweizer Mädchenpensionat oder von deinen vergeblichen Anstrengungen, auf Skiern einen eleganten Eindruck zu machen. Dann würde ich mich bei dir einhaken und meinen Kopf an deine Schulter lehnen, lachend in Erinnerungen schwelgen und den Ehering an deinem Finger bewundern.

Nicht mehr lange, ich kann es spüren.

Pass gut auf dich auf, meine Liebe.

Evie

Von John Hopper an Thomas

London, England
17. Juni 1918

Lieber Thomas,

ich habe deine Empfehlung zur Kenntnis genommen, was die Kolumnen betrifft. Keine Sorge, ich habe hier alles im Griff. Mach dir keine Gedanken wegen ein paar alberner Unruhestifter, die uns für ihre pazifistische Agenda einspannen möchten. Violet Tillard und ihre penetranten Anhänger können uns nichts anhaben. Frauen wie sie sollten lieber beim Stricken bleiben und die wichtigen Dinge uns Männern überlassen. Ehrlich, meiner Meinung nach hätten sie diesem Weib mehr als sechzig Tage Haft aufbrummen sollen.

Was Charles Abshire betrifft, so halte ich den Mann für einen schrecklichen Langweiler, der sich zudem benimmt wie eine besorgte Glucke. An deiner Stelle würde ich ihm schleunigst die Tür weisen.

Vergiss nicht, Cousin, ich habe mir aus eigener Kraft ein beträchtliches Vermögen aufgebaut, sodass du keinen Grund haben solltest, unentwegt an mir zu zweifeln. Erkenn lieber an, dass ich ein glückliches Händchen als Geschäftsmann habe. Und offenbar ebenfalls in der Liebe, denn ich plane für das Frühjahr eine Hochzeit mit Evelyn Elliott. Ihre Mutter ist außer sich vor Freude, was du wahrscheinlich längst weißt, so oft, wie du mit Evelyn schriftlich verkehrst. Ich hoffe, du freust dich mit uns.

Was die Zeitung betrifft, wirst du weiterhin regelmäßig informiert.

Hochachtungsvoll
John Hopper

Von Evelyn an John Hopper

Rouen, Frankreich
19. Juni 1918

Lieber John,

anbei erhältst du meinen neuesten Beitrag. Obwohl ich beunruhigende Meldungen über Angriffe auf Redaktionen bis hin zu Schließungen derselben gehört habe und über Journalisten, die man vor Gericht stellt und zu Haftstrafen verurteilt, bin ich überzeugt, dass es richtig ist, weiterhin über das zu schreiben, was ich hautnah erlebe. Ohne indes Tom Hardings Zeitung einem unkalkulierbaren Risiko auszusetzen. Hier vertraue ich darauf, dass du das dementsprechend berücksichtigst.

Wie immer lege ich meinen Artikel in deine Hände. Falls du zu provokante Passagen entdeckst, mildere das bitte entsprechend ab, damit wir keinen weiteren Dissens verursachen.

Evelyn

EINE FRAU IN KRIEGSZEITEN

von Genevieve Star,
unserer Sonderkorrespondentin in Frankreich

Ein Licht im Dunkel
Wenn Sie nachts wach liegen, seien Sie gewiss, dass Sie nicht die Einzige sind. Hunderte, Tausende, ja Millionen unruhiger Geister erleben jene dunklen Stunden. Es ist die schlimmste Zeit des Tages. Die Stille, die zum Nachdenken zwingt.

Ich wache nachts oft auf, wenn die Einschläge ferner Granaten mein Bett zum Wackeln bringen, und frage mich dann, wie viele Menschen diese Explosion das Leben gekostet hat und welche Qualen die Opfer in ihren letzten Momenten durchlitten haben. Und ich denke an die Qualen, die ihren Angehörigen bevorstehen, wenn der Telegrammbote an die Tür klopft und ihnen die unheilvolle Nachricht überbringt. Eine unvorstellbare Trauer wird sich in diesem Moment über ihre Seelen und über ihre Häuser legen, die noch verschlimmert wird durch den Umstand, dass der Leichnam nicht in die Heimat überführt wird und es somit kein Grab gibt, an dem sie ihre Erinnerungen pflegen können. Die meisten Toten sind für immer verloren an die vernarbte französische Landschaft. Eine Gegend, von der die Hinterbliebenen keinerlei Vorstellung haben. Ihre Liebsten fanden den Tod weit entfernt von allem, was ihnen einst vertraut war. Von den Häusern, in denen sie aufwuchsen, von den Betten, in denen sie träumten, von den Feldern, auf denen sie als Kinder spielten. Das ist bitter und schwer erträglich für die Zurückgebliebenen.

Darum ein Hoch auf all jene, die versucht haben, uns eine Vorstellung von diesem Ort zu vermitteln: ob mit Pinsel und Feder oder mit der Kamera. Ein Hoch auf jene Männer und Frauen, die tun, was sie für ihre moralische Pflicht halten, die jeden Tag ihr Leben aufs Spiel setzen, um uns in der Heimat zu berichten, was wirklich geschieht auf den Kriegsschauplätzen. Die bis zu einem gewissen Grad die quälenden Fragen nach dem Wie, Wo und Warum beantworten, die Aufschluss geben, wie Ihre Männer und Söhne leben oder gelebt haben.

Bloß, was ist aus vielen der mutigen Kriegsreportern geworden? Sie wurden wie unsere gefallenen Soldaten zum Schweigen gebracht. Auch sie wurden zu Gefangenen des Krieges, zu Gefangenen der Wahrheit. Zur Strecke gebracht. Eingesperrt. Mundtot gemacht von jenen, die sich zu bestimmen anmaßen, was wir wissen dürfen und was nicht, was wir glauben sollen und was nicht.

Dies ist ein Krieg der Entscheidungen, getroffen von den wenigen Mächtigen, die das Sagen haben. Ob auf den Schlachtfeldern, in den Bunkern, in den Redaktionen und in den Regierungsetagen. Dieser kleine Kreis entscheidet, und wir müssen die Folgen tragen. Aber niemand kann uns zwingen, das in stummer Resignation zu tun.

Man fragt sich unwillkürlich, wofür unsere tapferen Helden überhaupt kämpfen. Denn welche Freiheiten haben wir wirklich? Gedankenfreiheit? Prinzipienfreiheit? Redefreiheit?

Ich bitte Sie daher, reden Sie weiter. Fordern Sie weiter die Wahrheit ein. Wenn wir unseren Männern etwas schuldig sind, dann dass wir den Sinn des Krieges hinterfragen, in dem sie gekämpft oder sogar ihr Leben verloren haben, und dass wir ihrer in Demut gedenken.

Das ist das Wichtigste: ihr Andenken zu bewahren.

Bis zum nächsten Mal – bleiben Sie tapfer!

Ihre Genevieve Star

Telegramm von Thomas an Evelyn

1. Juli 1918

An: Evelyn Elliott c/o Brit. Frauenkorps, Rouen, Frankreich
Gesendet: 09:30 / Empfangen: 10:04

Du willst Hopper heiraten? Hast du gut verborgen. Zeitung ist wegen deiner Kolumne in grossen Schwierigkeiten. Habt ihr das zusammen geplant? Bin voller Abscheu und grenzenloser Wut.
Tom

Telegramm von Evelyn an John

1. Juli 1918

An: John Hopper, 18 Fleet Street, London EC
Gesendet: 12:39 / Empfangen: 14:01

Kolumne muss sofort eingestellt werden. Meinen letzten Beitrag nicht drucken. Was hast du Tom erzählt? Hochzeit? Bin außer mir.
Evelyn

Telegramm von Evelyn an Thomas

1. Juli 1918

An: Lt. Thomas Harding c/o 10. Bataillon, Amiens, Frankreich
Gesendet: 12:50 / Empfangen: 14:22

Habe Johns Antrag nicht angenommen. Brief folgt zur weiteren Klaerung.
Evie

Telegramm von John an Evelyn

5. Juli 1918

An: Evelyn Elliott c/o Brit. Frauenkorps, Rouen, Frankreich
Gesendet: 09:30 / Empfangen: 10:04

Letzter Beitrag schon in Druck. Erscheint morgen. Erwarte neuen Aufschrei sowie jede Menge Publicity und neuen Auflagenrekord. Harding macht nur Wirbel.
John

Von Evelyn an John Hopper

Rouen, Frankreich
6. Juli 1918

John,

wie konntest du nur? Wie konntest du Tom erzählen, dass wir uns verlobt haben und heiraten werden? Jetzt fühlt er sich betrogen und von seinen Freunden verraten.

Ich kann dir das nicht verzeihen, und ich werde ganz sicher keinen Mann heiraten, der denkt, er könne über meine Zukunft bestimmen – und erst recht keinen, der meine Freundschaften missachtet. Irgendwann habe ich dir einmal geschrieben, dass ich glaube, meine Antwort auf deinen Antrag in Frankreich zu finden, und das habe ich in der Tat.

Meine Antwort lautet Nein.

Im Grunde hätte ich es dir bereits vor einem Jahr sagen sollen, dann wäre uns diese schreckliche Situation erspart geblieben.

Von nun an werde ich mich ausschließlich an Jack Davies wenden, was meine Artikel betrifft. Ich bin mir ziemlich sicher, dass Jack nicht die Absicht hat, mich ohne meine Zustimmung zu heiraten.

Evelyn

Von Thomas an Evelyn

Irgendwo in Frankreich
15. Juli 1918

Evie,

ich habe versucht, meinen Zorn zu kontrollieren und mich zu beruhigen, aber es hat nichts genützt. Verdammt, ich habe dir in diesen schrecklichen vier Jahren mein ganzes Herz ausgeschüttet. Habe dir meine Verwirrung anvertraut, meine Kämpfe, meine Verzweiflung. Du weißt über meinen Vater Bescheid, über mich – über alles, was es gibt! Wie konntest du mich so hintergehen? Ich habe dich auf jede erdenkliche Art in all deinen Zielen unterstützt, habe dich ermutigt, deine Träume zu verwirklichen. Und nun verwendest du es gegen mich auf die denkbar grausamste Art.

Damit ist alles verloren: die Zeitung, unsere Freundschaft, meine Familie. Alles ist dahin, weil Hopper mir in den Rücken gefallen ist – zusammen mit meiner besten Freundin, einem der wenigen Menschen, die mir auf dieser Welt wichtig sind. Ich war mir vielleicht unsicher, was meinen Platz bei der *Daily Times* und Vaters Nachfolge betrifft, doch ich hätte niemals zugelassen, dass die Zeitung ruiniert wird, indem sie sich wegen einer billigen Publicity über alle

Grenzen hinwegsetzt. Das habt ihr für mich besorgt, du und dieser verlogene Sack voller Ausreden. Ich hätte es besser wissen müssen und euch nicht vertrauen dürfen. Ihr widert mich an.

Heirate ihn, Evie. Ihr habt einander verdient. Brennt zusammen durch und genießt euer Prestige und euren Luxus und euer perfektes Leben. Soll der Krieg mich holen. Hier gehöre ich hin, auf dieses Schlachtfeld zu meinen Männern, die mit einem Mut kämpfen, den du bei deinem rückgratlosen Verlobten nie sehen wirst.

Mein Leben mag bescheiden sein, verglichen mit dem dieses Blenders, der das Glück hat, mit einem attraktiven Aussehen und einem beachtlichen Charme gesegnet zu sein. Aber ich lebe meines mit einer Leidenschaft, die er nie verstehen wird. Ich werde meinen Vater posthum stolz machen und mein Land dazu, und ich werde nie vor Angst den Schwanz einziehen. Hast du deinen zukünftigen Ehemann jemals gefragt, warum er nicht an der Front ist? Vielleicht solltest du das mal tun. Allerdings wird seine Antwort nicht der Wahrheit entsprechen.

Ich wünsche dir alles Gute und dass du nie so vor Zorn und Enttäuschung glühen musst wie ich gerade. Schade, dass es so weit gekommen ist.

Leb wohl, Evelyn.

Tom

Von Evelyn an Alice

Rouen, Frankreich
28. Juli 1918

Liebe Alice,

ich habe schreckliche Neuigkeiten: Tom hat von Johns Heiratsantrag Wind bekommen und glaubt, ich hätte Ja gesagt. Am liebsten würde ich John an die Gurgel springen. Mit welchem Recht setzt er einfach meine Zustimmung voraus und erzählt herum, dass wir bald heiraten werden? Wie konnte er so etwas tun?

Tom hat mir ein aufgebrachtes Telegramm geschickt, gefolgt von einem unversöhnlichen Brief, der mir einen beinahe körperlichen Schmerz verursacht hat. Wenn ich nur daran denke, könnte ich aus der Haut fahren. Und ich fürchte, es kommt noch schlimmer. Möglicherweise wird die *Daily Times* vorübergehend eingestellt, weil meine Artikel gegen die Zensurauflagen verstoßen.

Tom denkt, John und ich hätten das gemeinsam eingefädelt, um ihm zu schaden. Jede Zeile in seinem Brief zeigt mir, dass er bei der Nachricht regelrecht ausgerastet ist. Dass er dermaßen die Beherrschung verliert, hätte ich nie für möglich gehalten.

Was soll ich jetzt tun? Ich bin am Boden zerstört und ertrage den Gedanken nicht, dass ich Tom durch meine Dummheit verletzt und sein Vertrauen verloren habe. Natürlich sind seine Anschuldigungen in gewisser Weise absurd, und dennoch ist immer ein Körnchen Wahrheit darin. Zumindest hätte ich John von vornherein eindeutig zurückweisen müssen und ihm geschäftlich nicht so arglos vertrauen dürfen. Immerhin wurde ich gewarnt. Und darüber hinaus wäre es eine Sache der Fairness gewesen, Tom von Johns Antrag zu erzählen. Dann wären Missverständnisse erst gar nicht aufgekommen.

Wenn ich an meinen letzten Kolumnenbeitrag denke, möchte ich mich am liebsten schütteln.

Warum war ich so versessen darauf, die Wahrheit zu berichten? Was spielt es am Ende für eine Rolle? Wir befinden uns unverändert im Krieg. Tausende Männer sterben jeden Tag. Meine Worte bewirken rein gar nichts. Vielmehr habe ich meine Feder für eine fragwürdige Propaganda und fehlgeleitete Prinzipien eingesetzt. Was überhaupt ist die Wahrheit in diesem Chaos?

Kann ich die Geschichte aus der Welt schaffen, die Missverständnisse ausräumen? Du kennst Tom, er ist genauso stur wie ich und wird mir nicht so leicht verzeihen. Mein Herz schmerzt, als hätte es einen körperlichen Schaden erlitten, während ringsum scheinbar alles in Stumpfsinn und Langeweile versinkt.

Was um alles in der Welt soll ich tun?

Verzweifelte Grüße

Evie

Offizielle Benachrichtigung
des Propagandaministeriums an Thomas Harding

London, England
30. Juli 1918

Sir, sehr geehrter Mr. Harding,

gegen Ihre Verlagspublikation, die *London Daily Times*, mit Sitz auf der Fleet Street Nr. 18, sind bereits zwei schriftliche

Verwarnungen ergangen wegen der volksverhetzenden Inhalte Ihrer Kolumne *Eine Frau in Kriegszeiten*. Dennoch haben Sie in rücksichtsloser Manier weiterhin haltlose, beleidigende Verleumdungen gegen unsere Militärführung und gegen die Krone veröffentlicht. Aufgrund dieser eklatanten Missachtung gesetzlicher Vorgaben sehen wir unsere nationalen Interessen gefährdet und entziehen Ihnen daher mit sofortiger Wirkung die Drucklizenz. Das Verbot gilt bis auf Weiteres beziehungsweise bis sämtliche Besitzrechte an die Regierung abgetreten worden sind.

Hochachtungsvoll

Admiral Michael Jenkins,

Propagandaministerium

Von Alice an Evelyn

Brighton, England
1. August 1918

Liebe Evie,

gräme dich nicht, Darling, Männer geraten leicht in Wut, aber sie vergessen auch rasch, und dein Tom hat dich sein ganzes Leben lang geliebt. Das erkenne ich immer deutlicher allein aufgrund seiner Reaktion. Er wird sich wieder beruhigen, und die Zeitung wird überleben – genau wie eure Freundschaft. Du hast deine Interessen verteidigt, und daran ist nichts auszusetzen. Tom würde dasselbe tun. Außerdem: Woher hättest du ahnen sollen, dass John eine Verlobung erfindet? Er muss ganz schön rücksichtslos sein. Ich bin froh, dass du ihm nie dein Jawort gegeben hast, dieser Widerling hat dich wirklich nicht verdient.

Und was Tom betrifft, er wird das verstehen, sobald sich sein erster gerechter Zorn ein wenig abgekühlt hat. Lass ihm ein wenig Zeit, dann schreibst du ihm und offenbarst ihm endlich deine Gefühle. Der ganze Ärger wird schneller verraucht sein, als du denkst. Ganz sicher. Vertrau mir.

Ich denke an dich.

Alice

Von Evelyn an Thomas

Rouen, Frankreich
3. August 1918

Lieber Tom,

du lässt nichts von dir hören, darum nehme ich an, dass du immer noch wütend auf mich bist. Trotzdem *musst* du mir glauben, dass ich Johns Antrag *nicht* angenommen habe. Niemals. Ich bin schockiert, dass er eine solche Lüge in die Welt gesetzt hat, und fühle mich in gemeinster Weise hintergangen. So ein Mistkerl. Ja, er hat um meine Hand angehalten, aber ich habe ihm nie mein Jawort gegeben. Niemals. Und deshalb habe ich dir nichts davon erzählt, dein Verhältnis zu John war ohnehin nicht das beste.

Das alles ist so ärgerlich, dass ich es am liebsten in die Welt hinausschreien möchte. Könnte ich doch mit dir persönlich reden. Könnte ich dir in die Augen schauen und dir alles erklären. Dann würdest du mich eher verstehen. Bitte, lieber Tom, vergiss nicht, wie viele Jahre unsere Freundschaft bereits besteht. Das darf man nicht einfach wegwerfen.

Was meine Kolumne betrifft, so bin ich davon ausgegangen, du seist davon überzeugt, dass die Wahrheit gesagt werden muss – und du seist von *mir* überzeugt. Weißt du, dieser Krieg hat mir völlig unerwartet eine Stimme verliehen und mir ein Gefühl gegeben, das ich nie zuvor kannte – das Gefühl, etwas Wichtiges und Sinnvolles zu tun. In gewisser Weise sind wir alle Marionetten und spielen eine Rolle in einem Stück ohne Drehbuch, dessen Ende wir nicht kennen. Letztlich improvisieren wir bloß, treffen überstürzte, schlecht durchdachte, hitzköpfige Entscheidungen und stürmen blind drauflos. Stammt das mit dem Drauflosstürmen nicht von Will?

Auch du bist nicht frei davon. Hast du deine Gefechte vergessen? Dein unvernünftiges Vorpreschen, um einen Freund zu beschützen, während du gleichzeitig dein eigenes Leben in Gefahr bringst? Das mag weitaus heroischer sein, als einen Artikel für ein Fleet-Street-Blatt zu schreiben, doch im Endeffekt verlieren wir in diesem Krieg alle irgendwie Maß und Ziel. Jeder auf seine Art.

Es tut mir schrecklich leid, falls ich dich auf irgendeine Art privat gekränkt und beruflich kompromittiert habe. Dir zu schaden bedeutet, mir selbst zu schaden, und bitte sei versichert, dass ich bei diesem Gedanken Höllenqualen ausstehe. Von allen Menschen, die ich kenne, weißt du am besten, wie ich denke und fühle.

Ich wollte einfach mein Bestes geben und anderen helfen, wollte selbst etwas bewirken. Dabei hatte ich sogar gehofft, du würdest stolz auf mich sein. Ich habe mich verändert, Tom. Wir alle haben uns verändert. Würdest du eine selbstbewusste, eigenständige junge Frau am liebsten wieder in die gepflegte Langeweile ihres Elternhauses verbannen, wo sie ihre Tage mit Stickseide und öden Tischgesellschaften vertrödelt? Oder bist du froh, eine junge Frau mit Ambitionen zu sehen, die nichts mit ihrer gesellschaftlichen Stellung zu tun haben?

Überdies wurde ich zumindest von meinem Vater nicht dazu erzogen, beim geringsten Hindernis einzuknicken. Er würde sich für mich schämen, wenn ich das täte. Und mein Bruder wäre enttäuscht von mir. Sie haben mich beide gelehrt, Rückgrat zu beweisen, und ich werde nicht – nicht einmal für dich – den Weg des geringsten Widerstands gehen und kuschen.

Mit oder ohne deinen Segen, ich bin nicht mehr die kleine Evie und werde mich nicht aufhalten lassen, sondern einen Weg finden.

Evie

Von Evelyn an Thomas

Rouen, Frankreich
28. August 1918

Lieber Tom,

fast ein Monat ist vergangen, ohne dass ich etwas von dir gehört habe. Lass deine Wut an mir aus. Schrei mich an. Mach deinem Ärger Luft. Alles, bloß nicht dieses schreckliche Schweigen.

Ich kann nicht das Geringste tun, um das, was geschehen ist, rückgängig zu machen, aber ich kann darauf einwirken, was als Nächstes geschieht. Zu diesem Zweck muss ich meinen Stolz hinunterschlucken und dir etwas sagen, das ich dir bereits vor langer Zeit hätte sagen sollen.

In all den Jahren, die wir uns kennen, hast du mein Leben besser gemacht. Du hast mich durch meine Kindheit und die verwirrenden Pubertätsjahre begleitet und schließlich meinen Eintritt in die Welt der Erwachsenen miterlebt. Auf die eine oder andere Art warst du immer da, Tom. Bei mir. Für mich. Meine restlichen Tage – wie viele oder wenige es sein mögen – ohne deine Freundschaft zu verbringen hieße, ein Leben im Schatten zu führen. Am meisten würde es mich bekümmern, mir vorwerfen zu müssen, wie anders mein Leben verlaufen wäre, hätte ich die Dinge ausgesprochen, die mein Herz mich zu sagen drängte.

Mich lässt der Gedanke nicht los, dass es – solange dieser Krieg dauert – vielleicht morgen schon mit einem von uns vorbei sein könnte. Sollen wir da wirklich stumm bleiben? Sollen wir uns wirklich voneinander abwenden?

Ich kann das nicht.

Und wenn es die letzten Worte sind, die ich dir jemals schreiben werde – ich muss dir ein Geheimnis offenbaren, das ich seit einer Weile mit mir herumtrage: Ich liebe dich, Tom. Mit jedem Schlag meines Herzens und mit jedem Atemzug, den ich mache, empfinde ich Liebe für dich, Thomas Harding.

Ich liebe dich, habe dich immer geliebt und werde dich immer lieben. Tom und Evie. Waren wir nicht seit jeher ein Team? Deshalb wünsche ich inständig, es wäre noch so, und hoffe, dass du mir verzeihst.

Es gibt nichts, was ich noch sagen kann. Wenn du mir nicht mehr schreiben magst, werde ich deine Entscheidung hinnehmen, so weh es auch tun wird.

In ewiger Freundschaft
Evie

Von Sophie Morel an Evelyn

Paris, Frankreich
28. August 1918

Chère Mademoiselle Elliott,

vielen Dank für Ihre Briefe. Bitte verzeihen Sie mir, dass ich nicht früher geantwortet habe. Ich war mir nicht sicher, was ich schreiben sollte und ob überhaupt. Die Entscheidung fiel mir schwer, doch ich hoffe, im Sinne meiner geliebten Amandine zu handeln.

Meine wundervolle Tochter starb während der Entbindung. Sie war so jung und hatte so viel *joie de vivre*, so viel Freude am Leben, das noch vor ihr zu liegen schien. Ich vermisse sie mit jedem Atemzug. Ihr Baby – ein kleines Mädchen namens Delphine – hat allen Komplikationen zum Trotz überlebt und befindet sich in meiner Obhut. Sie ist alles, was ich habe, und für mich das Kostbarste auf der Welt.

Ihre Briefe haben mir Trost gespendet, wenngleich sie sehr überraschend kamen. Es freut mich, dass meine Tochter einen so ehrenwerten Mann wie Ihren Bruder William geliebt hat. Amandine sprach von ihm stets mit großer Hingabe und war überzeugt, dass er sie nach Kriegsende heiraten würde. Es bricht mir das Herz, dass sie dieses Glück nicht erleben durfte.

Ich habe mit mir gerungen, ob ich Ihnen antworten soll, Mademoiselle. Delphine ist ein glückliches Kind, und ich sah anfangs keine Notwendigkeit, ihr ruhiges, einfaches Leben mit englischen Verwandten zu komplizieren. Dann aber stieß ich auf ein Bündel Briefe, die Amandine von der Front mitgebracht hatte. Sie stammen alle von Ihrem Bruder, und in seinen Zeilen schwingt eine große Liebe mit. Und Ihre Briefe, Mademoiselle, zeigen mir, dass Sie genauso ehrenhaft sind, wie er es war.

Deshalb habe ich für Sie einen Brief beigelegt, von dem ich denke, dass Sie ihn sicher gerne lesen möchten. Ich hoffe, Sie sind damit einverstanden, dass ich die anderen ebenso behalte wie eine Fotografie Ihres Bruders, damit ich sie später Delphine zeigen kann. Seit ich das Porträt Ihres Bruders gesehen habe, erkenne ich sehr deutlich die Ähnlichkeit. Delphine hat seine Augen. Sie werden es auf dem beigefügten Foto selbst sehen.

Ihnen wünsche ich alles Gute, Mademoiselle, und bete, dass wir im neuen Jahr den Sieg erleben werden.

Vielleicht lernen wir uns eines Tages ja persönlich kennen, wenn es die Umstände erlauben.

Freundliche Grüße

Sophie Morel

Von Evelyn an ihre Mutter

Rouen, Frankreich
5. Oktober 1918

Liebe Mama,

ich möchte dich zwar nicht unnötig beunruhigen, doch vorsichtshalber teile ich dir mit, dass auf unserem Stützpunkt ein aggressives Grippevirus grassiert und wir unter strenge Quarantäne gestellt wurden. Die Krankenschwestern haben mir erklärt, es handele sich um die Spanische Grippe, die bereits halb Europa befallen hat. Aber bislang geht es mir gut.

Falls mir indes etwas zustoßen sollte, bitte ich dich, Kontakt zu Sophie Morel in Paris, 127 Rue Chanterelle, aufzunehmen und so rasch wie möglich einen Besuch bei ihr zu vereinbaren. Sophie ist die Mutter von Amandine und somit die Großmutter von Delphine, Amandine und Wills Tochter. Anbei findest du einen Brief von Amandine an Will, den Sophie mir überlassen hat. Bitte, Mama, versprich es mir. Wenn es das Letzte ist, worum ich dich als deine Tochter bitte, dann beschwöre ich dich, meinem Wunsch und damit Wills Letztem Willen zu entsprechen.

Ich melde mich wieder, wenn es etwas Neues von hier gibt.

Alles Liebe

Deine Tochter Evelyn

Paris, Frankreich

1. Mai 1915

Mon cher Will,

ich hoffe, dass es dir gut geht und diese Zeilen dich gesund und munter antreffen. Wie du an der Adresse sehen kannst, bin ich nach Paris zurückgekehrt.

Wenngleich es für dich ein Schock sein wird, muss ich dir etwas sagen: Ich bin in anderen Umständen, trage dein Kind in mir. Und da an der Front kein Platz ist für eine schwangere Krankenschwester, habe ich meine Entlassung beantragt und lebe jetzt wieder bei meiner Mutter in Paris.

Unsere Beziehung war lediglich von kurzer Dauer, und dennoch habe ich manchmal das Gefühl, dass ich dich besser kenne als jeden anderen Menschen. Uns verband ebenso eine große Liebe wie eine große Leidenschaft. Nie werde ich vergessen, wie du mich zärtlich gehalten oder mir Liebesworte ins Ohr geflüstert hast. Unsere gemeinsame Zeit wird mir immer in kostbarer Erinnerung bleiben.

Ich will dich zu nichts drängen. Vielleicht erlauben die Unterschiede zwischen uns ja nicht mehr als diese kurze Romanze, doch auf jeden Fall sollst du von der Schwangerschaft wissen. Ein Kind, aus Liebe geboren, ist schließlich das einzig schöne Produkt des Krieges. Unsere Zukunft liegt in den Händen dieser Kinder. Soll ich dir Bescheid geben, wenn das Baby auf der Welt ist? Falls du keinen Wert darauf legst, sag es mir bitte, dann werde ich nie wieder einen Kontakt suchen. Ich verstehe, dass die Situation für dich schwierig sein könnte.

Paris hat sich so verändert, dass ich meinen Geburtsort kaum wiedererkenne. Flüchtlinge säumen die Straßen und betteln verzweifelt um ein Stück Brot. Da kann ich froh und dankbar sein, dass wir am Rande der Stadt vom Schlimmsten entfernt sind.

Mon cher William, *je suis amoureuse de toi*. Ich bin in dich verliebt. Meine Tage ohne dich sind so still und einsam. Deine Lieder und dein Frohsinn haben mir mehr Freude bereitet, als ich auszudrücken vermag.

Ich wünsche dir alles Gute, *mon amour*, und bete für deine Sicherheit.

Amandine

Von Charles Abshire an Thomas

London, England
7. Oktober 1918

Lieber Freund,

ich sende dir einen Brief älteren Datums, der an dich adressiert ist und offenbar auf dem Postweg verloren ging. Er stammt von Evelyn Elliott und fand vor Kurzem den Weg in ihr Elternhaus in Richmond. Ihre Mutter brachte ihn zu uns in die Redaktion, weil sie nicht wusste, wie sie ihn dir zukommen lassen sollte. Der umständliche Weg, den dieser Brief genommen hat, übersteigt jegliches Vorstellungsvermögen.

Ich hoffe, es geht dir gut, mein lieber Junge. Man spricht davon, dass der Krieg sich nun wirklich dem Ende nähert. Wir sind hier alle verhalten optimistisch.

Gott behüte dich.

Charles Abshire

Von Evelyn an Thomas

Richmond, England
25. Dezember 1915

Lieber Tom,

frohe Weihnachten! Ich sitze vor dem Kamin, wärme meine Zehen und ertappe mich dabei, dass ich mir vorstelle, du seist an meiner Seite. Seit du von deinen Fußproblemen geschrieben hast, denke ich immerzu an deine wunden, schmerzenden Füße, und deshalb male ich mir aus, wie wir an diesem ersten Weihnachtstag zusammen vor unserem Kamin sitzen, als wäre es das Normalste der Welt, und unsere Füße wärmen. Du und ich, den Bauch gefüllt mit Gänsebraten. Was könnte schöner sein?

Tom, es gibt etwas, das ich dir sagen möchte, obwohl ich mich davor fürchte. Aber es muss einfach sein, ich muss meine Gefühle endlich einmal artikulieren, denn schließlich sind Emotionen nicht dazu da, um sie in uns zu verschließen, oder? Sie müssen gesehen und gehört, gespürt und erlebt werden.

Die Sache ist die, Tom, ich liebe dich. Liebe dich wie verrückt. Vielleicht war ich immer schon in dich verliebt und hätte bei genauerem Hinsehen die Zeichen früher erkannt. Doch ich war nicht aufmerksam, und so brauchte es einen Krieg und Hunderte von Meilen, bis mir klar wurde, wie wichtig du mir bist, Thomas Archibald Harding. Du warst immer da. Immer. Bloß jetzt, wo ich mir inständig wünsche, dich an meiner Seite zu haben, bist du es nicht.

Darf ich darauf hoffen, dass meine Liebe erwidert wird? Du hast mir nie ein entsprechendes Signal gegeben, darum muss ich mich damit begnügen, es mir vorzustellen. Ich sehe eine Zukunft, die sich wie Farbe in Wasser vor uns ausbreitet, schlängelnd und tänzelnd. Werden wir Kinder haben? Ein glückliches Leben? Eine Partnerschaft bis ins hohe Alter? Ich träume von einer kleinen Wohnung in Paris, wo wir den Sommer und die Weihnachtsferien verbringen. Mit einem Balkon, von dem aus wir den Eiffelturm sehen. Womöglich hast du ja bei einem früheren Besuch ganz oben auf der Spitze um meine Hand angehalten. Und natürlich habe ich Ja gesagt!

Du siehst, warum das Schreiben meine Passion ist, nicht wahr? Ich kann aus dem dünnsten Garn eine Geschichte spinnen, selbst wenn es eigentlich gar keine zu erzählen gibt. Zumindest noch nicht.

So, nun weißt du es, dass ich dich liebe, Tom Harding. Ich liebe dich, ich liebe dich, ich liebe dich.

Letzte Nacht sah ich zu den Sternen hoch und wünschte mir, du würdest dasselbe tun. Wer könnte es besser ausdrücken als Shakespeare? Seine Julia spricht mir aus der Seele.

Komm, milde, liebevolle Nacht! Komm, gib
Mir meinen Romeo! Und stirbt er einst,
Nimm ihn, zerteil in kleine Sterne ihn:
Er wird des Himmels Antlitz so verschönen,
Daß alle Welt sich in die Nacht verliebt
Und niemand mehr der eitlen Sonne huldigt.

Nun, da ich endlich den Mut gefunden habe, dir diese Worte zu schreiben, weiß ich nicht, ob ich ebenfalls den Mut finden werde, sie dir zu senden. Ich ertrage den Gedanken nicht, dass mein Liebesgeständnis eine unwillkommene Überraschung sein könnte oder dass du dies hier mit Bestürzung liest und nicht weißt, wie du darauf reagieren sollst. Ich kann dich beinahe verwundert fragen hören: *Evie Elliott – verliebt in mich?*

Trotzdem will ich fest daran glauben, dass du beim Lesen meiner Worte nichts als Freude empfindest, weil du nun weißt, dass mein Herz dir gehört.

Mein Lieber, hier schneit es gerade ein bisschen. Ich habe ein paar Schneeflocken auf das Briefpapier rieseln lassen. Sie und mein Herz sind mein Weihnachtsgeschenk für dich.

Ich wünsche dir ein gesegnetes Fest, Geliebter.

Deine Evie

Telegramm von Rose Blythe an Thomas

12. Oktober 1918

An: Lt. Thomas Harding c/o 10. Bataillon, Amiens, Frankreich
Gesendet: 14:47 / Empfangen: 15:33

Evelyn Elliott schwer erkrankt. Sie fragt nach Ihnen. Bitte kommen Sie so schnell wie moeglich.
Rose Blythe

Von Rose Blythe an Thomas

Rouen, Frankreich
12. Oktober 1918

Lieber Thomas,

ich sende Ihnen eine Nachricht von Evelyn Elliott. Sie ist sehr krank und hat mir die folgenden Worte diktiert, damit ich sie weiterleite.

Mit lieben Grüßen
Rose Blythe

Tom,

es geht mir sehr schlecht, und ich habe Angst. Diese Krankheit schwächt mich von Stunde zu Stunde mehr. Ich liebe dich. Ich liebe dich so sehr, mein Schatz.

Evie

Telegramm von Rose Blythe an Evelyns Mutter

12. Oktober 1918

An: Carol Elliott, Poplars, Richmond, London SW
Gesendet: 09:23 / Empfangen: 10:45

Ihre Tochter Evelyn ist schwer erkrankt. Beten Sie fuer sie. Ich bin Tag und Nacht bei ihr.
Schwester Rose Blythe

Telegramm von Thomas an Evelyn

12. Oktober 1918

An: Evelyn Elliott c/o Brit. Frauenkorps, Rouen, Frankreich, z.Hd.v. Rose Blythe
Gesendet: 10:55 / Empfangen: 11:15

Habe Sonderurlaub. Bin ein Narr. Ich komme, mein Liebling! Warte auf mich! Bitte. Mein Herz gehoert dir.
Tom

Von Rose Blythe an Alice

Rouen, Frankreich
13. Oktober 1918

Liebe Miss Cuthbert,

ich schreibe Ihnen im Namen von Evelyn Elliott. Leider muss ich Ihnen mitteilen, dass Ihre Freundin sich mit der Spanischen Grippe infiziert hat. Zwar kämpft sie tapfer gegen die Krankheit an, aber ihr Zustand ist sehr ernst. Die Epidemie hat inzwischen auch hier ein furchtbares Ausmaß angenommen. Wenn man all die Kriegsjahre überlebt hat, um am Endc womöglich einem tödlichen Virus zu erliegen, ist das besonders grausam. Ihnen soll ich von Ihrer Freundin ausrichten, dass sie Sie von ganzem Herzen liebt und Ihnen ein glückliches Leben mit Ihrem Doktor wünscht.

Ich werde an Evelyns Seite wachen und für sie beten.

Mit herzlichen Grüßen

Rose Blythe

Von Thomas an Rose Blythe

13. Oktober 1918

Rose, sie lassen mich nicht zu euch hinein. Ich habe Ihre Kollegin gebeten, Ihnen diese Nachricht zu bringen. Können Sie nicht mit Ihrer Oberschwester oder einem Vorgesetzten sprechen? Ich bin über den Zaun geklettert, leider haben sie mich erwischt. Nun bin ich auf Ihre Hilfe angewiesen. Bitte, Rose, ich muss sie unbedingt sehen. Ich flehe Sie an.

Tom

Von Rose Blythe an Thomas

13. Oktober 1918

Nein, Tom, es ist zu gefährlich. Sie müssen auf eine andere Art Abschied nehmen. Es tut mir unendlich leid.

Rose

Von Thomas an Evelyn

13. Oktober 1918

Meine Liebste,

ich bin am Boden zerstört vor lauter Schuldgefühlen, überhäufe mich mit Vorwürfen und vergieße Tränen der Verzweiflung. Wegen der Quarantäne verwehrt man mir den Zutritt zu deinem Krankenbett, obwohl ich getobt habe wie ein Wahnsinniger – drei Mann mussten mich zurückhalten. Es ist mir gleichgültig, ob ich mich anstecke. Gott im Himmel, ohne dich, meine vertraute Gefährtin, bin ich nichts. Rein gar nichts!

Dein letzter Brief hat mir das Herz zerrissen. Was war ich für ein unverbesserlicher Idiot, dass ich dir nicht sofort geantwortet habe. Mein dummer Stolz hat es einfach nicht zugelassen.

Verdammt, Evie, ich habe es die ganze Zeit nicht gemerkt, ich schwöre, dass ich keine Ahnung hatte. Dabei war es im Grunde sonnenklar. Dennoch brauchte es erst diesen Brief, den du Weihnachten 1915 an mich geschrieben hast und der jahrelang herumirrte, um mir die Augen zu öffnen. Das alles kommt mir vor wie ein Wunder. Vor allem dass endlich die

Mauer in meinem Innern einstürzte und die dahinter eingesperrten Gefühle befreit wurden.

Evie, mein Liebling, ich habe dich geliebt, seit du das erste Mal die Tauben in unserem Garten mit Steinen beworfen hast, ein kleines freches Mädchen mit wehenden Haaren. Und später dann, als du am Kartentisch geschummelt hast, als wir um die Wette ritten und du uns im Kerzenschein Gedichte vorlasest, denen dein Bruder und ich, fasziniert von deiner melodischen Stimme, andächtig lauschten, da hat sich diese Liebe verstärkt, und nun liebe und begehre ich die Frau, zu der du geworden bist – eine Frau voller Lachen und Frohsinn, die sich danach sehnt, in der Welt eine Spur zu hinterlassen.

Als Hopper mir schrieb, dass du ihn heiraten würdest, kam es mir vor, als würde ein schwarzer Vorhang fallen und als wäre das einzige Band, das mich mit dieser elenden, gottverlassenen Welt verbunden hatte, zerrissen worden. Ich Trottel habe ihm geglaubt und riskiert, dass ich dich an ihn verliere. Wobei ich im Grunde hätte wissen müssen, dass du dich niemals an einen Mann wie ihn binden würdest. Dafür ist dein Herz zu rein, dein Verstand zu klar. Du bist zu intelligent für ihn. Zu schön. Wirst du mir jemals verzeihen? Nach all dem Shakespeare war ich nichts weiter als ein törichter Romeo.

Dieser Krieg hat mich verändert. Du hast mich verändert, hast mir die Augen geöffnet für die Schönheit, die es trotz allem noch auf der Welt gibt, und für die Hoffnung, die nach wie vor tief in uns lebt, komme, was da wolle. Außerdem hast du mir gezeigt, dass es ehrenhaft ist, selbst gegen Widerstände die Wahrheit zu sagen und Stellung zu beziehen im Dienste einer höheren Sache, statt zu buckeln und einzuknicken. Und vor allem hast du mich gelehrt, wie man liebt.

Kämpfe, mein Liebling! Bitte, Evie, stemm dich mit deiner ganzen Kraft gegen die Krankheit. Ich habe gekämpft, als du es mir damals befohlen hast, und nun bist du an der Reihe, für mich zu kämpfen. Wie soll ich ohne dich weitermachen? Gib uns eine Chance, mein Herz, damit wir uns in die Lüfte aufschwingen können wie deine Vögel. Ich werde hier sein, auf der anderen Seite des Zaunes, und auf dich warten.

In tiefer Liebe

Tom

Der Tag des Waffenstillstands:

Die elfte Stunde am elften Tag des elften Monats 1918

»Heute Morgen um elf Uhr wurde der grausamste und schrecklichste Krieg beendet, der die Menschheit je heimgesucht hat. Ich hoffe, wir dürfen sagen, dass an diesem schicksalhaften Morgen alle Kriege beendet wurden.«

Erklärung des britischen Premierministers
David Lloyd George im Parlament
am 11. November 1918

Paris

24. Dezember 1968

Heiligabend.

Der Vorabend des Weihnachtsfests war immer ihr Lieblingstag. Sie liebte die Vorfreude, Verheißung auf kommende Dinge.

Ich denke an das Jahr nach Kriegsende zurück. Weihnachten 1919. Endlich Weihnachten in Paris. Zusammen standen wir auf der Spitze des Eiffelturms, so wie Evie es sich immer ausgemalt hatte. Nur dass Will und Alice hätten dabei sein sollen. Wir erinnerten uns in Liebe an unseren unvergessenen Bruder und Freund, während wir die Sterne betrachteten, die sich funkelnd auf der Seine spiegelten. Und dachten an Alice, die ihren Doktor geheiratet hatte und ihr erstes Kind erwartete.

Evie fand, mit dem Schnee, der sanft vom Himmel rieselte, hätten wir einen perfekten Abend erwischt für unseren Ausflug auf die Turmspitze, obwohl ich mich bitterlich über die Kälte beschwerte. Sie lachte nur und lud mich zu einem Vin chaud ein, der mich aufwärmen sollte. Allerdings war es dann weniger der Glühwein, von dem mir warm wurde, sondern das besorgte schon das Zusammensein mit ihr, das Gefühl, sie zu lieben und von ihr geliebt zu werden.

Das war der Moment, in dem ich sie bat, meine Frau zu werden. Ganz so, wie sie es sich in ihrer Fantasie ausgemalt hatte. Sie sagte Ja, noch bevor ich die Worte ganz ausgesprochen hatte. *Ja! Ja! Ja!*

Ich bewege mich zur Balkontür, um zu dem Turm hinüberzuschauen. Jeder einzelne Schritt lässt mich zusammenzucken. Meine Gelenke drohen zu streiken, meine Lunge protestiert rasselnd gegen die Anstrengung, und meine ganze Willenskraft ist aus meinem Körper gewichen. Inzwischen vermag ich mich nicht einmal mehr an den kleinen Dingen zu erfreuen, die ich früher so sehr genossen habe: eine Auswahl von Zeitungen frisch aus der Druckerpresse, der Anblick der Abendsonne, die den Horizont in Feuer taucht, das Gezwitscher der Singvögel am Morgen, während ich meine erste Tasse Tee trinke. Alles ist stumpf geworden. Ich möchte zu ihr, für immer, so wie es sein sollte.

Meine Augen schweifen über die Pariser Skyline, ein letztes Mal sauge ich sie in mich auf, bevor ich die Zimmertür schließe und den zerknitterten Umschlag aus meiner Hosentasche nehme.

Mühsam schleppe ich mich ins Schlafzimmer, schaue in den Spiegel und mustere die Falten in meinem Gesicht – eine Landkarte von Glück und Leid, auf der keine neuen Markierungen mehr hinzukommen werden. Ich hole meine Uniformjacke der britischen Armee aus dem Schrank, die nach all den Jahren leicht muffig riecht und mir dennoch so vertraut ist wie eine zweite Haut. Nachdem ich die Knöpfe geschlossen habe, setze ich meine Mütze auf. Für einen Moment zieht ein bunter Strom von Erinnerungen an meinem inneren Auge vorbei, aber lediglich ein Bild bleibt übrig, verblasst nicht wie die anderen: Evie.

Ihre Augen strahlen Freude aus, ihr Mund ist zu einem verschmitzten Lächeln verzogen. *Natürlich will ich deine*

Frau werden, Leutnant Thomas Archibald Harding, klingt ihre Stimme aus der Vergangenheit an mein Ohr.

Mein Herz stolpert, als ich mich auf die Bettkante setze, ihren letzten Brief an meine Brust drücke und schließlich mit zitternden Händen den Umschlag öffne. Ein schwacher Veilchenduft weht mir entgegen, als ich den Briefbogen herausnehme und entfalte. Es ist, als hätte sie das Zimmer betreten und sich neben mich gesetzt. Ich höre ihre Stimme, während ich ihre Worte lese, und spüre ganz deutlich ihre Nähe.

1. November 1968

Mein geliebter Tom,

wie soll ich diese Worte zu Papier bringen, meine letzten an dich? Wie kann ich dir jemals richtig erklären, was du für mein Leben bedeutet hast?

Und doch muss ich meine Gedanken, meine Gefühle niederschreiben, denn meine Zeit neigt sich dem Ende zu.

Wir haben uns durch unsere Worte ineinander verliebt, war es nicht so? In der trostlosesten und dunkelsten Zeit fanden wir ein helles, strahlendes Licht: die Liebe. Wir fanden uns, und dafür bin ich immer dankbar gewesen.

Niemals werde ich die Berührung deiner Hand vergessen, als ich aus dem Fieber erwachte, ebenso wenig den Anblick deines Gesichts, als ich meine Augen öffnete und den Klang deiner Stimme vernahm, der als Erstes mein umnebeltes Bewusstsein durchdrang. Niemand außer dir hätte diese Hartnäckigkeit an den Tag gelegt, um trotz strenger Quarantänevorschriften zu mir zu gelangen, wobei unsere liebe Schwester Rose natürlich kräftig mitgeholfen hat. Du hast übrigens recht behalten, wenngleich ich es anfangs nicht glauben mochte: Sie ist mir eine liebe Freundin geworden.

Als ich zu mir kam und dich an meinem Bett erblickte, wusste ich, dass wir uns nie wieder trennen würden – und das haben wir wirklich nie getan. Deshalb wird diese endgültige Trennung dir besonders schlimm zusetzen. Sag dir einfach immer, mein Liebster, dass ich stets an deiner Seite sein werde. Wo du auch sein magst. Und ich werde nie aufhören, dich zu lieben, dich zu vermissen und auf dich zu warten. Bitte hab keine Angst, wenn deine Zeit kommt. Ich jedenfalls fürchte mich nicht, sondern bin bereit für das nächste Leben und die großartigen Abenteuer, die ich dort mit dir bis in alle Ewigkeit erleben werde.

Hoffentlich hast du meinen Wunsch befolgt und diesen Brief mit nach Paris genommen. Unser letztes gemeinsames Weihnachten dort war eins der glücklichsten überhaupt, nicht wahr? Damals ahnten wir noch nichts von den Problemen, die uns das neue Jahr bringen würde, und vom bevorstehenden Abschied. Ich bin froh, dass wir es nicht wussten, sonst hätten wir uns die letzten unbeschwerten Monate womöglich vergällt und jeden Moment hinterfragt – war er wirklich glücklich genug, war er perfekt genug –, statt einfach den Augenblick zu genießen. Und du hast mir so wundervolle Momente geschenkt, Tom, und das beste und glücklichste Leben, das man sich wünschen kann.

Wir sind wie Vögel in der Luft, du und ich. Lass uns gemeinsam den Aufwind nutzen und emporsteigen. Frohe Weihnachten, mein Schatz.

Für immer
Deine Evie

»Frohe Weihnachten, Evie.« Meine Worte sind nicht mehr als ein Flüstern, das sich zu dem Echo des Lachens und der Liebe gesellt, das ihr Brief heraufbeschworen hat, während die kostbarsten Erinnerungen meines Lebens wie Schneeflocken um mich herumtanzen und die sanfte Melodie eines Weihnachtslieds von der Straße in mein Zimmer hochweht.

Stille Nacht, heilige Nacht. Alles schläft. Einsam wacht …

Ich schließe meine Augen für einen Moment.

Alles ist still.

Alles schläft.

Alles ist, wie es sein sollte.

Epilog

Von Delphine an Will Harding

Paris
Februar 1969

Lieber Will,

ich hoffe, dir und deiner Familie geht es gut und ihr findet in kleinen Schritten einen Weg, um den Tod deines Vaters zu verkraften. Er fehlt mir ebenfalls sehr. Selbst seine Wohnung in Paris fühlt sich traurig an.

Es war ein schönes Begräbnis, finde ich. Besonders weil Richmond unter einer perfekten Wintersonne erstrahlte, genau wie Tom es sich gewünscht hätte. Und dass zum Abschied Shakespeare und andere großartige Dichter zu Wort kamen, hätte nicht passender sein können. Ich empfinde es als Trost, dass er nun neben deiner Mutter ruht und wieder mit ihr vereint ist.

Tom und Evie.

Nach all den Jahren, in denen der Krieg sie voneinander getrennt hatte, ist es wirklich außergewöhnlich, dass sie seitdem alles gemeinsam machten und, vom letzten Krankenhausaufenthalt abgesehen, nie wieder einen ganzen Tag oder eine Nacht ohne den anderen verbrachten. Die beiden verband in der Tat eine ganz besondere Liebe. Ein Ideal und ein Vorbild für uns alle, denke ich.

Als dein Vater an Weihnachten nach Paris kam, hatte er einen ganzen Stapel Briefe dabei, bei denen es sich um ihre Kriegskorrespondenz handelte. Bis dahin wusste ich gar nicht, dass sie sich so eifrig geschrieben hatten. Dein Vater hat Margaret angewiesen, die Briefe an mich zu übergeben.

Nachdem ich sie als Erste gelesen habe, möchte ich sie an dich als ihren Sohn weiterreichen. Außerdem bin ich der Meinung, dass sie nicht auf einem Dachboden verrotten sollten, denn vom Persönlichen abgesehen sind es aufschlussreiche historische Zeugnisse. Deshalb frage ich mich, ob du sie nicht im Rahmen einer Serie über den Ersten Weltkrieg veröffentlichen willst. Damit würde sich überdies der Kreis ihres Lebens gewissermaßen schließen. Immerhin hat deine Mutter während des Krieges für die *London Daily Times* geschrieben, und dein Vater hat nach seiner Rückkehr jahrzehntelang ihre Ausrichtung und ihren journalistischen Stil geprägt, bevor er die Herausgeberschaft in deine Hände gelegt hat.

Die Briefe liefern wirklich faszinierende Einblicke in den Kriegsalltag. Natürlich könnte man die ganz persönlichen Dinge weglassen, wenngleich sie wunderbar romantisch sind und so typisch für deine Eltern! Ich bin gespannt, was du über meinen Vorschlag denkst.

Vielleicht kannst du uns mit deinen Lieben ja gelegentlich mal besuchen, im Frühjahr etwa, wenn die Kastanien auf den Champs-Élysées blühen. Zu dieser Jahreszeit ist Paris unwiderstehlich.

Ganz liebe Grüße
Delphine

Anhang

Ein Plädoyer für den Briefroman
Anmerkungen von Hazel und Heather

Als wir mit diesem Roman begannen, hatten wir nicht die leiseste Ahnung, wie die Zusammenarbeit funktionieren würde, trotzdem ließen wir uns mit Begeisterung auf dieses neue Abenteuer ein. Wir sind sehr froh, dass wir es getan haben. Hier also die Geschichte, wie dieses Buch entstanden ist.

Wir hörten das erste Mal 2013 voneinander, als unsere gemeinsame Agentin Michelle Brower, die bereits zu ahnen schien, dass zwei Geschichtsnerds wie wir gut zusammenpassen würden, uns online miteinander bekannt machte. Michelle hatte den richtigen Riecher gehabt: Wir verstanden uns auf Anhieb und unterstützten uns in den nächsten Jahren gegenseitig bei unseren Projekten.

Anfang 2015 schlug Heather dann vor, Hazel solle sich mit einer Kurzgeschichte an einem Buch beteiligen, das sich mit den Ereignissen rund um den Tag des Waffenstillstands vom November 1918 befasste, der den Ersten Weltkrieg beendete. Diese Anthologie erschien unter dem Titel *Fall of Poppies: Stories of Love and the Great War* und erinnert an all jene, die in irgendeiner Weise Opfer des Krieges wurden.

Schon vor der Fertigstellung dieses Buches hatten wir

beide das Gefühl, dass es zu diesem Thema noch viel mehr zu sagen gab, denn immerhin veränderte dieses Ereignis die Welt so grundlegend, dass sie anschließend kaum wiederzuerkennen war. Die Idee, eine weitere Geschichte aus jener Zeit erzählen zu wollen, war geboren und nahm zunehmend Gestalt an, wobei wir zunächst an einen klassischen historischen Roman dachten.

Das endgültige Konzept des Briefromans entstand dann eines Nachmittags bei einem fieberhaften Gedankenaustausch via Facebook-Messenger und entsprang der Überlegung, dass gerade im Ersten Weltkrieg Briefe mangels anderer Kommunikationsmöglichkeiten eine immens wichtige Rolle spielten. Und von daher fühlte es sich für uns richtig an, die Geschichte von Evie und Tom in Form von Briefen lebendig werden zu lassen. Es erschien uns als beste Möglichkeit, tief in die Gefühle und Gedanken unserer beiden Protagonisten, die stellvertretend für eine ganze Generation stehen, einzutauchen.

Als im Juli 1914 nach dem Attentat von Sarajewo auf den österreichischen Thronfolger der Erste Weltkrieg ausbrach, gingen alle Parteien von einem kurzen Waffengang aus. Bis Weihnachten würden die Soldaten wieder zu Hause sein, daran glaubte man fest. Diese fatale Fehleinschätzung nahmen wir als Aufhänger, um eine Gruppe von Freunden zu erfinden, die Weihnachten 1914 in Paris hatten verbringen wollen – ein Plan, der auf schreckliche Weise verhindert wurde. Vier Weihnachten würden kommen und gehen, bevor der Krieg endete und die Soldaten, die nicht wie Millionen andere auf den Schlachtfeldern gestorben waren, nach Hause zurückkehrten. Da Paris zudem den ganzen Krieg über eine Besetzung durch deutsche Truppen fürchten musste, erschien uns diese ikonische Stadt der Liebe als der perfekte Sehnsuchtsort für unsere beiden Helden. Und natürlich lieben auch wir Paris!

Nachdem der Plot stand, mussten wir entscheiden, wie wir uns die Arbeit teilen sollten. Wie konnten zwei Autorinnen, die auf verschiedenen Kontinenten und in verschiedenen Zeitzonen leben, gemeinsam ein Buch schreiben? Es klingt schwierig, wenn nicht sogar unmöglich, aber es war weder das eine noch das andere, sondern einfach eine tolle Erfahrung.

Die Romanseiten füllten sich gewissermaßen durch unsere Korrespondenz. Wenn Hazel morgens in Irland aufwachte, entwarf sie einen Brief für eine der Figuren und wartete dann gespannt auf eine Antwort. Fünf Stunden später entdeckte Heather in den Vereinigten Staaten die E-Mail in ihrem Posteingang und schickte ihrerseits einen Romanbrief in die Alte Welt. Es war ein ganz natürlicher Prozess, die Handlung entwickelte sich, und im null Komma nichts stand unser erster Entwurf. Desgleichen erwies sich die Bearbeitung, die Absprache über zu ändernde Passagen, als weniger schwierig als befürchtet.

Selbstverständlich setzt eine Zusammenarbeit zwischen Autoren viel Vertrauen und Engagement voraus, zumal wir neben unserem gemeinsamen Projekt noch jeweils eigene voranbringen mussten. Ganz zu schweigen von den Anforderungen des Familienlebens. So kam es öfter vor, dass eine von uns die andere um einen Aufschub bat, weil ein Kind krank geworden war oder weil die Heizung streikte oder weil irgendeine andere Krise dazwischenkam. Skype-Chats und Google-Hangouts wurden zu wöchentlichen Brainstormings, um inhaltliche Schnitzer und Mängel in der Charakterentwicklung unserer »Helden« auszumerzen.

Schließlich trafen wir uns persönlich! Als *Fall of Poppies* im März 2016 veröffentlicht wurde, reiste Hazel für eine Lesetour in die USA. Unsere erste Begegnung von Angesicht zu Angesicht fand in einem Hotelzimmer in Connecticut statt, und im Verlauf diverser Zug- und Autofahrten, Veranstaltungen, Cocktails und einer Menge lustiger Stunden wurden wir beste Freundinnen.

Die Arbeit an diesem Roman weckte in uns beiden eine Sehnsucht nach der Rückkehr des altmodischen, von Hand geschriebenen Wortes. Immerhin waren wir allein durch die vielen Briefe, die während des Krieges zwischen Front und Heimat hin und her gingen, in der Lage, die Auswirkungen dieses weltweiten Konflikts und des millionenfachen Sterbens in seiner gesamten Komplexität zu verstehen. Von großer Hilfe waren uns unter anderem Briefe, die Hazels Urgroßmutter an ihren Sohn Jack geschrieben hatte und die an sie zurückgeschickt wurden, als der junge Soldat nach einem Gefecht als vermisst registriert und nie gefunden wurde. Man kann es nicht genug wertschätzen, wenn man die Gefühle und Gedanken aus dem Alltag an der sogenannten Heimatfront anhand authentischer Quellen nachvollziehen kann.

Da das Schreiben in der Regel eine einsame Arbeit ist, war es wundervoll, sie dieses Mal mit jemandem zu teilen. Und insofern war dieses Buch gleichermaßen eine logistische und intellektuelle Herausforderung wie ein wahres Vergnügen.

Überlegungen zum Ersten Weltkrieg

Über ein derart monumentales Ereignis wie den Ersten Weltkrieg zu schreiben war ein gelinde gesagt beängstigendes Unterfangen, zumal wir es aus einer doppelten Perspektive, der Front und der Heimat, darstellen und darüber hinaus weniger bekannte Aspekte des Krieges einbeziehen wollten.

Wo fängt man an, wo hört man auf? Was lässt man aus, was nimmt man rein? Es gibt eine schier unüberschaubare Menge von Primärquellen, die in den Archiven und Bibliotheken zusammengetragen wurden – neben den politischen und militärischen Dokumenten sind das Abertausende Briefe, Zeitungsartikel, Fotografien sowie zeitgenössische literarische Verarbeitungen des Kriegsgeschehens. Es war unheimlich inspirierend und bewegend, Zugang zu diesen Zeugnissen aus erster Hand zu bekommen, und hat uns sehr geholfen, uns in unsere Figuren hineinzuversetzen.

Besonders aufschlussreich waren Zeitzeugenberichte von Vera Brittain, Harry Lamin, Mabel Goode oder Corporal Daniel W. Phillips. Ferner erwies sich das Imperial War Museum in London als geradezu unerschöpfliche Informationsquelle, auch ein Besuch mehrerer Gedenkstätten in Frankreich trug zu einem tieferen Verständnis bei.

Zu den weniger bekannten Aspekten des Krieges gehört insbesondere die Informationspolitik, die alles daransetzte, der Bevölkerung das wahre Ausmaß des Krieges zu verheimlichen und die Presse entsprechend unter Druck setzte. Wir haben uns hier auf Großbritannien fokussiert, wenngleich es diese Probleme bei allen Kriegsparteien gab. Ein Beispiel: Obwohl gleich der erste Tag der Somme-Schlacht auf britischer Seite 60 000 Opfer forderte, berichteten die Zeitungen von einem *Tag der Verheißung* und einem *erfolgreichen Auftakt für die Krone und Frankreich*.

Aber nicht allein die Presse unterlag einer rigiden Zensur, Gleiches galt für die Briefe von der Front, in denen so viel geschwärzt wurde, dass es den Empfängern schwerfiel, sich ein klares Bild von der Lage zu verschaffen. Kriege gingen immer schon mit einer Beschneidung von Rechten und mit sozialen Umwälzungen einher, doch der Erste Weltkrieg markiert auch in dieser Hinsicht den Beginn eines neuen Zeitalters, in dem das Gefüge der bisherigen Welt unterging.

Dazu gehörte ebenfalls die dramatisch veränderte Rolle der Frauen. Aus der Not geboren, übernahmen sie erstmals Aufgaben, die vorher Männern vorbehalten gewesen waren, sprangen in die Bresche, füllten die Lücken in der Heimat, egal ob höhere Töchter oder Dienstmädchen, und waren sogar zum Einsatz hinter der Front bereit. Es war der erste Schritt in Richtung Gleichberechtigung.

So wurde im März 1917 offiziell, mit dem Segen der politischen Führung, das Frauenkorps (Women's Army Auxiliary Corps) gegründet, um immer mehr Männer von administrativen und zivilen Aufgaben zu entbinden und sie den kämpfenden Truppen zuzuführen. Und dass Evie als Reporterin über den Krieg schreiben will, beruht nicht auf einer Erfindung. Diese unerschrockenen Frauen gab es tatsächlich, eine davon war die im Roman erwähnte Nellie Bly, die für das *New York Evening Journal* von der Ostfront berichtete. Oder die Schriftstellerin Mary Humphry Ward: Sie unternahm auf Einladung des Kriegsministeriums eine Tour an der Westfront. Ihr Augenzeugenbericht, 1916 als Buch unter dem Titel *England's Effort* veröffentlicht, leistete dem damaligen US-Präsidenten Woodrow Wilson dann gute Dienste, in seinem Land die Stimmung für eine amerikanische Kriegsbeteiligung voranzutreiben. Auch die amerikanische Schriftstellerin Edith Wharton reiste an die Westfront, besuchte dort Militärkrankenhäuser wie Kampfgebiete und widmete sich verstärkt der Flüchtlingshilfe, wofür sie 1916 mit dem Orden der französischen Ehrenlegion ausgezeichnet wurde.

Einer der ergreifendsten und tragischsten Aspekte, auf den wir bei unserer Recherche immer wieder stießen, war die seinerzeit ständig geäußerte Überzeugung, dieser Krieg werde alle Kriege beenden. Die Geschichte hat uns hingegen gelehrt, dass er in Wirklichkeit den Grundstein für einen noch schrecklicheren Krieg legte. Uns auf diesen Widerspruch zu besinnen machte den Prozess des Schreibens zu einer besonders bewegenden Erfahrung.

Ein paar Zahlen und Fakten

Während des Krieges verloren weltweit etwa 17 Millionen Soldaten und Zivilisten ihr Leben. Hinzu kamen 20 Millionen Verwundete.

Der französische Geheimdienst las, sortierte und verschiffte jede Woche 180 000 Briefe von Soldaten.

Ein Drittel der Weltbevölkerung infizierte sich in jener Zeit mit dem Virus der Spanischen Grippe, was rund 500 Millionen Menschen entspricht.

80 000 britische Frauen und mehr als 35 000 Amerikanerinnen und Kanadierinnen arbeiteten als Hilfskrankenschwestern, Ambulanzfahrerinnen, Köchinnen, Telefonistinnen, Sekretärinnen und in vielen anderen Positionen während des Krieges.

140 Millionen Socken wurden an die britischen Truppen geliefert, sowie 50 Millionen Paar Stiefel.

Um Blasen an den Füßen vorzubeugen, urinierten die Soldaten in ihre Stiefel, was das Leder weicher machte und dem gefürchteten Fußbrand vorbeugte, da Urin eine antiseptische Wirkung besitzt.

In den Schützengräben waren mehr als 95 Prozent der Soldaten von Läusen befallen.

Allein an der Westfront starben 250 000 Pferde im Gefecht.

Mehr als 100 000 Brieftauben wurden für die Übermittlung von Nachrichten benutzt und erreichten ihr Ziel in neun von zehn Fällen. Auf dem Eiffelturm wurden Papageien gehalten, um das Militär vor feindlichem Fluggerät zu warnen. Das extrem gute Gehör der Vögel übertraf die Möglichkeiten der damaligen Ortungsgeräte bei Weitem.

Offizielle Kriegsfotografen waren angehalten, auf allzu grausames Bildmaterial zu verzichten, um die Kriegsmoral in der Heimat nicht zu untergraben.

Den Soldaten an der Front wurde jede Art von Bildaufnahmen verboten, aber viele hielten sich nicht daran und fotografierten heimlich mit ihren Westentaschenkameras.

Hingegen drehte der britische Kameramann Geoffrey Malins im Auftrag des Kriegsministeriums einen Dokumentarfilm mit dem Titel *Die Schlacht an der Somme*, den allein in den ersten sechs Wochen 20 Millionen Briten sahen. Als Propagandafilm noch vor Beginn der ersten Kampfhandlungen in Auftrag gegeben, zeigte er dann das Grauen einer Schlacht, die ausgerechnet für die Briten extrem verlustreich verlief.

Lord Kitcheners Leitfaden für britische Soldaten

Dieses Merkblatt ist von jedem Soldaten vertraulich zu behandeln und soll im Soldbuch aufbewahrt werden.

– *Sie sind als Soldat der britischen Krone an die Westfront beordert worden, um unsere französischen Kameraden im Kampf gegen den gemeinsamen Feind zu unterstützen.*
– *Sie haben eine Aufgabe zu erfüllen, die Ihren Mut, Ihre Energie und Ihre Geduld erfordern wird.*
– *Vergessen Sie nicht, dass die Ehre der britischen Armee von Ihrem persönlichen Verhalten abhängt. Es ist Ihre Pflicht, nicht nur ein Vorbild an Disziplin und Standhaftigkeit im Kampf zu sein, sondern auch freundliche Beziehungen zu jenen zu unterhalten, denen Sie in diesem Krieg helfen.*
– *Die militärischen Operationen, an denen Sie teilnehmen werden, finden hauptsächlich auf dem Territorium befreundeter Länder statt, und Sie können Ihrem eigenen Land keinen besseren Dienst erweisen, als in Frankreich und Belgien den wahren Charakter eines britischen Soldaten zu präsentieren.*
– *Seien Sie stets höflich, rücksichtsvoll und freundlich. Beschädigen oder zerstören Sie keinen fremden Besitz, und betrachten Sie Plünderungen grundsätzlich als eine Schandtat. Sicher wird man Ihnen Gastfreundschaft und Vertrauen entgegenbringen. Rechtfertigen Sie dieses Entgegenkommen durch Ihr Verhalten.*
– *Sie können Ihre Pflicht lediglich dann erfüllen, wenn Sie bei guter Gesundheit bleiben, darum hüten Sie sich vor Ausschweifungen*

jeglicher Art, wenngleich Sie in diesem neuen Umfeld vielleicht in Versuchung geraten, sich an Wein und Weib zu erfreuen. Sie müssen all diesen Verlockungen widerstehen und Intimitäten vermeiden, gleichzeitig jedoch allen Frauen mit ausgesuchter Höflichkeit begegnen.

Kämpft in mutiger Erfüllung eurer Pflicht.
Fürchtet Gott.
Ehret den König.

Feldmarschall Kitchener
9. August 1914

Nachricht von Hazel an Heather

Liebe Heather,

danke, dass du mir so eine tolle Freundin und Co-Autorin geworden bist. Ich werde nie vergessen, mit welcher Spannung ich morgens unsere Datei öffnete, um nachzuschauen, was du in der Nacht hinzugefügt hattest. Deine Briefe brachten mich zum Lachen und zum Weinen, während unsere Helden Tom und Evie immer lebendiger wurden. Ich bin unheimlich stolz auf unser Gemeinschaftswerk und schätze mich zutiefst glücklich, dass ich mit dir zusammen diesen Roman schreiben durfte.

Hazel

Nachricht von Heather an Hazel

Liebe Hazel,

ich musste dir etwas auf diesem Briefpapier schreiben, weil ich bei dem bezaubernden Wiesenmotiv sofort an dich denken musste. Wer hätte gedacht, dass es so viel Spaß machen würde, zu zweit ein Buch zu schreiben? Du bist eine talentierte Frau mit sehr viel Herz und Verstand, und ich habe es total genossen, gemeinsam mit dir unseren Tom und unsere Evie zum Leben zu erwecken. Ganz besonders glücklich und froh bin ich darüber, dass ich in dir eine richtige Freundin gefunden habe.

Heather

Danksagung

Obwohl das Schreiben ein einsamer Prozess sein kann, würde ohne die Unterstützung vieler anderer kein Buch vollendet, denn immer steckt eine gewaltige Teamleistung dahinter. Deshalb sind wir allen Beteiligten unendlich dankbar, dass sie diesen Roman zu etwas Besonderem gemacht haben, allen voran unserer wunderbaren Lektorin Lucia Macro, die von Anfang an unsere Begeisterung und unseren Glauben an dieses Buch teilte und die uns mit einem großen Vertrauensvorschuss das scheinbar unmögliche Projekt in Angriff nehmen ließ.

Ein Riesendank auch an das Team von William Morrow: an unsere Verlegerin Liate Stehlik, an Molly Waxman, Jennifer Hart, Michelle Podberezniak, Carolyn Coons und an alle, die in verschiedenster Weise ihren Beitrag zur Fertigstellung dieses Buches geleistet haben.

Ein ganz besonderer Dank gilt unserer begnadeten Agentin Michelle Brower, die uns vor einigen Jahren zusammenbrachte und unseren Plan, uns an einen Briefroman zu wagen, spontan und vorbehaltlos unterstützte und für uns eine unerschöpfliche Quelle der Inspiration darstellt. So war sie es, die uns auf die Idee mit Toms Pariser Szenen brachte.

Weiterhin haben wir unserer unermüdlichen Lizenzagentin Chelsey Heller zu danken, die uns weltweit einen treuen Leserkreis erschlossen hat, sowie Helen Plaskitt und Kris Waldherr, die kritisch unsere ersten Entwürfe gelesen haben, außerdem Brien Brown für seine Hilfe bei historischen Details und wie immer unseren Familien und Freunden für ihre anhaltende Unterstützung und ihren Glauben an uns.

Hazel Gaynor
Heather Webb

Zitatnachweis

S. 10+310: Charlotte Brontë, *Jane Eyre*. Übersetzt von Andrea Ott, Manesse, München 2015

S. 61: Rupert Brooke, »Der Soldat«.Übersetzt von Bernt von Heiseler, in: Steffen Bruendel, *Jahre ohne Sommer: Europäische Künstler in Kälte und Krieg*, Hrsg., Herbig, München 2016

S. 66: William Blake, »The Land of Dreams«. Übersetzt von Thomas Eichhorn, in: William Blake, *Zwischen Feuer und Feuer*, dtv, München 2007

S. 74: William Blake, »The Tyger«. Übersetzt von Thomas Eichhorn, in: William Blake, *Zwischen Feuer und Feuer*, dtv, München 2007

S. 136: Thomas Hardy, »The Darkling Thrush«. Übersetzt von H. Hennecke, in: *Prosit Neujahr! Silvestergedichte*, Manesse, München 2005

S. 190: William Blake, »Night«.Übersetzt von Thomas Eichhorn, in: William Blake, *Zwischen Feuer und Feuer*, dtv, München 2007

S. 207: John McCrae, »Auf Flanderns Feld«. Übersetzt von Bertram Kottmann, in: *Die Deutsche Gedichtebibliothek*, URL: gedichte.xbib.de, Abruf am 27.02.2018

S. 287: Edith Wharton, *Zeit der Unschuld*. Übersetzt von Andrea Ott, Manesse, München 2015

Sämtliche Zitate von Shakespeare sind den Übersetzungen von August Wilhelm Schlegel entnommen.